D1399926

ET IL NE RESTERA QUE POUSSIÈRE

PATRICIA CORNWELL

ET IL NE RESTERA QUE POUSSIÈRE

TRADUIT DE L'ANGLAIS (ÉTATS-UNIS)
PAR ANDREA H. JAPP

Flammarion
Québec

Catalogage avant publication de Bibliothèque et Archives Canada

Cornwell, Patricia Daniels

    Et il ne restera que poussière
    Traduction de : All that remains.
    ISBN 2-89077-293-4
    I. Japp, Andrea H., 1957- . II. Titre.

    PS3553. O692A7914 2005   813'. 54   C2005-941946-6

La première édition de cet ouvrage a paru en France en 1992
aux Éditions du Masque. La présente édition, publiée sous le
même titre, en propose une nouvelle traduction.

Titre original américain :
ALL THAT REMAINS
Éditeur original : Scribner, New York
© original : 1992, Patricia D. Cornwell
ISBN original : 2-0380-71833-2

© 2005, Éditions des Deux Terres pour la traduction française
© 2005, Flammarion Québec pour l'édition canadienne

Tous droits réservés
ISBN 2-89077-293-4
Dépôt légal : 4ᵉ trimestre 2005

IMPRIMÉ AU CANADA

www.flammarion.qc.ca

Ce roman, pour Michael Congdon.
Avec mes remerciements, comme toujours.

1

Ce samedi, dernier jour du mois d'août, je me mis au travail avant l'aube. Je ne vis pas la brume s'effilocher sur l'herbe ni le ciel virer au bleu éclatant car la morgue est dépourvue de fenêtres et des cadavres se succédèrent toute la matinée sur les tables d'acier. Le week-end célébrant la fête du Travail venait de démarrer en fanfare dans la ville de Richmond, avec sa cohorte d'accidents de voiture et de fusillades.

Lorsque je regagnai ma maison du West End, il était 2 heures de l'après-midi. J'entendis Bertha passer la serpillière dans la cuisine. Elle venait faire le ménage tous les samedis et avait pour instruction de ne pas répondre au téléphone, lequel venait de se mettre à sonner.

– Je ne suis pas là, déclarai-je d'une voix forte en ouvrant la porte du réfrigérateur.

Bertha s'interrompit.

– Il a sonné il y a une minute, et encore cinq minutes avant. Toujours le même type.

– Il n'y a personne à la maison, répétai-je.

– C'est comme vous le sentez, docteur Kay, répondit-elle en s'activant avec le balai-brosse.

Je tentai d'ignorer l'intrusion du répondeur et son annonce désincarnée dans la cuisine inondée de soleil. À l'approche de l'automne, je commençais à économiser les tomates de Hanovre que je consommais sans compter tout l'été. Pourtant il ne m'en restait plus que trois. Où avais-je donc fourré la salade de poulet?

Une voix masculine familière succéda au bip du répondeur:

– Doc? C'est Marino…

Seigneur, songeai-je en refermant la porte du réfrigérateur d'un coup de hanche. Le capitaine Pete Marino, du département des homicides de la police de Richmond, était sur le pied de guerre depuis la veille à minuit. Je l'avais aperçu un peu plus tôt à la morgue, alors que j'étais en train d'extraire les balles récoltées par la victime de l'une de ses enquêtes. Il prévoyait de prendre la route sous peu à destination de Lake Gaston afin de profiter de ce qui restait d'un week-end de pêche. Quant à moi, je me réjouissais à la perspective de travailler dans mon jardin.

– J'ai essayé de vous joindre et je repars. Faudra que vous tentiez le coup sur mon *pager*…, déclara-t-il d'un ton pressant.

Je me jetai sur le combiné.

– Je suis là.

– C'est vous ou cette foutue machine?

– Devinez! aboyai-je.

– Mauvaise nouvelle. On a retrouvé une autre bagnole

10

abandonnée. New Kent, l'aire de repos de l'Interstate 64, en direction de l'ouest. Benton vient tout juste de me mettre au courant...

– Un autre couple? l'interrompis-je, oubliant aussitôt mes projets de week-end.

– Fred Cheney, sujet masculin blanc, dix-neuf ans. Deborah Harvey, sujet féminin blanc, dix-neuf ans. Vus tous les deux pour la dernière fois vers 20 heures hier soir, lorsqu'ils ont quitté la maison des Harvey à Richmond, en route pour Spindrift.

– Et la voiture se trouvait dans la direction *opposée*? demandai-je, car Spindrift, en Caroline du Nord, se situe à trois heures et demie de voiture à l'est de Richmond.

– Ouais. On dirait qu'ils allaient vers l'ouest, pour rentrer en ville. Un policier a trouvé la caisse y a environ une heure, une Jeep Cherokee. Et pas trace des gamins.

– Je pars, dis-je à Marino.

Bertha n'avait pas cessé de passer la serpillière, mais je savais qu'elle n'avait pas perdu un mot de notre conversation.

– Dès que j'ai fini, je m'en vais, m'assura-t-elle. Je fermerai à clé et je rebrancherai l'alarme. Vous inquiétez surtout pas, docteur Kay.

La peur au ventre, j'attrapai mon sac et gagnai ma voiture à la hâte.

Jusqu'à présent quatre couples semblaient s'être évanouis dans la nature, avant d'être retrouvés assassinés, dans un rayon de soixante-dix kilomètres autour de Williamsburg.

Ces affaires demeuraient sans explication et la presse les avait baptisées « les meurtres de couples ». Nul indice n'avait été relevé et personne ne formulait de théorie crédible, pas même le FBI et son VICAP, le *Violent Criminal Apprehension Program*, qui utilisait une base de données nationale gérée par un ordinateur « intelligent », capable de mettre en relation les dossiers de personnes disparues et les corps non identifiés, ou de faire le lien entre des crimes en série. Lorsque les deux premiers cadavres avaient été découverts, plus de deux ans auparavant, la police locale avait requis l'assistance d'une équipe régionale du VICAP, composée de l'agent spécial du FBI Benton Wesley et d'un vieux de la vieille de la police criminelle de Richmond, Pete Marino. Un nouveau couple s'était volatilisé, puis encore deux autres. Chaque fois, le temps que l'information parvienne au VICAP, que le NCIC, le centre national d'information criminelle, diffuse en urgence la description des disparus aux différents départements de police à travers tout le pays, les adolescents étaient déjà morts, leurs restes se décomposant au fond d'un bois.

J'éteignis la radio de la voiture, franchis le péage et accélérai sur l'Interstate 64 en direction de l'est. Des images, des voix se télescopèrent brutalement dans mon esprit : des ossements et des vêtements pourris parsemés de feuilles mortes ; les charmantes photos souriantes des adolescents disparus imprimées dans les journaux ; des parents désespérés, éperdus, balbutiant devant un micro à la télévision ou me joignant par téléphone.

– Je suis désolée pour votre fille.

– Je vous en prie, dites-moi comment mon bébé est mort. Mon Dieu, je vous en supplie, dites-moi si elle a souffert.

– La cause de sa mort demeure indéterminée, madame Bennett. Je ne peux rien vous dire de plus pour l'instant…

– Comment cela, vous *ne savez pas*?

– Il ne reste que ses os, monsieur Martin. Lorsque les tissus ont disparu, il n'y a plus trace d'aucune blessure…

– Je me tape de vos conneries d'explications médicales! Je veux savoir ce qui a tué mon garçon! Les flics nous parlent de drogue, mais mon gamin n'a jamais pris une cuite de sa vie, et encore moins de la drogue! Est-ce que vous êtes capable de comprendre ce que je vous dis? Il est mort, et les flics sont en train d'en faire une espèce de voyou…

« UN DÉFI POUR LE MÉDECIN EXPERT GÉNÉRAL: le Dr Kay Scarpetta incapable de déterminer la cause de la mort.»

Cause du décès: indéterminée.

Encore et encore. Huit fois de suite, huit jeunes gens.

C'était effrayant. Au demeurant, c'était bien la première fois que je me trouvais confrontée à un tel casse-tête.

Tout anatomopathologiste rencontre un jour ou l'autre dans sa carrière des décès dont la cause demeure une énigme. Pourtant, jamais je n'avais buté sur autant de cas qui, de surcroît, présentaient tous un point commun évident.

J'actionnai le toit ouvrant et le beau temps me remonta le moral. Il faisait à peine vingt-cinq degrés et les feuilles n'allaient pas tarder à changer de couleur. L'automne et le printemps étaient les seules saisons de Richmond qui ne me faisaient pas regretter Miami. Les étés étaient aussi chauds que ceux de la Floride, sans même le réconfort des brises maritimes qui purifient l'air de ma ville natale. L'humidité y était effroyable. Quant à l'hiver, il ne me convenait pas davantage puisque je n'aime pas le froid. Mais le printemps et l'automne étaient enivrants, et je me laissais griser. L'air me monta à la tête.

L'aire de repos du comté de New Kent sur l'Interstate 64 se situait à exactement quarante-six kilomètres de chez moi. Elle ressemblait à n'importe quelle autre aire de repos de Virginie, avec des tables de pique-nique, des barbecues et des poubelles en forme de tonneaux de bois, des toilettes aux murs de brique, des distributeurs automatiques et des arbres fraîchement plantés. Pourtant il n'y avait ni automobiliste ni routier en vue. En revanche, l'endroit grouillait de voitures de police.

Je me garai près des toilettes pour femmes, et un policier en uniforme bleu-gris, le visage fermé et trempé de sueur, s'approcha.

– Désolé, madame, dit-il en se penchant vers ma vitre entrouverte. Cette aire de repos est interdite pour aujourd'hui. Je vais être obligé de vous demander de partir.

Je coupai le contact et m'identifiai :

– Je suis le Dr Kay Scarpetta. La police m'a demandé de venir.

– Pour quelle raison, madame?

– Je suis le médecin expert général.

Je devinai un éclair de scepticisme dans son regard examinateur. Je ne devais effectivement pas avoir l'air très «général», avec ma jupe en jean délavé, ma chemise de coton Oxford rose et mes chaussures de marche en gros cuir. Manquaient tous les attributs de l'autorité, dont ma voiture de fonction, laquelle attendait un jeu de pneus neufs dans l'atelier de réparation de l'État. Au premier coup d'œil, je devais avoir l'air d'une yuppie plus très jeune en train de faire des courses dans sa Mercedes gris anthracite, une blonde cendrée un peu distraite se rendant dans le centre commercial le plus proche.

– Puis-je voir vos papiers d'identité?

Je plongeai la main dans mon sac, en tirai un mince portefeuille noir que j'ouvris pour montrer mon badge en cuivre de médecin légiste, puis lui tendis mon permis de conduire. Il examina les deux un bon moment et je perçus sa gêne.

– Vous pouvez laisser votre voiture ici, docteur Scarpetta. Les gens que vous cherchez sont là-bas derrière, expliqua-t-il en désignant le parking destiné aux camions et aux autocars.

Il s'écarta, concluant de bien inepte façon:

– Bon... ben, bonne journée.

Je suivis un sentier de briques. Après avoir contourné le bâtiment et m'être avancée sous l'ombre des arbres, je fus accueillie par plusieurs autres véhicules de police, une dépanneuse dont le gyrophare tournait et au moins une douzaine de policiers en uniforme ou

15

en civil. Je ne découvris la Jeep Cherokee rouge deux portes que lorsque j'eus presque le nez dessus. À mi-chemin de la bretelle de sortie, elle se trouvait très à l'écart de la chaussée, au creux d'une déclivité, masquée par les frondaisons. Une pellicule de poussière la recouvrait, mais lorsque je regardai à travers la vitre côté conducteur, je constatai que l'intérieur de cuir beige était parfaitement net. Des bagages étaient soigneusement rangés sur la banquette arrière, ainsi qu'une planche de ski nautique, une corde en nylon jaune enroulée et une glacière en plastique rouge et blanc. Les clés de contact étaient suspendues au démarreur et les vitres entrouvertes. Les empreintes de pneus nettement sculptées sur la pente herbeuse partaient de la chaussée et la calandre avant chromée du véhicule était nichée contre un bosquet de pins.

Marino discutait avec un inconnu blond et mince qu'il me présenta comme Jay Morrell, de la police de l'État. L'homme paraissait chargé de l'enquête.

Marino ne m'ayant identifiée que comme «la Doc», j'ajoutai :

– Kay Scarpetta.

Morrell eut un hochement de tête en me fixant de ses Ray-Ban vert foncé. Il était en civil et affichait une maigre moustache qui tenait davantage du duvet d'adolescent, sans oublier cette hyperactivité fanfaronne que j'associais aux enquêteurs débutants.

– C'est tout ce qu'on sait pour l'instant, commença-t-il en jetant autour de lui des regards nerveux. La Jeep appartient à Deborah Harvey, qui a quitté la résidence des Harvey avec son petit ami, euh… Fred Cheney, à environ 20 heures hier. Ils partaient pour Spindrift, où la famille Harvey possède une maison au bord de la mer.

– La famille de Deborah Harvey était chez elle lorsque le couple a quitté Richmond? demandai-je.

– Non, madame, répondit-il en tournant brièvement les verres teintés de ses lunettes vers moi. Ils se trouvaient déjà à Spindrift. Ils étaient arrivés plus tôt dans la journée. Deborah et Fred avaient préféré voyager séparément parce qu'ils avaient prévu de revenir à Richmond lundi. Ils sont tous les deux étudiants en deuxième année à l'université et devaient rentrer plus tôt pour assister à leurs cours.

Marino sortit ses cigarettes et expliqua :

– Hier soir, juste avant de partir, ils ont appelé Spindrift. Ils ont expliqué à un des frères de Deborah qu'ils arriveraient entre minuit et 1 heure du matin. À 4 heures ils s'étaient toujours pas pointés et Pat Harvey a appelé la police.

– *Pat Harvey*? répétai-je, incrédule, en dévisageant Marino.

Ce fut Morrell qui répondit :

– Tout juste. Ça, on peut dire qu'on s'en tient une sévère. Au moment où je vous parle, Pat Harvey est en route. Un hélicoptère est parti la chercher il y a… une demi-heure, précisa-t-il en consultant sa montre. Le père, euh, Bob Harvey, il est dans la nature. Il était à Charlotte pour affaires et censé se rendre à Spindrift demain dans la journée. Pour ce qu'on en sait, personne n'a encore réussi à le joindre, il n'est pas au courant de ce qui vient de se passer.

17

Pat Harvey dirigeait le Programme national de lutte antidrogue, un poste qui lui avait valu d'être affublée par la presse du surnom de «Tsarine de la drogue». Nommée directement par le président, Mrs Harvey, qui avait peu de temps auparavant fait la couverture de *Time*, était une des femmes les plus puissantes et les plus admirées des États-Unis.

– Et Benton? demandai-je à Marino. Sait-il que Deborah Harvey est la fille de Pat Harvey?

– En tout cas, il m'a rien dit. Quand il a appelé, il venait juste d'atterrir à Newport News – le Bureau l'a expédié par avion. Il était pressé de trouver une voiture de location, du coup on n'a pas beaucoup parlé.

Voilà qui répondait à ma question. Benton Wesley ne se serait pas précipité ici dans un avion du FBI s'il avait ignoré qui était Deborah Harvey. Je me demandai pourquoi il était resté si discret avec Marino, son partenaire d'équipe du VICAP, tout en essayant de déchiffrer le large visage impassible de ce dernier. Ses mâchoires se contractaient et de la sueur perlait au sommet empourpré de son crâne dégarni.

– Pour vous résumer ce qui se passe, reprit Morrell, j'ai plein d'hommes en position pour boucler la circulation. On a inspecté les toilettes, jeté un œil pour s'assurer que les gamins n'étaient pas dans les parages. Dès que les équipes de secours de la Peninsula Search and Rescue seront arrivées, on commencera à fouiller dans les bois.

Quelques mètres plus au nord de la Jeep Cherokee, les talus bien entretenus qui entouraient l'aire de repos disparaissaient sous les arbres et les buissons, pour se transformer en véritable jungle moins d'un demi-hectare plus loin, à tel point que je n'y distinguais pas grand-chose, hormis les reflets du soleil qui perçait au travers des feuilles et un faucon volant en cercles au-dessus des cimes de quelques sapins, un peu plus loin. Si les centres commerciaux et les lotissements avaient peu à peu gagné du terrain près de l'Interstate 64, cette étendue située entre Richmond et Tidewater était pour l'instant demeurée à peu près préservée. Le paysage, que j'aurais pu trouver rassurant et apaisant quelques heures plus tôt, me paraissait maintenant lourd de menaces.

Nous nous éloignâmes de Morrell pour arpenter les alentours et Marino glapit :

– Et merde !

– Désolée pour votre partie de pêche.

– Ouais, c'est toujours la même rengaine, hein ? Ça fait des mois que j'avais prévu ce foutu week-end, et encore une fois ça finit dans les chiottes, j'ai l'habitude.

J'ignorai son énervement :

– J'ai remarqué que, lorsqu'on quitte l'Interstate, la bretelle d'accès se divise presque aussitôt en deux voies : l'une revient en arrière vers l'endroit où nous nous trouvons et l'autre se termine devant le bâtiment. En d'autres termes, ces accès sont à sens unique. Il est impossible de se rendre au parking situé à l'avant, puis de changer d'avis, décider de revenir ici, sans emprunter la bretelle à contresens sur une distance considérable, au risque de percuter quelqu'un. Et je suppose qu'hier soir, un week-end de fête du Travail, il devait y avoir beaucoup de monde sur la route.

– Juste. Je sais. Pas besoin d'être un génie pour comprendre que quelqu'un a prémédité de balancer la Jeep exactement à cet endroit parce qu'y avait sans doute un paquet de bagnoles garées devant l'accès principal la nuit dernière. Et donc le mec en question a emprunté la voie des camions et des autocars, ça devait être désert par là, personne l'a vu, et il s'est tiré.

– Peut-être ne tenait-il pas non plus à ce qu'on la découvre tout de suite, ce qui explique que la voiture se trouve à l'écart de la chaussée.

– Ben, moi, je deviens trop vieux pour ces conneries, déclara Marino en contemplant les bois qui s'étendaient au loin.

Râleur impénitent, Marino avait l'habitude de débarquer sur une scène de crime en se comportant comme s'il avait atterri là à son corps défendant. Nous travaillions ensemble depuis assez longtemps pour que je sois habituée à son comportement. Pourtant, cette fois-ci, son attitude me parut plus authentique. L'origine de son irritation était plus profonde que sa simple partie de pêche ratée, et je me demandai s'il ne s'était pas disputé avec sa femme.

– Tiens, tiens, v'là le cow-boy solitaire, marmonna-t-il en regardant le bâtiment de brique.

Je me retournai à l'instant où la mince silhouette familière de Benton Wesley émergeait des toilettes pour hommes. Il s'approcha, ses tempes argentées humides et les revers de son costume bleu éclaboussés d'eau comme s'il venait de s'asperger le visage. Il nous gratifia tout juste d'un «bonjour». Son regard impassible fixé sur la Jeep Cherokee, il tira de sa poche de poitrine une paire de lunettes de soleil qu'il chaussa.

– Mrs Harvey est arrivée ? demanda-t-il.

– Nan, fit Marino.

– Et les journalistes ?

– Nan.

– Bien.

Ses lèvres et ses mâchoires serrées durcissaient son visage aux traits anguleux et lui donnaient l'air encore plus impénétrable qu'à l'accoutumée. J'aurais pu le trouver séduisant s'il n'avait été si distant. Ses pensées et ses émotions semblaient de plus en plus indéchiffrables. Il excellait désormais dans l'art de dissimuler sa personnalité, au point que, par instants, j'en venais à me demander si je le connaissais vraiment.

– Il est souhaitable que nous conservions la plus grande discrétion au sujet de cette affaire aussi longtemps que possible, continua-t-il. À la seconde où l'information deviendra publique, ça va être un véritable raz de marée.

– Que savez-vous de ce couple, Benton ? demandai-je.

– Peu de chose. Après avoir signalé leur disparition tôt ce matin, Mrs Harvey a appelé le directeur du FBI chez lui, lequel m'a ensuite contacté. Il semble que sa fille et Fred Cheney se soient rencontrés à l'université de Caroline. Ils sortent ensemble depuis leur première année. Les deux ont l'air d'être des gamins tout ce qu'il y a de comme il faut, raisonnables. Aucun indice d'une quelconque embrouille qui expliquerait qu'ils se retrouvent ici en compagnie d'individus peu recommandables – en tout cas aux dires de Mrs Harvey. Un seul petit détail discordant dans son témoignage… Elle trouve une chose à redire à cette relation : à son avis, Cheney et sa fille passaient trop de temps seuls l'un avec l'autre.

— Peut-être est-ce la raison pour laquelle ils souhaitaient rejoindre la maison de vacances dans leur propre voiture, remarquai-je.

— En effet, acquiesça Wesley en jetant un œil aux alentours. C'était probablement la bonne explication. Le directeur m'a donné l'impression que Mrs Harvey n'était pas enchantée que Deborah amène son petit ami à Spindrift. Il s'agissait d'une réunion de famille. Mrs Harvey passe la semaine à Washington et n'avait pas beaucoup profité de la présence de sa fille et de ses deux fils durant l'été. Pour être sincère, j'ai eu le sentiment que Deborah et sa mère ne s'entendaient sans doute plus très bien ces derniers temps. Elles se sont peut-être disputées peu avant que la famille ne s'embarque pour la Caroline du Nord.

— Ça se pourrait que les gamins aient fugué ? suggéra Marino. Ils sont pas cons, non ? Ils lisent les journaux, regardent la télé, ils ont peut-être vu l'émission spéciale consacrée à ces histoires de couples la semaine dernière à la télé. Je veux dire : ils étaient probablement au courant de ce qui se passe dans le coin. Ils ont peut-être monté un bateau ? Genre : ils mettent en scène leur disparition et, comme ça, ils punissent les parents.

— C'est une des nombreuses hypothèses que nous devons envisager, répondit Wesley. Et une raison supplémentaire pour tenter, autant que faire se peut, de dissimuler tout cela aux médias le plus longtemps possible.

Morrell nous rejoignit comme nous descendions à pied la bretelle de sortie en direction de la Jeep. Un pick-up bleu ciel recouvert d'une bâche apparut, et un homme et une femme en rangers et combinaisons sombres en descendirent. Ils ouvrirent le hayon arrière et libérèrent de leur cage deux bloodhounds pantelants et frétillant de la queue. Ils fixèrent des longes aux anneaux des harnais de cuir passés autour du torse des chiens et maintinrent les bêtes.

– Salty, Neptune, au pied !

Il s'agissait de deux gros chiens au pelage marron clair, aux oreilles tombantes et au museau plissé, et j'étais incapable de déterminer lequel était lequel. Morrell eut un large sourire et tendit la main.

– Comment ça va, mon gros ?

Salty, à moins que ce ne fût Neptune, le gratifia d'un coup de langue baveux et frotta sa truffe sur la jambe de l'enquêteur.

Jeff et Gail, les maîtres-chiens, venaient de Yorktown. Gail était aussi grande que son compagnon et paraissait aussi musclée. Elle m'évoquait ces femmes qui passent leur existence entière dans des fermes, le visage tanné par le soleil et le dur labeur, portées par une inébranlable patience qui naît de leur compréhension de la nature, et de l'acceptation des bienfaits et des fléaux qu'elle nous réserve. Gail était le chef de l'équipe de recherche et de secours. À la façon dont elle observait la Jeep, je compris qu'elle inspectait le moindre signe qui puisse témoigner du fait que la scène, et par conséquent les odeurs, ait pu être perturbée.

– On n'a touché à rien, lui assura Marino en se penchant pour caresser un des chiens derrière les oreilles. On n'a même pas encore ouvert les portières.

– Savez-vous si quelqu'un est monté dedans? La personne qui a découvert le véhicule, peut-être? demanda Gail.

Morrell entreprit d'expliquer:

– Le numéro d'immatriculation est passé tôt ce matin par téléscripteur, en mention ADR...

– Qu'est-ce que c'est que ce fichu ADR? l'interrompit Wesley.

– Avis de recherche.

Wesley demeura de marbre tandis que Morrell s'embarquait dans des explications assommantes:

– Les agents ne se présentent pas à la revue le matin, du coup ils voient pas toujours ce qui tombe du téléscripteur. Ils montent dans leur voiture de patrouille et pointent. Les répartiteurs ont expédié des ADR à la seconde où le couple a été porté disparu, et vers 13 heures un routier qui a repéré la Jeep a passé un appel radio. L'agent qui a reçu l'appel affirme que, à part jeter un œil par la vitre pour vérifier qu'il n'y avait personne, il ne s'est même pas approché du véhicule.

Je priai pour que tel soit bien le cas. La plupart des officiers de police, même les plus expérimentés, semblent ne pas pouvoir résister à la tentation d'ouvrir les portières et de fouiller au moins la boîte à gants, dans l'espoir d'y découvrir l'identité du propriétaire.

Jeff s'empara des deux harnais et emmena les bloodhounds au « petit coin » tandis que Gail demandait:

– Vous disposez d'un objet que nous puissions faire renifler aux chiens?

– Nous avons demandé à Pat Harvey d'apporter un vêtement que sa fille a porté récemment, répondit Wesley.

Si Gail fut surprise ou impressionnée par l'identité de la mère de la jeune fille portée disparue, elle n'en montra rien et continua de fixer Wesley dans l'expectative.

– Elle arrive par hélicoptère, ajouta celui-ci en jetant un œil à sa montre. Elle ne devrait pas tarder.

Gail s'approcha de la Jeep Cherokee et remarqua :

– En tout cas, ne faites pas atterrir cet engin ici. Inutile de mettre l'endroit sens dessus dessous.

Scrutant à travers la vitre côté conducteur, elle étudia centimètre par centimètre l'habitacle, son regard s'attardant sur l'intérieur des portières et le tableau de bord. Puis elle recula et observa longuement la poignée extérieure en plastique noir.

– Notre meilleure option est sans doute les sièges, finit-elle par décréter. On en fera renifler un à Salty et l'autre à Neptune. Mais, d'abord, il faut qu'on ouvre sans tout mettre en l'air. Quelqu'un a un stylo ou un crayon ?

Wesley sortit d'un geste vif un stylo bille Mont-Blanc de la poche de poitrine de sa chemise pour le lui tendre.

– Il m'en faudrait un deuxième, ajouta-t-elle.

Si ahurissant que cela puisse paraître, personne d'autre ne semblait avoir de stylo, pas même moi. J'aurais pourtant juré en trimbaler une collection dans mon sac à main.

– Un canif, ça le ferait ? demanda Marino en fouillant dans une des poches de son jean.

– Parfait.

Stylo dans une main et couteau suisse dans l'autre, Gail enfonça le bouton-poussoir de la poignée côté conducteur et tira simultanément sur celle-ci. Elle bloqua le bord de la portière de l'extrémité de son ranger pour l'ouvrir avec délicatesse. Tout le temps que dura cette manipulation, je perçus l'inimitable vrombissement produit par les pales d'un hélicoptère en approche.

Quelques secondes plus tard apparut un Bell Jet Ranger rouge et blanc, qui tournoya au-dessus de l'aire de repos, puis demeura suspendu telle une libellule, soulevant un minuscule ouragan au sol. Le rugissement de l'appareil noya tout autre bruit, les arbres tremblèrent et l'herbe se coucha en vagues sous son gigantesque souffle. Les yeux fermés, Gail et Jeff demeurèrent accroupis à côté des chiens, cramponnant leurs harnais avec fermeté.

Marino, Wesley et moi nous étions repliés près des bâtiments, d'où nous observâmes l'atterrissage. Tandis que le nez de l'hélicoptère descendait dans un maelström de moteurs poussés à fond et de rafales de vent, j'eus le temps d'entrevoir Pat Harvey, le regard fixé en direction de la Jeep de sa fille, avant que l'aveuglante réfraction du soleil sur la cabine ne la dissimule.

Tête baissée, sa jupe battant contre ses jambes, elle s'éloigna de l'hélicoptère. Wesley patientait à distance prudente, attendant que les pales ralentissent leur course, sa cravate flottant par-dessus son épaule telle l'écharpe d'un aviateur.

Avant d'être nommée directrice du Programme national de lutte antidrogue, Pat Harvey avait été attorney du Commonwealth à Richmond, puis attorney général pour le district Est de Virginie. Les grosses affaires de trafic de drogue jugées au niveau fédéral sur lesquelles elle avait travaillé en tant que procureur avaient de temps à autre impliqué les services de l'institut médico-légal que je dirigeais, mais je n'avais jamais été appelée à la barre comme témoin ou expert. Seuls mes rapports avaient été cités. Mrs Harvey et moi ne nous étions jamais rencontrées.

L'image que renvoyaient d'elle la télévision et les photos des journaux était strictement professionnelle. En réalité elle était féminine, vraiment très séduisante, svelte, les traits parfaitement dessinés, le soleil donnant par endroits des reflets roux doré à ses courts cheveux auburn. Wesley procéda à de brèves présentations et Mrs Harvey nous serra tour à tour la main avec l'assurance courtoise d'une politicienne accomplie. Cependant pas un sourire ne se dessina sur son visage et elle ne regarda aucun d'entre nous.

Elle tendit un sac en papier à Gail :

– Vous trouverez un sweat-shirt à l'intérieur, lui expliqua-t-elle. Je l'ai pris dans la chambre de Deborah. Je ne sais plus au juste quand elle l'a porté, mais je ne pense pas qu'il ait été lavé récemment.

– Quand votre fille s'est-elle rendue pour la dernière fois dans votre maison en bord de mer ? demanda Gail sans ouvrir le sac.

– Au début du mois de juillet. Elle est allée passer le week-end là-bas avec des amis.

– Et vous êtes sûre que c'est bien elle qui l'a porté ? Un de ses amis a pu l'enfiler ? continua Gail d'un ton égal, comme si elle discutait de la pluie et du beau temps.

La question prit Mrs Harvey de court et le doute obscurcit un instant son regard bleu foncé.

– Je n'en suis pas certaine, admit-elle avant de s'éclaircir la gorge. Je suppose que Debbie a été la dernière à s'en vêtir, mais il est évident que je ne peux pas le jurer. Je n'étais pas là.

Son regard dévia pour se fixer sur la portière ouverte de la Jeep et son attention se concentra quelques instants sur les clés pendues au contact, sur le « D » en argent du porte-clés. Personne ne prononça un mot durant un long moment, et je sentis qu'elle luttait de toutes ses forces contre l'émotion qui la submergeait, repoussant, niant la panique qui montait en elle.

– Debbie devait avoir un petit sac, plutôt une pochette, déclara-t-elle en se retournant vers nous. Un de ces fourre-tout de sport en nylon rouge vif, avec un rabat en velcro. L'avez-vous retrouvé à l'intérieur ?

– Non, madame, répondit Morrell. Enfin, nous n'avons encore rien vu qui y ressemble, du moins en jetant un œil par la vitre. Parce que nous n'avons pas fouillé l'intérieur, pas avant l'arrivée des chiens.

– Selon moi, il devrait se trouver sur le siège avant, peut-être par terre, continua-t-elle.

Morrell secoua la tête en silence et ce fut Wesley qui reprit la parole :

– Madame Harvey, votre fille avait-elle beaucoup d'argent sur elle ?

– Je lui ai donné cinquante dollars pour l'essence et la nourriture. J'ignore si elle avait davantage de liquide sur elle. Cela étant, elle pouvait également se servir des cartes bancaires et de son chéquier.

– Combien y avait-il sur son compte en banque ? insista Wesley.

– Son père lui avait donné un chèque la semaine dernière, répondit-elle d'un ton neutre. Pour l'université – les livres, ce genre de choses. Je suis à peu près certaine qu'elle l'avait déjà déposé à la banque. Je suppose qu'il doit y avoir au moins mille dollars sur son compte.

– Peut-être pourriez-vous vérifier son solde, suggéra Wesley. Vous assurer que l'argent n'a pas été retiré ces jours derniers.

– Je vais le faire, au plus vite.

Comme je l'observais en silence, je sentis l'espoir naître dans son esprit. Sa fille n'était pas dépourvue d'argent liquide ni de cartes de crédit, et une somme non négligeable restait sur son compte. Sa pochette ne paraissait pas être restée dans la Jeep, ce qui laissait supposer qu'elle l'avait peut-être toujours avec elle. Ce qui signifiait qu'elle était peut-être encore en vie, quelque part en compagnie de son petit ami.

– Est-ce que votre fille a menacé de s'enfuir avec Fred ? demanda Marino sans prendre de gants.

– Non. (Elle contempla de nouveau la Jeep, puis rectifia aussitôt, cherchant à s'en persuader :) Ce qui ne veut pas dire que ce soit impossible.

– Dans quel état d'esprit elle se trouvait lors de votre dernière conversation ? continua Marino.

– Nous avons eu un échange un peu vif hier matin, avant que je ne parte pour le bord de mer avec mes fils, répondit-elle d'un ton plat et détaché. Elle m'en voulait.

– Elle était au courant des affaires qui s'étaient déroulées dans le coin ? Les couples disparus ? demanda alors Marino.

– Oui, bien sûr. Nous en avons discuté, nous nous sommes posé des questions. Elle savait.

– Il faudrait s'y mettre, intervint Gail à l'adresse de Morrell.

– Bonne idée.

– Une dernière chose, fit Gail en regardant Mrs Harvey. Vous avez une idée de qui conduisait ?

– Fred, je suppose. Enfin, c'était le plus souvent le cas lorsqu'ils se rendaient ensemble quelque part.

Gail eut un hochement de tête, puis expliqua :

– Je vais de nouveau avoir besoin du stylo et du canif.

Elle récupéra les deux objets auprès de Wesley et Marino, fit le tour de la voiture pour atteindre la portière passager et l'ouvrit. Elle agrippa le harnais d'un des chiens, qui se leva avec empressement, adoptant à la perfection l'allure de sa maîtresse, la truffe en alerte, ses muscles jouant sous sa robe souple et brillante, les oreilles pendant lourdement vers le sol, comme lestées de plomb.

– Allez, viens, Neptune, nous avons du travail pour ton flair magique.

Nous observâmes en silence tandis qu'elle pointait les zones, guidant le museau de Neptune vers le siège où Deborah Harvey était censée s'être installée la veille. Un jappement soudain échappa à l'animal, comme s'il venait de se retrouver nez à nez avec un serpent à sonnette. Il bondit en arrière de la Jeep, arrachant pratiquement le harnais des mains de Gail.

La queue entre les pattes, son poil se hérissa le long de son épine dorsale, tandis qu'un frisson me parcourait l'échine.

– Doucement, Neptune, doucement!

Gémissant et tremblant de tous ses membres, Neptune s'accroupit et déféqua dans l'herbe.

2

Le lendemain matin, je me réveillai épuisée, appréhendant la lecture du journal du dimanche. La manchette était assez énorme pour être déchiffrée à trente mètres :

LA FILLE DE LA TSARINE DE LA DROGUE
ET UN AMI SONT PORTÉS DISPARUS :
LA POLICE REDOUTE LE PIRE

Les journalistes avaient non seulement récupéré un portrait de Deborah Harvey, mais également un cliché de la Jeep remorquée de l'aire de repos par une dépanneuse, ainsi qu'une photo – que je supposai tirée d'archives – montrant Pat et Bob Harvey se promenant main dans la main sur une plage déserte à Spindrift. Je dégustai mon café en parcourant l'article, sans pouvoir m'empêcher de penser aux proches de Fred Cheney. N'appartenant pas à une famille en vue, il n'était que le «petit ami» de Deborah, et pourtant lui aussi avait disparu, lui aussi était aimé.

Fred était, semblait-il, le fils d'un homme d'affaires du Southside, un enfant unique dont la mère était décédée l'année précédente des suites d'une rupture d'anévrisme. Selon le journal, le père du garçon se trouvait en visite chez des parents à Sarasota lorsque la police avait fini par mettre la main sur lui, la veille au soir. S'il existait une infime possibilité qu'il ait «fugué» avec Deborah, elle ne correspondait pas du tout au portrait de Fred, décrit comme «un bon élève de l'université de Caroline, membre de l'équipe de natation de l'université». Deborah était une étudiante émérite et une gymnaste suffisamment douée pour entretenir des espoirs olympiques. Elle ne pesait guère plus de quarante-sept kilos, portait ses cheveux blond foncé mi-longs et avait hérité des traits élégants de sa mère. Fred était élancé mais large d'épaules, avec des cheveux bruns ondulés et des yeux noisette. Ils formaient un couple que d'aucuns décrivaient comme inséparable et séduisant.

Un ami déclarait: «Quand on en voyait un, l'autre n'était pas loin. Selon moi, la mort de la mère de Fred y était pour beaucoup. Debbie l'a rencontré à peu près à ce moment-là, et je crois que sans elle il aurait eu du mal à surmonter cette épreuve.»

Comme il fallait s'y attendre, l'article y allait d'une énième resucée au sujet des quatre autres disparitions de jeunes couples en Virginie, couples retrouvés assassinés peu après. Mon nom était mentionné à plusieurs reprises, et l'on me décrivait comme contrariée et décontenancée par cette énigme, et me refusant à tout commentaire. Je me demandai s'il venait à l'esprit de quiconque que, chaque semaine, je continuais d'autopsier les victimes d'homicides, de suicides et d'accidents. La routine demeurait et consistait à discuter avec les familles, témoigner devant les tribunaux, donner des conférences aux écoles de police et d'infirmiers. Couples ou pas, la vie et la mort poursuivaient leur histoire.

Je venais de quitter la table de la cuisine et sirotais mon café en contemplant la matinée lumineuse lorsque le téléphone sonna.

Je tirai une chaise et décrochai le combiné, m'attendant à entendre ma mère, qui appelait souvent le dimanche à cette heure-ci pour s'informer de ma santé et vérifier si j'avais assisté à la messe.

– Docteur Scarpetta?

– Elle-même.

La voix féminine m'était familière, mais je n'arrivais pas à la situer.

– Pat Harvey. Pardonnez-moi de vous déranger à votre domicile.

Je décelai une nuance de frayeur dans sa voix pourtant posée.

– Vous ne me dérangez pas le moins du monde, répondis-je avec gentillesse. Que puis-je pour vous?

– Ils ont fouillé toute la nuit et ils y sont encore. Des renforts sont arrivés : des chiens, des policiers, d'autres avions. Rien, absolument rien, lâcha-t-elle tandis que son débit s'accélérait. Aucune trace d'eux. Bob s'est joint aux équipes de recherche, je suis à la maison.

(Elle eut une hésitation.) Je me demandais si vous pouviez venir. Si vous étiez libre à déjeuner…

Après un long silence, je finis par accepter son invitation à contrecœur. Je raccrochai tout en m'adressant des reproches, sachant fort bien ce qu'elle attendait de moi. Pat Harvey allait m'interroger à propos des autres couples. C'était exactement ce que j'aurais fait à sa place.

Je me rendis dans ma chambre à l'étage et retirai ma robe d'intérieur. Je pris ensuite un long bain chaud et me lavai les cheveux, tandis que mon répondeur enregistrait des appels auxquels je n'avais nulle intention de répondre, à moins qu'il ne s'agisse d'urgences. En l'espace d'une heure, j'étais prête, vêtue d'un tailleur kaki, écoutant mon répondeur non sans appréhension. Les cinq appels provenaient sans exception de journalistes qui avaient appris ma présence sur l'aire de repos de New Kent County, ce qui n'augurait rien de bon pour le couple disparu.

Je tendis la main vers le téléphone pour rappeler Pat Harvey et décommander notre déjeuner, mais il m'était impossible d'oublier son expression lorsqu'elle était arrivée par hélicoptère, apportant le sweat-shirt de sa fille, impossible d'oublier le visage de tous les autres parents. Je reposai le combiné, fermai la maison à clé et montai dans ma voiture.

À moins de disposer de sources de revenus supplémentaires, les fonctionnaires n'ont guère les moyens de s'offrir de quoi préserver leur intimité et, de toute évidence, le salaire fédéral de Pat Harvey ne représentait qu'une bien médiocre portion de la fortune familiale.

Les Harvey résidaient à Windsor, sur la James River, dans une grandiose demeure jeffersonienne surplombant la rivière. Le domaine, qui me parut s'étendre sur plus de deux hectares, était ceint d'un haut mur de briques semé de nombreux panneaux «Propriété privée». Je m'engageai dans une longue allée ombragée et fus arrêtée par une solide grille en fer forgé qui glissa automatiquement avant que j'aie pu descendre ma vitre pour atteindre l'interphone. Le portail se referma derrière moi lorsque je fus passée. Je me garai près d'une Jaguar noire, devant un portique soutenu par des colonnes romaines lisses, élégant ensemble de briques rouges ourlées de blanc.

La porte d'entrée s'ouvrit tandis que je sortais de voiture, et Pat Harvey me sourit bravement du haut des marches, s'essuyant les mains dans un torchon. Elle était pâle, son regard fatigué avait perdu toute lumière.

– C'est si gentil à vous de venir, docteur Scarpetta! Entrez, je vous en prie, déclara-t-elle en m'encourageant d'un petit signe de la main.

Le vestibule était aussi vaste qu'un salon et je la suivis en direction de la cuisine. Nous traversâmes une pièce de réception à laquelle un mobilier dix-huitième, une profusion de tapis orientaux, d'authentiques toiles impressionnistes et l'artistique empilement de bûches de hêtre dans l'âtre d'une cheminée communiquaient un évident formalisme. Du moins la cuisine paraissait-elle fonctionnelle et habitée. Cela étant, je n'eus pas le sentiment que quelqu'un d'autre se trouvait à la maison.

– Jason et Michael sont sortis avec leur père, répondit-elle à ma question. Les garçons sont revenus en voiture ce matin.

– Quel âge ont-ils ? demandai-je tandis qu'elle ouvrait le four.

– Jason a seize ans, Michael quatorze. Debbie est l'aînée.

Elle chercha du regard les maniques, éteignit le four, puis posa une quiche sur la cuisinière. Elle sortit d'un tiroir un couteau et une spatule, les mains tremblantes.

– Voulez-vous du vin, du thé, du café ? offrit-elle. Le repas est très léger. J'ai préparé une salade de fruits en vitesse. J'ai pensé que nous pourrions nous installer sur la terrasse, j'espère que cela vous convient.

– Ce sera parfait. Et je veux bien du café.

L'air égaré, elle sortit du freezer un paquet d'Irish Creme, dont elle versa quelques doses dans la cafetière. Je l'observai sans rien dire. Elle était désespérée. Son mari et ses fils étaient absents, sa fille portée disparue, sa maison déserte et silencieuse.

Elle attendit pour poser des questions que nous soyons installées sur la terrasse, les baies vitrées grandes ouvertes, la rivière serpentant derrière nous, chatoyant au soleil.

– Les chiens, lâcha-t-elle en plantant sa fourchette dans la salade. Êtes-vous capable d'interpréter leur réaction, docteur Scarpetta ?

Je le pouvais, mais n'y tenais pas.

– De toute évidence, l'un d'eux a été perturbé, mais pas l'autre ?

Il ne s'agissait pas d'une simple remarque, mais d'une interrogation.

L'autre chien, Salty, avait en effet réagi de façon bien différente de son congénère Neptune. Après qu'il eut flairé le siège du conducteur, Gail avait fixé la laisse au harnais et ordonné : « Cherche ! » Le chien avait filé comme un lévrier, reniflant tout du long la bretelle de sortie, remontant l'aire de pique-nique. Il avait ensuite traîné Gail à travers le parking en direction de l'Interstate et se serait jeté dans la circulation si elle ne lui avait pas crié : « Au pied ! » Je les avais observés trotter en bordure de l'étendue boisée qui séparait les deux voies de l'autoroute, puis traverser la chaussée pour foncer vers l'aire de repos opposée à celle sur laquelle on avait retrouvé la Jeep de Deborah. Le bloodhound avait fini par perdre la piste sur le parking de celle-ci.

Elle poursuivit :

– Dois-je en conclure que la personne – quelle qu'elle soit – qui se trouvait au volant de la Jeep de Debbie a abandonné la voiture, coupé à travers l'aire de repos et traversé l'autoroute ? Cette personne a donc vraisemblablement récupéré un véhicule garé sur l'aire située en direction de l'est, puis elle est partie ?

– C'est une des interprétations possibles, répondis-je en picorant ma quiche.

– En avez-vous une autre à suggérer, docteur Scarpetta ?

– Le bloodhound a flairé une piste. La piste de qui, ou de quoi, je l'ignore. Ce pouvait être celle de Deborah, de Fred, d'une troisième personne…

– La Jeep est restée là des heures, m'interrompit Mrs Harvey, le regard perdu en direction de la rivière. N'importe qui aurait pu monter à bord, à la recherche d'argent ou d'objets de valeur. Un auto-stoppeur, un vagabond, quiconque se déplaçant à pied. Il aurait ensuite gagné l'autre côté de l'Interstate.

Je me gardai de lui rappeler l'évidence. La police avait retrouvé le portefeuille de Fred Cheney dans la boîte à gants. Aucune des cartes de crédit du jeune homme n'avait disparu et la police avait même découvert trente-cinq dollars en liquide. Personne ne semblait avoir touché aux bagages du jeune couple. À première vue, rien n'avait été volé dans le véhicule. Seuls manquaient ses occupants et le petit fourre-tout de Deborah.

Elle continua d'un ton prosaïque :

– Je suppose que le comportement du premier chien est inhabituel. Quelque chose l'a effrayé ou, en tout cas, perturbé. Une odeur différente, pas celle qu'a flairée l'autre animal. Le siège sur lequel Deborah était peut-être assise…

Sa voix se perdit lorsqu'elle rencontra mon regard.

– En effet, il semble que les deux chiens aient flairé des pistes différentes.

– Docteur Scarpetta, je vous demande d'être franche avec moi, déclara-t-elle d'une voix tremblante. Je vous en prie, ne m'épargnez pas. Je sais que le chien n'aurait pas réagi ainsi sans raison. Vos occupations vous ont sans aucun doute déjà confrontée au travail des équipes de recherche, aux bloodhounds. Avez-vous déjà assisté à une telle réaction ?

C'était le cas. Par deux fois, déjà. La première, lorsqu'un bloodhound avait flairé un coffre de voiture ; il devait s'avérer qu'il avait servi à transporter la victime d'un meurtre, retrouvée plus tard dans une benne à ordures. La seconde fois, lorsque la piste avait abouti le long d'un chemin de grande randonnée, à l'endroit où une femme avait été violée et abattue.

Pourtant je me contentai de répondre :

– Les bloodhounds ont souvent des réactions marquées en présence de phéromones.

– Je vous demande pardon ? s'enquit-elle, ahurie.

– Les sécrétions. Les animaux, les insectes sécrètent des substances chimiques, par exemple des composés dont la fonction est d'attirer un partenaire sexuel, expliquai-je sur un ton dépourvu d'émotion. Vous n'ignorez pas que les chiens marquent leur territoire ou attaquent lorsqu'ils ressentent la peur chez l'autre ?

Elle me dévisagea.

– L'excitation sexuelle, l'inquiétude, la peur se traduisent par des altérations hormonales. La théorie veut que des animaux à forte capacité olfactive, comme les bloodhounds, perçoivent les différentes phéromones que sécrètent certaines glandes du corps humain...

Elle m'interrompit :

– Debbie s'est plainte de douleurs peu de temps avant que Michael, Jason et moi ne partions. Ses règles venaient de débuter. Peut-être est-ce la raison ?... Si elle occupait le siège passager, peut-être est-ce l'odeur que le chien a relevée ?

Je ne répondis rien. Son hypothèse ne pouvait en aucun cas justifier l'extrême détresse de l'animal.

– Non, c'est trop anodin, rectifia-t-elle en détournant le regard et en maltraitant la serviette en lin posée sur ses genoux. Cela ne suffit pas à expliquer pourquoi le chien s'est mis à gémir, le poil hérissé. Oh, mon Dieu, c'est comme pour les autres couples, n'est-ce pas?

— Rien ne me permet encore de l'affirmer.

— Mais c'est ce que vous pensez, et c'est ce que pense la police. Au demeurant, si tout le monde n'en était pas persuadé depuis le début, on ne vous aurait jamais fait venir hier. Je veux savoir ce qui leur est arrivé. Aux autres jeunes.

Je demeurai muette. Elle insista:

— D'après ce que j'ai lu, vous vous êtes rendue sur chacune des scènes de crime à la demande de la police.

— C'est exact.

Elle plongea la main dans une poche de son blazer et en tira une feuille de bloc qu'elle déplia en la lissant.

— Bruce Phillips et Judy Roberts, commença-t-elle, comme s'il était besoin de me rafraîchir la mémoire. Amoureux depuis le lycée. Ils ont disparu il y a deux ans et demi, le 1er juin, peu de temps après avoir quitté la maison d'un ami à Gloucester. Ils n'ont jamais regagné leurs domiciles respectifs. Le lendemain matin, la Camaro de Bruce a été retrouvée sur l'US 17, les clés sur le contact, les portes déverrouillées et les vitres baissées. Dix semaines plus tard, vous avez été appelée dans une région boisée à un kilomètre et demi à l'est du York River State Park, où des chasseurs avaient découvert deux corps en partie réduits à l'état de squelettes, couchés dans les feuilles mortes, face contre terre, à environ six kilomètres de l'endroit où on avait retrouvé la voiture de Bruce plus de deux mois auparavant.

C'était à peu près à ce moment-là que la police locale avait demandé l'assistance du VICAP, me rappelai-je. Ce que Marino, Wesley et l'enquêteur de Gloucester ignoraient à l'époque, c'est qu'un second couple avait été porté disparu en juillet, un mois après la disparition de Bruce et Judy.

Mrs Harvey leva les yeux vers moi.

– Viennent ensuite Jim Freeman et Bonnie Smyth. Ils ont disparu après une soirée piscine chez les Freeman, à Providence Forge, le dernier samedi de juillet. Tard ce soir-là, Jim a raccompagné Bonnie chez elle, et le lendemain un officier de police de Charles City a trouvé le blazer de Jim abandonné à une quinzaine de kilomètres de chez les Freeman. Quatre mois plus tard, le 12 novembre, des chasseurs ont retrouvé leurs corps à West Point...

Une pensée déplaisante me traversa. Sans doute Mrs Harvey ne savait-elle pas qu'en dépit de mes demandes répétées je n'avais pu avoir accès aux parties confidentielles des rapports de police, ni aux clichés de scènes de crime, et encore moins à l'inventaire des indices. J'avais attribué cet apparent manque de coopération au fait que l'enquête dépendait de multiples juridictions.

Mrs Harvey continua son impitoyable énumération. Une nouvelle disparition s'était produite au mois de mars de l'année suivante. Ben Anderson était descendu en voiture depuis Arlington pour voir sa petite amie, Carolyn Bennett, chez ses parents à Stingray Point, sur la Chesapeake Bay. Ils avaient quitté la maison des Anderson peu avant 7 heures pour reprendre la route en direction de l'Old Dominion University, à Norfolk, où ils étaient étudiants en troisième année. Le lendemain soir, un policier de l'État contactait les parents de Ben pour leur annoncer que le pick-up Dodge de leur fils avait été retrouvé abandonné sur le bas-côté de l'I 64, à environ huit kilomètres à l'est de Buckroe Beach. Les clés se trouvaient sur le démarreur, les portières n'étaient pas verrouillées et le sac à main de Carolyn se trouvait sous le siège passager. On avait découvert leurs squelettes six mois plus tard, au cours de la saison de chasse au cerf, dans un bois situé à cinq kilomètres au sud de la Route 199, dans le York County. Cette fois-ci, on ne m'avait même pas communiqué le rapport de police.

Lorsque Susan Wilcox et Mike Martin avaient disparu, en février dernier, je l'avais appris par l'intermédiaire du journal. Ils étaient en route pour la maison de Mike à Virginia Beach, afin d'y passer ensemble les vacances de printemps, quand ils s'étaient évanouis dans la nature, comme les autres couples avant eux. Le van bleu de Mike avait été remarqué par la police le long du Colonial Parkway, près de Williamsburg. Un mouchoir blanc était noué à l'antenne, signalant un problème mécanique, lequel s'était avéré inexistant. Le 15 mai, un père et son fils qui chassaient le dindon avaient découvert les corps décomposés du couple dans un bois coincé entre la Route 60 et l'I 64, dans le James City County.

Cette fois encore, je me remémorai avoir emballé des ossements pour les envoyer au département d'anthropologie légale du Smithsonian Institute en vue d'un ultime examen. Huit jeunes gens et, en dépit des innombrables heures que j'avais consacrées à chacun d'eux, j'étais dans l'incapacité de déterminer comment ou pourquoi ils étaient morts.

J'avais fini par ordonner à Marino : « Dieu nous en préserve, mais s'il y a une prochaine fois, n'attendez pas d'avoir découvert les corps. Dès que vous localisez la voiture, informez-moi. – D'ac, vous avez raison, autant autopsier les bagnoles puisque les corps nous apprennent que dalle », avait-il répondu en s'essayant, sans grand succès, à l'humour.

– Chaque fois, résuma Mrs Harvey, les portes n'étaient pas verrouillées, les clés se trouvaient sur le contact, il n'y avait aucun signe de lutte et rien ne semblait avoir été dérobé. Le *modus operandi* était presque identique dans tous les cas.

Elle replia ses notes et les fourra dans sa poche.

– Vous êtes bien informée, me contentai-je de commenter.

Je ne posai pas de questions, mais supposai qu'elle avait requis l'aide de son équipe pour procéder à des recherches.

– J'en arrive au point qui m'intéresse. Vous avez de toute évidence été associée à tout cela depuis le début, reprit-elle. Vous avez procédé à l'examen de tous les cadavres, et pourtant, si j'ai bien compris, vous ignorez ce qui a provoqué la mort de ces jeunes gens.

– C'est exact. Je ne le sais pas.

– Vous *ne le savez pas* ? Ou bien vous préférez ne pas le dire, docteur Scarpetta ?

Pat Harvey avait gagné le respect, sinon la crainte, de

tout le pays au cours de sa carrière de procureur fédéral. Elle avait du cran et savait se montrer pugnace. J'éprouvai le sentiment que sa terrasse venait de se transformer en prétoire.

— Si j'étais parvenue à une certitude, je n'aurais pas validé des certificats indiquant «cause indéterminée», répliquai-je avec calme.

— Mais vous pensez qu'ils ont été assassinés.

— Selon moi, des jeunes gens en bonne santé n'abandonnent pas brusquement leurs voitures pour décéder dans les bois de mort naturelle, madame Harvey.

— Et les diverses hypothèses? Qu'en pensez-vous? Je suppose qu'elles vous sont familières?

C'était le cas.

Quatre juridictions, et au moins autant d'enquêteurs, étaient impliquées dans ces affaires, et chacune avait échafaudé de nombreuses théories. Les couples étaient des consommateurs occasionnels de drogue et étaient tombés sur un dealer qui leur avait vendu une nouvelle drogue synthétique létale, indétectable par les examens toxicologiques de routine. Ou bien il s'agissait d'une histoire liée à des rites occultes. Ou encore les jeunes gens appartenaient tous à une quelconque société secrète, et leurs morts n'étaient que des suicides plus ou moins imposés.

— Les diverses théories dont j'ai eu connaissance manquent, selon moi, de crédibilité.

— Pour quelles raisons?

— Aucune de mes conclusions ne les étaye.

— Et qu'étayent-elles donc? rétorqua-t-elle d'un ton impérieux. De quelles *conclusions* parlez-vous? Si j'en juge par ce que j'ai lu et entendu, vous n'avez pas une seule foutue conclusion !

Une brume légère avait voilé le ciel, et je distinguai un avion filant sous le soleil, mince aiguille argentée suivie par le fil blanc de ses gaz. J'observai en silence le sillage s'élargir avant de se diluer pour disparaître. Si Deborah et Fred avaient connu le même sort que les autres, nous n'allions pas les retrouver avant un moment.

Pat Harvey continua en refoulant ses larmes :

– Ma Debbie ne s'est jamais droguée, elle n'a rien à voir avec une quelconque secte ou culte religieux bizarroïde ! C'est une adolescente tout ce qu'il y a de plus normal, avec ses crises de colère et de déprime, mais elle n'irait pas…

Elle s'interrompit soudain, tentant de garder le contrôle d'elle-même.

– Vous devez essayer de vous concentrer sur le moment présent, rien d'autre, conseillai-je avec douceur. Nous ignorons ce qui est arrivé à votre fille ou à Fred, et il s'écoulera peut-être un long moment avant que nous découvrions quoi que ce soit. Y a-t-il quelque chose que vous puissiez me raconter au sujet de Deborah ? N'importe quel détail capable de nous aider ?

– Un officier de police est venu ce matin, répondit-elle en inspirant avec difficulté. Il a examiné la chambre de Debbie, pris plusieurs de ses vêtements, sa brosse à cheveux. Il a dit que les vêtements étaient pour les chiens et qu'il avait besoin de cheveux afin de les comparer à ceux qu'ils trouveraient éventuellement dans la Jeep. Vous voulez la voir ? Je veux dire : voulez-vous voir sa chambre ?

J'acquiesçai de la tête, curieuse.

Je montai à sa suite un escalier de bois ciré qui menait à l'étage. La chambre de Deborah se trouvait dans l'aile est. De là la jeune fille pouvait contempler le lever du soleil ou surveiller la progression des orages au-dessus de la James River. Ornée d'un mobilier scandinave aux lignes sobres en magnifique teck clair, la chambre ne ressemblait pas à celle d'une adolescente ordinaire. Un édredon aux tons vert et bleu froids recouvrait le grand lit, au pied duquel s'étalait un tapis indien aux motifs rose et prune foncés. Dans une bibliothèque étaient serrés des romans et des encyclopédies. Des trophées et des douzaines de médailles retenues par des rubans de couleurs vives s'alignaient sur les deux étagères scellées au-dessus du bureau. Sur l'étagère supérieure trônait une grande photo de Deborah en équilibre sur une poutre de gymnastique, le dos cambré, les mains étendues avec élégance comme deux oiseaux délicats. Son visage était illuminé par un mélange de grâce et de pure discipline, en parfait accord avec les éléments qui composaient son sanctuaire. Nul besoin d'être la mère de Deborah pour savoir que cette jeune fille de dix-neuf ans était un être exceptionnel.

– Elle a tout choisi elle-même, précisa Mrs Harvey. Les meubles, le tapis, les couleurs. Difficile de croire qu'elle était là il y a quelques jours à peine pour préparer ses affaires de fac. Elle est tellement organisée, remarqua-t-elle en s'éclaircissant la gorge et en fixant les valises et la malle rangées dans un coin. Je pense qu'elle tient cela de moi. À défaut d'autre chose, je suis une femme très organisée, ajouta-t-elle avec un sourire nerveux.

Le souvenir de la Jeep de Deborah me revint. L'intérieur et l'extérieur rutilants, les bagages et les divers objets rangés avec grand soin.

Mrs Harvey se dirigea vers la fenêtre et continua :

– Elle est si soigneuse. J'ai souvent redouté que nous la gâtions trop, avec ses vêtements, sa voiture, l'argent. Nous en avons beaucoup discuté, Bob et moi. La situation n'est pas évidente, avec ce poste que j'occupe à Washington. Quand j'ai été nommée, l'année dernière, nous avons décidé – je veux dire nous tous, parents et enfants – qu'il était trop difficile de déraciner toute la famille, d'autant plus que Bob a ses affaires dans la région. Il était plus raisonnable que j'occupe l'appartement, quitte à revenir à la maison tous les week-ends – enfin, lorsque cela m'était possible. J'attendais de voir ce qui allait se produire à la prochaine élection.

Elle poursuivit après un long silence :

– Ce que j'essaie de dire, c'est que j'ai toujours éprouvé beaucoup de mal à refuser quelque chose à Debbie. Il est difficile d'être pondérée quand on veut le meilleur pour ses enfants, surtout quand on se souvient de ses propres aspirations au même âge, de ses propres doutes sur les vêtements, l'apparence physique. Lorsque vous savez que vos parents n'ont pas les moyens de payer un dermatologue, un orthodontiste, un chirurgien esthétique. Nous avons essayé de garder une certaine mesure, mais je ne suis pas sûre que nous ayons toujours fait le bon choix, dit-elle en croisant les bras sur sa taille. Pour ce qui concerne la Jeep, par exemple, j'étais opposée au fait qu'elle possède une voiture, mais je n'ai pas trouvé le courage de la contrer. Comme d'habitude, elle s'est montrée pragmatique. Elle voulait une voiture sûre, qui lui permettrait de se déplacer par tous les temps.

Je l'interrogeai, non sans une certaine hésitation :

– Lorsque vous mentionnez la chirurgie esthétique, vous faites allusion à quelque chose de particulier concernant votre fille ?

Elle me répondit sans se retourner :

– Docteur Scarpetta, des seins trop volumineux sont incompatibles avec la pratique de la gymnastique. À seize ans, Debbie avait une poitrine beaucoup trop développée, qui la mettait mal à l'aise et de surcroît l'empêchait de pratiquer son sport. Nous avons résolu ce problème l'année dernière.

– Cette photo est donc récente, commentai-je, car la Deborah que j'avais sous les yeux était une élégante sculpture étirant de longs muscles parfaits, aux seins et aux fesses menus et fermes.

– Elle a été prise en Californie en avril dernier.

Lorsqu'une personne est portée disparue, éventuellement décédée, il est classique que les légistes se préoccupent de détails anatomiques – hystérectomie, racines dentaires, cicatrices de chirurgie plastique –, lesquels peuvent concourir à l'identification du corps. C'était cela que je pistais dans les formulaires de signalement des personnes disparues, tous ces détails si banals mais ô combien humains sur lesquels je m'appuyais. En effet, j'avais appris au fil des ans qu'on ne doit pas toujours se fier aux bijoux ou aux effets personnels.

– Ce que je viens de vous confier ne doit jamais sortir de cette pièce, souligna Mrs Harvey. Debbie protège farouchement son intimité. D'ailleurs, il s'agit là d'une caractéristique familiale.

– J'entends bien.

– Ainsi, continua-t-elle, sa relation avec Fred était très préservée. Trop préservée. Je suis certaine que vous avez remarqué l'absence de photos, de toute trace de leur histoire. Pourtant ils ont dû échanger des photos, s'offrir des cadeaux, des souvenirs, mais elle s'est toujours montrée extrêmement secrète à ce sujet. Par exemple, elle a fêté son anniversaire au mois de février, et j'ai remarqué peu de temps après qu'elle portait une bague en or au petit doigt de la main droite. Un mince anneau orné d'un motif floral. Elle n'en a jamais rien dit et je ne lui ai pas posé de questions, mais je suis bien convaincue qu'il s'agissait d'un présent de Fred.

– Le considérez-vous comme un jeune homme stable ?

Elle se tourna enfin et me fit face, le regard sombre, ailleurs.

– Fred est un garçon très intense, presque obsessionnel, ce qui ne signifie pas qu'il soit instable. Je n'ai vraiment rien à lui reprocher. Je me suis simplement inquiétée du fait que leur relation soit trop sérieuse, trop… (elle détourna le regard, à la recherche du mot adéquat) dépendante. C'est le terme qui me vient à l'esprit. C'est un peu comme si chacun se transformait en drogue pour l'autre.

Elle ferma les yeux, se retournant pour appuyer son front contre la fenêtre.

– Mon Dieu, si seulement nous ne lui avions pas offert cette foutue Jeep!

Je conservai le silence.

– Fred n'a pas de voiture, elle n'aurait pas pu faire autrement…

Elle laissa mourir sa phrase et j'achevai:

– Elle aurait été contrainte de partir avec vous.

– Et rien de tout cela ne serait arrivé!

Brusquement, elle traversa la pièce et sortit dans le couloir. Je savais qu'elle ne supportait pas de rester une minute de plus dans la chambre de sa fille, et je la suivis dans l'escalier, jusqu'à la porte d'entrée. Lorsque je lui tendis la main, elle se détourna de moi et des larmes dévalèrent de ses yeux.

– Je suis désolée.

Combien de fois dans ma vie allais-je devoir prononcer ces mots?

La porte d'entrée se referma doucement et je descendis les marches du porche. Sur le chemin du retour, je priai le ciel pour que ma prochaine rencontre avec Pat Harvey ne soit pas officielle, le genre de rencontre liée à mes fonctions de médecin expert général.

3

Il s'écoula une semaine avant que j'aie des nouvelles de quelqu'un ayant un rapport quelconque avec l'affaire Harvey-Cheney, et, pour ce que j'en savais, l'enquête n'avait pas avancé d'un pouce. Le lundi, alors que je me trouvais à la morgue, plongée dans le sang jusqu'aux coudes, Benton Wesley m'appela. Il souhaitait me voir sans tarder en compagnie de Marino et suggéra que nous allions dîner chez lui.

– Moi, je crois que Pat Harvey le met à cran, déclara Marino tandis que nous nous mettions en route ce soir-là pour nous rendre chez Wesley, un début d'averse tambourinant sur son pare-brise. Personnellement, elle peut bien consulter une diseuse de bonne aventure, appeler Billy Graham ou une bordel de fée Clochette, je m'en bats l'œil.

– Hilda Ozimek n'est pas une diseuse de bonne aventure, protestai-je.

– La moitié de ces taules de Mme Irma qu'ont une

enseigne en forme de main sont que des façades pour les putes.

– Je sais, Marino, acquiesçai-je non sans lassitude.

Il tira le cendrier, me rappelant par la même occasion à quel point fumer était une habitude dégoûtante. S'il arrivait à caser un mégot supplémentaire là-dedans, il méritait de figurer dans *Le Livre des records*.

– En d'autres termes, je suppose que vous avez entendu parler d'Hilda Ozimek, continua-t-il.

– Je n'en sais pas grand-chose, si ce n'est qu'elle vit quelque part en Caroline du Sud ou du Nord.

– Du Sud.

– Elle séjourne chez les Harvey?

– Plus maintenant, dit-il en arrêtant les essuie-glaces tandis que le soleil perçait les nuages. Si ce foutu temps voulait bien arrêter de changer sans arrêt, ça nous ferait des vacances. Elle est retournée hier en Caroline du Sud. Genre: ils l'ont fait venir à Richmond et rembarquée en avion privé. C'est dingue, non?

– Mais comment se fait-il que tout cela soit de notoriété publique?

Que Pat Harvey puisse faire appel aux services d'un médium me surprenait déjà, mais qu'elle en informe qui que ce soit me sidérait.

– Bonne question. Je vous raconte juste ce que Benton m'a dit quand il a appelé. Apparemment, Mrs Hilda a vu dans sa boule de cristal quelque chose qui a salement secoué Mrs Harvey.

– Quoi au juste?

– J'en sais que dalle, Benton m'a pas donné de détails. Je n'insistai pas. Discuter de Benton et de sa façon de distiller les informations avec parcimonie me mettait mal à l'aise. Nous avions, lui et moi, eu plaisir à travailler ensemble, éprouvant l'un pour l'autre une estime chaleureuse. Je le trouvais distant à présent et me demandais avec inquiétude si son attitude n'avait pas un rapport avec Mark. Lorsque celui-ci m'avait quittée en acceptant une mission dans le Colorado, il avait également lâché Quantico, où il avait eu le privilège de diriger l'unité d'études juridiques de l'Académie nationale du FBI. Wesley avait perdu son collègue et camarade, et à ses yeux c'était sans doute de ma faute. Les liens de l'amitié masculine peuvent être plus forts que ceux du mariage, et les compagnons d'armes se montrent plus loyaux l'un envers l'autre que des amants.

Une demi-heure plus tard, Marino quittait l'autoroute. La succession de virages jalonnant les petites routes qui nous menaient au cœur de la campagne me fit assez vite perdre le sens de l'orientation. Si j'avais souvent rencontré Wesley dans le passé, nos entrevues s'étaient toujours déroulées dans mon bureau ou le sien. Je n'avais jamais été invitée dans sa maison, nichée dans le décor pittoresque des champs et forêts de Virginie, des pâturages entourés de barrières blanches, des granges et des maisons retirées à l'écart des routes. En approchant de notre destination, l'architecture changea quelque peu. Nous dépassâmes de longues allées menant à de grandes demeures modernes entourées de vastes terrains, au bout desquelles des berlines européennes étaient garées devant des garages pouvant abriter deux ou trois voitures.

– Je ne m'étais jamais rendu compte que des habitants de Washington venaient résider aussi près de Richmond, remarquai-je.

– Quoi? Depuis quatre ou cinq ans que vous êtes là, vous avez jamais entendu parler de l'agression nordiste?

– Si vous étiez né à Miami, la guerre de Sécession ne ferait pas partie de vos préoccupations majeures, vous savez, répliquai-je.

– J'vous crois sur parole. Bordel! Miami fait même pas partie de ce pays. Un endroit où on doit voter pour savoir si l'anglais est la langue officielle appartient pas aux États-Unis.

Marino ne se lassait jamais des provocations à propos de mon lieu de naissance.

Il ralentit pour s'engager dans une allée de gravier et commenta:

– Pas dégueu comme crèche, hein? Les Feds doivent payer mieux que la Ville.

De grandes baies vitrées s'ouvraient dans la maison de bardeaux bâtie sur des fondations de pierre. Une profusion de rosiers bordait la façade et les ailes est et ouest ombragées par de hauts chênes et d'antiques magnolias. Nous descendîmes de voiture et je scrutai les alentours, cherchant quelque détail susceptible de m'éclairer un peu sur la vie que menait Benton Wesley en ces lieux. Au-dessus de la porte du garage était accroché un panier de basket, et une tondeuse rouge parsemée d'herbe coupée était remisée non loin d'un tas de bûches surmonté d'une bâche. Au-delà, j'apercevais un jardin spacieux, impeccablement entretenu, planté d'arbres fruitiers et d'azalées, et agrémenté de plates-bandes fleuries. Près d'un barbecue à gaz, plusieurs chaises étaient serrées les unes contre les autres, et j'imaginai Wesley et sa femme prenant un verre et faisant griller des steaks lors des belles soirées d'été.

Marino sonna. Ce fut la femme de Wesley qui vint nous ouvrir et se présenta sous le nom de Connie.

– Ben est monté un instant, nous apprit-elle dans un sourire en nous précédant vers un salon rendu lumineux par ses larges baies vitrées, pourvu d'une grande cheminée et décoré de meubles rustiques.

Je n'avais jamais entendu quiconque appeler Wesley «Ben». Il est vrai que c'était également la première fois que je rencontrais sa femme. Âgée d'une quarantaine d'années, Connie était une brune séduisante. Le noisette de ses yeux était si léger qu'ils en paraissaient presque dorés. Ses traits bien dessinés, un peu anguleux, rappelaient ceux de son mari. Elle dégageait une impression de douceur, une réserve tranquille qui laissait deviner une indiscutable force de caractère alliée à de la tendresse. Le Benton Wesley sans cesse sur ses gardes que je fréquentais devait, à n'en point douter, être très différent chez lui, et je me demandai dans quelle mesure Connie connaissait la nature exacte de sa profession.

– Pete, vous voulez une bière?

Il se laissa aller dans un rocking-chair et répondit:

– Ben, en principe c'est moi qui reprends le volant tout à l'heure. Vaut mieux que j'en reste au café.

– Kay, que puis-je vous offrir?

– Du café sera parfait si cela ne vous dérange pas.

– Je suis tellement heureuse de faire enfin votre connaissance, ajouta-t-elle avec sincérité. Ben parle de vous depuis des années, il a beaucoup d'estime pour vous.

– Merci.

Le compliment me déconcerta. Mais la remarque qui suivit me secoua pour de bon :

– La dernière fois que nous avons vu Mark, je lui ai fait jurer de vous amener dîner dès qu'il ferait un saut à Quantico.

– C'est très gentil, répondis-je avec un sourire forcé.

De toute évidence, Wesley ne lui confiait pas tout, et l'idée que Mark ait pu séjourner récemment en Virginie sans même daigner me passer un coup de fil frisait l'insupportable.

Elle nous abandonna quelques instants pour se rendre dans la cuisine et Marino renchérit :

– Vous avez eu des nouvelles de Mark récemment ?

– Il paraît que Denver est une jolie ville, rétorquai-je on ne peut plus évasivement.

– Moi, ce que j'en dis, c'est que c'est archi-chiant. Ils le plongent en mission de sous-marin, puis ils l'exfiltrent et ils le planquent un moment à Quantico, et du jour au lendemain ils le réexpédient à l'ouest sur un truc dont il peut même pas causer à personne. Encore une autre raison pour laquelle ils pourraient me payer une fortune que j'irais pas travailler au FBI.

Je ne répondis rien, mais il s'entêta :

– Et aux chiottes votre vie privée ! Ils s'en tapent. Comme ils disent : « Si Hoover avait voulu que t'aies une femme et des gosses, il te les aurait fournis en même temps que ton badge.»

— L'époque d'Edgar Hoover remonte loin, répondis-je en fixant les arbres malmenés par le vent.

La pluie semblait menacer de nouveau, avec davantage d'obstination cette fois.

— Peut-être bien, mais vous avez toujours pas de vie privée.

— N'est-ce pas notre cas à tous?

— Bordel, c'est super-vrai, marmonna-t-il tout bas.

L'écho d'un pas nous parvint. Wesley pénétra dans la pièce, toujours en costume-cravate, son pantalon gris et sa chemise blanche amidonnée légèrement froissés. Il paraissait fatigué et tendu, mais s'inquiéta de savoir si l'on nous avait offert à boire.

— Connie s'occupe de nous, répondis-je.

Il s'installa sur un siège en jetant un coup d'œil à sa montre.

— Nous dînerons dans une heure environ, dit-il en joignant les mains sur ses genoux.

Marino se lança:

— Morrell m'a communiqué que dalle.

— J'ai bien peur qu'il n'y ait rien de nouveau. Rien de très encourageant, expliqua Wesley.

— Je m'en doutais... Ce que je voulais dire, c'est que j'ai pas du tout eu de nouvelles de Morrell.

Marino demeurait impassible, mais je percevais son ressentiment. Certes, il n'avait formulé aucune récrimination devant moi, du moins pas encore, mais je sentais qu'il avait l'impression d'être un joueur de football relégué au banc de touche pendant toute la saison. Il avait toujours entretenu d'excellents rapports avec les enquêteurs des autres juridictions, ce qui, c'était indiscutable, avait constitué un des atouts majeurs de l'efficacité du VICAP en Virginie. Lorsque les affaires des couples disparus avaient commencé, les différents enquêteurs avaient cessé d'échanger entre eux, ne communiquant pas davantage avec Marino – ni avec moi, d'ailleurs.

– L'enquête locale est au point mort, l'informa Wesley. Nous ne sommes pas allés plus loin que l'aire de repos est, où le chien a perdu la piste. Le seul autre élément nouveau, c'est un reçu trouvé dans la Jeep. Deborah et Fred se sont, semble-t-il, arrêtés au Seven-Eleven en quittant la maison des Harvey à Richmond. Ils ont acheté un pack de six Pepsi et quelques autres bricoles.

– On a enquêté là-dessus alors, fit Marino d'un ton irrité.

– On a localisé la vendeuse en poste à ce moment-là. Elle se souvient de les avoir vus, peu après 21 heures.

– Ils étaient seuls ?

– On dirait. Personne n'est entré avec eux, et si quelqu'un les attendait dans la voiture, rien dans leur attitude ne permet de conclure qu'il se passait quoi que ce soit d'anormal.

– Où se trouve ce Seven-Eleven ? demandai-je.

– À environ sept kilomètres à l'ouest de l'aire de repos où le véhicule des jeunes gens a été retrouvé, précisa Wesley.

– Vous dites qu'ils ont acheté autre chose. De quoi s'agissait-il au juste ?

– J'allais y venir, me dit Wesley. Deborah Harvey a

acheté une boîte de Tampax. Elle a demandé si elle pouvait utiliser les toilettes, on lui a répondu que ce n'était pas possible, et la vendeuse lui a indiqué l'aire de repos est sur l'I 64.

– Là où le chien a perdu la trace, traduisit Marino avec un froncement de sourcils perplexe. En d'autres termes, en face de celle où la bagnole a été découverte.

– Exact.

– Et le Pepsi ? intervins-je.

– Quand la police a fouillé la Jeep, elle a trouvé six canettes de Pepsi dans la glacière.

Il s'interrompit à l'apparition de sa femme, qui nous servit notre café dans un silence aimable, et à lui un thé glacé, puis s'éclipsa. Connie Wesley avait une longue habitude de la discrétion.

– Vous pensez qu'ils se sont arrêtés pour que Deborah puisse régler son petit problème, et c'est là qu'ils ont rencontré le cinglé qui les a zigouillés, extrapola Marino.

– Nous ne savons pas ce qui leur est arrivé, nous rappela Wesley. Nous devons envisager une multitude de scénarios.

– Comme quoi, par exemple ? rétorqua Marino, l'air toujours renfrogné.

– L'enlèvement.

– Hein ? Un kidnapping ? dit Marino sans dissimuler son scepticisme.

– Rappelez-vous qui est la mère de Deborah.

– Ouais, je sais, Mme la Super-Tsarine de la drogue, que le président a nommée parce qu'il voulait filer un os à ronger aux féministes.

Wesley rétorqua avec calme :

– Je crois qu'il ne serait pas avisé de la reléguer au rang de symbole de la ploutocratie ou de nomination féminine gadget, Pete. La fonction ne confère peut-être pas autant de pouvoir qu'on le pense : elle n'a jamais accédé au statut de membre du Cabinet. Néanmoins, Pat Harvey est en liaison directe avec le président. La réalité, c'est qu'elle coordonne l'activité de toutes les agences fédérales dans la lutte contre le trafic de drogue.

– Sans oublier ses résultats lorsqu'elle était attorney fédéral, ajoutai-je. Elle a soutenu sans équivoque le projet de la Maison-Blanche visant à punir de la peine capitale les assassinats et tentatives d'assassinats liés à la drogue, et elle ne s'est pas privée de le faire savoir.

– Ouais, comme une flopée d'autres politiciens, rétorqua Marino. Peut-être que je m'inquiéterais plus si la dame en question était un de ces libéraux qui veulent légaliser cette merde. À ce moment-là, je me demanderais si on a pas affaire à un mec de la droite ultra-conservatrice qu'aurait entendu Dieu en personne lui donner l'ordre d'enlever la gamine de Pat Harvey.

– Elle s'est montrée très offensive, continua Wesley, elle a réussi à obtenir des condamnations à l'encontre de certains des pires gros bonnets du trafic. Elle s'est bagarrée pour faire voter des lois importantes. Elle a reçu des menaces de mort, de toute évidence sérieuses puisque, il y a quelques années de cela, une bombe a fait exploser sa voiture…

– Ouais, une Jaguar vide sur le parking du *country*

club, ce qui a fait d'elle une héroïne, l'interrompit Marino.

– Ce que je veux souligner, continua Wesley sans se départir de sa patience, c'est qu'elle s'est attiré un paquet d'ennemis, surtout dans ses tentatives pour lever le voile sur les activités de diverses organisations caritatives.

– J'ai lu quelque chose à ce sujet, dis-je en essayant de me souvenir des détails.

– L'opinion publique ne connaît que la partie émergée de l'iceberg. Elle s'intéresse depuis peu à la CAMICD, la Coalition américaine des mères inflexibles contre la drogue.

– Vous rigolez là ? réagit Marino. Ce serait comme de dire que l'UNICEF est pourri !

Je m'abstins de préciser que j'envoyais tous les ans de l'argent à la CAMICD et me considérais comme un ardent soutien de l'association.

Wesley continua :

– Mrs Harvey a pas mal creusé. Elle a réuni des preuves qui tendent à démontrer que la CAMICD sert de couverture à un cartel de la drogue, sans compter d'autres activités illicites en Amérique centrale.

– Ben, merde alors, souffla Marino en secouant la tête. Heureusement que je donne pas un rond à personne, sauf à l'Association des policiers américains.

– La disparition de Deborah et Fred est compliquée parce qu'elle semble liée à celle des quatre autres couples, reprit Wesley. Mais il se pourrait que quelqu'un cherche délibérément à nous faire gober ce lien dans le but de nous balader un peu. Nous sommes peut-être confrontés à un *serial killer*. Ou bien à tout autre chose. Quoi qu'il en soit, il est impératif que tout cela se déroule le plus discrètement possible.

– Donc, ce que vous attendez maintenant, c'est un truc comme une demande de rançon, hein? Genre : des voyous d'Amérique centrale qui échangent Deborah contre un paquet de pognon?

– Non, je ne crois pas à cette éventualité, Pete. J'envisage bien pire. Pat Harvey doit témoigner lors d'une audience du Congrès au début de l'année prochaine, une session consacrée à ces organisations caritatives bidon. Dans cette optique, l'enlèvement de sa fille est une des pires choses qui puissent se produire maintenant.

Mon estomac se noua à cette pensée. Pat Harvey avait joui d'une réputation sans taches tout au long de sa carrière, ce qui la rendait presque invulnérable sur le plan professionnel. Mais elle était également mère, et le bien-être de ses enfants lui serait plus précieux que sa propre vie. Sa famille devenait son talon d'Achille.

Le regard perdu vers son jardin chahuté par le vent, Wesley remarqua :

– Nous ne pouvons pas écarter l'hypothèse d'un enlèvement politique.

Wesley aussi avait une famille. Qu'un parrain de la Mafia, un meurtrier ou quelqu'un qu'il avait contribué à mettre hors d'état de nuire puisse s'en prendre à sa femme ou à ses enfants prenait pour lui des allures de cauchemar. Sa maison était défendue par un système d'alarme sophistiqué et un interphone protégeait la porte d'entrée. Il avait choisi de vivre au fin fond de la campagne de Virginie, son numéro de téléphone était sur liste rouge, son adresse jamais communiquée aux journalistes, ni même à la plupart de ses collègues ou connaissances. Jusqu'à aujourd'hui j'ignorais où il habitait, m'étant de surcroît convaincue qu'il résidait plus près de Quantico, sans doute à McLean ou Alexandria.

— Marino vous a parlé de cette Hilda Ozimek, n'est-ce pas? me dit-il.

J'acquiesçai d'un hochement de tête et demandai:

— Ce n'est pas un charlatan?

— Ce n'est pas une information que nous aimons répandre, mais le Bureau a fait appel à elle un certain nombre de fois. Elle a un don, ou un pouvoir, comme vous préférez, tout à fait authentique. Ne me demandez aucune explication, ce genre de phénomènes dépasse ma propre expérience. Pourtant, ce qui est indiscutable, c'est qu'elle nous a un jour aidés à localiser un avion du FBI qui s'était écrasé dans les montagnes de Virginie occidentale. Elle avait aussi prédit l'assassinat de Sadate, et nous aurions pu anticiper la tentative contre Reagan si nous avions davantage accordé foi à ses propos.

— Me dites pas qu'elle avait annoncé l'attentat contre Reagan, intervint Marino.

— Quasiment au jour près. Nous n'avons pas répercuté l'information qu'elle nous avait transmise, parce que… eh bien, parce que nous ne la prenions pas au sérieux, je suppose. Si bizarre que cela puisse paraître, la faute nous en incombe donc. Et, depuis, les services secrets tiennent à être au courant de toutes ses prédictions.

– Comme ça, les services secrets lisent aussi les horoscopes ? ironisa Marino.

– Selon moi, Hilda Ozimek considère les horoscopes comme des généralités, et, pour ce que j'en sais, elle ne lit pas les lignes de la main, ajouta-t-il sur un ton lourd de sous-entendus.

– Et comment Mrs Harvey est-elle entrée en relation avec cette femme ? demandai-je.

– Sans doute par quelqu'un au sein du ministère de la Justice. Toujours est-il que, vendredi, elle l'a fait venir par avion à Richmond. Celle-ci lui a confié un certain nombre de choses qui ont eu pour résultat de la faire… Enfin, disons que je considère Mrs Harvey comme un électron libre et que je m'inquiète. Ses initiatives pourraient provoquer beaucoup plus de mal que de bien.

– Que lui a exactement révélé ce médium ? demandai-je avec fermeté.

Wesley soutint mon regard et répondit :

– Je ne peux vraiment pas entrer dans les détails. Pas maintenant.

– Mais elle en a discuté avec vous ? insistai-je. Pat Harvey vous a informé qu'elle avait eu recours à un médium ?

– Je n'ai pas le droit d'en parler, Kay.

Nous demeurâmes tous les trois silencieux un moment et je songeai brusquement que ce n'était pas Pat Harvey qui avait divulgué cette information à Wesley. Il l'avait découverte par un autre biais.

– Je sais pas, mais ça pourrait aussi être un truc complètement au pif, suggéra Marino. Je crois pas qu'il faille négliger cette possibilité-là.

– Il convient de ne rien négliger, renchérit Wesley d'un ton ferme.

– Cette affaire dure depuis deux ans et demi, Benton, rappelai-je.

– Ouais, ça fait un foutu bout de temps, commenta Marino. Moi, ça me fait l'effet d'un truc de tordu, genre qui se fait une fixation sur les couples, un truc de jalousie parce que c'est un pauvre mec, qu'il est incapable d'entretenir une relation et qu'il déteste ceux qui en ont une.

– Il est évident que c'est une hypothèse très plausible. Un individu qui part en chasse, à la recherche de jeunes couples. Il peut fréquenter les coins pour amoureux, les aires de repos, les bistrots où se garent les jeunes. Il peut traquer longtemps avant de frapper, puis se rejouer les meurtres pendant des mois avant que la nécessité de tuer de nouveau ne devienne irrésistible et que l'occasion idéale ne se présente. Il s'agit peut-être d'une coïncidence – Deborah Harvey et Fred Cheney se sont peut-être trouvés au mauvais endroit au mauvais moment.

– Aucun des indices portés à ma connaissance ne permet de suggérer qu'un de ces couples fût garé et engagé dans une activité sexuelle lorsqu'il a rencontré son agresseur, soulignai-je.

Wesley demeura muet et je continuai :

– Et, à l'exception de Deborah et Fred, les jeunes ne semblent pas s'être arrêtés sur une aire de repos ou dans quelque autre «bistrot», comme vous dites. Tous semblent avoir été en chemin vers une destination précise lorsqu'ils se sont trouvés dans une situation les poussant à s'arrêter, pour faire monter quelqu'un dans leur voiture ou, au contraire, opter pour le véhicule de l'individu en question.

– La théorie du flic assassin, marmonna Marino. Ça, c'est pas la première fois que je l'entends.

– Il n'est pas exclu qu'il s'agisse d'un individu se faisant passer pour un policier, répondit Wesley. Ce qui expliquerait que les couples s'arrêtent et montent dans une autre voiture pour une vérification de routine, leurs papiers ou quelque chose dans ce genre. N'importe qui peut entrer dans un magasin spécialisé et se payer un gyrophare, un uniforme, un badge, bref toute la panoplie. Là où le bât blesse, c'est qu'une lumière clignotante attire l'attention. Les autres automobilistes la remarquent, et s'il y a un vrai flic dans le coin, il est susceptible de ralentir, voire même de s'arrêter pour proposer son aide à un collègue. Jusqu'à présent, nous n'avons recueilli aucun témoignage qui mentionne la présence d'une voiture de patrouille dans ledit périmètre et à l'heure où ces gamins ont disparu.

– D'autant qu'on pourrait se demander pourquoi les portefeuilles et les sacs sont restés dans les voitures – à l'exception de la pochette de Deborah, introuvable, remarquai-je. Si les jeunes gens ont reçu pour instructions de monter dans un prétendu véhicule de police à cause d'une infraction mineure, pourquoi abandonner derrière eux les cartes grises et les permis de conduire ? Ce sont les premiers papiers qu'un policier demande à vérifier et, quand vous montez dans sa voiture, vous les avez sur vous.

– Ils ne sont peut-être pas montés dans ce véhicule de leur plein gré, Kay. Ils pensent être arrêtés par un authentique policier et, lorsque le type arrive à la fenêtre, il pointe une arme sur eux et leur ordonne de le suivre.

– C'est un vache de risque, argua Marino. Moi, à ce moment-là, je passerais la vitesse et je me tirerais de là pied au plancher. Et puis y a toujours la possibilité que quelqu'un vous voie en passant. Je veux dire : comment que vous obligez deux personnes à monter dans votre bagnole sous la menace d'un flingue, et ça à quatre ou peut-être cinq reprises, sans que personne remarque qu'y se passe un foutu truc pas clair ?

– En réalité, la question qu'il convient de se poser est la suivante, lâcha Wesley en me regardant sans insistance : comment assassinez-vous huit personnes sans laisser de traces, sans même une éraflure sur un os ou une douille à proximité des corps ?

– Par strangulation, garrottage ou en leur tranchant la gorge, répondis-je, et ce n'était pas la première fois qu'il me pressait sur ce point. Benton, les corps ont tous été retrouvés en état de décomposition avancée. Et je tiens à vous rappeler que la théorie du flic assassin implique que les victimes soient montées à bord du véhicule de l'agresseur. Si l'on se fonde sur la piste que le bloodhound a suivie le week-end dernier, il paraît plausible que l'agresseur de Deborah Harvey et Fred Cheney soit reparti dans la Jeep de Deborah, ait abandonné celle-ci sur l'aire de repos pour retraverser l'Interstate à pied.

Wesley paraissait fatigué. Il s'était frotté les tempes à

plusieurs reprises au cours de la conversation, comme s'il luttait contre la migraine.

– La raison pour laquelle j'ai souhaité vous parler, à tous les deux, c'est que cette affaire exige que nous procédions avec une extrême prudence. Il faut que nous communiquions entre nous de façon franche et directe. Une discrétion absolue est impérative. Pas de bavardage avec les journalistes, aucune divulgation d'informations à qui que ce soit, qu'il s'agisse d'amis proches, de parents, d'autres médecins légistes, de flics. Et pas de transmissions radio, ajouta-t-il en nous regardant tour à tour. Si les corps de Deborah Harvey et Fred Cheney sont découverts, je veux être prévenu aussitôt par téléphone filaire. Quant à Mrs Harvey, si elle tentait d'entrer en contact avec l'un d'entre vous, renvoyez-la sur moi.

– Elle m'a déjà contactée, l'informai-je.

– Je suis au courant, Kay, répondit-il sans me regarder.

Je ne lui demandai pas comment il l'avait appris, mais ne pus dissimuler mon irritation.

– Étant donné les circonstances, je comprends tout à fait que vous ayez jugé souhaitable de lui rendre visite, ajouta-t-il. Mais il est préférable que cela ne se reproduise pas et que vous ne discutiez pas davantage de ces affaires avec elle. Cela ne fait que créer des problèmes supplémentaires et va au-delà de son intervention dans l'enquête. D'autant que plus elle s'en mêle, plus elle est susceptible de se mettre en danger.

– Pourquoi? Parce qu'elle pourrait se faire buter? demanda Marino d'un ton sceptique.

– Plutôt parce qu'elle deviendrait totalement irrationnelle, impossible à maîtriser.

Le souci de Wesley à l'égard de la santé psychologique de Pat Harvey était peut-être un argument recevable, mais il me parut un peu léger. Tandis que Marino et moi revenions vers Richmond après dîner me vint une sorte d'inquiétude, difficile à dissiper : la raison pour laquelle Wesley avait voulu nous voir avait-elle véritablement un rapport avec le jeune couple disparu ?

– J'ai le sentiment d'être manipulée, avouai-je finalement, au moment où les immeubles de Richmond se dessinaient à l'horizon.

– Bienvenue au club ! répondit Marino avec irritation.

– Avez-vous une idée de ce qui se passe au juste ?

– Oh, que ouais ! lâcha-t-il en enfonçant d'un geste rageur l'allume-cigares. J'ai un vieux doute. Je crois que ce putain de FBI a flairé qu'y se passe un truc qui risque de mouiller quelqu'un d'important. Mon petit doigt me dit qu'un mec tente de protéger son cul, et Benton est coincé au milieu.

– Si c'est le cas, nous aussi.

– Pigé, Doc.

Trois années s'étaient écoulées depuis le jour où Abby Turnbull était apparue sur le seuil de mon bureau, les bras chargés d'iris fraîchement coupés et d'une bouteille d'un vin exceptionnel en guise d'adieu. Elle avait donné sa démission au *Richmond Times* et partait pour Washington travailler au *Post* comme journaliste spécialisée dans les affaires criminelles. Comme toujours

dans ce genre de circonstances, nous nous étions promis de rester en contact, mais, à ma grande honte, je
ne me souvenais même pas quand je lui avais téléphoné
ou envoyé un mot pour la dernière fois.

Ma secrétaire, Rose, me demanda :

– Vous voulez que je vous la passe ou qu'elle laisse
un message ?

– Je la prends, dis-je avant d'énoncer mécanique-
ment : « Scarpetta. »

– Toujours ce fichu ton de super-chef ! résonna la
voix familière.

– Abby, je suis désolée ! pouffai-je. Rose m'a préve-
nue qu'il s'agissait de toi, mais, comme d'habitude, je
fais cinquante choses en même temps et j'ai perdu
toute cordialité au téléphone. Comment vas-tu ?

– Très bien. Du moins si l'on exclut le fait que le
taux d'homicides à Washington a triplé depuis mon
arrivée.

– J'espère qu'il ne s'agit que d'une coïncidence.

– C'est la drogue, expliqua-t-elle d'un ton qui me
parut tendu. Cocaïne, crack et armes automatiques. J'ai
toujours pensé que le pire, c'était les rues de Miami ou
même de New York, mais c'est notre belle capitale qui
remporte la palme.

Je jetai un œil à la pendule et notai l'heure de l'appel par réflexe sur le registre. J'étais tellement habituée à remplir les feuilles d'appel que je tendais la
main vers le bloc même quand mon coiffeur souhaitait
la confirmation d'un rendez-vous.

– J'espérais que tu serais libre à dîner ce soir, dit-
elle.

– À Washington ? demandai-je sans comprendre.

– Non, je suis à Richmond.

Je suggérai que nous dînions chez moi, préparai ma serviette et pris la direction de l'épicerie. Après avoir arpenté les allées avec mon chariot en hésitant longuement, je finis par me décider pour deux filets de bœuf et de quoi préparer une salade. L'après-midi était magnifique et l'idée de voir Abby me mettait de bonne humeur. Je décrétai qu'une soirée en compagnie d'une vieille amie était une excellente occasion d'affronter la perspective de cuisiner dehors.

Une fois rentrée, je me mis aussitôt au travail et écrasai de l'ail frais dans un bol de vin rouge et d'huile d'olive. Ma mère me reprochait toujours de « gâcher un bon steak ». J'avoue que mes compétences culinaires me grisaient parfois un peu. Très franchement, je préparais la meilleure marinade de Richmond, propice à rendre n'importe quelle viande délicieuse. Je rinçai la laitue, la séchai sur du papier absorbant, puis découpai en lamelles les champignons, les oignons et ma dernière tomate de Hanovre tout en me motivant pour nettoyer le gril. Lorsqu'il me fut impossible de reculer plus longtemps, je sortis sous le patio de briques.

L'espace d'un instant, les massifs de fleurs et les arbres de mon jardin me désorientèrent et je me sentis comme une étrangère dans ma propre maison. Je m'armai d'une éponge et d'un flacon de dégraissant, et entrepris de nettoyer vigoureusement le mobilier de jardin avant de m'attaquer au barbecue à l'aide d'un tampon à récurer. Il était resté à l'abandon depuis ce samedi soir du mois de mai où Mark et moi nous étions vus pour la dernière fois. Je frottai la graisse charbonneuse à m'en user les coudes, assaillie par des images, l'écho de voix. Nous avions discuté, puis nous nous étions disputés. Nous avions fini par nous réfugier dans un silence hostile avant de faire l'amour avec une sorte de frénésie.

Lorsque Abby sonna à ma porte, un peu avant 18 h 30, je faillis ne pas la reconnaître. À l'époque où elle travaillait à Richmond, elle portait ses cheveux parsemés de mèches grises et coupés au carré à hauteur d'épaules, ce qui lui donnait un air un peu désolé, toujours exténué, la faisant paraître plus vieille que sa petite quarantaine. Le gris avait disparu de sa chevelure, et une jolie coupe à la mode mettait en valeur ses traits fins et ses yeux de deux nuances de vert différentes, particularité qui m'avait toujours fascinée. Elle était vêtue d'un tailleur bleu foncé et d'un chemisier de soie ivoire, et portait une mince serviette de cuir noir.

– La parfaite Washingtonienne, remarquai-je en l'étreignant.

– C'est tellement bon de te revoir, Kay !

Elle s'était souvenue que j'aimais le whisky et m'avait apporté une bouteille de Glenfiddich, que nous débouchâmes séance tenante. Nous nous installâmes ensuite sous le patio pour déguster nos verres et discuter à bâtons rompus tandis que j'allumais le barbecue sous un soleil couchant de fin d'été.

– Sous certains aspects, Richmond me manque, expliqua-t-elle. Washington est une ville excitante, mais c'est l'enfer. Par exemple, je me suis fait un cadeau, je me suis payé une Saab. Eh bien, on m'a déjà forcé les serrures, on m'a volé les enjoliveurs, démoli les portières. Je paie cent cinquante dollars par mois pour garer cette fichue bagnole à au moins quatre pâtés de maisons de chez moi. Quant à se garer au *Washington Post*, autant laisser tomber. Je vais au bureau à pied et j'utilise une voiture de fonction. Non, ça, Washington n'est pas Richmond, c'est sûr. Mais je ne regrette pas d'être partie, ajouta-t-elle d'un ton un peu trop catégorique.

Les steaks grésillèrent lorsque je les plaçai sur le gril tout en demandant :

– Tu travailles toujours la nuit ?

– Non, c'est au tour de quelqu'un d'autre. Les journalistes débutants battent le pavé dès le début de soirée et je prends la suite dans la journée. On ne m'appelle la nuit que lorsque se produit un événement vraiment important.

– Je suis les articles que tu signes, lui dis-je. Ils vendent le *Post* à la cafétéria et je le lis en général à l'heure du déjeuner.

– Alors que moi, je ne sais pas toujours sur quoi tu travailles, reconnut-elle, mais je suis quand même au courant de certaines choses.

– Ce qui explique ta présence à Richmond ? hasardai-je tout en nappant la viande de marinade.

– En effet. L'affaire Harvey.

Je ne relevai pas.

– Marino n'a pas changé, remarqua-t-elle.

– Tu lui as parlé ? demandai-je en lui jetant un coup d'œil.

– J'ai essayé, avoua-t-elle avec un sourire forcé. Ainsi

qu'avec d'autres enquêteurs et, bien sûr, Benton Wesley. En d'autres termes, on m'a envoyée sur les roses.

– Eh bien, si cela peut te rassurer, et cela reste entre nous, on ne me confie pas grand-chose non plus.

– Toute cette conversation reste entre nous, Kay, rétorqua-t-elle avec le plus grand sérieux. Je ne suis pas venue te voir dans l'espoir de te tirer les vers du nez. (Après un silence, elle ajouta :) Je suis au courant de ces affaires en Virginie, depuis le début. Elles m'inquiétaient beaucoup plus que mon rédacteur en chef jusqu'à la disparition de Deborah Harvey et de son petit ami. C'est devenu très chaud à partir de ce moment-là, bien sûr.

– Tu m'étonnes.

– Je ne sais pas très bien par où commencer, hésitat-elle. Kay, il y a des choses que je n'ai dites à personne, mais j'ai le sentiment que j'ai mis les pieds là où on ne tient pas du tout à me voir.

– Je ne suis pas certaine de comprendre, dis-je en récupérant mon verre.

– Moi non plus. Au point que je me suis demandé si mon imagination ne me jouait pas des tours.

– Abby, tu deviens cryptique. Explique-toi, s'il te plaît.

Elle tira une cigarette et prit une profonde inspiration :

– Je m'intéresse depuis longtemps aux meurtres de ces couples. J'ai fouiné un peu partout et, depuis le début, j'ai fait face à des réactions étranges, qui vont bien au-delà des réticences que je peux rencontrer habituellement avec la police. Dès que j'aborde le sujet, les gens me raccrochent presque au nez. Et puis, au mois de juin, le FBI m'a rendu une petite visite.

– Je te demande pardon?

J'en oubliai la viande et la marinade, et la dévisageai fixement.

– Tu te souviens de ce triple homicide à Williamsburg? Le père, la mère et le fils abattus au cours d'un cambriolage?

– En effet.

– Je travaillais sur un papier à ce sujet et j'ai dû me rendre à Williamsburg en voiture. Tu sais que lorsque tu quittes l'I 64, si tu tournes à droite, tu vas vers les quartiers de Colonial Williamsburg, William et Mary, mais si tu bifurques à gauche, au bout de deux cents mètres c'est un cul-de-sac, tu tombes sur l'entrée de Camp Peary. Je ne faisais pas attention et je me suis trompée de direction.

– J'ai commis la même erreur une ou deux fois.

– Du coup, j'ai roulé jusqu'au poste de garde, continua-t-elle, et j'ai expliqué que j'avais pris le mauvais embranchement. Mince, tu parles d'un endroit sinistre! Tous ces énormes panneaux militaires avec des trucs du genre «Entraînement expérimental des forces armées», «Pénétrer dans cette enceinte implique que vous acceptez une fouille corporelle ainsi que celle de vos effets personnels». C'est tout juste si je ne m'attendais pas à voir un commando d'hommes des cavernes en tenue de camouflage débouler des buissons et m'entraîner de force.

– La police de la base n'est effectivement pas des plus chaleureuses, remarquai-je, un peu amusée.

– En tout cas je n'ai pas traîné dans les parages, continua Abby. Pour tout dire, l'incident m'était complètement sorti de l'esprit quand, quatre jours plus tard, deux agents du FBI ont débarqué dans le hall de réception du *Post*. Ils voulaient me voir, savoir ce que je fabriquais à Williamsburg et pourquoi je m'étais rendue à Camp Peary. De toute évidence, mes plaques d'immatriculation avaient été filmées par les caméras de surveillance et ils étaient remontés jusqu'au journal. Un truc vraiment bizarre.

– Mais pourquoi cela intéresserait-il le FBI ? Camp Peary dépend de la CIA.

– Peut-être parce que la CIA ne dispose d'aucun pouvoir sur le territoire national. Ces deux abrutis étaient peut-être de la CIA et se sont fait passer pour le FBI. Qui peut savoir ce qui se passe quand on a affaire à ces espions ? De plus, la CIA n'a jamais reconnu que Camp Peary était sa principale base d'entraînement, et lorsqu'ils m'ont interrogée, les types en question n'ont pas une fois mentionné l'Agence. Mais je savais où ils voulaient en venir, et ils savaient que je savais.

– Que t'ont-ils demandé d'autre ?

– En gros, ce qui les intéressait, c'étaient mes projets d'articles. Est-ce que j'écrivais un papier sur Camp Peary et est-ce que je n'essayais pas de m'y infiltrer en douce ? Je leur ai rétorqué que si telle avait été mon intention, j'aurais adopté une stratégie un peu plus subtile et discrète que celle qui consistait à foncer droit sur la guérite de la sentinelle. J'ai même ajouté, et dans ces termes, que pour l'instant je ne travaillais sur aucun sujet concernant la CIA, mais que, peut-être, j'allais y songer.

– Ils ont dû apprécier, soulignai-je, pince-sans-rire.

– Ils n'ont pas bronché, tu sais comment ils sont.

– Abby, la CIA est paranoïaque, surtout en ce qui concerne Camp Peary. Au point que les hélicoptères de la police de l'État ou des urgences médicales ont interdiction de le survoler. Personne ne peut violer cet espace aérien ou mettre un pied au-delà de la guérite de l'entrée sans avoir obtenu l'autorisation de Dieu le Père.

– Pourtant, toi aussi, tu as déjà commis la même erreur, à l'instar de centaines de touristes, me rappela-t-elle. Le FBI n'a jamais débarqué chez toi, si je ne m'abuse ?

– Non, mais je ne travaille pas au *Washington Post*.

Je retirai les steaks du gril et elle me suivit dans la cuisine tout en continuant de discuter, tandis que je servais la salade et versais le vin.

– Depuis la visite de ces agents, il s'est produit des choses étranges.

– Quoi, par exemple ?

– Je pense que mes lignes téléphoniques sont sur écoute.

– Qu'est-ce qui te fait dire cela ?

– Tout a commencé avec celle de mon domicile. Au cours d'une conversation, je percevais des sortes de bruits. La même chose s'est ensuite passée au bureau, surtout ces derniers temps. On me transfère un appel et j'ai la très nette sensation qu'une tierce personne écoute. C'est difficile à expliquer, continua-t-elle en tripotant ses couverts avec nervosité. Quelque chose comme un silence qui n'en est pas un, un grésillement d'électricité statique, quelle que soit la façon dont tu veuilles le décrire. Mais il y a bien un truc.

– D'autres événements sortant de l'ordinaire?

– Eh bien, il y a quelques semaines il s'est produit un incident curieux. J'attendais devant le People's Drug Store, sur Connecticut, près du Dupont Circle. Une de mes sources devait m'y rejoindre à 20 heures. Nous avions dans l'idée de dénicher un endroit tranquille où dîner afin de discuter. C'est à ce moment-là que j'ai vu cet homme. Les cheveux courts, vêtu d'un jean et d'un coupe-vent, l'air affable. Il est passé à deux reprises au cours du quart d'heure durant lequel je suis restée à attendre au coin. Un peu plus tard, alors que je pénétrais dans le restaurant en compagnie de mon informateur, je l'ai de nouveau entrevu du coin de l'œil. Je sais que ça paraît délirant, mais j'ai le sentiment d'être suivie.

– Tu avais déjà vu cet homme?

Elle secoua la tête.

– Tu l'as revu depuis?

– Non. Il y a encore autre chose. Il s'agit de mon courrier. Toutes les boîtes aux lettres de mon immeuble sont regroupées en bas, dans le hall. Quelquefois je reçois des lettres avec des cachets qui ne riment à rien.

– Si la CIA espionnait ton courrier, je t'assure que tu n'y verrais que du feu.

– Non, je ne prétends pas qu'on a ouvert ou lu mon courrier. Mais à plusieurs reprises quelqu'un – par exemple ma mère, mon agent littéraire – m'a juré qu'il m'avait posté une lettre à une date bien précise, et lorsque je l'ai finalement reçue, le tampon ne correspondait absolument pas. Il y avait plusieurs jours, voire une semaine de décalage. En temps normal, continua-t-elle après un silence, j'attribuerais ça à l'incompétence des services postaux, mais avec tout ce qui se passe j'ai des doutes.

Je posai la question qui coulait de source :

– Pourquoi quelqu'un te mettrait-il sur écoute, te suivrait-il ou surveillerait-il ton courrier ?

– Si je le savais, je pourrais peut-être y faire quelque chose. (Elle finit par entamer son repas.) C'est délicieux, Kay.

En dépit de ce compliment, elle semblait manquer d'appétit. Je suggérai sans ménagement :

– Ta rencontre avec ces agents du FBI, l'incident de Camp Peary, tout cela t'a peut-être rendue paranoïaque ?

– Oh, je ne le nierais pas, mais écoute, Kay, je ne suis pas en train de déterrer un nouveau scandale militaire ou d'enquêter sur un Watergate *bis*. Washington ne change pas. C'est toujours la même merde. Un règlement de comptes chasse l'autre. La seule grosse affaire qui monte, c'est ce qui se passe ici, ces meurtres, ou meurtres supposés, de couples. Et voilà que je commence à mettre mon nez là-dedans et que je m'attire des ennuis. Qu'en penses-tu ?

– Je ne sais pas trop, dis-je, me souvenant avec une certaine inquiétude de l'attitude de Benton, de ses avertissements la veille au soir.

– Je suis au courant au sujet des chaussures qui se sont évanouies dans la nature, déclara-t-elle.

Je ne répondis pas, dissimulant ma surprise. Il s'agissait là d'un détail qui n'avait pas été divulgué aux journalistes.

– Il n'est pas vraiment normal que huit personnes soient retrouvées mortes dans les bois sans qu'on puisse mettre la main sur leurs chaussures et chaussettes, que ce soit aux alentours ou dans les voitures abandonnées, ajouta-t-elle en me lançant un regard interrogateur.

Je remplis de nouveau nos verres de vin et répondis :

– Abby, tu sais que je ne peux pas rentrer dans le détail de ces affaires, même pas avec toi.

– Mais tu n'as pas une piste qui puisse m'éclairer sur la nature de ce à quoi je m'attaque ?

– J'en sais sans doute encore moins que toi.

– Vois-tu, selon moi c'est très significatif. Il y a deux ans et demi que ces affaires ont débuté et tu es encore plus dans l'ignorance que moi !

Ce que Marino avait lâché à propos de quelqu'un qui « protégeait son cul » me revint. Je pensai à Pat Harvey et à l'audience du Congrès, et la peur s'immisça en moi.

– Pat Harvey est une des étoiles de Washington, lâcha Abby.

– Je sais.

– Ça va beaucoup plus loin que ce que tu peux en lire dans les journaux, Kay. À Washington, les réceptions auxquelles tu es invitée ont autant d'importance que les votes, sinon plus. Si tu épluches les listes d'invités de l'élite, en d'autres termes les gens les plus en vue, Pat Harvey est *ex æquo* avec la première dame des États-Unis. La rumeur laisse entendre qu'à la prochaine élection présidentielle Pat Harvey parviendra peut-être à mener à bien ce que Geraldine Ferraro a commencé.

— Elle aurait une chance pour un poste de vice-présidente? rétorquai-je, incrédule.

— C'est ce qu'on raconte. Je reste sceptique, mais si nous avons un nouveau président républicain, personnellement je suis convaincue qu'elle a une excellente chance d'être nommée à un poste au Cabinet, ou même qu'elle deviendra le prochain ministre de la Justice, à condition qu'elle tienne le choc.

— Elle va devoir fournir de gigantesques efforts pour tenir le coup dans cette épreuve.

— Les problèmes personnels peuvent en effet bousiller complètement une carrière, acquiesça Abby.

— Si on tolère qu'ils vous submergent. Mais si on parvient à y survivre, ils peuvent aussi vous rendre plus fort, plus efficace.

— Je sais, murmura-t-elle en contemplant son verre. Je ne pense pas que j'aurais quitté Richmond sans ce qui est arrivé à Henna.

La sœur d'Abby, Henna, avait été assassinée peu de temps après que j'eus pris mes fonctions à Richmond. La tragédie nous avait rapprochées professionnellement, Abby et moi, puis nous étions devenues amies. Quelques mois plus tard, elle avait accepté d'intégrer le *Washington Post*.

— Cela étant, j'éprouve encore pas mal de difficultés à revenir ici, poursuivit-elle. D'ailleurs c'est la première fois que je m'y résous depuis que j'ai déménagé. Je suis même passée ce matin en voiture devant mon ancienne maison. J'ai été tentée de frapper à la porte, de voir si les nouveaux propriétaires me laisseraient entrer, je ne sais pas pourquoi. Je crois que j'avais envie de parcourir ces pièces, vérifier si j'aurais le courage de monter dans la chambre d'Henna… Essayer de remplacer la dernière vision épouvantable qui me reste d'elle par quelque chose d'inoffensif. Mais, visiblement, il n'y avait personne. C'est sans doute mieux. Si cela se trouve, je me serais dégonflée au dernier moment.

– Tu y parviendras lorsque tu seras vraiment prête, l'assurai-je.

J'éprouvais l'envie de lui raconter comment, pour la première fois ce soir, j'avais trouvé la force d'investir le patio. Il s'agissait là d'un progrès si dérisoire au regard de ce qu'elle avait enduré que j'y renonçai, d'autant qu'elle ne connaissait rien de mon histoire avec Mark.

– J'ai parlé au père de Fred Cheney en fin de matinée, continua-t-elle, puis je suis allée voir les Harvey.

– Quand ton article doit-il paraître ?

– Sans doute dans l'édition du week-end. J'ai encore pas mal de boulot dessus. Le journal veut un portrait de Fred et Deborah, ainsi que tout ce que je peux récolter sur l'enquête en cours – surtout si un lien éventuel est établi avec les meurtres des quatre autres couples.

– Comment t'ont paru les Harvey lorsque tu les as vus ?

– En fait, je n'ai pas vraiment discuté avec le père, Bob. Dès que je suis arrivée, il a quitté la maison en compagnie de ses fils. Il n'aime pas les journalistes et j'ai le sentiment que le fait d'être le « mari de Pat Harvey» commence à lui taper sur les nerfs. Il ne donne jamais d'interviews.

Elle repoussa son assiette, délaissant une bonne moitié de son steak, et sortit son paquet de cigarettes. Elle fumait beaucoup plus que dans mon souvenir.

– Je m'inquiète pour Pat, continua-t-elle. On dirait qu'elle a vieilli de dix ans en une semaine, et puis... il y avait quelque chose d'étrange. Je n'ai pas pu me départir de la sensation qu'elle sait quelque chose, qu'elle a déjà échafaudé sa propre théorie sur ce qui est arrivé à sa fille. Je crois que c'est ce qui a le plus éveillé ma curiosité. Je me demande si elle n'a pas reçu des menaces, une lettre, un signe quelconque de l'agresseur ou du ravisseur, que sais-je ? Et elle refuse de le divulguer à quiconque, y compris la police.

– Je ne peux pas croire qu'elle soit aussi imprudente.

– Moi, si. À mon avis, si Pat Harvey pense que son silence peut donner une chance à Deborah de rentrer saine et sauve, elle n'en soufflera pas un mot, pas même à Dieu le Père.

Je me levai pour débarrasser la table.

– Ce serait bien que tu fasses un peu de café, me dit Abby. Je ne voudrais pas m'endormir au volant.

– Quand dois-tu repartir ? demandai-je en alignant les assiettes dans le lave-vaisselle.

– Bientôt. Je dois encore voir deux ou trois trucs avant de rentrer à Washington.

Je lui jetai un coup d'œil interrogateur en remplissant la cafetière d'eau. Elle expliqua :

– Un Seven-Eleven où Deborah et Fred se sont arrêtés après avoir quitté Richmond...

– Comment es-tu au courant? l'interrompis-je.

– J'ai réussi à soutirer l'information au dépanneur qui traînait sur l'aire de repos avant de pouvoir embarquer la Jeep Cherokee. Il avait entendu une conversation des flics au sujet d'un reçu trouvé dans un sac en papier froissé en boule. Je peux t'assurer que je me suis pas mal démenée, mais j'ai réussi à retrouver de quel Seven-Eleven il s'agissait, et quelle employée travaillait à peu près à l'heure à laquelle Fred et Deborah ont dû s'arrêter. Elle s'appelle Ellen Jordan et travaille de 16 heures à minuit du lundi au vendredi.

J'éprouvais tant d'affection pour Abby que j'en oubliais souvent que les nombreux prix qui avaient récompensé ses enquêtes et sa carrière de journaliste ne lui avaient pas été attribués par hasard.

– Qu'espères-tu apprendre grâce à cette caissière?

– Kay, ce genre de travail d'investigation, c'est comme ouvrir une pochette-surprise. Je ne connais pas les réponses – et d'ailleurs je ne sais même pas quelles sont les questions – avant de commencer à creuser.

– Écoute, je doute qu'il soit très prudent d'aller te balader là-bas toute seule et de nuit, Abby.

– Si tu veux me servir de garde du corps, je serai ravie de ta compagnie, proposa-t-elle d'un ton amusé.

– Je ne pense pas que ce soit une très bonne idée.

– Je suppose que tu as raison.

Néanmoins, je décidai de l'accompagner.

4

Environ un kilomètre avant la sortie, l'enseigne illuminée du Seven-Eleven troua l'obscurité, néons rouge et vert. L'appellation ne signifiait plus grand-chose : tous les Seven-Eleven que je connaissais étaient aujourd'hui ouverts vingt-quatre heures sur vingt-quatre. La voix de mon père résonna dans ma mémoire et j'eus presque l'impression de l'entendre vitupérer : « Et dire que ton grand-père a quitté Vérone pour *ça* ! »

Tel était son éternel commentaire, accompagné d'un hochement de tête désapprobateur, lorsqu'il lisait le journal du matin. Telle était sa repartie lorsque quelqu'un s'exprimant avec un accent de Géorgie nous traitait comme si nous n'étions pas de « véritables Américains », ce qu'il marmonnait quand il entendait parler de malhonnêteté, de divorce ou de « came ». J'avais grandi à Miami, où il possédait une petite épicerie, et tous les soirs au dîner il nous racontait sa journée et nous interrogeait sur la nôtre. J'avais peu profité de sa présence. Il était mort lorsque j'avais douze ans. Pourtant j'étais convaincue que s'il avait encore été de ce monde, il n'aurait pas apprécié les supermarchés ouverts vingt-quatre heures sur vingt-quatre. Pour lui, les nuits, les dimanches et les vacances n'étaient pas faits pour travailler derrière un comptoir ou avaler en vitesse un *burrito* sur la route. Ces heures-là devaient être consacrées à la famille.

Abby jeta encore une fois un coup d'œil dans les rétroviseurs tout en empruntant la bretelle de sortie. À peine trente mètres plus loin, elle se gara sur le parking du Seven-Eleven et je sentis qu'elle était soulagée. À l'exception d'une Volkswagen arrêtée près de la double porte vitrée de la boutique, nous étions de toute évidence les seuls clients.

Abby coupa le contact et observa :

– Jusqu'ici, rien à signaler. Nous n'avons croisé aucune voiture de police, banalisée ou pas, sur les trente derniers kilomètres.

– Du moins n'en avons-nous remarqué aucune, rectifiai-je.

La nuit était voilée, pas une étoile ne scintillait. L'air tiède était chargé d'humidité. Un jeune homme portant un pack de douze bières sortit lorsque nous pénétrâmes dans la fraîcheur de l'air conditionné de l'un des rendez-vous favoris des Américains. Des jeux vidéo clignotaient dans un coin et, derrière un comptoir, une jeune femme remplissait un présentoir à cigarettes. Elle semblait avoir à peine dix-huit ans, ses cheveux blonds décolorés frisottant comme un nuage autour de sa tête, sa silhouette mince sanglée dans une tunique à carreaux orange et blancs et un jean serré. Ses ongles longs étaient vernis d'un rouge vif, et lorsqu'elle se retourna pour voir ce que nous voulions, la dureté de son visage me frappa, comme si la vie l'avait fait sauter sans ménagements de l'enfance à l'âge adulte.

– Ellen Jordan ? demanda Abby.

Sa méfiance le disputa à la surprise :

– Ouais ? Qui la demande ?

– Abby Turnbull, dit celle-ci en tendant de façon très cérémonieuse une main qu'Ellen Jordan serra avec mollesse. De Washington, ajouta-t-elle. Le *Post*.

– Lequel ?

– Le *Washington Post*.

– Oh, répondit-elle, instantanément ennuyée. On l'a déjà, là-bas dans le coin, indiqua-t-elle en désignant une pile bien basse près de la porte.

Il y eut un silence embarrassant.

– Je suis une *journaliste* du *Post*, expliqua Abby.

– Sans blague ? répondit Ellen, dont le regard s'éclaira.

– Sans blague. J'aimerais vous poser quelques questions.

– Vous voulez dire pour un article ?

– C'est cela. Je prépare un article et j'ai vraiment besoin de votre aide, Ellen.

– Qu'est-ce que vous voulez savoir ? demanda la jeune femme en s'appuyant sur le comptoir. L'air sérieux qu'elle avait pris soudain reflétait sa nouvelle importance.

– C'est à propos du couple qui est venu ici dans la soirée du vendredi de la semaine dernière. Un jeune homme et une jeune femme qui avaient à peu près votre âge. Ils se sont arrêtés aux environs de 21 heures et ont acheté un pack de six Pepsi, ainsi que quelques autres articles.

– Oh, ceux qu'ont disparu ? répondit-elle d'un air maintenant très animé. J'aurais jamais dû leur dire d'aller sur cette aire de repos. Mais une des premières choses qu'on vous serine quand on vous embauche ici, c'est que personne des clients doit utiliser les toilettes. Personnellement, je m'en ficherais, surtout dans le cas du garçon et de la fille en question. J'veux dire, je compatissais, vu que je comprenais bien la situation.

– J'en suis convaincue, approuva Abby avec bienveillance.

– C'est sûr que c'était assez gênant, continua Ellen. J'veux dire quand elle a acheté les Tampax et demandé poliment si elle pouvait utiliser les toilettes, avec son petit ami juste là. Vrai de vrai, qu'est-ce que je regrette de pas l'avoir laissée faire !

– Comment saviez-vous qu'il s'agissait de son petit ami ? demanda alors Abby.

L'espace d'un instant la jeune femme eut l'air déconcerté.

– Ma foi, c'est ce que j'en ai conclu. Ils ont fait le tour du magasin ensemble, ils avaient l'air de beaucoup s'aimer. Vous savez, on voit comment se comportent les gens. Quand on fait attention, on peut deviner des tas de trucs, et comme je passe des heures ici toute seule, je deviens bonne pour ce qui est d'observer les autres. Prenez les couples mariés. Il y en a tout le temps, ils sont en voyage, avec les enfants dans la voiture. La plupart de ceux qui viennent ici, j'peux dire qu'ils sont fatigués et qu'ils s'entendent pas très bien. Mais les deux dont vous parlez, ils étaient vraiment adorables l'un avec l'autre.

– À l'exception du fait qu'ils avaient besoin de toilettes, vous ont-ils dit autre chose?

– On a papoté un peu pendant que j'encaissais, répondit-elle. Rien de spécial, comme d'habitude, j'ai dit: «Belle soirée pour conduire!», et: «Vous allez où?»

– Et vous l'ont-ils précisé? demanda Abby en prenant des notes.

– Hein?

Abby leva les yeux.

– Ils vous ont dit où ils se rendaient?

– Sur la côte, ils ont dit. Je m'en souviens parce que je leur ai dit qu'ils avaient de la chance. C'est vrai, quand tout le monde part pour des endroits hyper-chouettes, moi, je reste coincée ici. Et puis moi et mon copain, on venait de rompre et ça me minait, vous comprenez?

– Tout à fait, acquiesça Abby avec un sourire plein de gentillesse. Racontez-m'en un peu plus sur la façon dont ils se comportaient, Ellen. Quelque chose de particulier vous a frappée?

Elle réfléchit un moment avant de répondre:

– Ben, ils étaient vraiment sympa, mais pressés... parce qu'elle avait un besoin urgent de trouver des toilettes, je suppose. Surtout, je me souviens qu'ils étaient très polis. Vous savez, c'est tout le temps que les gens rentrent ici pour utiliser les toilettes et ils deviennent super-désagréables quand je leur dis qu'ils peuvent pas.

– Et donc vous leur avez indiqué l'aire de repos. Vous souvenez-vous exactement de ce que vous leur avez expliqué ?

– Sûr. Je leur ai dit qu'y en avait une pas loin, qu'ils avaient qu'à retourner sur la 64 Est, expliqua-t-elle en indiquant la direction du doigt. J'ai même ajouté qu'ils y seraient en cinq ou dix minutes, ils pouvaient pas la manquer.

– Quelqu'un d'autre se trouvait-il dans le magasin pendant que vous discutiez ?

– Y avait un paquet de gens sur la route, ça n'arrêtait pas d'entrer et de sortir. (Elle tenta de rassembler ses souvenirs.) Je sais qu'il y avait un gamin au fond en train de jouer au Pac Man, toujours le même petit morveux.

– Une personne aurait pu se trouver près du comptoir en même temps que le couple ? demanda Abby.

– Ouais… un homme, qu'était entré juste après eux. Il a feuilleté les magazines et il a fini par acheter un café.

Abby traquait le moindre détail avec une belle obstination :

– Pendant que vous parliez avec le couple ?

– Ouais. Je m'en souviens parce qu'il était très sympa et qu'il a fait une réflexion au jeune homme à propos de la Jeep, genre c'était une super-belle voiture. Le couple était arrivé dans une Jeep rouge, un de ces modèles haut de gamme, qu'était garée juste devant l'entrée.

– Et que s'est-il passé ensuite ?

Ellen s'assit sur le tabouret devant la caisse.

– Ben, c'est à peu près tout. D'autres clients sont entrés. Le type au café est parti, et peut-être cinq minutes plus tard ç'a été le tour du jeune couple.

– Mais l'homme au café, il se trouvait encore près du comptoir lorsque vous leur avez indiqué l'aire de repos ? insista Abby.

– C'est difficile d'être sûre, lâcha-t-elle dans un froncement de sourcils. Mais je crois qu'à ce moment-là il regardait les magazines. Après, je crois que la fille s'est avancée dans une des allées pour chercher ce qu'elle voulait. Et puis elle est revenue au moment où lui payait sa boisson.

Abby continua :

– Vous avez dit que le couple était parti cinq minutes après l'homme. Qu'ont-ils fait dans l'intervalle ?

– Eh ben, ça a pris quelques minutes. La jeune fille a posé un pack de six Coors sur le comptoir, et j'ai dû lui demander ses papiers d'identité. Je pouvais pas lui vendre de la bière, vu qu'elle avait pas vingt et un ans. Elle a pas fait d'histoires, elle a pris ça à la rigolade. J'veux dire : on en riait tous. J'en fais pas une affaire personnelle, de ce genre de choses... Moi aussi, j'ai tenté le coup quand j'étais jeune. Enfin, tout ça pour dire qu'elle a fini par prendre un pack de sodas, et puis ils sont partis.

– Pouvez-vous décrire le client qui a acheté un café ?

– Pas vraiment.

– C'était un Blanc ou un Noir ?

– Un Blanc. Je dirais plutôt un brun, peut-être châtain. Vingt, trente ans.

– Grand, petit, gros, mince ?

Ellen fixa d'un air pensif le fond du magasin.

– De taille moyenne, enfin dans ces eaux-là. Du genre bien bâti, mais pas trop costaud.

– Une barbe, une moustache?

– J'crois pas… Attendez une seconde, ajouta-t-elle tandis que son visage s'éclairait. Il avait les cheveux coupés court. Ouais, c'est ça! Ça m'a même traversé l'esprit qu'il avait l'air d'un militaire. Vous savez, y en a plein avec ce genre de *look* dans le coin, ils s'arrêtent ici parce que c'est sur le chemin de Tidewater.

– Y a-t-il autre chose qui vous ait fait penser à un militaire?

– J'sais pas, peut-être juste son attitude. C'est difficile à expliquer, mais quand vous en avez vu passer un paquet comme moi, vous arrivez à les flairer. Ils ont un truc différent, comme les tatouages par exemple. Il y en a plein qu'ont des tatouages.

– C'était le cas de cet homme?

Elle se concentra, puis reconnut, déçue:

– J'ai pas remarqué.

– Et la façon dont il était habillé?

– Eh ben…

– Un costume-cravate? suggéra Abby.

– Oh, non… Rien d'aussi recherché. Peut-être un jean ou un pantalon sombre. Peut-être un blouson à fermeture Éclair… Ah, mince, je peux vraiment rien affirmer.

– Et sa voiture, l'auriez-vous remarquée?

– Non, affirma-t-elle, cette fois sans l'ombre d'une hésitation. J'ai pas vu sa voiture. Il avait dû se garer sur le côté.

– Ellen, avez-vous raconté tout cela à la police lorsqu'elle est venue vous interroger ?

– Un peu, ouais, lâcha-t-elle en observant le parking qui s'étendait devant le magasin, où une camionnette venait de s'arrêter. Je leur ai dit à peu près exactement pareil qu'à vous, sauf les trucs dont je me suis pas souvenue à ce moment-là.

Après que deux adolescents furent entrés d'un pas nonchalant pour filer du côté des jeux vidéo, Ellen nous consacra de nouveau toute son attention. Il me parut clair qu'elle n'avait plus rien à raconter et commençait à craindre de nous en avoir trop confié.

Abby perçut aussi le changement de la jeune femme :

– Merci, Ellen, dit-elle en s'écartant du comptoir. L'article paraîtra samedi ou dimanche, ne le ratez pas.

Nous gagnâmes la sortie sans tarder davantage.

– Il est temps de filer en quatrième vitesse avant qu'elle ne se mette à hurler que tout ça était dit en toute confidence et strictement hors micro.

– À mon avis, elle ne sait même pas ce que cela signifie, répliquai-je.

– Ce qui me surprend, remarqua Abby, c'est que les flics ne lui aient pas conseillé de la boucler.

– Peut-être l'ont-ils fait, mais elle n'a pas résisté à la tentation de voir son nom imprimé dans les journaux.

Lorsque nous atteignîmes l'aire de repos que l'employée avait indiquée à Deborah et Fred, l'endroit était désert.

Abby se gara sur le devant du parking, à proximité d'une rangée de distributeurs automatiques de journaux, et nous demeurâmes assises là en silence durant quelques minutes. Sous le faisceau des phares, un petit houx planté juste devant nous s'irisait de nuances argentées. La lueur des lampadaires perçait la brume de traînées blanchâtres. Si j'avais été seule, je ne serais pas descendue de voiture pour me rendre aux toilettes, même pour un empire.

– Seigneur, quel endroit sinistre, marmonna Abby dans un souffle. Je me demande si c'est toujours aussi désert un mardi soir ou si les nouvelles ont flanqué la trouille aux gens.

– Sans doute un peu des deux. En revanche, ce qui est certain, c'est que le vendredi où Deborah et Fred se sont arrêtés, l'endroit devait être bondé.

– Ils se sont peut-être garés exactement là où nous nous trouvons, suggéra Abby d'un air songeur. Oui, ça devait grouiller de monde, logique pour un début du week-end de fête du Travail. Si c'est ici qu'ils ont fait une mauvaise rencontre, le salopard en question avait un sacré cran.

– S'il y avait du monde partout, il y avait également des voitures partout.

– Qu'est-ce que tu veux dire ? interrogea-t-elle en allumant une cigarette.

– Si l'on part du présupposé que c'est bien ici que Deborah et Fred ont rencontré leur agresseur présumé, et si l'on admet l'hypothèse que pour une raison quelconque ils l'ont laissé monter dans la Jeep… où se trouvait sa voiture, à lui ? Il est arrivé à pied ?

– C'est peu probable.

– Donc, s'il est arrivé en voiture, poursuivis-je, il ne pouvait passer à peu près inaperçu que si la fréquentation était importante, à défaut de quoi son plan avait toutes les chances d'échouer.

– D'accord, je vois où tu veux en venir. Si le seul véhicule abandonné sur le parking était le sien, et qu'il soit demeuré là plusieurs heures et jusque tard dans la nuit, il courait le risque qu'un flic le remarque et aille y jeter un œil.

– En fait, un très gros risque si l'on est en train de perpétrer un crime, ajoutai-je.

Elle réfléchit un moment.

– Tu vois, ce qui me gêne, c'est le mélange de hasard et de préméditation qui sous-tend tout cela. C'est par hasard que Deborah et Fred se sont arrêtés sur cette aire de repos. S'ils sont tombés sur un sale type ici ou même au Seven-Eleven – admettons celui qui se payait un café –, c'était fortuit. Cela étant, la préméditation, la planification sont évidentes. S'il a bien enlevé les deux gamins, il savait ce qu'il faisait.

Je ne répondis rien.

Je songeais à ce qu'avait mentionné Benton. Une connexion politique. Ou bien un agresseur se faisant la main en amont, répétant longuement sa stratégie. Si l'on éliminait l'hypothèse d'une disparition volontaire du couple, j'avais peu d'espoirs quant à l'issue de cette affaire, et une conclusion tragique devenait plus que probable.

Abby redémarra.

Ce ne fut qu'une fois sur l'Interstate, lorsqu'elle eut enclenché le régulateur de vitesses, qu'elle reprit la parole :

– Tu penses qu'ils sont morts, n'est-ce pas ?

– C'est une déclaration officielle que tu cherches?

– Non, Kay, pas du tout. Tu veux savoir la vérité?
À cet instant précis, je me contrefiche de ce papier. Au fond, je voudrais juste comprendre ce qui se passe.

– Parce que tu t'inquiètes pour toi.

– Tu ne réagirais pas de la même façon?

– Si. Si j'étais convaincue d'être suivie, et que mon téléphone soit sur écoute, je me ferais du souci, Abby. Et puis il se fait tard. Tu ne vas pas rentrer maintenant en voiture à Washington, c'est ridicule.

Elle me jeta un coup d'œil.

– Ce n'est pas la place qui manque chez moi. Tu peux partir demain matin aux aurores.

– Ça marche, mais seulement si tu as une brosse à dents de rechange, un pyjama, et si tu m'autorises à piller ton bar.

Je fermai les yeux en me laissant aller contre le dossier de mon siège et murmurai :

– Tu peux même t'arsouilller, si tu veux. D'ailleurs il est assez probable que je me joindrai à toi.

À minuit, à l'instant précis où nous rentrions chez moi, le téléphone sonna et je décrochai avant que le répondeur ne se déclenche.

– Kay?

Tout d'abord je ne le reconnus pas, tant je ne m'attendais pas à entendre cette voix. Puis mon cœur s'emballa.

– Bonsoir, Mark.

– Je suis désolé d'appeler si tard…

Je l'interrompis sans pouvoir dissimuler ma tension :

– Je ne suis pas seule. Tu te souviens… je t'ai déjà

parlé de mon amie Abby Turnbull, du *Washington Post* ?
Elle dort cette nuit à la maison. Nous avons passé un
excellent moment à rattraper le temps perdu.

Mark demeura silencieux, puis finit par conclure :

– En ce cas, il serait peut-être plus simple que tu me
rappelles quand cela te conviendra.

Lorsque je raccrochai, Abby me dévisageait, ahurie
par la tension et la détresse qu'elle lisait sur mon
visage.

– Mais enfin… qui était-ce, Kay ?

Au cours de mes premiers mois à Georgetown, j'avais
été submergée par mon emploi du temps et mes
études de droit. Je ne parvenais pas à me départir d'un
sentiment de solitude et de singularité, au point que
j'étais demeurée sur mon quant-à-soi et avais gardé
mes distances avec les autres étudiants. J'étais déjà
médecin, d'origine italienne, issue de la minuscule
bourgeoisie de Miami. J'avais rarement eu l'occasion
de me frotter à un univers plus sophistiqué que le
mien. Je me retrouvais projetée au sein d'une caste de
nantis beaux et brillants, et bien que je n'éprouve
aucune honte concernant mes racines, je me sentais
ordinaire en société. Mark James, sa belle silhouette
élégante et assurée, faisait partie de ces privilégiés. Je
l'avais remarqué bien avant d'apprendre son nom.
Nous avions fait connaissance pour la première fois à
la bibliothèque de droit, au milieu des étagères de
livres éclairées avec parcimonie. Je n'oublierai jamais
la lumière de son regard vert intense, tandis que nous
nous lancions dans une discussion au sujet d'un délit

dont je n'ai plus le moindre souvenir. Nous avions fini devant un café et avions rivalisé d'arguments jusqu'au petit matin. Nous nous étions ensuite revus presque tous les jours.

Il me semblait parfois que nous n'avions quasiment pas fermé l'œil durant une année, car même lorsque nous dormions ensemble, notre envie l'un de l'autre ne nous laissait que très peu d'heures de repos. Nous n'étions jamais rassasiés. J'avais fini par me convaincre que nous resterions ensemble toute notre vie, pensée affligeante mais si banale. Je refusais d'interpréter la déception rampante qui avait teinté notre liaison au cours de la deuxième année. J'avais passé mon diplôme en arborant au doigt la bague de fiançailles offerte par un autre. Je m'étais persuadée d'avoir oublié Mark jusqu'au jour où il avait mystérieusement réapparu dans ma vie, peu de temps auparavant.

– Peut-être Tony était-il pour toi un point d'ancrage rassurant, suggéra Abby, faisant allusion à mon ex-mari, tandis que nous sirotions un verre de cognac dans la cuisine.

– Tony avait la tête sur les épaules. En tout cas, c'était l'impression qu'il donnait au début.

– C'est assez classique. Ma pathétique vie amoureuse n'a pas non plus échappé à ce genre de choses, renchérit-elle en reprenant son verre. Je me lance à corps perdu dans une liaison passionnée… étant entendu qu'elles sont assez peu fréquentes et d'une longévité plus que modeste. Et quand ça casse, je suis comme un soldat blessé qui rentre à la maison en clopinant, et j'échoue dans les bras d'un type qui a autant de charisme qu'une limace parce qu'il me promet qu'il va prendre soin de moi.

– Un vrai conte de fées, n'est-ce pas?

– Du Grimm pur jus, acquiesça-t-elle avec amertume. Ils affirment qu'ils vont veiller sur toi, mais dans leur tête ça signifie que tu seras là pour leur préparer à dîner et laver leurs caleçons.

– Tu viens de brosser l'exact portrait de Tony.

– Qu'est-ce qu'il est devenu?

– Cela fait une éternité que je ne lui ai pas parlé.

– Ce serait chouette si les gens parvenaient à rester amis.

– Il n'y tenait pas du tout.

– Tu penses toujours à lui?

– On ne vit pas six ans avec quelqu'un impunément. Difficile de ne pas y penser parfois. Ce qui ne signifie pas que j'aie envie d'être avec lui. Cela étant, une partie de moi éprouvera toujours de l'affection pour lui… J'espère qu'il va bien.

– Tu étais amoureuse de lui lorsque tu t'es mariée?

– Je le croyais.

– C'était peut-être le cas… Tu vois, moi, j'ai le sentiment que tu n'as jamais cessé d'aimer Mark.

Je remplis de nouveau nos verres, bien que nous prévoyant à toutes deux un réveil pénible le lendemain matin. Abby continua:

– Je trouve ça dingue, que vous ayez renoué après toutes ces années. Et quoi qu'il ait pu se passer, je suis presque certaine que Mark n'a jamais cessé de t'aimer, lui non plus.

Lorsqu'il était réapparu dans ma vie, c'était comme

si nous avions vécu toutes ces années de séparation chacun dans un pays étranger. Le passé de l'autre, ses images et ses mots nous devenaient indéchiffrables. Nous ne parvenions à communiquer vraiment que dans l'obscurité. S'il m'avait confié s'être marié, ajoutant que sa femme avait été tuée dans un accident de voiture, je n'avais découvert que plus tard qu'il avait abandonné son métier d'avocat pour intégrer le FBI. L'euphorie de nos retrouvailles, dont j'admettais qu'il s'agissait des plus beaux moments que j'aie vécus depuis notre première année à Georgetown, ne dura guère, bien entendu. L'histoire possède un don diabolique : elle se répète.

– Je suppose que ce n'est pas de sa faute s'il a été transféré à Denver, remarqua Abby.

– Il a fait son choix et moi le mien, rétorquai-je.

– Tu ne voulais pas le suivre ?

– Abby, la raison pour laquelle il a demandé son transfert, c'est moi. Il voulait une séparation.

– C'est pour cette raison qu'il s'est fait expédier à l'autre bout du pays ? Un peu excessif comme solution.

– La colère pousse souvent les gens à adopter un comportement excessif... et à commettre de grosses erreurs.

– Et il est probablement trop obstiné pour reconnaître qu'il a fait une bêtise.

– Il est obstiné, je suis obstinée. Nos talents diplomatiques réciproques ne constituent pas notre qualité majeure, loin s'en faut. J'ai ma carrière et il a la sienne. Il se trouvait à Quantico, moi ici. La situation est devenue rapidement invivable, d'autant que je n'avais pas la moindre intention de quitter Richmond, ni lui d'y emménager. Il a envisagé de reprendre un travail de terrain, de se faire transférer dans une agence locale ou d'accepter un poste au quartier général, à Washington. Ç'a continué comme ça jusqu'au moment où nous nous sommes aperçus que nous passions notre temps à nous disputer. (Je m'interrompis, m'efforçant d'expliquer ce qui ne serait jamais tout à fait clair dans cette histoire.) Peut-être suis-je trop attachée à mes habitudes.

– Kay, on ne peut pas entretenir une relation avec quelqu'un et continuer à vivre comme avant.

Combien de fois Mark et moi nous étions-nous lancés la réflexion au visage? Il est vrai que nous en étions arrivés au point où nous ressassions les mêmes choses en boucle.

– Ton indépendance vaut-elle le prix que tu es en train de payer, celui que vous êtes tous les deux en train de payer?

Il m'arrivait par intermittence de ne plus en être si certaine, mais je me retins de l'avouer à Abby.

Elle alluma une cigarette et tendit la main vers la bouteille de cognac.

– Vous avez essayé de consulter quelqu'un?

– Non.

Il s'agissait d'une demi-vérité. Nous ne nous étions jamais rendus chez un conseiller conjugal ensemble, mais j'y étais allée seule, et je consultais toujours une psychiatre, de plus en plus rarement, il est vrai.

– Il connaît Benton Wesley? demanda Abby.

– Bien entendu. Benton a formé Mark à l'Académie

bien avant que je ne vienne m'installer en Virginie. Ils sont très bons amis.

– Sur quoi Mark travaille-t-il à Denver ?

– Je n'en ai aucune idée. Une mission spéciale.

– Est-il au courant de ces affaires ? Celles des couples ?

– Je suppose. Pourquoi ? demandai-je après un silence.

– Je ne sais pas. Mais fais attention à ce que tu révèles à Mark.

– C'était la première fois qu'il appelait depuis des mois. Tu vois à quel point je lui parle peu.

Elle se leva et je la conduisis à sa chambre. Tandis que je lui tendais une chemise de nuit et lui montrais la salle de bains, elle continua, les effets du cognac prenant de l'ampleur :

– Il rappellera, ou alors toi. Fais attention.

– Je n'ai aucune intention de le recontacter.

– En ce cas, tu ne vaux pas mieux que lui. Vous êtes aussi têtes de pioche et impitoyables l'un que l'autre. Et vlan ! Que ça te plaise ou non, voilà mon analyse de la situation.

– Je dois être au bureau à 8 heures. Je te réveillerai à 7 heures.

Elle me souhaita bonne nuit en m'étreignant et déposa un baiser sur ma joue.

Le week-end suivant, je sortis tôt et achetai le *Post* sans y trouver l'article d'Abby, qui ne parut pas non plus la semaine suivante, ni celle d'après. Ce retard qui s'éternisait me parut bizarre. Abby allait-elle bien ? Pourquoi ne m'avait-elle pas donné de nouvelles depuis notre soirée à Richmond ?

À la fin du mois d'octobre, j'appelai la salle de rédaction du *Post*.

– Désolé, me répondit un homme d'un ton harassé. Abby est en congés. Elle ne sera de retour qu'en août prochain.

– Est-elle toujours à Washington ? demandai-je, sidérée.

– Aucune idée.

Je raccrochai, feuilletai mon répertoire et composai son numéro personnel pour tomber sur son répondeur. Abby ne répondit pas, pas plus aux messages que je laissai durant les semaines qui suivirent. Ce ne fut que peu de temps après Noël que je commençai à comprendre ce qui se tramait. Le lundi 6 janvier, je trouvai dans ma boîte aux lettres une enveloppe. L'adresse de l'expéditeur n'était pas mentionnée, en revanche l'écriture m'était très familière. Je découvris à l'intérieur une feuille de bloc jaune sur laquelle était griffonné : « Pour ton information. Mark. » Un court article découpé dans une édition récente du *New York Times* y était agrafé. Incrédule, j'y appris qu'Abby Turnbull avait signé un contrat avec une maison d'édition afin d'écrire un document sur l'enquête concernant Fred Cheney et Deborah Harvey, et les « effroyables similitudes » entre leur disparition et celle des huit autres jeunes retrouvés morts en Virginie.

Abby m'avait mise en garde contre Mark, et voilà que lui me conseillait à son tour la plus grande prudence vis-à-vis d'elle. Ou bien m'avait-il envoyé cette coupure pour une autre raison ?

Je demeurai un bon moment assise dans ma cuisine,

hésitant entre la tentation de laisser un message furieux sur le répondeur d'Abby et celle de contacter Mark. En définitive, je décidai de joindre Anna, ma psychiatre.

— Vous vous sentez trahie? me demanda-t-elle.

— C'est un euphémisme, Anna.

— Pourtant vous n'ignoriez pas qu'Abby rédigeait un article à ce sujet. Écrire un livre vous paraît pire?

— Elle s'est bien gardée de me le révéler.

— Que vous éprouviez le sentiment d'une trahison ne signifie pas pour autant que vous en êtes véritablement victime, Kay. C'est votre perception du moment. Le mieux est de patienter. Quant à la raison pour laquelle Mark vous a envoyé cet article, là aussi attendez de voir. C'était peut-être un appel du pied.

— J'en viens à me demander si je ne devrais pas prendre conseil auprès d'un avocat. Peut-être chercher un moyen de me prémunir et de parer à toute éventualité. Je n'ai aucune idée de ce qui va se retrouver dans ce livre.

— Je crois qu'il serait plus sage de lui faire confiance, conseilla Anna. Elle a affirmé que vos conversations demeureraient confidentielles. Vous a-t-elle déjà trahie par le passé?

— Non.

— Alors je suggère que vous lui laissiez une occasion de s'expliquer. D'autant plus, ajouta-t-elle, que je ne vois pas de quel matériau elle pourrait disposer pour un livre. Il n'y a eu aucune arrestation et personne n'a la moindre idée de ce qui est arrivé à ce couple. On ne les a pas encore retrouvés.

L'ironie cinglante de la dernière remarque d'Anna

devait me frapper de plein fouet deux semaines plus tard, le 20 janvier. Je me trouvais à l'Assemblée de Virginie pour assister à la présentation d'un projet de loi autorisant le bureau de recherches médico-légales à constituer une banque de données ADN.

Je revenais de la cafétéria, une tasse de café à la main, lorsque je remarquai la silhouette élégante de Pat Harvey, vêtue d'un tailleur de cachemire bleu marine, une serviette de cuir noir coincée sous le bras. Elle discutait dans le hall avec plusieurs délégués, qu'elle quitta en s'excusant dès qu'elle m'aperçut.

– Docteur Scarpetta, dit-elle en me tendant la main.

Elle semblait à la fois soulagée de me voir et néanmoins crispée et tendue.

Alors que je me demandais pourquoi elle ne se trouvait pas à Washington, elle sembla deviner ma question :

– On m'a demandé de venir appuyer l'amendement 130, expliqua-t-elle avec un sourire nerveux. J'en conclus que nous sommes toutes les deux là aujourd'hui pour la même raison.

– Merci. Nous avons besoin de tout le soutien possible.

– Selon moi, vous n'avez pas à vous inquiéter, remarqua-t-elle.

Elle avait probablement raison. Le témoignage de la directrice du Programme national de lutte antidrogue et la publicité qui en résulterait allaient peser d'un poids considérable sur les débats de la commission juridique.

Un silence gêné tomba comme nous observions les allées et venues de la foule alentour. Je finis par le rompre en lui demandant d'un ton doux :

– Comment allez-vous?

Les larmes lui montèrent aux yeux, puis elle força un fugitif sourire en détournant le regard vers le hall.

– Si vous voulez bien m'excuser, je viens d'apercevoir quelqu'un avec qui je dois m'entretenir.

Elle n'était plus à portée de voix lorsque mon *pager* se déclencha.

Une minute plus tard, j'avais déniché un téléphone.

– Marino est en route, m'expliqua ma secrétaire.

– J'arrive sans tarder. Rose, soyez gentille de préparer ma mallette de scènes de crime. Assurez-vous que tout y est: lampe, appareil photo, piles, gants.

– J'y veille.

Maudissant en bloc la pluie et mes hauts talons, je dégringolai les escaliers avant de m'engager dans Governor Street, luttant contre mon parapluie que les bourrasques de vent s'acharnaient à retourner. Le regard de Mrs Harvey en ce très court instant où elle avait laissé entrevoir sa souffrance demeurait incrusté dans mon esprit. Dieu merci, elle n'était plus là au moment où la sonnerie de mon *pager* avait retenti pour signaler l'horreur.

5

L'odeur était perceptible de loin. Le ciel s'était assombri pour devenir crépusculaire. Des arbres dénudés par l'hiver disparaissaient par instants dans le brouillard pour en émerger à nouveau peu après. De grosses gouttes de pluie s'écrasaient rythmiquement sur les feuilles mortes.

– Bordel, grogna Marino en enjambant une souche, ils doivent être bien mûrs. Ça, avec ce genre de relents, on peut pas se tromper. Ça me rappelle toujours le crabe en saumure.

– Et c'est de pire en pire, renchérit Jay Morrell, qui ouvrait la marche.

Nos chaussures s'engluaient dans une boue noirâtre, et chaque fois que Marino effleurait un arbre, je recevais une douche d'eau glacée. Heureusement, je conservais toujours dans le coffre de ma voiture de fonction une veste à capuche en Gore-Tex et de grosses bottes en caoutchouc en prévision de scènes de crime comme celle-ci. En revanche, pas moyen de retrouver mes gants de cuir épais, et il m'était impossible de naviguer à travers les bois et d'éviter les branches dans la figure tout en gardant les mains fourrées dans mes poches.

On m'avait informée que deux corps avaient été découverts, *a priori* un homme et une femme, à moins de six kilomètres de l'aire de repos où la Jeep Cherokee de Deborah Harvey avait été retrouvée à l'automne.

Tu ne peux pas être certaine qu'il s'agit bien d'eux, me répétais-je à chaque pas.

Pourtant mon cœur se serra lorsque nous atteignîmes le périmètre délimitant la scène de crime : Benton Wesley s'y trouvait déjà, discutant avec un policier armé d'un détecteur de métal, et Wesley n'aurait pas été convoqué si la police n'avait pas été sûre de son fait. Il dégageait une assurance tranquille et se tenait avec une raideur toute militaire, sans que la pluie et la puanteur de la chair humaine en décomposition paraissent le déranger. À l'inverse de Marino et moi, il n'examinait pas les alentours à la recherche du moindre détail, et je savais pourquoi. Wesley avait d'ores et déjà passé l'endroit au crible : il devait se trouver sur les lieux bien avant que l'on ne m'ait appelée.

Les corps reposaient côte à côte, face contre terre, dans une petite clairière située à environ trois cents mètres du chemin forestier boueux où nous avions laissé nos voitures. Le processus de décomposition était si avancé qu'ils étaient en partie réduits à l'état de squelettes. Les os longs des bras et des jambes perçaient comme des esquilles gris sale à travers leurs vêtements rongés de pourriture et parsemés de feuilles mortes. Les têtes décollées des corps avaient roulé ou avaient été poussées à une trentaine de centimètres, probablement par de petits prédateurs.

– Vous avez retrouvé leurs chaussures et leurs chaussettes ? demandai-je.

– Non, m'dame, mais nous avons trouvé un portefeuille, répondit Morrell en désignant le corps sur la droite. Il contenait quarante-quatre dollars et vingt-six *cents*, ainsi qu'un permis de conduire. Le permis de Deborah Harvey. Nous supposons donc que le corps sur la gauche est celui de Cheney.

Le ruban jaune de scène du crime dégoulinant de pluie se détachait, luisant, sur l'écorce sombre des arbres. Les brindilles geignaient en craquant sous les pieds des hommes affairés, et sous cette incessante pluie sinistre leurs voix se fondaient en une rumeur indistincte. J'ouvris ma sacoche et en tirai une paire de gants de chirurgie et mon appareil photo.

Je demeurai là, immobile, un moment, détaillant les corps allongés, si décharnés qu'ils semblaient avoir rétréci. Il n'est pas toujours aisé de déterminer le sexe et l'origine ethnique d'un cadavre réduit à l'état de squelette au premier examen visuel. Dans le cas qui m'occupait, il m'était impossible de parvenir à une certitude tant que je n'aurais pas examiné les pelvis, cachés sous ce qui paraissait être des jeans noirs ou bleu foncé. Cependant, en me fondant sur les caractéristiques du corps placé à ma droite – os minces, petit crâne, mastoïdes relativement graciles, arcades sourcilières non proéminentes, mèches de longs cheveux plutôt blonds accrochés aux tissus en déliquescence –, l'éventualité d'un individu de sexe féminin d'origine caucasienne semblait raisonnable. La taille de son compagnon, la robustesse des os, l'arcade proéminente, le large crâne et la face aplatie faisaient pencher en faveur d'un homme blanc.

Quant à ce qui avait pu arriver au couple, je n'en avais pas la moindre idée. Il n'y avait trace d'aucune ligature évoquant une strangulation. Je ne distinguais nulle fracture visible ou orifice qui aurait pu signer des coups assenés ou un meurtre à l'arme à feu. Tous deux reposaient tranquillement, unis dans la mort, les os du bras gauche de la femme glissés sous ceux du bras droit de l'homme, comme si elle s'était cramponnée à lui jusqu'à la fin, orbites vides béantes, tandis que la pluie ruisselait sur leurs crânes.

Ce ne fut que lorsque je me rapprochai, puis m'agenouillai près d'eux, que je distinguai une bande de terre sombre, si étroite qu'elle était à peine visible, s'étirant de chaque côté des corps. S'ils étaient morts au cours du week-end de la fête du Travail, les feuilles n'avaient pas encore commencé de tomber et le sol sous les corps devait être assez préservé. Les suppositions qui prenaient d'assaut mon esprit ne me plaisaient pas du tout. Bon sang, la police avait passé son temps à piétiner les alentours pendant des heures, et c'était déjà plus que regrettable. Déplacer ou remuer un cadavre avant l'arrivée du médecin légiste est une faute lourde et aucun des policiers présents sur les lieux n'était censé l'ignorer.

– Docteur Scarpetta?

Je levai la tête pour découvrir Morrell debout à mon côté, soufflant une haleine qui se concrétisait en buée.

– Je viens de parler à Phillips, là-bas, expliqua-t-il en jetant un coup d'œil en direction d'un groupe de policiers qui passaient au crible d'épaisses broussailles éloignées d'une vingtaine de mètres en direction de l'est. Il a trouvé une montre et une boucle d'oreille, un peu de monnaie, exactement là où sont allongés les jeunes. Le truc intéressant, c'est que le détecteur de métal n'arrêtait pas de se déclencher quand il le passait sur leurs corps. Il pourrait s'agir d'une fermeture à glissière, d'un bouton de jean ou d'un truc du même genre, mais je me suis dit que ça pourrait vous servir.

Je contemplai son mince visage sérieux. Il frissonnait sous sa parka.

– Morrell, dites-moi ce que vous avez fabriqué avec les corps, en plus de les passer au détecteur de métal. Je constate qu'ils ont été bougés, et j'ai besoin de savoir dans quelle position exacte ils se trouvaient ce matin lorsqu'ils ont été découverts.

– Pour ce qui est des chasseurs qui sont tombés dessus, je peux pas trop vous dire, même s'ils assurent qu'ils se sont pas approchés, expliqua-t-il en sondant les bois du regard. Sinon, c'est exactement comme ça qu'ils étaient quand on est arrivés, m'dame. Tout ce qu'on a fait, c'est vérifier les effets personnels, fouiller leurs poches et le portefeuille de la fille.

– Je suppose que vous avez pris des photos avant de toucher à quoi que ce soit, remarquai-je d'un ton égal.

– On a commencé à mitrailler les lieux dès l'instant où on a débarqué.

Je sortis une petite lampe torche et me lançai dans une tâche désespérée : la recherche d'indices. Lorsque les corps ont été exposés aux éléments durant de nombreux mois, la probabilité de retrouver des cheveux, des fibres ou d'autres résidus exploitables est quasiment inexistante. Morrell m'observa en silence, se balançant d'un pied sur l'autre comme s'il était gêné.

Je n'avais eu aucun contact avec Morrell depuis le jour de la découverte de la Jeep, aussi lui demandai-je :

— Dans l'éventualité où ces deux cadavres seraient ceux de Deborah Harvey et de son petit ami, avez-vous débusqué quoi que ce soit d'autre, au cours de votre enquête, qui puisse me rendre service ?

— Rien d'autre qu'un lien éventuel avec un trafic de drogue. On nous a raconté que le colocataire de Cheney à l'université était cocaïnomane. Peut-être Cheney en a-t-il tâté aussi. C'est une des pistes que nous envisageons, que la petite Harvey et lui avaient rendez-vous avec un dealer, ce qui expliquerait qu'ils soient venus ici.

Cette hypothèse était parfaitement insensée.

— Et pour quelle raison Cheney aurait-il laissé la Jeep sur une aire de repos pour partir avec un dealer en emmenant Deborah ? Pourquoi seraient-ils venus jusqu'ici ? Pourquoi ne pas acheter la drogue là-bas et reprendre leur chemin ?

— Peut-être pour s'offrir une petite séance.

— Vous ne croyez pas qu'il faudrait être cinglé pour s'enfoncer dans les bois à la nuit tombée, tout cela pour faire la fête ou quoi que ce soit d'autre, d'ailleurs ? Et puis où sont passées leurs chaussures, Morrell ? Vous pensez qu'ils ont traversé les fourrés pieds nus ?

– On sait pas.

– En revanche, voilà qui est intéressant. Nous nous retrouvons avec cinq couples découverts morts sans que l'on sache ce qui est advenu de leurs souliers. Pas une seule chaussure ou chaussette dont nous ayons retrouvé la trace. Vous ne trouvez pas cela bizarre ?

– Oh, si, m'dame, bien sûr que je trouve ça bizarre, répondit-il en croisant les bras sur son torse pour se réchauffer. Mais là, je suis obligé de travailler sur ces deux cadavres sans penser aux quatre autres couples. Faut que je fasse avec ce que j'ai, et pour l'instant tout ce que j'ai, c'est peut-être un lien avec la drogue. Je peux pas me laisser égarer par cette affaire de meurtres en série ou par l'importance de la mère de la jeune fille. Ce serait un coup à se planter et à rater ce qui me crève les yeux.

– Loin de moi l'idée de vous faire rater ce qui crève les yeux, ironisai-je.

Il demeura silencieux.

– Avez-vous retrouvé dans la Jeep le genre de petit matériel nécessaire à la consommation de drogue ?

– Non. Et rien ici non plus qui évoque des toxicomanes. Mais nous avons une sacrée quantité de terre et de feuilles à examiner…

– Le temps est exécrable. Je ne suis pas convaincue que ce soit une bonne idée de se mettre à tout retourner, l'interrompis-je d'un ton impatient et irrité.

Morrell m'exaspérait. La police m'exaspérait. Mon manteau dégoulinait de pluie, mes genoux renâclaient, mes mains et mes pieds s'engourdissaient peu à peu. La puanteur était suffocante et le martèlement obstiné de la pluie commençait à me taper sur les nerfs.

– On a préféré attendre pour creuser ou utiliser les tamis, on a du mal à distinguer quoi que ce soit. Jusqu'à présent, on s'est juste servis du détecteur de métal et de nos yeux.

– Plus nous serons nombreux à piétiner aux alentours, plus nous courrons le risque de ficher en l'air la scène du crime. On marche sur des fragments d'os, des dents, d'autres indices, au point qu'on les enfonce parfois dans la boue.

Ils se trouvaient sur les lieux depuis plusieurs heures et sans doute était-il beaucoup trop tard pour préserver cette fichue scène de crime.

– Alors vous voulez qu'on les emmène aujourd'hui ou qu'on attende que le temps s'améliore ?

En temps normal, j'aurais attendu que la pluie cesse et que la lumière revienne. Lorsque des cadavres sont restés dans les bois pendant des mois, les laisser sur place un ou deux jours de plus en les recouvrant d'une bâche en plastique ne risque pas d'altérer grand-chose. Cela étant, lorsque Marino et moi nous étions garés sur le chemin forestier, plusieurs camions de télévision étaient déjà à pied d'œuvre. Des reporters attendaient assis dans leurs voitures, d'autres bravaient la pluie pour tenter d'extorquer des informations aux policiers qui montaient la garde autour du périmètre. La situation sortait de l'ordinaire. D'un point de vue administratif, il ne m'appartenait pas de donner des ordres à Morrell, mais, selon le Code, j'avais toute autorité sur les morts.

– Il y a des civières et des draps à l'arrière de ma voiture, dis-je en sortant les clés de ma poche. Si vous pouvez envoyer quelqu'un les chercher, nous allons déplacer les corps tout de suite. Je les transporterai à la morgue.

– D'accord, je m'en occupe.

– Merci.

Benton Wesley s'accroupit près de moi.

– Comment avez-vous su ? lui demandai-je.

Ma question était ambiguë. Néanmoins, il comprit à quoi je faisais allusion.

– Morrell m'a joint à Quantico, je suis venu aussitôt.

Il étudia les corps, son visage anguleux presque hagard dans l'ombre de sa capuche dégoulinante de pluie.

– Avez-vous déniché quelque chose qui pourrait nous expliquer ce qui s'est passé ?

– Tout ce que je peux vous dire pour l'instant, c'est qu'ils n'ont pas eu le crâne fracassé et qu'ils n'ont pas reçu de balle dans la tête.

Il ne répondit rien et son mutisme ajouta à ma tension.

Je commençais à déplier les bâches en plastique lorsque Marino nous rejoignit, les mains fourrées dans les poches de son manteau, les épaules voûtées pour se protéger de la pluie glaciale.

– Vous allez attraper une pneumonie, remarqua Wesley en se redressant. La police de Richmond est trop radine pour vous offrir des casquettes ?

– Bordel, vous avez déjà de la chance quand ils font le plein de votre bagnole et qu'ils vous filent un flingue. Les tarés de Spring Street s'en tirent mieux que nous.

Spring Street était le pénitencier d'État, et il était exact que l'État de Virginie dépensait davantage chaque année pour y héberger certains détenus que pour payer la solde des officiers de police chargés de les mettre derrière les barreaux. Un sujet de prédilection pour les éternelles vitupérations de Marino.

– À ce que je vois, les flics locaux vous ont fait ramener votre cul de Quantico jusqu'ici. C'est votre jour de veine, dites-moi !

– Ils m'ont expliqué ce qu'ils avaient découvert. J'ai demandé s'ils vous avaient appelé.

– Ouais, ben, ils ont fini par se décider à le faire.

– Je vois cela. Morrell m'a dit qu'il n'avait jamais rempli un formulaire de VICAP, vous pouvez peut-être lui donner un coup de main.

Marino contempla les cadavres, crispant les mâchoires.

– Il faut que nous rentrions ces données dans l'ordinateur, poursuivit Wesley tandis que la pluie tambourinait sans relâche sur le sol.

Délaissant leur conversation, je me concentrai sur le drap en plastique que je dépliai à côté des restes de la femme avant de la retourner. Le corps ne se rompit pas grâce à l'excellent état des articulations et des ligaments. Sous des conditions météorologiques telles que celles dont jouit la Virginie, il faut au moins un an pour qu'un corps exposé aux éléments soit totalement réduit à l'état de squelette, voire d'ossements disjoints. Le cartilage, les ligaments et les tissus musculaires sont tenaces. La femme était menue, et la photographie de la jolie jeune athlète en équilibre sur une poutre me revint. Je remarquai qu'elle portait une sorte de pull-over, peut-être un sweat-shirt, que la fermeture à glissière de son jean était remontée et sa ceinture boutonnée. Je dépliai une seconde bâche et répétai l'opération avec son compagnon. Retourner des corps décomposés, c'est un peu comme soulever un bloc de roche : on ne sait jamais avec certitude ce que l'on va trouver dessous, sinon des insectes. Plusieurs araignées s'éloignèrent à toute vitesse pour s'évanouir sous les feuilles, me donnant la chair de poule.

Changeant de position dans le vain espoir de trouver un peu de confort, je m'aperçus soudain que Wesley et Marino n'étaient plus à mes côtés. Agenouillée toute seule sous la pluie, je tâtonnai dans la boue et les feuilles, à la recherche d'ongles, de dents ou d'esquilles d'os. Deux dents au moins manquaient à l'une des mâchoires, et il n'était pas exclu qu'elles se trouvent à proximité des crânes. Au bout de quinze à vingt minutes de fouille, j'en avais déniché une, ainsi qu'un petit bouton transparent qui semblait provenir de la chemise du garçon et deux mégots de cigarettes. Une similitude avec les autres scènes de crime : on avait chaque fois retrouvé plusieurs mégots, alors que certaines des victimes ne fumaient pas. Détail inhabituel, aucun des filtres ne portait la marque du fabricant.

Lorsque Morrell refit son apparition, je soulignai le fait à son profit.

– J'ai jamais vu de scène de crime où y avait pas de mégots, rétorqua-t-il.

Je me demandai s'il en avait inspecté beaucoup,

avant de conclure que son palmarès en la matière devait être bien modeste.

– On dirait qu'une partie du papier a été déchirée ou que l'extrémité du filtre du côté du tabac a été détachée, insistai-je.

Mon explication ne provoquant pas davantage de réactions, je retournai à mes fouilles dans la boue.

Lorsque nous reprîmes le chemin des voitures, dans une sombre procession de policiers portant à bout de bras des civières chargées de housses à cadavres orange vif, la nuit tombait. Nous atteignîmes l'étroit chemin forestier alors qu'un vent du nord pénétrant se levait et que la pluie commençait de geler. Mon break de fonction bleu foncé était aménagé comme un corbillard : des crochets installés sur le sol de contreplaqué qui tapissait l'arrière permettaient de maintenir les civières en place, les empêchant de glisser pendant le transport. Je m'installai derrière le volant et bouclai ma ceinture de sécurité tandis que Marino grimpait à mon côté. Morrell ferma le hayon dans un claquement, et les photographes et cameramen nous immortalisèrent sur pellicule. Un journaliste obstiné tambourina sur ma vitre et je verrouillai les portières.

– Doux Jésus… Bordel, pourvu que ce soit la dernière fois qu'on m'appelle pour une de ces affaires ! s'exclama Marino en poussant le chauffage à fond.

Je slalomai entre les nids-de-poule. Il jeta un œil dans son rétroviseur, suivant du regard les journalistes qui décampaient à toutes jambes vers leurs voitures.

– Quelle bande de vautours ! Un connard a dû bavasser dans sa radio, probablement Morrell, cet abruti. S'il était dans mon équipe, je te le renverrais illico régler la circulation, ou alors je le transférerais à l'accueil ou à l'intendance.

– Vous souvenez-vous comment on rejoint la 64 d'ici ? demandai-je.

– À l'embranchement juste devant, prenez sur la gauche. Merde, fit-il en baissant la vitre de quelques centimètres et en sortant ses cigarettes, y a rien de plus jouissif que rouler dans une bagnole fermée de partout en compagnie de macchabées en décomposition !

Cinquante kilomètres plus loin, je déverrouillai la porte de service de l'OCME, les bureaux du médecin légiste général, et enfonçai un bouton rouge scellé sur le mur intérieur. La porte de la baie de déchargement se releva dans un grincement bruyant et un flot de lumière se répandit sur le macadam mouillé. Je reculai le break et ouvris le hayon arrière. Nous fîmes glisser les civières que nous poussâmes ensuite à l'intérieur de la morgue, croisant au passage plusieurs scientifiques qui sortaient de l'ascenseur et nous adressèrent un sourire tout en jetant un regard vague à notre chargement. Chariots et civières alourdis de formes humaines étaient ici aussi banals que les murs en parpaing, et l'on apprenait rapidement à surmonter les désagréments qui les accompagnaient en pressant le pas pour éviter les odeurs pestilentielles ou bien en contournant les taches de sang.

Je sortis une nouvelle clé, grâce à laquelle j'ouvris le cadenas qui protégeait la porte en acier de la chambre froide, puis fonçai chercher des étiquettes d'identification destinées aux gros orteils afin de consigner l'admission des corps sur le registre. Puis Marino et moi les transférâmes sur un chariot à double plateau avant de les abandonner pour la nuit.

– Ça vous ennuie pas si je fais un saut demain matin pour savoir ce que vous avez tiré de ces deux-là ? demanda Marino.

– Je vous en prie.

– C'est eux. Ça peut pas être autrement, fit-il.

– J'en ai bien peur, Marino. Où est passé Wesley ?

– Il a repris le chemin de Quantico. Il va pouvoir flanquer ses pompes de luxe sur son grand bureau en attendant que les résultats lui tombent tout cuits par téléphone.

– Je croyais que vous étiez amis, remarquai-je d'un ton prudent.

– Ouais, ben, la vie est bourrée de surprises de cet ordre, Doc. C'est comme quand j'ai prévu d'aller pêcher. Tous les bulletins météo annonçaient du beau temps… Ben, à la minute où je colle le bateau à l'eau, cette foutue pluie se met à tomber.

– Vous êtes de l'équipe de nuit ce week-end ?

– Pas aux dernières nouvelles.

– Vous voulez venir dîner dimanche soir ? Vers 18 heures, 18 h 30 ?

– Ouais, je dois pouvoir me débrouiller, lâcha-t-il en détournant les yeux, pas assez vite toutefois pour que je n'y lise une tristesse soudaine.

J'avais entendu raconter que sa femme était retournée dans le New Jersey, juste avant Thanksgiving, afin de s'occuper de sa mère mourante. J'avais depuis dîné avec Marino à plusieurs reprises sans qu'il manifeste le moindre désir de s'étendre sur sa vie privée.

Je traversai la salle d'autopsie pour me rendre au vestiaire. J'y conservais toujours des vêtements de rechange et d'autres objets nécessaires pour faire face à ce que je considérais comme des urgences hygiéniques. J'étais dans un état répugnant. L'odeur de la mort s'accrochait à mes vêtements, à ma peau et à mes cheveux. Je me déshabillai et fourrai l'intégralité de mes affaires dans un sac-poubelle en plastique, sur lequel je scotchai un mot demandant au surveillant de la morgue de les confier à la blanchisserie dès la première heure le lendemain. Puis je passai sous la douche, où je demeurai un long moment.

Après le déménagement de Mark à Denver, Anna m'avait prodigué une litanie de conseils, dont celui d'œuvrer à contrer les dégâts que j'infligeais quotidiennement à mon corps. Ce faisant, elle avait fini par lâcher le mot qui tue :

– Faites de l'*exercice*. Les endorphines atténuent la dépression. Vous mangerez mieux, vous dormirez mieux. Bref, vous vous sentirez bien mieux. Pourquoi ne pas reprendre le tennis ?

L'expérience avait été une leçon d'humilité. J'avais à peine touché une raquette depuis mon adolescence, et mon revers, qui n'avait jamais été fameux, s'était purement et simplement volatilisé après quelques décennies. Une fois par semaine, je prenais une leçon tard le soir, moment où j'étais le moins susceptible de me trouver exposée aux regards des curieux massés à l'heure de l'apéritif à la tribune qui surplombait les courts fermés du Westwood Racquet Club.

Après avoir quitté le bureau, j'eus tout juste le temps

de foncer jusqu'au club et de me changer dans le vestiaire des dames. Je récupérai la raquette qui m'attendait dans mon casier et me retrouvai sur le court avec deux minutes d'avance, que je mis à profit pour me malmener grâce à quelques étirements de jambes, allant même jusqu'à faire assaut de témérité en tentant de toucher mes orteils. Mon sang condescendit enfin à se remettre à circuler, non sans mollesse.

Ted, mon professeur, fit son apparition derrière le rideau vert, deux paniers de balles en équilibre sur l'épaule. Il les posa sur le court et ôta son survêtement.

– Quand j'ai entendu les nouvelles, je me suis dit que je ne vous verrais pas ce soir.

Bronzé à longueur d'année et fort agréable à regarder, Ted m'accueillait d'habitude avec un sourire et une plaisanterie. Pourtant, ce jour-là, il avait perdu sa jovialité coutumière.

– Mon petit frère connaissait Fred Cheney. Moi aussi, mais moins bien que lui. (Il balaya du regard les joueurs qui s'entraînaient à quelques courts de là.) Fred était un des types les plus gentils que j'aie connus. Et je ne dis pas ça parce qu'il est… Enfin, mon frère est plutôt secoué par cette histoire. Et pour être franc, ajouta-t-il en se penchant pour ramasser une poignée de balles, ça m'énerve que les journaux ne soient pas fichus de parler d'autre chose que de l'identité de sa petite amie. On dirait que la seule personne qui ait disparu était la fille de Pat Harvey. Je ne dis pas que ce n'était pas une fille géniale, ou que ce qui lui est arrivé n'est pas aussi affreux, mais… Enfin, vous comprenez ce que je veux dire, conclut-il après une courte pause.

– Je vous comprends fort bien. Cela étant, le revers de la médaille, c'est que la famille de Deborah Harvey est en permanence soumise à la curiosité publique. La notoriété de Mrs Harvey implique que la famille n'aura jamais la possibilité de faire son deuil en privé. Quel que soit l'angle sous lequel on l'aborde, la situation est injuste et tragique.

Ted réfléchit et me regarda.

– Vous avez raison… Je n'avais pas vu les choses sous cet angle. Selon moi, la célébrité ne doit pas être rigolote tous les jours. Et, toujours selon moi, vous me payez pas pour rester là à discuter. Que voulez-vous travailler ce soir ?

– Le fond de court. Je veux que vous m'obligiez à courir d'un bout à l'autre. Peut-être que cela finira par me faire rentrer dans le crâne à quel point je déteste la cigarette.

– Bien, en ce cas je vous épargnerai une nouvelle leçon de morale sur le sujet, répliqua-t-il en se dirigeant vers le centre du filet.

Je reculai sur la ligne de fond. Si j'avais joué en double, mon premier coup droit n'aurait pas été à moitié aussi mauvais.

La douleur physique constitue un excellent dérivatif, et les dures réalités de la journée s'estompèrent jusqu'au moment où le téléphone sonna chez moi, plus tard dans la soirée, alors que je retirais mes vêtements trempés de sueur.

C'était Pat Harvey. Elle était en pleine crise de nerfs :

– Les corps qui ont été retrouvés aujourd'hui ? Je dois savoir !

– Ils n'ont pas été identifiés et je ne les ai pas encore examinés, répondis-je, assise sur le rebord de mon lit, ôtant mes tennis d'un coup de talon.

– On m'a dit qu'il s'agissait d'un homme et d'une femme.

– C'est ce qu'il semble pour l'instant, en effet.

– Je vous en supplie, dites-moi s'il existe une possibilité qu'il ne s'agisse pas d'eux.

J'eus un instant d'hésitation.

– Mon Dieu, murmura-t-elle dans un souffle.

– Madame Harvey, je ne peux pas confirmer…

Elle m'interrompit d'une voix qui confinait à l'hystérie :

– La police m'a dit qu'ils avaient retrouvé le fourre-tout de Debbie, son permis de conduire.

Morrell, pensai-je immédiatement. Cet abruti à moitié demeuré.

– Une identification seulement fondée sur les effets personnels constitue une grave erreur, déclarai-je.

– *Mais il s'agit de ma fille !*

Les imprécations et les menaces viendraient ensuite. J'étais déjà passée par là avec d'autres parents, des gens qui dans des circonstances banales se conduisaient de façon aussi civilisée et bien élevée que s'ils sortaient tout droit du catéchisme. Il me sembla préférable de charger Part Harvey d'une mission un peu constructive et je répétai :

– Les corps n'ont pas été identifiés.

– Je veux la voir.

Jamais de la vie, pensai-je tout en répondant :

– Les corps ne sont pas identifiables visuellement. Ils sont quasiment réduits à l'état de squelettes.

Sa respiration se cassa net. Je poursuivis :

– Toutefois, avec votre aide, il doit être possible d'établir avec certitude l'identité d'ici demain… À défaut de quoi, cela pourrait prendre plusieurs jours.

– Que dois-je faire ? demanda-t-elle d'une voix tremblante.

– J'ai besoin de radios, d'empreintes dentaires, n'importe quel élément du passé médical de Deborah sur lequel vous pouvez mettre la main.

Elle demeura silencieuse.

– Vous pensez pouvoir me trouver ça ?

– Bien sûr. Je m'en occupe tout de suite.

Je pariai qu'avant l'aube elle aurait réuni les dossiers médicaux de sa fille, quitte à tirer du lit la moitié des médecins de Richmond.

Le lendemain après-midi, j'étais en train de retirer la housse en plastique recouvrant le squelette de démonstration de l'OCME lorsque j'entendis l'écho des pas de Marino résonner dans le couloir.

– Je suis là ! criai-je d'une voix forte.

Il pénétra dans la salle de réunion et fixa d'un regard vide le squelette de démonstration aux os reliés par un fil de fer, suspendu à une barre en forme de L par un crochet fixé au sommet de son crâne. Les pieds ballants au-dessus d'un socle en bois équipé de roulettes, notre familier squelette était un peu plus grand que moi. Je ramassai une pile de paperasse sur une table et demandai :

– Vous me le déplacez ?

– Vous emmenez Planche à pain en balade ?

126

— Il descend, et je vous signale qu'il s'appelle Haresh.

Marino et son compagnon aux mandibules éternellement souriantes m'emboîtèrent le pas en direction de l'ascenseur dans un léger cliquettement d'ossements et de roulettes, s'attirant les sourires amusés de plusieurs membres de mon personnel. Haresh ne sortait pas très souvent et, lorsqu'il disparaissait de son coin, celui qui l'avait enlevé poursuivait en général un but fort peu scientifique. En juin dernier, le jour de mon anniversaire, j'avais trouvé en rentrant dans mon bureau Haresh installé dans mon fauteuil, vêtu d'une blouse de labo, des lunettes perchées sur ce qu'il restait de son nez, une cigarette coincée entre les dents. On m'avait raconté que l'un de mes chercheurs absorbé dans ses réflexions était passé devant ma porte, lançant un bonjour au squelette sans rien remarquer d'inhabituel. Les portes de l'ascenseur se refermèrent et Marino plaisanta :

— Vous allez pas me dire qu'il vous fait la causette quand vous bossez en bas ?

— À sa façon, si. Je me suis aperçue qu'il était beaucoup plus utile de l'avoir sous la main que de me référer aux planches anatomiques du *Gray*.

— C'est quoi, l'histoire de son nom ?

— Il a été acheté il y a des années. À l'époque, il paraît qu'un anatomopathologiste indien du nom d'Haresh travaillait à l'institut médico-légal. Or le squelette est également indien. Il s'agit d'un homme d'une quarantaine d'années, peut-être un peu plus.

— Indien genre *Little Big Horn* ou de ceux qui se peignent des points rouges sur le front ?

– Indien comme le Gange, répondis-je tandis que nous atteignions le premier étage. Les hindous pensent qu'en confiant leurs défunts au fleuve ceux-ci vont directement au paradis.

– Bordel! Ben, j'espère que c'est pas cette taule, le paradis.

Roulettes et os cliquetèrent de nouveau tandis que Marino poussait Haresh dans la salle d'autopsie.

Les restes de Deborah Harvey, os sales et gris, touffes de cheveux boueux et ligaments aussi tannés et durs que du cuir, reposaient sur le drap blanc recouvrant la première table d'autopsie en acier. La puanteur était omniprésente, moins suffocante néanmoins depuis que j'avais retiré tous ses vêtements. La présence d'Haresh, ce squelette aux os blanchis que n'abîmait pas l'ombre d'une égratignure, rendait plus pitoyable encore la dépouille de la jeune femme.

– J'ai plusieurs choses à vous dire, annonçai-je à Marino. Cependant j'exige en préalable votre parole que rien ne sortira de cette pièce.

Il me dévisagea avec curiosité en allumant une cigarette.

– D'ac.

Disposant les clavicules de chaque côté du crâne, je déclarai:

– Il n'existe plus aucun doute sur leur identité. Pat Harvey a apporté ce matin des dossiers dentaires…

– En personne? m'interrompit-il avec surprise.

– Malheureusement, rétorquai-je, car je n'avais pas prévu qu'elle viendrait déposer elle-même les documents – une erreur que je n'étais pas près d'oublier.

– Ben, ç'a dû provoquer un foutu ramdam.

C'était le moins que l'on puisse dire.

Au bord des larmes et terriblement impérieuse, elle avait débarqué au volant de sa Jaguar, qu'elle avait garée le long du trottoir sur un emplacement interdit. Le réceptionniste, intimidé par la présence de cette célèbre fonctionnaire, l'avait laissée entrer. Mrs Harvey s'était lancée à ma recherche, fonçant au pas de charge dans les couloirs. Si mon administrateur ne l'avait pas interceptée et poussée vers mon bureau, je suis convaincue qu'elle aurait déboulé jusque dans la morgue. Je l'y avais rejointe peu après. Elle était assise sur une chaise, le dos raide, le visage livide. Ma table de travail était jonchée de certificats de décès, de dossiers, de photos d'autopsies. Trônait au milieu de ce fatras un petit flacon de formol teinté de rose par le sang de tissus d'exérèse provenant d'une victime d'arme blanche. Derrière ma porte étaient suspendus des vêtements maculés de sang que je comptais remonter plus tard dans la journée, au cours de mes relevés d'indices, et, perchées au sommet d'un classeur à tiroirs telles des têtes d'argile décapitées, reposaient deux reconstructions faciales de cadavres féminins non identifiés.

Pat Harvey s'était trouvée confrontée de plein fouet à la réalité sans pitié des lieux, subissant encore davantage que ce qu'elle redoutait.

– Morrell m'a également apporté les relevés dentaires de Fred Cheney, expliquai-je à Marino.

– Donc c'est bien Fred Cheney et Deborah Harvey?

– En effet, confirmai-je en attirant son attention sur les radios pincées contre un négatoscope.

La stupéfaction se peignit sur son visage.

— Attendez… Me dites pas que c'est ce que je crois, murmura-t-il en fixant une tache opaque localisée au milieu des contours ombrés signalant les vertèbres lombaires.

— Deborah Harvey a été abattue par balle, confirmai-je en ramassant la vertèbre en question. En plein milieu du dos. La balle a dilacéré la moelle épinière et les pédicules, et s'est logée dans la colonne vertébrale, juste là.

— J'vois rien, dit-il en se penchant.

— Vous ne le pouvez pas. Mais vous devriez distinguer le trou.

— Vous rigolez ? Je vois que des trous.

— Voici l'orifice de la balle. Les autres sont des foramens réservés au passage des paquets vasculo-nerveux, entre autres aux vaisseaux qui acheminent le sang vers la moelle et les os.

— Et où c'est qu'il est, le piédestal fracturé dont vous avez parlé ?

— Les pédicules, rectifiai-je d'un ton patient. Je ne les ai pas trouvés. Ils doivent être réduits en bouillie, quelque part dans les bois. Un point d'entrée et pas de sortie. En d'autres termes, on lui a tiré dans le dos, pas dans l'abdomen.

— Vous avez trouvé une trace d'impact sur ses vêtements ?

— Non.

J'avais placé les effets personnels de Deborah, y compris ses vêtements, ses bijoux et sa pochette en nylon rouge, sur le plateau en plastique blanc d'une table voisine. Je soulevai délicatement les lambeaux du sweat-shirt noir et putride, et les désignai de l'index.

– Comme vous pouvez le constater, le vêtement est en très mauvais état, surtout dans le dos. La plus grande partie du tissu est complètement putréfiée, déchirée par les prédateurs. De même en ce qui concerne la ceinture de son jean à l'arrière, ce qui est logique puisque ces parties du vêtement devaient être imbibées de sang. En conclusion, l'endroit où j'aurais pu trouver une trace d'impact de balle a disparu.

– Et la distance à laquelle elle a été abattue ? Vous avez une idée ?

– Ainsi que je vous l'ai expliqué, la balle n'est pas ressortie, ce qui me conduirait à penser que nous n'avons pas affaire à un coup de feu à bout touchant. Cela étant, difficile de parvenir à une certitude à ce stade. Quant au calibre, et il s'agit encore une fois d'une conjecture, en me fondant sur la taille de cet orifice, je pense qu'il s'agit d'un 38, ou davantage. Nous n'en serons pas sûrs tant que je n'aurai pas incisé la vertèbre et emporté le projectile là-haut, au labo de balistique.

– Dingue. Vous avez pas encore regardé Cheney ?

– Il a été radiographié. Aucune trace de balle. Mais non, je ne l'ai pas encore examiné.

– Dingue, répéta-t-il. Ça colle pas. Je veux dire : qu'on lui ait tiré dans le dos colle pas avec les autres affaires.

– En effet, acquiesçai-je.

– Alors, c'est ça qui l'a tuée ?

– Je l'ignore.

– Comment ça, vous l'ignorez ? dit-il en me regardant.

– Une blessure de ce genre n'est pas immédiatement fatale, Marino. La balle n'a pas continué son chemin jusqu'au bout, l'aorte n'a pas été atteinte. Si tel avait été le cas, à ce niveau des lombaires, elle serait morte d'une hémorragie en quelques minutes. En revanche, le fait significatif, c'est que la balle a dû trancher la moelle épinière, lui paralysant instantanément les membres inférieurs. Et, bien entendu, d'autres vaisseaux ont été touchés, elle perdait son sang.

– Combien de temps a-t-elle pu survivre ?

– Plusieurs heures.

– Y a des signes d'agression sexuelle ?

– Elle portait toujours son slip et son soutien-gorge, ce qui ne signifie pas qu'elle n'ait pas été violée. On a pu lui permettre de se rhabiller, à supposer qu'elle ait été violentée avant d'être abattue.

– Pourquoi se donner cette peine ?

– Si vous êtes violée et que votre agresseur vous dise de remettre vos vêtements, vous en déduisez qu'il va vous laisser en vie. Cet espoir sert à vous dominer, vous encourage à obéir. Vous ne luttez plus, redoutant que le type change d'avis.

Marino fronça les sourcils.

– Y a un truc qui cloche. Je crois pas que ça se soit passé comme ça, Doc.

– Il s'agissait d'une hypothèse. Je ne sais pas ce qui s'est passé. Tout ce que je peux vous dire avec certitude, c'est que je n'ai trouvé aucune pièce de vêtement arrachée, coupée, retournée ou déboutonnée. Quant au sperme, après tant de mois dans les bois, inutile d'y penser. Puisque vous comptez rester ici, autant prendre des notes pour moi, ajoutai-je en lui fourrant dans les mains un bloc et un crayon.

— Vous avez l'intention de raconter tout ça à Benton ?

— Pas pour le moment.

— Et Morrell ?

— Je ne manquerai pas de lui faire savoir qu'elle a été abattue par balle. S'il s'agit d'un automatique ou d'un semi-automatique, la douille se trouve peut-être encore sur place. Si les flics veulent se répandre en bavardages ensuite, c'est leur problème. Moi, je reste bouche cousue.

— Et Mrs Harvey ?

— Elle et son mari savent que leur fille et Fred ont été formellement identifiés. J'ai appelé les Harvey et Mr Cheney dès que je suis parvenue à une certitude. Mais je ne communiquerai aucune information supplémentaire tant que je n'aurai pas achevé les autopsies.

J'entrouvris la cage thoracique, et les côtes claquèrent doucement comme des pièces de Meccano.

— Douze de chaque côté, me mis-je à dicter. Contrairement à ce que prétend la légende, les femmes n'ont pas une côte de plus que les hommes.

— Hein ? glapit Marino en levant les yeux de son bloc.

— Vous n'avez jamais lu la Genèse ?

Il contempla d'un regard vide les côtes que j'avais disposées de part et d'autre de la cage thoracique.

— Laissez tomber, soupirai-je.

J'entrepris ensuite de rechercher les différents os du carpe, ces petits os du poignet qui ressemblent aux cailloux que l'on peut ramasser dans le lit d'un ruisseau ou déterrer dans son jardin. Il est difficile de distinguer ceux de la main gauche de ceux de la droite. Notre squelette de démonstration se révélait ici très utile. Je le rapprochai, disposai ses mains sur le rebord de la table et entrepris la comparaison. Je procédai de la même façon pour les phalanges distales et proximales, c'est-à-dire les os des doigts.

– Il semble qu'il lui manque onze os de la main droite et dix-sept de la main gauche, annonçai-je.

Marino nota les observations.

– Sur combien ?

– La main comporte vingt-sept os, répondis-je tout en continuant ma tâche, ce qui lui confère son incroyable souplesse et nous permet de peindre, de jouer du violon, de témoigner notre amour par des caresses.

Et de nous défendre.

Ce ne fut que le lendemain après-midi que je compris que Deborah Harvey avait essayé de repousser un agresseur armé d'autre chose qu'une arme à feu. La température extérieure s'était considérablement radoucie, le temps s'était éclairci et la police avait passé la journée à tamiser la terre. Peu avant 16 heures, Morrell fit une apparition à mon bureau pour déposer un certain nombre de petits os retrouvés sur la scène du crime. Cinq d'entre eux appartenaient à Deborah, et sur la phalange proximale gauche, c'est-à-dire sur la face dorsale de l'os le plus long de l'index, je repérai une entaille longue d'un peu plus d'un centimètre.

Lorsque je découvre une blessure sur un os ou un tissu, la première question que je me pose est de savoir si elle a été infligée *pre* ou *post mortem*. Si l'on ne connaît pas les éventuels artefacts postérieurs au décès, on peut commettre de graves erreurs.

Les victimes d'incendies, carbonisées, arrivent avec des fractures et des hémorragies épidurales qui pourraient, à première vue, laisser croire qu'on les a passées à tabac, puis qu'on a mis le feu à la maison pour maquiller un homicide. Il n'en est rien. En réalité, il s'agit de blessures *post mortem* provoquées par la chaleur extrême. Les cadavres rejetés sur les plages ou sortis de rivières ou de lacs donnent souvent l'impression qu'un tueur fou a mutilé leur visage, leurs mains, leurs pieds, leurs organes génitaux, alors que les poissons, les crabes et les tortues sont les seuls responsables. Les rats, les vautours, les chiens et les ratons laveurs déchiquettent, arrachent, mastiquent, rongent les restes des squelettes. Qu'ils soient à quatre pattes, ailés ou dotés de nageoires, les prédateurs de toute sorte infligent beaucoup de dégâts une fois la victime morte, Dieu merci. Ensuite, la nature se contente de recycler les restes. Les cendres redeviennent cendres, et la poussière retourne à la poussière.

L'entaille que présentait la phalange proximale de Deborah Harvey était trop rectiligne et nette pour avoir été provoquée par une mâchoire ou une griffe. Cependant elle demeurait encore sujette à nombre d'interprétations – y compris celle, incontournable, selon laquelle j'aurais moi-même pu altérer l'os à la morgue d'un coup de scalpel malheureux.

Le mercredi soir, la police communiqua à la presse l'identification de Deborah et Fred, et les employés de la réception, débordés par le nombre d'appels, passèrent les quarante-huit heures qui suivirent à répondre au téléphone sans parvenir à remplir leurs tâches habituelles. Rose disait à tout le monde, y compris Benton Wesley et Pat Harvey, que tant que je demeurais à la morgue, aucune autre information ne pourrait être fournie.

Le dimanche soir, j'avais fait le tour de tout ce qui m'était humainement possible de tenter. Les restes de Deborah et Fred avaient été nettoyés de leur chair, de leur graisse, photographiés sous tous les angles, l'inventaire de leurs os complété. J'étais en train de les emballer dans une boîte en carton lorsque l'interphone situé à l'arrière du bâtiment se déclencha. L'écho des pas du veilleur de nuit s'éloigna dans le couloir, la porte de la baie de déchargement s'ouvrit. Marino fit son apparition.

– Vous avez l'intention de coucher ici ou quoi ? demanda-t-il.

Je levai les yeux vers lui et constatai avec surprise que son manteau et sa chevelure étaient mouillés.

– Il neige, expliqua-t-il en retirant ses gants et en posant sa radio sur le bord de la table d'autopsie sur laquelle je travaillais.

– Il ne manquait plus que ça, commentai-je dans un soupir.

– Cette saloperie tombe dru, Doc. Je passais devant comme ça et j'ai vu votre caisse sur le parking. J'me suis dit que vous deviez être dans votre tanière depuis l'aube et que vous aviez pas idée du temps qu'y faisait dehors.

L'idée me traversa l'esprit tandis que je déchirais un long morceau de ruban adhésif pour fermer le carton :

– Je croyais que vous n'étiez pas de garde du soir ce week-end ?

– Ouais, ben, moi, je croyais que vous m'aviez invité à dîner.

Je m'interrompis et le fixai sans comprendre, avant que la mémoire me revienne.

– Oh, mince, marmonnai-je en levant les yeux vers la pendule pour constater qu'il était 20 h 30. Marino, je suis tellement confuse.

– Pas de quoi… J'avais une ou deux petites choses à faire, de toute façon.

Je devinais toujours lorsque Marino mentait. Son regard évitait le mien et il s'empourprait. Le hasard seul ne motivait pas sa visite tardive à la morgue. S'il avait vu ma voiture sur le parking, c'est qu'il était parti à ma recherche, et pas seulement parce qu'il regrettait son dîner. Une idée lui trottait dans la tête.

Je m'appuyai contre le rebord de la table, attendant la suite avec la plus grande attention.

– Je me disais que vous aimeriez savoir que Pat Harvey était à Washington ce week-end, pour voir le directeur du FBI, annonça-t-il.

– C'est Benton qui vous en a informé ?

– Juste. Il a dit aussi qu'il avait essayé de vous joindre, mais que vous le rappeliez jamais. Et la Tsarine de la drogue aussi se plaint que vous la rappeliez pas.

– C'est le cas pour tout le monde, assenai-je avec lassitude. J'ai été assez préoccupée, et c'est un euphémisme. De surcroît, je n'ai aucune information à communiquer pour l'instant.

Il jeta un regard au carton posé sur la table et remarqua :

– Vous savez que Deborah a été abattue, qu'il s'agit d'un homicide. Qu'est-ce que vous attendez?

– Je ne sais pas ce qui a tué Fred Cheney. Ajoutez à cela que j'ignore si la drogue a un rapport quelconque avec cette affaire. J'attends les rapports toxicologiques, et je n'ai pas l'intention de communiquer le moindre détail avant de les avoir reçus, ni avant d'avoir eu l'occasion de discuter avec Vessey.

– Le type du Smithsonian?

– Je le vois demain matin.

– J'espère que vous avez un quatre-quatre.

– Vous ne m'avez pas expliqué le pourquoi de la visite de Pat Harvey au directeur.

– Elle accuse votre bureau de lui mettre des bâtons dans les roues, et le FBI aussi. Elle est en pétard. Elle veut qu'on lui transmette le rapport d'autopsie de sa fille, les rapports de police – bref, la totale. Même qu'elle menace d'obtenir une ordonnance du tribunal et de flanquer le bordel si on n'obéit pas immédiatement à ses exigences.

– C'est de la folie.

– Gagné. Mais si je peux me permettre un petit conseil, Doc, à votre place je passerais un coup de fil à Benton avant demain matin.

– Pourquoi?

– J'ai pas envie que vous en preniez plein la tronche, voilà pourquoi.

– Marino, mais de quoi parlez-vous? demandai-je en dénouant ma blouse de chirurgie.

– Genre que plus vous évitez les gens en ce moment, plus vous jetez de l'huile sur le feu. D'après Benton,

Mrs Harvey est persuadée qu'on lui planque des trucs et qu'on est tous impliqués dans une sorte de complot.

Je ne répondis rien et il ajouta :

– Hé, vous m'écoutez ?

– Je vous ai écouté attentivement.

Il souleva le carton et s'étonna :

– C'est dingue de penser qu'y a deux personnes là-dedans.

C'était ahurissant, en effet. Le carton n'était guère plus volumineux qu'un four micro-ondes et pesait quatre ou cinq kilos. Lorsqu'il le plaça dans le coffre de ma voiture de fonction, je murmurai :

– Merci pour tout, Marino.

– Hein ?

J'étais certaine qu'il m'avait entendue, mais il voulait que je répète.

– Je vous suis reconnaissante de votre sollicitude, Marino, sincèrement. Et je suis vraiment désolée pour le dîner. Quelquefois, je déraille un peu.

La neige tombait avec acharnement et, comme d'habitude, il ne portait rien sur la tête. Je fis démarrer au starter et poussai le chauffage à fond. Lorsque je levai les yeux sur lui, je me fis la réflexion assez déroutante que la présence de ce grand flic me réconfortait à un point que je n'aurais jamais soupçonné. Marino m'exaspérait plus que quiconque, et pourtant il m'était impossible de ne pas l'imaginer dans les parages.

Il referma ma portière en disant :

– Vous me devez une bouffe.

– Un *semifreddo di cioccolato*.

– J'adore quand vous racontez des cochonneries.

– C'est un dessert. Ma spécialité, espèce de grande andouille. De la mousse au chocolat avec des langues de chat.

– Des langues de chat ?! s'exclama-t-il en simulant un frisson d'horreur accompagné d'un regard entendu en direction de la morgue.

Il me sembla qu'une éternité s'était écoulée avant que je parvienne enfin chez moi. Je me frayai un chemin, glissant le long des routes enneigées, me concentrant avec une telle intensité qu'une épouvantable migraine se déclara lorsque je me retrouvai dans ma cuisine, un verre à la main. Une fois à table, j'allumai une cigarette et passai un coup de fil à Benton Wesley.

– Qu'avez-vous trouvé ? attaqua-t-il sans préambule.

– Deborah Harvey a été tuée d'une balle dans le dos.

– Morrell me l'a appris. Il m'a dit que la cartouche sortait de l'ordinaire. Une Hydra-Shok calibre 9.

– Exact.

– Et son petit ami ?

– J'ignore toujours la cause du décès. Je compte pas mal sur les résultats toxicologiques, d'autant que j'ai besoin de discuter avec Vessey du Smithsonian. Pour l'instant, les deux dossiers sont en attente de compléments.

– Et le plus longtemps sera le mieux.

– Je vous demande pardon ?

– J'aimerais que vous les gardiez en suspens le plus longtemps possible, Kay. Aucun rapport ne doit être communiqué. À personne, même pas aux parents, et surtout pas à Pat Harvey. Je veux que personne ne sache que Deborah a été tuée par balle…

– Êtes-vous en train de me dire que les Harvey ne sont pas au courant ?

– Quand Morrell m'a appris votre trouvaille, je lui ai fait promettre de garder l'information sous le manteau. En d'autres termes, non, les Harvey ne le savent pas. Euh… Enfin, la police ne leur a rien révélé, à part le décès de leur fille et de Fred Cheney. (Il marqua une courte pause avant de reprendre :) Sauf si vous avez communiqué des éléments dont je ne suis pas au courant.

– Mrs Harvey a essayé de me joindre à plusieurs reprises, mais je n'ai pas pris ses appels. Je n'ai d'ailleurs pour ainsi dire parlé à personne ces derniers jours.

– Eh bien, continuez, lâcha-t-il d'un ton ferme. Je vous demande de ne rien dire à personne d'autre que moi.

– Benton, répondis-je d'un ton tout aussi péremptoire, il arrivera bien un moment où je serai obligée de communiquer la cause et les circonstances des décès. La famille de Fred et celle de Deborah ont juridiquement droit à ces informations.

– En ce cas, faites traîner le plus longtemps possible.

– Seriez-vous assez aimable pour m'en donner la raison ?

Un silence.

– Benton ?

Je commençais à me demander s'il était toujours à l'autre bout de la ligne.

– Ce que je vous demande, Kay, c'est de ne rien faire

sans me consulter au préalable. (Il eut un instant d'hésitation, puis :) Je suppose que vous êtes au courant de
ce livre pour lequel Abby Turnbull a signé un contrat ?

— J'ai lu quelque chose là-dessus dans le journal,
répondis-je, aussitôt gagnée par l'irritation.

— Elle vous a recontactée ? Je veux dire : récemment ?

Recontactée ? Comment Wesley savait-il qu'Abby
était venue me voir l'automne dernier ? Mark, espèce
de salaud, pensai-je. Lorsqu'il m'avait téléphoné,
j'avais mentionné la présence de mon amie chez moi
ce soir-là.

— Je n'ai reçu aucune nouvelle d'elle, articulai-je
d'un ton cassant.

6

Le lundi matin, une épaisse couche de neige recouvrait la rue devant chez moi et le ciel gris n'augurait rien de bon. Je me préparai une tasse de café, tout en me demandant s'il était bien sage de me rendre à Washington en voiture. Sur le point de renoncer à mes projets, j'appelai la police de l'État, qui m'apprit que l'I 95 Nord était dégagée, la couche de neige se réduisant à deux centimètres au plus à partir de Fredericksburg. Ma voiture de fonction me paraissant incapable de se traîner le long de mon allée, je chargeai la boîte en carton dans ma Mercedes.

Au moment où je m'engageai sur l'autoroute, je songeai que si j'avais un accident ou si je me faisais arrêter par la police, j'allais avoir quelques difficultés à expliquer pourquoi je partais vers le nord dans ma voiture personnelle en compagnie d'ossements humains rangés dans le coffre. Quelquefois, la présentation de mon badge de médecin légiste ne suffisait pas. Un certain

voyage en Californie me resterait à jamais en mémoire.
Lorsque j'étais arrivée à l'aéroport, charriant avec moi
une large mallette dans laquelle était soigneusement
rangée toute la panoplie sadomasochiste, le bagage
n'avait pas dépassé le portique de détection. J'avais été
embarquée par le personnel de sécurité pour répondre
à ce qui n'était rien de moins qu'un interrogatoire.
J'avais eu beau me démener, impossible de leur faire
admettre que j'étais une anatomopathologiste se rendant au congrès annuel de l'Association nationale des
médecins légistes, où je devais présenter une conférence sur les pratiques d'asphyxie autoérotique. Les
menottes, les colliers cloutés, les liens de cuir et autres
accessoires inconvenants provenaient de vieilles affaires
criminelles, sûrement pas de chez moi.

À 10 h 30 j'avais atteint Washington et m'étais
débrouillée pour dénicher une place de parking à un
pâté de maisons du carrefour de Constitution Avenue
et de la 12ᵉ. Je n'avais pas remis les pieds au Muséum
d'histoire naturelle du Smithsonian depuis ce cours
d'anthropologie légale que j'y avais suivi plusieurs
années auparavant. Me cramponnant à mon carton, je
pénétrai dans le hall embaumant les orchidées et
résonnant du brouhaha des touristes. J'aurais préféré
visiter en flânant les galeries consacrées aux dinosaures, aux sarcophages ou aux diamants plutôt que
d'être le témoin des trésors largement plus sinistres
que renfermaient ces murs.

Dissimulés aux yeux des visiteurs, de grands casiers
de bois vert, qui recouvraient le moindre centimètre
carré du sol au plafond, contenaient, entre autres

restes, plus de trente mille squelettes humains. Chaque semaine, des ossements de toute sorte arrivaient par courrier recommandé afin d'être soumis à l'examen du Dr Alex Vessey. Certains provenaient de fouilles archéologiques, d'autres s'avéraient n'être que des pattes d'ours ou de castor, des crânes de veau hydrocéphale. Bref, des os plaidant fortement en faveur d'une origine humaine découverts au bord de la route ou exhumés par un tracteur, et dont on pouvait craindre – à première vue – qu'il s'agisse des dernières traces laissées par des individus décédés de mort violente. D'autres paquets se révélaient porteurs de mauvaises nouvelles et renfermaient les restes d'une victime d'assassinat. Le Dr Vessey, conservateur du musée et zoologiste, collaborait en outre avec le FBI et rendait service à des gens comme moi.

Un garde revêche m'ayant autorisée à passer, je fixai mon badge visiteur à ma veste et me dirigeai vers l'ascenseur de cuivre qui m'emmena au deuxième étage. Je parcourus un couloir encombré et mal éclairé, rendu plus étroit encore par les tiroirs qui tapissaient tous les murs. L'écho des badauds qui contemplaient plusieurs étages plus bas le grand éléphant naturalisé s'estompa peu à peu. J'éprouvai un sentiment naissant de claustrophobie. Le malaise des longues heures de cours passées dans cet univers de privation sensorielle me revint. À l'époque, j'accueillais avec soulagement la fin de la journée, le retour du vacarme de la circulation et des trottoirs encombrés par une foule bruyante.

Je dénichai le Dr Vessey là où il se trouvait déjà la fois précédente, tapi dans un laboratoire encombré de chariots en acier surchargés de squelettes d'oiseaux et de mammifères divers et variés, de dents, de fémurs, de mandibules. Les étagères croulaient sous le poids d'ossements et autres malheureux restes humains, crânes ou même têtes réduites. Le Dr Vessey était un homme aux cheveux blancs, portant d'épaisses lunettes. Il était assis à son bureau, engagé dans une conversation téléphonique, lorsque je débarquai. J'attendis en ouvrant le carton et en extirpant l'enveloppe de plastique qui contenait l'os de la main gauche de Deborah Harvey.

– La fille de la Tsarine de la drogue ? demanda-t-il de but en blanc en s'emparant de l'enveloppe.

La question pouvait paraître étrange, mais d'une certaine façon elle était posée de façon appropriée. Deborah n'était plus maintenant qu'une pièce à conviction. Elle avait été réduite à l'état de curiosité scientifique.

– En effet, acquiesçai-je tandis qu'il sortait la phalange et l'examinait en la faisant pivoter avec lenteur dans la lumière.

– Kay, je peux vous assurer sans l'ombre d'une hésitation qu'il s'agit d'une entaille antérieure au décès. Si des coupures anciennes peuvent avoir l'air récentes, l'inverse est impossible. Les faces internes de la section sont décolorées par les conditions environnementales en parfaite compatibilité avec le reste de la surface de l'os. De plus, la façon dont le bord de l'entaille est repoussé vers l'arrière indique que le coup n'a pas été infligé à un os déjà mort, lequel ne se déforme pas, contrairement à l'os vivant.

– C'est exactement la conclusion à laquelle j'étais

parvenue, approuvai-je en approchant une chaise. Mais vous savez bien que l'on va poser la question, Alex.

— Et à juste titre, rétorqua-t-il en me regardant par-dessus la monture de ses lunettes. Vous n'avez pas idée des choses qui passent par mon bureau, ajouta-t-il, me rappelant sans prendre de gants la variabilité des compétences en matière de médecine légale d'un État à l'autre.

— Oh, si, je m'en doute.

— Il y a quelques mois, un coroner m'a envoyé un échantillon de tissus et d'os découverts dans un égout, convaincu qu'ils provenaient d'un nouveau-né. Il souhaitait une détermination du sexe et de l'origine ethnique. La réponse était : chien beagle mâle, âgé de deux semaines. Peu de temps avant cela, un autre coroner, sans doute incapable de faire la différence entre anatomopathologie et botanique, m'a adressé un squelette, lequel avait été enterré peu profondément. La cause du décès lui échappait complètement. J'ai dénombré une quarantaine d'entailles à lèvres repoussées vers l'arrière, exemples flagrants de la plasticité des os vivants. Impossible d'envisager une seule seconde une mort naturelle. Et, bien entendu, ajouta-t-il en essuyant ses lunettes sur l'ourlet de sa blouse, je reçois également les artefacts opératoires, c'est-à-dire des os entaillés au cours de l'autopsie.

— Existe-t-il une possibilité que cette cicatrice signe l'activité d'un quelconque prédateur sauvage ? demandai-je tout en jugeant cette hypothèse fort peu vraisemblable.

– Il est vrai qu'il n'est pas toujours facile de distinguer les marques abandonnées par les carnivores, mais dans le cas présent je suis presque certain que nous avons affaire à une sorte de lame. Allons examiner cela, proposa-t-il d'un ton guilleret en se levant.

Les menues énigmes anthropologiques qui me rendaient folle galvanisaient le Dr Vessey. Débordant d'entrain et d'excitation, il s'assit devant le binoculaire de dissection installé sur un plan de travail et plaça la pièce à conviction au centre de la platine. Un long moment s'écoula en silence, tandis qu'il scrutait à travers l'objectif, retournant le petit os dans le champ lumineux.

– Ça, c'est intéressant, remarqua-t-il enfin.

Je patientai.

– Et c'est l'unique entaille que vous ayez constatée?

– Oui. Peut-être découvrirez-vous autre chose quand vous procéderez à votre propre examen, mais je n'ai rien trouvé de plus, à l'exception de l'orifice provenant du coup de feu que j'ai mentionné. Il est situé au niveau des lombaires.

– Ah, c'est juste… Vous m'avez dit que la balle avait atteint la moelle épinière.

– Exactement. On lui a tiré dans le dos. J'ai récupéré le projectile dans une vertèbre.

– Vous avez une idée de l'endroit où cela s'est produit?

– Nous ne savons pas où elle se trouvait au juste dans les bois – ni même si elle y était – lorsqu'elle a été abattue.

– Sans compter ce coup à la main, murmura Vessey d'un ton songeur, les yeux de nouveau collés aux oculaires. Impossible de préciser la séquence des événements. Après le coup de feu, les membres inférieurs étaient paralysés, mais elle pouvait encore se servir de ses mains.

Je demandai confirmation de ce que je soupçonnais :
– Ce serait une blessure de défense ?
– Très inhabituelle, Kay. La coupure est dorsale, et non palmaire.

Il s'adossa à son siège et me regarda en levant les mains, paumes en avant.

– La plupart de ces blessures de défense sont portées aux paumes. Pourtant le coup qu'elle a reçu a percuté le dos de sa main, expliqua-t-il en retournant les siennes. J'associe généralement ces coups à quelqu'un qui se défend en se montrant offensif.

– Des coups de poing ?
– Tout juste. Si je vous saute dessus armé d'un couteau et que vous contre-attaquiez à coups de poing, il est plus que probable que vous serez blessée sur la face dorsale des mains, sûrement pas à l'intérieur des paumes, à moins d'avoir d'abord desserré les poings. Mais l'aspect le plus significatif, c'est que la plupart des blessures de défense se présentent comme des coupures filantes. L'agresseur brandit son arme pour frapper du haut vers le bas, ou l'inverse, peu importe, et la victime lève les mains ou les avant-bras pour parer le coup. Si la blessure est suffisamment profonde pour pénétrer jusqu'à l'os, il m'est en général très difficile de fournir beaucoup de détails quant à la nature de la lame…

– Dans le cas d'une coupure filante, l'interrompis-je, une lame dentelée doit recouvrir ses propres traces.

– C'est une des raisons pour lesquelles cette entaille est si intéressante, confirma-t-il. Il ne fait aucun doute qu'elle a été infligée avec ce type d'arme blanche.

– Il ne s'agit donc pas d'une blessure filante, mais d'un coup asséné ? demandai-je, perplexe.

– C'est exact, approuva-t-il en rangeant l'os dans son enveloppe. L'empreinte dentelée indique que la lame a dû pénétrer le dos de la main sur au moins un centimètre. Je crains de ne pouvoir vous fournir d'autres informations sur la nature de l'arme ou ce qui a pu se produire au juste, ajouta-t-il en regagnant son bureau. Comme vous le savez, il faut prendre en compte un nombre considérable de variables. Ainsi je ne me risquerai pas à présumer de la taille de la lame, ou si la blessure a été infligée avant ou après qu'on lui a tiré dessus, et encore moins dans quelle position la victime se trouvait lorsqu'elle a été frappée.

Deborah aurait pu être allongée sur le dos, agenouillée ou même debout. Tout en regagnant ma voiture, je retournai le problème dans ma tête. La blessure à la main était profonde et devait donc saigner à profusion. Nous n'avions retrouvé aucune trace de sang dans la Jeep, ce qui impliquait qu'elle devait longer le chemin forestier ou se trouver déjà dans les bois. Cette gymnaste de moins de cinquante kilos avait-elle lutté contre son agresseur ? Avait-elle tenté de le frapper, s'était-elle battue pour survivre, terrifiée parce que Fred avait déjà été assassiné ? Pourquoi le meurtrier avait-il eu recours à deux types d'armes dans son cas, alors qu'il ne paraissait pas en avoir eu besoin pour tuer Fred ?

J'étais prête à parier que Fred avait été égorgé, et sans doute aussi Deborah, à moins qu'elle n'ait été étranglée après qu'on lui eut tiré dessus. On ne l'avait pas laissée agoniser là, elle ne s'était pas traînée au côté de Fred, à demi paralysée, afin de glisser son bras sous celui du jeune homme. Leurs corps avaient été délibérément disposés de cette façon.

Je quittai Constitution Avenue et trouvai enfin Connecticut Avenue, qui me mena au nord-ouest de la ville, dans un quartier qui n'aurait guère été plus qu'une zone de taudis sans le voisinage du Washington Hilton. L'hôtel s'élevait au sommet d'une côte recouverte de gazon, vaste comme un pâté de maisons. Il ressemblait à un magnifique paquebot blanc voguant dans un univers de boutiques d'alcools poussiéreuses, de laveries automatiques, d'un night-club vantant ses « danseuses *live* » et de rangées de maisons délabrées aux fenêtres brisées barrées de planches et aux porches de ciment qui empiétaient sur la rue. Après m'être garée dans le parking souterrain de l'hôtel, je traversai Florida Avenue et grimpai les marches d'un immeuble miteux de briques ocre, protégé par un auvent d'un bleu délavé. J'enfonçai la sonnette de l'appartement 28, où habitait Abby Turnbull.

– Qui est-ce ?

Je reconnus à grand-peine la voix désincarnée qui retentit dans l'interphone. Je m'annonçai, sans comprendre ce qu'Abby marmonna, à moins qu'elle n'ait simplement eu le souffle coupé. La serrure électronique cliqueta.

Je pénétrai dans un hall chichement éclairé, au sol

151

recouvert d'un tapis brun crasseux. Une rangée de
boîtes aux lettres en cuivre terni était scellée sur un
mur lambrissé de lattes d'aggloméré. Les inquiétudes
d'Abby à propos de son courrier me revinrent à l'esprit. De toute évidence, il n'était pas facile de franchir
la porte d'entrée de l'immeuble sans en avoir la clé ;
quant aux boîtes aux lettres, elles étaient également
défendues chacune par un verrou, rendant toute tentative d'indélicatesse ou d'espionnage assez ardue.
Tout ce qu'Abby m'avait raconté à Richmond sonnait
faux. Le temps de grimper les cinq étages jusque chez
elle, j'étais en colère et à bout de souffle.

Abby m'attendait sur le pas de sa porte.

– Que fais-tu là ? chuchota-t-elle, le teint terreux.

– À ton avis ? Je ne connais que toi dans cet immeuble.

– Tu n'es pas venue à Washington juste pour me
voir, souffla-t-elle, son regard se teintant de peur.

– J'avais un rendez-vous professionnel.

À travers sa porte d'entrée ouverte je distinguais un
mobilier d'un blanc immaculé, des coussins aux couleurs pastel et des gravures abstraites monotypes de
Gregg Carbo, que je reconnus pour les avoir vues dans
son ancienne résidence de Richmond. Les images de
ce jour effroyable me secouèrent un instant. Je revis le
corps en décomposition de sa sœur sur le lit à l'étage,
la police et les infirmiers s'affairant tandis qu'Abby
était assise sur un canapé. Elle tremblait tant qu'elle
parvenait à peine à tenir une cigarette entre ses doigts.
À cette époque-là, je ne la connaissais que de réputation, et le moins que l'on puisse dire, c'est que je ne
l'aimais pas. L'assassinat de sa sœur lui avait au moins

valu ma sympathie, mais ce n'est que plus tard qu'elle avait gagné ma confiance.

– Je sais que tu ne me croiras pas, débita-t-elle sur ce même ton étouffé, mais j'allais venir te voir la semaine prochaine.

– J'ai le téléphone, tu sais.

– Impossible, plaida-t-elle.

La conversation se poursuivait sur le palier et je demandai :

– Tu ne m'invites pas à entrer ?

Elle secoua la tête et un frisson de peur me parcourut le dos.

– Il y a quelqu'un chez toi ? dis-je d'un ton aussi calme que possible en jetant un œil par-dessus son épaule.

– Allons faire un tour, murmura-t-elle.

– Abby, pour l'amour du ciel…

Elle me foudroya du regard et posa un doigt sur ses lèvres.

Je commençais à douter de sa santé mentale. Ne sachant que faire, je patientai sur le palier tandis qu'elle allait récupérer son manteau. Puis nous quittâmes l'immeuble, et pendant presque une demi-heure nous descendîmes en silence d'un pas vif Connecticut Avenue. Elle me conduisit au Mayflower Hotel et dénicha une table dans le coin le plus sombre du bar. Je commandai un *espresso*, puis m'installai dans le fauteuil de cuir, l'observant par-dessus la table vernie, tendue à l'extrême.

– Je sais que tu ne comprends pas ce qui se passe, commença-t-elle en jetant un œil aux alentours.

Il était encore tôt dans l'après-midi et le bar était presque désert.

— *Abby ? Est-ce que tu vas bien ?*

— Je ne pouvais pas t'appeler, expliqua-t-elle, la lèvre inférieure agitée de tremblements. Je ne peux même pas te parler dans mon propre putain d'appartement ! C'est exactement ce que je t'ai raconté à Richmond, mais en mille fois pire.

— Tu as besoin de consulter quelqu'un, déclarai-je d'un ton posé.

— Je ne suis pas folle.

— Tu es à deux doigts de perdre complètement les pédales.

Elle prit une profonde inspiration et me fixa d'un regard sans concession.

— Kay, je suis suivie. Je suis certaine que mon téléphone est sur écoute et je soupçonne quelqu'un d'avoir installé des micros dans mon appartement. Voilà pourquoi je ne pouvais pas t'inviter à entrer. Maintenant, vas-y, accuse-moi d'être paranoïaque, psychotique, tout ce que tu veux. Mais je sais dans quel monde je vis, pas toi. Je sais ce que j'ai enduré. Je sais ce que j'ai appris sur ces affaires et tout ce qui s'est produit depuis que je m'y suis intéressée.

— Quoi donc exactement ?

La serveuse s'approcha avec notre commande et Abby ne reprit la parole qu'une fois qu'elle se fut éclipsée :

— Moins d'une semaine après mon voyage à Richmond, quelqu'un s'est introduit dans mon appartement.

— Tu as été cambriolée ?

— Oh, non, gloussa-t-elle, et son petit rire sonna creux, pas précisément. Le ou les individus en question étaient bien trop futés pour ça. On ne m'a rien volé.

Je lui lançai un regard inquisiteur.

– Sur le disque dur de mon ordinateur personnel, à la maison, figure un dossier qui regroupe toutes mes infos au sujet de ces jeunes couples et de leurs morts bizarres. Cela fait pas mal de temps que je bosse sur ces affaires, que je consigne toutes mes notes dans ce dossier. Mon traitement de texte dispose d'une sauvegarde automatique, avec une périodicité de dix minutes. Tu sais, pour être sûre de ne rien perdre si l'électricité est coupée, ou un truc dans ce genre, surtout dans mon immeuble…

– Abby, l'interrompis-je, où veux-tu en venir au juste ?

– Je suis en train de t'expliquer que si tu consultes un dossier sur mon ordinateur, si tu travailles dessus au minimum dix minutes, non seulement il se crée une copie, mais quand tu sauvegardes, l'heure et la date sont enregistrées. Tu me suis ?

– Je n'en suis pas sûre, dis-je en prenant mon *espresso*.

– Tu te souviens quand je suis venue te voir ?

Je hochai la tête.

– J'ai pris des notes lorsque j'ai parlé à la vendeuse du Seven-Eleven.

– En effet.

– Et j'ai rencontré un certain nombre de gens, y compris Pat Harvey. J'avais l'intention de recopier ces informations sur l'ordinateur une fois rentrée chez moi, mais les choses ont dérapé. Je suis donc passée chez toi un mardi soir et je ne suis rentrée à Washington que le lendemain matin. Eh bien, ce jour-là, le mercredi, vers midi, j'ai discuté avec mon rédacteur. Subitement, il n'était plus du tout intéressé par mon papier sur l'affaire

Harvey-Cheney. Soi-disant, il voulait attendre pour le passer parce que le journal publiait ce week-end-là une série d'articles sur le sida. C'était très étrange, poursuivit-elle. On ne parlait que de ça, le *Post* voulait à tout prix un article sur cette disparition. Et voilà que je rentre de Richmond, et d'un seul coup on m'expédie sur une autre affaire… (Elle s'interrompit pour allumer une cigarette.) Quoi qu'il en soit, je n'ai pas soufflé une minute jusqu'au samedi, où j'ai enfin pu m'installer devant mon ordinateur pour consulter ce fameux dossier. Il affichait une date et une heure aberrantes. Vendredi 20 septembre, 14 h 13, alors que *je ne me trouvais même pas chez moi*. Kay, le dossier avait été ouvert. Quelqu'un l'avait parcouru. Je suis formelle : il ne s'agissait pas de moi, parce que je n'avais pas allumé mon ordinateur, pas une seule fois, avant samedi, c'est-à-dire le 21, quand j'ai enfin eu un moment pour le faire.

— Peut-être l'horloge de ton ordinateur ne fonctionnait-elle pas ?

— Si, répliqua-t-elle avec un hochement de tête, j'ai vérifié.

— Comment est-ce possible ? Comment quelqu'un a-t-il pu s'introduire dans ton appartement sans être remarqué, sans que tu t'en aperçoives ?

— Le FBI le peut.

— Abby ! fis-je d'un ton exaspéré.

— Il y a beaucoup de choses que tu ignores.

— En ce cas, je t'en prie, mets-moi au courant.

— Pourquoi crois-tu que j'aie pris un congé ?

— D'après le *New York Times*, tu rédiges un document au sujet de l'affaire.

– Et tu supposes que j'avais déjà ce projet quand je suis venue te voir à Richmond ?

La colère me gagna à nouveau.

– C'est plus qu'une supposition.

– Je te jure que c'est faux. On m'a changée de rubrique, ajouta-t-elle d'une voix que l'émotion faisait trembler en se penchant vers moi. Tu comprends ce que ça signifie ?

Je demeurai interdite.

– La seule chose qui aurait pu m'arriver de pire, c'est être virée, mais ça, ils ne le pouvaient pas, ils n'avaient aucune raison. Bon Dieu, l'année dernière je gagne un prix en tant que journaliste d'investigation et, d'un seul coup, ils veulent me transférer aux chroniques ? Tu te rends compte ? Aux chroniques ! Dis-moi ce que tu penses de ça.

– Je ne sais pas, Abby.

– Moi non plus, dit-elle en retenant ses larmes, mais j'ai mon amour-propre. Je sais qu'il y a une grosse histoire derrière tout ça et je l'ai vendue, voilà tout. Tu peux en penser ce que tu veux, mais je me bagarre pour survivre. Je dois payer mes factures et il fallait que je prenne du recul vis-à-vis du journal. Mon Dieu, des chroniques ! Kay, j'ai tellement peur.

– Parle-moi du FBI, lui intimai-je d'un ton ferme.

– Je t'ai déjà raconté l'essentiel : l'erreur d'itinéraire, comment j'ai échoué à Camp Peary, et les agents qui sont venus me voir.

– Cela ne suffit pas.

– Le valet de cœur, Kay, dit-elle comme si elle faisait allusion à quelque chose qui m'était familier.

Lorsqu'elle comprit que je n'avais aucune idée de ce qu'elle me racontait, la stupéfaction se peignit sur son visage.

— Tu n'es pas au courant?

— Quel valet de cœur?

— On a retrouvé un valet de cœur sur chacune de ces scènes de crime, expliqua-t-elle, me fixant d'un œil incrédule.

Un vague souvenir me revint. L'allusion d'un enquêteur dans l'une des transcriptions d'interrogatoires de police que j'avais parcourues. L'inspecteur de Gloucester s'était entretenu avec un ami de Bruce Phillips et Judy Roberts, le premier couple. Qu'avait-il donc demandé, déjà? Sur le coup, le détail m'avait paru curieux. À propos de cartes. Judy et Bruce jouaient-ils aux cartes? Cet ami avait-il jamais vu des cartes à jouer dans la Camaro de Bruce?

— Raconte-moi, demandai-je à Abby.

— L'as de pique a été utilisé au Vietnam. Tu sais ce qu'il signifiait?

Cela ne m'évoquait rien.

— Lorsqu'une unité américaine voulait faire passer un message bien précis après une exécution, elle abandonnait un as de pique sur le cadavre. D'ailleurs une entreprise qui fabrique des jeux de cartes fournissait ces types en paquets spéciaux, uniquement dans ce but.

— Quel rapport avec la Virginie? demandai-je, ahurie.

— Le parallèle existe. Simplement, nous n'avons pas affaire à un as de pique, mais à un valet de cœur. Dans chacune des quatre premières affaires, on a découvert un valet de cœur dans la voiture abandonnée.

– Où as-tu obtenu cette information ?

– Tu sais bien que je ne peux rien te révéler, Kay. Mais cette similitude m'a été confirmée par plusieurs sources, aussi suis-je certaine de la véracité de l'info.

– Et l'une de tes sources t'a-t-elle également confié qu'un valet de cœur avait été retrouvé dans la Jeep de Deborah ?

– C'était le cas ? répondit-elle en faisait négligemment tournoyer le contenu de son verre.

– Abby, ne joue pas à ce petit jeu avec moi, l'avertis-je.

– Je ne joue pas, rétorqua-t-elle en soutenant mon regard. Si un valet de cœur a été retrouvé dans la voiture, ou bien où que ce soit, je ne suis pas au courant. Il s'agit, bien entendu, d'un détail important car il permettrait de lier avec certitude les meurtres de Deborah Harvey et Fred Cheney aux quatre précédents couples. Crois-moi, je m'acharne à dégoter un lien par tous les moyens, mais je ne suis pas certaine qu'il existe. Et s'il existe bien, reste à comprendre sa signification.

– Et le rapport de tout cela avec le FBI ? demandai-je à contrecœur, n'étant pas certaine de souhaiter connaître la réponse.

– Ils se sont intéressés à ces affaires quasiment depuis le début, Kay, et d'une façon qui excède de très loin l'implication habituelle du VICAP. Le FBI connaît l'existence de ces cartes à jouer depuis fort longtemps. Quand on a trouvé un valet de cœur sur le tableau de bord de la Camaro du premier couple, personne n'y a prêté attention. Puis le deuxième couple a disparu et une nouvelle carte a été découverte sur le siège passager. À ce moment-là, Benton Wesley a immédiatement pris le contrôle de la situation. Il est retourné voir l'enquêteur de Gloucester County et lui a intimé l'ordre de ne pas piper mot du valet de cœur de la Camaro. Il a exigé la même chose du deuxième enquêteur. Chaque fois qu'une nouvelle voiture abandonnée a fait surface, Wesley a sauté sur son téléphone pour parler au flic chargé de l'affaire.

Elle s'interrompit, me scrutant comme si elle tentait de lire mes pensées.

– Que tu aies été tenue dans l'ignorance ne devrait pas me surprendre, ajouta-t-elle. Il ne doit pas être trop compliqué pour la police de te dissimuler ce qui a été retrouvé dans les voitures.

– Non, en effet. Ce serait une autre histoire si les cartes avaient été récupérées sur les corps. Dans ce cas-là, impossible de me tenir à l'écart.

À l'instant où je formulais cette restriction, un doute s'insinua dans mon esprit. La police avait attendu plusieurs heures avant de m'appeler sur la scène de crime. Wesley se trouvait déjà sur les lieux à mon arrivée, et l'on avait touché aux corps de Deborah Harvey et Fred Cheney afin de rechercher des effets personnels. Je tentai de me raisonner à haute voix :

– Il est logique que le FBI ne communique rien là-dessus. Le détail pourrait s'avérer crucial pour la suite de l'enquête.

– J'en ai ras le bol d'entendre ce genre de conneries ! siffla Abby. Cette histoire du tueur qui laisserait en quelque sorte une carte de visite ne revêt d'importance que si le type se dénonce, avoue en précisant qu'il a mis un valet de cœur dans chaque voiture, alors qu'il n'y a aucune possibilité de le savoir par ailleurs. Une telle précision devient une preuve signant sa culpabilité. Or je ne crois pas une seconde à ce scénario. De surcroît, on ne me fera pas non plus gober que le FBI garde ça sous le coude juste parce qu'il veut être sûr que rien ne fera merder l'enquête.

— Alors pourquoi? demandai-je, assez mal à l'aise.

— Parce qu'il ne s'agit pas seulement d'une affaire de meurtres en série. Cela va bien au-delà d'un quelconque cinglé qui en aurait après les couples. Ce truc est politique, il n'existe pas d'autre explication.

Elle se tut et attira la serveuse vers notre table d'un regard. Elle ne reprit d'une voix plus paisible que lorsque nous fûmes resservies et qu'elle eut absorbé quelques gorgées de son verre.

— Kay, n'es-tu pas un peu surprise que Pat Harvey se soit entretenue avec moi lors de mon passage à Richmond?

— Très franchement, si.

— As-tu réfléchi à la raison pour laquelle elle a accepté?

— Je suppose qu'elle aurait fait n'importe quoi pour récupérer sa fille, et parfois un tapage médiatique peut aider.

Abby secoua la tête en signe de dénégation.

— Lorsque j'ai discuté avec Pat Harvey, elle m'a confié des tas de trucs que je n'aurais jamais publiés dans l'article. Et ce n'était pas la première fois que je la rencontrais, loin de là.

Un tremblement me parcourut, qui ne devait pas qu'aux effets de l'*espresso*.

– Je ne comprends pas.

– Tu es au courant de la croisade qu'elle a entreprise contre les organisations caritatives bidon ?

– Vaguement.

– À l'origine, le tuyau qui l'a renseignée venait de moi.

– De *toi* ?

– L'année dernière, je me suis lancée dans une grosse enquête au sujet du trafic de drogue. Plus j'avançais dans mes investigations, plus je découvrais des aspects invérifiables. C'est là qu'interviennent ces pseudo-organisations caritatives. Pat Harvey possède un appartement ici, au Watergate. Un soir, je m'y suis rendue pour l'interviewer, pour obtenir quelques déclarations dans le but d'enrichir mon papier. Nous avons discuté. De fil en aiguille, j'ai fini par lui faire part des allégations dont j'avais eu vent, pour voir si elle pouvait en corroborer certaines. C'est comme ça que les choses ont commencé.

– Quelle était exactement la nature de ces allégations ?

– En ce qui concerne la CAMICD, par exemple. Des allégations selon lesquelles certains de ces organismes censés lutter contre la drogue sont en réalité des écrans dissimulant des cartels de trafiquants, voire d'autres activités criminelles en Amérique centrale. Je lui ai confié que des sources, fiables selon moi, affirmaient que des millions de dollars de dons effectués chaque année atterrissaient dans les poches d'individus comme Manuel Noriega. C'était, bien entendu, avant son arrestation. Mais les fonds de la CAMICD et d'autres frauduleuses ONG seraient utilisés pour acheter des renseignements à des agents américains afin de faciliter le transit de l'héroïne par les aéroports panaméens, les douanes, en Extrême-Orient et sur le continent américain.

– Et avant ta visite, Pat Harvey n'avait jamais entendu parler de cela ?

– Non, selon moi elle n'en avait pas la moindre idée et elle était scandalisée. Elle a entrepris des recherches de son côté, qui ont abouti au rapport qu'elle a présenté devant le Congrès. Une sous-commission d'investigation a été créée. On lui a demandé de servir de consultante, ce que tu dois savoir. Elle a, de toute évidence, étalé au grand jour pas mal de choses. Une audience a été fixée au mois d'avril. Son activité n'enchante pas certaines personnes, notamment au ministère de la Justice.

Je commençais à entrevoir où menait tout cela. Abby continua :

– Des informateurs sont impliqués, des gens que la DEA – l'agence spécialisée dans la lutte contre la drogue –, le FBI et la CIA cherchent à coincer depuis plusieurs années. Or tu sais comment ça fonctionne : quand le Congrès s'en mêle, il peut légitimement offrir l'immunité en échange d'informations. Une fois que ces informateurs auront témoigné lors d'une audience, ce sera terminé : le ministère de la Justice ne pourra plus jamais les poursuivre.

– Ce qui implique que le ministère de la Justice n'apprécie pas vraiment les efforts de Pat Harvey.

– Ce qui implique qu'il serait secrètement aux anges si toute son enquête foirait.

– La directrice du Programme national de lutte anti-drogue, la Tsarine de la drogue, est placée sous l'auto-rité de l'attorney général, dont dépendent aussi le FBI et la DEA. Si Mrs Harvey est en conflit d'intérêts avec le ministère de la Justice, pourquoi l'attorney général ne lui tient-il pas la bride sur le cou?

– Parce que ce n'est pas avec lui qu'elle a un pro-blème, Kay. L'activité de Pat va au contraire rehausser son prestige, et celui de la Maison-Blanche dans la fou-lée. La Tsarine s'est attaquée de façon tangible aux crimes liés au trafic de drogue. Ce que le citoyen lambda ne comprend pas, c'est qu'en ce qui concerne le FBI et la DEA, les conséquences de cette audience du Congrès ne sont pas suffisantes. Il ne se produira rien d'autre que la divulgation des noms de ces organisations et de la nature de leurs véritables activités. Si cela suffit à mettre un terme à l'existence de groupes comme la CAMICD, les salopards qui sont derrière s'en sortiront sans y perdre beaucoup de plumes. Les agents qui travaillent sur ces affaires se retrouveront le bec dans l'eau et per-sonne ne finira derrière les barreaux. Les salopards ne cessent pas d'être des salopards du jour au lendemain. C'est comme quand on ferme un bar louche, on peut être sûr que quinze jours plus tard il rouvrira un peu plus loin.

– Je ne vois toujours pas en quoi cela serait lié à ce qui est arrivé à la fille de Mrs Harvey, insistai-je.

– Supposons qu'il existe un malentendu, et peut-être même un affrontement, entre le FBI et toi, et que ta fille disparaisse. Comment le prendrais-tu si le FBI était en charge de l'affaire?

La perspective n'avait rien de réjouissant.

— À tort ou à raison, je me sentirais très vulnérable, pour ne pas dire paranoïaque. J'aurais beaucoup de mal à lui faire confiance.

— Tu viens à peine d'effleurer les sentiments véritables de Pat Harvey. Je crois qu'elle est persuadée que quelqu'un s'est servi de sa fille pour l'atteindre, elle, que Deborah n'a pas été victime d'un crime de hasard, mais d'une exécution commanditée. Et elle n'est pas loin de penser que le FBI est impliqué…

— Attends une seconde, l'interrompis-je. Tu veux dire que Pat Harvey soupçonne *le FBI* d'être responsable de la mort de sa fille et de Fred ?

— L'hypothèse lui a traversé l'esprit.

— Et tu vas me dire que, toi aussi, tu l'envisages ?

— Au point où j'en suis, je suis prête à croire n'importe quoi.

— Seigneur ! murmurai-je dans un souffle.

— Je sais à quel point ça doit sembler dingue. Mais à tout le moins, je pense que le FBI sait ce qui se passe, il sait même peut-être qui est le responsable, ce qui explique du même coup que je sois devenue un obstacle. Les fédéraux ne tiennent pas à me voir fourrer mon nez partout. Ils redoutent que je découvre le pot aux roses.

— En ce cas, il me semble que ton journal devrait te proposer une augmentation, non ? Plutôt que de t'expédier aux chroniques… Je n'ai jamais eu le sentiment que le *Washington Post* était du genre aisément intimidable.

— Je ne suis pas Bob Woodward, je n'ai rien déterré

qui ressemble au scandale du Watergate, répliqua-t-elle amèrement. Je ne fais pas partie de leur équipe depuis très longtemps, d'autant que la rubrique criminelle manque pas mal de prestige. On y colle les petits nouveaux afin qu'ils se fassent les dents. Si le directeur du FBI ou quelqu'un de la Maison-Blanche menace d'un procès ou, au contraire, fait assaut de diplomatie, il contactera directement les instances dirigeantes du *Post*. Je ne serai pas conviée à la discussion, et il n'est pas non plus acquis que l'on m'informe de ce qui se passe.

Elle n'avait probablement pas tort sur ce point. Si Abby se conduisait en salle de rédaction comme avec moi, il était fort probable que peu de gens tiennent à frayer avec elle. D'ailleurs la sanction professionnelle qui l'avait frappée ne me surprenait en fin de compte pas tant que ça.

— Désolée, Abby. Je peux à la rigueur comprendre que la politique intervienne dans l'affaire Deborah Harvey. En revanche, en ce qui concerne les autres couples... où serait la logique? Le premier a disparu deux ans et demi avant la mort de Deborah et Fred.

— Kay, je ne connais pas les réponses, rétorqua-t-elle d'un ton farouche. Mais je n'en démordrai pas: on essaie d'étouffer quelque chose, une chose que le FBI, le gouvernement ne tiennent pas à voir éclater au grand jour. Même si ces meurtres cessent, je te parie que si on laisse faire le FBI, ils ne seront jamais élucidés. C'est cela que je dois affronter... que tu dois affronter toi aussi.

Elle acheva son verre et ajouta:

– Après tout, peut-être ne serait-ce pas très grave pourvu que les meurtres cessent. Mais *quand* vont-ils cesser ? Et aurait-on pu en éviter certains ? C'est ça la vraie question.

– Pourquoi me confies-tu tout cela ? demandai-je sans ménagements.

– Parce que cela concerne des adolescents innocents. Sans oublier l'évidence : j'ai confiance en toi. Et peut-être ai-je besoin d'une amie.

– Tu vas continuer à écrire ce livre ?

– Oui. J'espère simplement avoir l'occasion de rédiger la conclusion.

– Je t'en prie, Abby, sois prudente.

– Oh, le conseil est superflu.

La nuit était tombée. Il faisait très froid lorsque nous quittâmes le bar. Je raccompagnai Abby un bout de chemin. Ballottée au milieu de la foule qui envahissait les trottoirs, je ne parvenais pas à me calmer. Le chemin de retour jusqu'à Richmond n'améliora guère mon état d'esprit. J'aurais voulu parler à Pat Harvey, mais n'osais l'appeler. J'aurais voulu parler à Wesley, mais je savais qu'il ne me divulguerait aucun secret, si secret il y avait, et j'étais moins que jamais certaine de notre amitié.

Quelques secondes à peine après être rentrée, j'appelai Marino.

– Où Hilda Ozimek réside-t-elle ? Je sais que c'est quelque part en Caroline du Sud, mais où au juste ?

– Pourquoi ? Qu'est-ce que vous avez découvert au Smithsonian ?

– S'il vous plaît, répondez à ma question.

– Un petit trou perdu du nom de Six Mile.

– Merci.

– Hé ! Avant de raccrocher, ça vous embêterait de me dire ce qui s'est passé à Washington ?

– Pas ce soir, Marino. Si je ne vous vois pas demain, appelez-moi.

7

À 5 h 45 du matin, l'aéroport international de Richmond était désert. Les restaurants étaient encore fermés, des piles de journaux s'amoncelaient devant les grilles baissées des boutiques, et un employé du service d'entretien traînait au ralenti une poubelle roulante derrière lui, ramassant emballages de chewing-gums et autres mégots de cigarettes comme un somnambule.

Je trouvai Marino à l'intérieur du terminal US Air, dans une salle à l'atmosphère confinée, inondée de lumière artificielle. Des rangées de sièges vides s'alignaient sur une moquette bleue à pois. Son imperméable calé derrière la tête, il somnolait, les yeux fermés. L'espace d'un instant, je le vis comme si je ne le connaissais pas et une tristesse amie m'étreignit. Marino avait vieilli.

J'occupais mes nouvelles fonctions depuis à peine quelques jours lorsque je l'avais rencontré. J'officiais à la morgue, penchée au-dessus d'une table d'autopsie, quand un homme à la carrure imposante et au visage impassible était entré pour venir se planter en face de moi, de l'autre côté de la table. J'avais perçu l'examen froid auquel il me soumettait. Une comparaison désagréable s'était alors imposée à moi : il me disséquait avec autant de minutie que j'explorais mon patient.

— Alors vous êtes le nouveau chef.

La remarque sonnait comme une provocation, comme s'il me mettait au défi d'admettre que je croyais pouvoir assumer un poste qu'aucune femme n'avait encore occupé.

— Je suis le Dr Scarpetta, avais-je répondu. Vous faites partie de la police de Richmond, n'est-ce pas ?

Il avait marmonné son nom, puis patienté en silence tandis que j'extrayais plusieurs balles de la victime de son enquête d'homicide avant de les lui remettre contre un reçu. Il était parti d'un pas nonchalant, sans un « au revoir » et encore moins un « enchanté d'avoir fait votre connaissance ». C'était ainsi que nos rapports professionnels s'étaient établis. J'étais tout à fait consciente qu'il ne m'appréciait pas, ce uniquement parce que j'étais une femme, et, de mon côté, je le prenais pour un crétin au cerveau grillé par un excès de testostérone. Au fond, il m'avait sacrément intimidée.

Aujourd'hui pourtant, à le regarder, je me demandais comment j'avais pu un jour le trouver menaçant. Il paraissait vieux et défait, la chemise tendue sur son gros ventre, des mèches de cheveux gris en bataille. Son allure renfrognée et sombre naissait de ces rides profondes qui sillonnaient son front, petits ravages obstinés dus à la tension et au perpétuel mécontentement.

– Bonjour, dis-je en le secouant doucement par l'épaule.

– C'est quoi qu'y a dans le sac ? marmonna-t-il sans décoller les paupières.

– Je croyais que vous dormiez.

Il s'assit et bâilla.

Je m'installai à côté de lui, puis ouvris le sachet en papier, dont je sortis les gobelets de café et les *bagels* à la crème de fromage que j'avais préparés à la maison et réchauffés au micro-ondes juste avant de partir dans la pénombre de la fin de nuit. Je lui tendis une petite serviette.

– Je parie que vous n'avez rien mangé.

– On dirait des vrais *bagels*, vos trucs.

– Ce sont de vrais *bagels*, rétorquai-je en déballant le mien.

– Je croyais que vous aviez dit que l'avion partait à 6 heures.

– 6 h 30. Et je suis certaine de vous avoir indiqué la bonne heure. J'espère que vous n'avez pas trop attendu.

– Ben, si.

– Je suis désolée.

– Vous avez les billets, hein ?

– Dans mon sac.

Par moments, nous finissions par ressembler à un vieux couple.

– Si vous voulez mon avis, je crois pas que votre idée vaille le prix du billet. Et même que si j'avais eu le fric, je l'aurais pas sorti de ma poche. Et puis ça m'emmerde de vous voir raquer, Doc. Je préférerais que vous essayiez au moins de vous faire rembourser.

Nous avions déjà discuté du problème.

– Moi pas. Je ne remplirai pas de note de frais, et vous non plus. Une note de frais, c'est une trace écrite que vous abandonnez derrière vous. D'autant, ajoutai-je en sirotant mon café, que je peux me le payer.

– Ben, si c'est pour m'économiser six cents dollars, ça me dérange pas de laisser des traces écrites d'ici jusqu'à la Lune.

– Ne dites pas de bêtises. Je vous connais comme ma poche.

– Ouais, des bêtises, c'est tout ce que c'est. Bordel, toute cette histoire est cinglée, dit-il en vidant plusieurs sachets de sucre en poudre dans son café. Je crois bien qu'Abby vous a retourné la tête comme une crêpe.

– Merci du compliment, dis-je d'un ton sec.

D'autres passagers commençaient d'arriver. La façon dont Marino parvenait à imprimer sa marque sur le monde était sidérante. Il avait choisi de s'installer dans une zone non-fumeurs, puis était allé chercher à plusieurs rangées de là un cendrier sur pied qu'il avait tiré à côté de son siège. La manœuvre avait fait office d'invitation subliminale à l'égard d'autres fumeurs à demi endormis. La petite troupe nous avait rejoints, plusieurs d'entre eux déplaçant à leur tour des cendriers supplémentaires. Lorsque arriva l'heure de l'embarquement, la zone fumeurs avait été pillée de la presque totalité de ses cendriers, et nul ne savait plus où il convenait de s'installer en fonction de ses choix. Embarrassée et résolue à ne pas participer à cette annexion abusive, je ne sortis pas mon paquet de cigarettes de mon sac.

172

Marino, qui détestait encore plus l'avion que moi, dormit jusqu'à Charlotte, où nous embarquâmes à bord d'un petit courrier à hélices qui me rappela de façon désagréable le peu qui sépare le fragile être humain de la vacuité de l'atmosphère. Professionnellement, j'avais eu mon content de catastrophes. Je savais d'expérience ce que représentaient un avion écrasé et des cadavres éparpillés sur des kilomètres à la ronde. Il n'y avait ni toilettes ni service de boissons, et lorsque le moteur démarra, l'avion se mit à trembler comme s'il frisait la crise d'épilepsie. Durant toute la première partie du vol, j'eus le rare privilège d'assister aux bavardages des pilotes, à leurs bâillements et étirements divers, jusqu'à ce qu'une hôtesse remonte l'allée et tire le rideau qui masquait la cabine de pilotage. Les turbulences se faisaient de plus en plus fréquentes, les montagnes surgissaient pour disparaître aussitôt au creux du brouillard. La seconde fois où l'appareil perdit brutalement de l'altitude, me faisant remonter l'estomac dans la gorge, Marino agrippa les accoudoirs avec tant de force que ses articulations blanchirent. Il grogna :

— Nom de Dieu…

Je commençai à regretter de lui avoir apporté un petit déjeuner. Il semblait sur le point de vomir.

— … Si cette poubelle réussit à atterrir en un seul morceau, je m'envoie un verre, et je me fous de l'heure qu'il est.

— Ben, ce sera ma tournée, mon vieux ! renchérit en se retournant le passager installé sur un des sièges de l'avant.

Marino, tétanisé, détailla le phénomène étrange qui se déroulait sur une portion de l'allée centrale située juste devant nous. À l'extrémité de la moquette, s'élevant d'une bande de métal, une effroyable condensation s'était formée, un incident auquel je n'avais jamais assisté au cours d'un vol. On aurait dit que les nuages s'infiltraient à l'intérieur de l'avion. Pourtant, lorsque Marino désigna la chose à l'hôtesse, l'accompagnant d'un sonore : « Bordel, c'est quoi, ce machin ? », elle l'ignora royalement.

— La prochaine fois, je glisserai du phénobarbital dans votre café, le menaçai-je en serrant les dents.

— Ah, ouais ? Et la prochaine fois que vous décidez de rendre visite à une Mme Irma de mes deux qui vit en pleine cambrousse, je vous accompagne pas.

Nous tournâmes en rond au-dessus de Spartanburg pendant une demi-heure, bringuebalés en tous sens, les vitres criblées de rafales de pluie glacée. Le brouillard nous empêchait d'atterrir, et j'en vins à songer que nous allions mourir. Je pensai à ma mère, je pensai à Lucy, ma nièce. J'aurais dû rentrer à la maison pour Noël, mais je croulais sous le poids de mes propres soucis. Surtout, je ne voulais pas que l'on me pose de questions au sujet de Mark. « Maman, je suis débordée, je ne peux vraiment pas m'absenter maintenant. — Mais c'est Noël, Kay. » Il y avait bien longtemps que je n'avais pas vu ma mère pleurer, mais je savais toujours lorsqu'elle était au bord des larmes. Elle adoptait un ton étrange, et ses mots se détachaient de façon très particulière. « Lucy sera tant déçue », avait-elle dit. J'avais expédié un chèque important à Lucy et je lui avais téléphoné le matin de Noël. Je lui manquais terriblement, mais je crois qu'elle me manquait bien davantage.

Soudain les nuages se déchirèrent et un flot de soleil inonda les hublots. Tous les passagers, moi comprise, applaudirent Dieu et les pilotes. Nous célébrâmes notre survie en jacassant soudain d'un bout à l'autre de l'allée, comme si nous nous connaissions tous de longue date.

– Après tout, peut-être que votre copine Hilda la Sorcière veille sur nous, ironisa un Marino dont le visage dégoulinait de sueur.

– Qui sait ? rétorquai-je en prenant une profonde inspiration tandis que nous atterrissions.

– Ouais, ben, vous la remercierez pour moi.

– Vous pouvez le faire vous-même comme un grand, Marino.

– D'ac, lança-t-il en bâillant, de nouveau sur pied.

– Elle a l'air très gentille. Pourquoi ne pas faire preuve d'un peu d'ouverture d'esprit pour une fois ?

– D'ac, répéta-t-il.

J'avais obtenu le numéro d'Hilda Ozimek grâce au service des renseignements. J'avoue qu'en l'appelant je m'étais attendue à tomber sur une créature rusée et méfiante, faisant résonner le tiroir-caisse à chacune de ses observations. Elle devait, au contraire, se révéler très simple, affable et étonnamment confiante. Elle ne m'avait pas posé de questions, pas plus qu'elle n'avait cherché à vérifier mon identité. Elle n'avait paru soucieuse qu'une fois, en découvrant qu'elle ne pourrait pas nous accueillir à l'aéroport.

Puisque c'était moi qui régalais et que j'étais d'humeur à me laisser conduire, je proposai à Marino de choisir la voiture qu'il voulait. On aurait cru un adolescent soucieux d'affirmer les premiers signes de sa virilité naissante. Il opta pour une Thunderbird noire flambant neuve, équipée d'un toit ouvrant, d'une autoradio, de vitres électriques et de sièges baquets en cuir. Nous partîmes en direction de l'ouest, le chauffage soufflant mais le toit ouvert. J'en profitai pour lui raconter dans le moindre détail ma récente conversation avec Abby.

– J'avais constaté que les corps de Deborah Harvey et Fred Cheney avaient été dérangés, expliquai-je. Maintenant, je crois comprendre pourquoi.

– Ben, pas moi. Pourquoi que vous me déballeriez pas tout ça depuis le début, genre point par point?

– Vous et moi sommes arrivés sur l'aire de repos avant que quiconque examine la Jeep, commençai-je. Et nous n'avons pas vu trace d'un valet de cœur, que ce soit sur le tableau de bord, sur un siège, nulle part.

– Ça veut pas dire que la carte pouvait pas se trouver dans la boîte à gants, par exemple. Les flics ont pu la dégoter après le boulot des chiens. Enfin, si cette histoire de carte est pas du pipeau, ajouta-t-il en ajustant le régulateur de vitesses. Comme je vous ai dit, c'est la première fois que j'en entends parler.

– Partons de l'hypothèse que c'est vrai.

– Ça marche.

– Wesley est arrivé après nous sur l'aire de repos, il n'a pas vu de carte non plus. La Jeep a été fouillée par la police ultérieurement, et vous pouvez être sûr que

Wesley était sur place, ou alors qu'il a appelé Morrell sans tarder pour un compte rendu exhaustif au sujet de ce qui avait été découvert. S'ils n'ont pas trouvé trace d'un valet de cœur – et je parierais que c'est le cas –, Benton Wesley a dû se poser une foule de questions. Il a sans doute conclu que la disparition de Deborah et Fred n'avait rien à voir avec celles des autres couples, ou alors que si ces corps étaient bien les leurs, la fameuse carte avait été cette fois-ci abandonnée près des cadavres, sur la scène de crime, pas dans la voiture.

– Et vous pensez que c'est pour ça qu'y ont été déplacés avant notre arrivée. Parce que les flics étaient à la recherche de la carte.

– Eux ou Benton. C'est, en effet, l'idée qui m'est venue. Sinon leur attitude relèverait de la charade pour moi. Benton et la police savent parfaitement qu'ils ne doivent toucher à rien avant l'arrivée du médecin légiste. Cela étant, il ne voulait surtout pas courir le risque que le valet de cœur atterrisse à la morgue avec les cadavres. Il ne tient pas à ce que moi ou quiconque d'autre le découvre ou ait vent de son existence.

– M'enfin, ce serait quand même super plus logique qu'il nous dise de la fermer plutôt que bousiller une scène de crime, argumenta Marino. Il était pas tout seul dans ces bois. Genre : y avait d'autres flics, et ils auraient remarqué si Benton avait trouvé une carte.

– Bien entendu. Mais sa première urgence consistait sans doute à réduire au maximum le nombre de gens au courant de ce détail. Admettons que j'aie trouvé une carte à jouer dans les affaires de Deborah ou Fred, je l'aurais consigné dans mon rapport. Nombre de personnes peuvent avoir accès à ces rapports d'autopsie : les attorneys du Commonwealth, les membres de mon personnel, la famille de la victime, les compagnies d'assurances.

— D'accord, d'accord, fit-il avec impatience. Et alors ? J'veux dire : où est le problème ?

— Je ne sais pas. Mais si ce que sous-entend Abby est exact, la découverte de ces cartes est lourde d'implications pour quelqu'un.

— J'veux pas être désagréable, Doc, mais j'ai jamais pu encadrer Abby Turnbull. Déjà quand elle travaillait à Richmond, je l'appréciais pas et, bordel, j'ai pas changé d'avis depuis qu'elle travaille au *Post*.

— Je ne l'ai jamais prise en flagrant délit de mensonge.

— Ouais, c'est ça, *vous* l'avez jamais prise la main dans le sac.

— L'enquêteur de Gloucester mentionnait des cartes à jouer dans la transcription que j'ai lue.

— Eh ben, c'est peut-être là qu'Abby a eu son tuyau. Elle s'est monté le bourrichon en échafaudant une flopée d'hypothèses et elle veut plus lâcher le bout de gras. Tout ce qui lui importe, c'est d'écrire son bouquin de merde.

— Elle est peut-être effrayée, en colère, déstabilisée, mais je n'ai pas la même opinion que vous à son sujet.

— C'est ça ! Elle se radine à Richmond et elle vous fait le plan de la vieille amie, en vous jurant qu'elle veut rien vous extorquer, mais y faut que vous lisiez le *New York Times* pour apprendre qu'elle écrit un putain de bouquin sur toutes ces histoires. Oh, ouais, ça, c'est ce que j'appelle une super-copine, Doc.

Je fermai les yeux pour écouter une chanson de *country* qui passait en sourdine à la radio. Le soleil filtrant à travers le pare-brise réchauffait agréablement mes genoux. Le contrecoup de mon réveil matinal me rattrapa et je m'assoupis. Lorsque je me réveillai, nous cahotions à petite allure sur un chemin de terre au milieu de nulle part.

— Bienvenue dans la ville de Six Mile, claironna Marino.

— Une ville ? Où ça ?

Aucune ligne de toits à l'horizon, pas une seule épicerie ou station-service en vue. Des arbres touffus ombrageaient les bas-côtés, la chaîne du Blue Ridge s'élevait au loin comme une paroi de brume. Les maisons très modestes étaient disséminées, si éloignées les unes des autres qu'on aurait pu s'époumoner chez soi sans être entendu du voisin le plus proche.

Hilda Ozimek, voyante au service du FBI et oracle des services secrets, vivait dans une minuscule maison de bois blanc. Des pneus peints de la même couleur étaient arrangés dans la cour qui jouxtait la maison, servant de jardinières aux pensées ou aux tulipes qui refleurissaient à chaque printemps. Des épis de maïs séchés pendaient sous la véranda, et une Chevrolet Impala aux pneus crevés rouillait en travers du chemin. Un chien galeux se mit à aboyer, laid comme les sept péchés capitaux. Il était assez imposant pour me faire hésiter à sortir de la voiture. Puis il s'éloigna en trottinant sur trois pattes, s'appuyant sur l'antérieur avant droit. La porte moustiquaire de la maison s'ouvrit en grinçant. Une femme apparut. La lumière glaciale du matin lui fit cligner des yeux.

– Du calme, Tootie, dit-elle en flattant la nuque du chien. Allez, va derrière.

L'animal baissa la tête, frétillant de la queue, et partit en clopinant derrière la maison.

– Bonjour, lança Marino en grimpant d'un pas lourd les marches de bois qui menaient à la porte d'entrée.

Il avait manifestement l'intention de se montrer poli, ce qui n'était pas couru d'avance.

– C'est une bien belle matinée, commenta Hilda Ozimek.

Âgée d'au moins soixante ans, tout chez elle s'accordait à son environnement rustique. Un pantalon de polyester noir s'étirait sur ses hanches larges, elle portait un tricot beige boutonné jusqu'au cou, et ses grosses chaussettes de laine disparaissaient dans des mocassins. Elle avait les yeux d'un bleu étonnamment clair, les cheveux recouverts d'un foulard rouge, et je m'aperçus qu'il lui manquait plusieurs dents. À mon avis, Hilda Ozimek ne se contemplait jamais dans une glace et ne devait se préoccuper de son apparence physique que lorsque l'inconfort ou la douleur l'y engageait.

Elle nous fit pénétrer dans un petit salon qui sentait le renfermé, encombré de meubles et de bibliothèques débordant d'une pléthore d'ouvrages inattendus, rangés selon un bel illogisme. S'y côtoyaient des réflexions religieuses, des livres traitant de psychologie, des biographies et des travaux historiques, ainsi qu'un florilège surprenant de romans écrits de la plume de certains de mes auteurs favoris : Alice Walker, Pat Conroy et Keri Hulme. Seules plusieurs œuvres d'Edgar Cayce,

ainsi qu'une demi-douzaine de boules de cristal épar-
pillées sur des tables ou des étagères trahissaient les
penchants de notre hôtesse pour le surnaturel. Elle
nous fit asseoir sur un canapé à côté d'un radiateur à
pétrole et s'installa en face de nous, dos à la fenêtre,
dans un fauteuil rembourré comme un écrin. Le soleil
filtrant au travers des lames du store dessinait des stries
d'un blanc lumineux sur son visage.

– J'espère que vous n'avez pas eu de problème. Je
suis désolée de n'être pas venue vous accueillir, mais je
ne conduis plus.

– Vos indications étaient parfaites, la rassurai-je.
Nous avons trouvé sans peine.

– J'voudrais pas paraître indiscret, hésita Marino,
mais comment que vous vous débrouillez sans voiture ?
J'ai pas vu de magasin ou rien d'autre à proximité.

– Beaucoup de gens viennent jusqu'ici afin de me
consulter ou juste pour discuter. C'est étrange, mais au
bout du compte j'ai toujours ce qu'il me faut, ou alors
quelqu'un me propose de me conduire.

Un téléphone résonna dans une autre pièce, aussitôt
réduit au silence par un répondeur.

– Que puis-je pour vous ? demanda Hilda.

– J'ai amené des photos, la Doc a dit que vous vouliez
les voir, attaqua Marino. Mais y a juste une ou deux
choses sur lesquelles je voudrais d'abord être clair. C'est
pas pour vous offenser, ni rien du même genre, made-
moiselle Ozimek, mais ces trucs de télépathie ou de
voyance, ou je sais quoi, j'y ai jamais beaucoup cru. Peut-
être que vous pouvez m'aider à mieux comprendre.

Il était inhabituel que Marino se montre aussi direct

sans mâtiner ses propos d'une bonne dose d'agressi-
vité. Je lui décochai un regard surpris. Il étudiait Hilda
avec une sincérité presque enfantine, déroutant mélange
de curiosité et de tristesse.

– Tout d'abord, je ne suis pas devin et encore moins
télépathe, répondit Hilda d'un ton très neutre. Même
le terme «médium» ne convient pas tout à fait, mais, à
défaut d'une dénomination plus appropriée, c'est
comme ça que les autres me qualifient ou que je me
présente. Nous sommes tous doués d'un sixième sens,
mais la plupart des gens préfèrent ne pas utiliser cette
capacité de leur cerveau. Selon moi, il s'agit d'une
sorte d'intuition exacerbée. Je perçois l'énergie que
projettent les gens et me contente de retransmettre les
impressions qui me viennent à l'esprit.

– Ce que vous avez fait avec Pat Harvey.

Elle acquiesça d'un petit hochement de tête.

– Elle m'a conduite dans la chambre de Debbie, m'a
montré des photos d'elle, puis elle m'a emmenée sur
l'aire de repos où on avait retrouvé la Jeep.

– Et quelles impressions avez-vous ressenties ? demandai-je.

Elle se concentra un moment, le regard perdu, avant
de répondre :

– Je ne me souviens pas de toutes, et c'est bien le problème. La même chose se produit lorsque je reçois en
consultation. Les gens reviennent me voir plus tard, me
parlent de quelque chose que je leur aurais révélé et de
ce qui est arrivé depuis, mais je ne me souviens pas toujours de ce qui est sorti de moi, jusqu'à ce qu'on me le
rappelle.

– Vous vous souvenez pas du tout de ce que vous avez dit à Mrs Harvey? insista Marino, la déception se faisant sentir dans sa voix.

– Quand elle m'a montré la photo de Debbie, j'ai tout de suite su que la jeune fille était morte.

– Et le petit ami? demanda Marino.

– J'ai vu la photo du journal et j'ai su qu'il était décédé, lui aussi. J'étais certaine qu'ils étaient morts tous les deux.

– Donc vous avez lu ce que disent les journaux sur ces affaires? dit Marino.

– Non. Je ne lis pas le journal. Mais Mrs Harvey avait découpé un des clichés parus pour me le montrer. Vous comprenez, elle n'avait pas de photo de lui, seulement de sa fille.

– Ça vous ennuierait d'expliquer comment vous saviez qu'ils étaient morts?

– C'est quelque chose que j'ai ressenti, une impression que j'ai eue quand j'ai touché leurs photos.

Marino sortit son portefeuille de la poche arrière de son pantalon.

– Si je vous donne la photo de quelqu'un, vous pouvez faire la même chose? demanda-t-il. Me dire ce que vous ressentez?

– Je vais essayer, accepta-t-elle tandis qu'il lui tendait un instantané.

Elle ferma les yeux, frôlant la photo longuement d'un mouvement circulaire du bout des doigts, avant de reprendre la parole:

– Je reçois de la culpabilité. J'ignore si c'est parce que cette femme se sentait coupable au moment où la photo a été prise ou si c'est parce que ce sentiment l'envahit aujourd'hui. Mais c'est ce qui se dégage très fortement : le conflit, la culpabilité. Elle avance, elle recule, sans arrêt. Elle prend une décision, pour douter d'elle-même l'instant suivant.

Marino s'éclaircit la gorge et demanda :

— Elle est en vie ?

— Je sens qu'elle est vivante, répondit Hilda sans cesser de caresser la photo. J'ai aussi l'impression d'un hôpital, quelque chose de médical. Je ne sais pas si cela signifie qu'elle est malade... À moins qu'il ne s'agisse d'une personne qui lui est proche. Mais il est question d'un ennui médical... Peut-être surviendra-t-il plus tard, à un moment donné.

— Rien d'autre ? demanda Marino.

Elle ferma de nouveau les yeux et effleura le cliché.

— Un gigantesque conflit, répéta-t-elle. On dirait que quelque chose est terminé pour elle, mais qu'elle a beaucoup de mal à s'en détacher. Elle souffre, et pourtant elle sent qu'elle n'a pas le choix. Voilà tout ce qui me vient, conclut-elle en levant les yeux sur Marino.

Lorsqu'il récupéra la photo, son visage semblait brûlant. Il fourra le portefeuille dans sa poche sans un mot, puis ouvrit la fermeture à glissière de son porte-documents. Il en tira un petit magnétophone, ainsi qu'une enveloppe kraft contenant une série de photos retraçant le parcours qui menait du chemin forestier de New Kent County au bois où avaient été découverts les corps de Deborah Harvey et Fred Cheney. Hilda les étala sur la table basse et entreprit de toutes les effleurer de la main. Elle demeura très longtemps silencieuse, les yeux fermés. Le téléphone sonna à plusieurs reprises dans la pièce voisine et le répondeur se déclencha chaque fois sans qu'elle parût le remarquer. Si j'en jugeais par la fréquence des appels, ses talents de médium étaient bien plus recherchés que ceux de n'importe quel médecin.

Soudain, elle débita à toute vitesse :

– Je sens de la peur. Quelqu'un ressentait-il de la peur en prenant ces photos ou quelqu'un a-t-il eu peur avant dans ces lieux, je ne saurais le dire. Mais la peur se dégage de chacune de ces photos, appuya-t-elle avec un hochement de tête, sans ouvrir les yeux. Une très grande peur les recouvre toutes.

Comme une aveugle, Hilda déplaçait les doigts de photo en photo, déchiffrant quelque chose qui lui semblait aussi tangible que les traits d'un visage. Sur trois des clichés elle déclara :

– Ici, je sens la mort, très fort.

Il s'agissait des photos de la clairière où les corps avaient été découverts.

– Mais pas là, ajouta-t-elle en désignant le chemin forestier et l'orée du bois que j'avais traversé lorsqu'on m'avait menée jusqu'à la clairière sous la pluie.

Je jetai un coup d'œil à Marino. Les coudes sur les genoux, il était penché en avant, son regard ne lâchant pas Hilda. Jusqu'ici, elle ne nous apprenait rien de nouveau. Nous n'avions, ni l'un ni l'autre, jamais envisagé que Deborah et Fred aient pu être assassinés sur le chemin forestier, mais bien là où leurs corps avaient été retrouvés.

Elle continua :

– Je vois un homme au teint clair. Il n'est pas vraiment grand, ni petit. De taille moyenne, mince, mais pas maigre. Je ne sais pas de qui il s'agit, mais comme je ne ressens rien de particulièrement intense, j'en conclus qu'il a rencontré le couple. Une attitude amicale… J'entends des rires. Vous savez, un peu comme s'il était bienveillant à leur égard. Ils l'ont peut-être croisé quelque part, je ne sais pas pourquoi je pense cela, mais j'ai l'impression qu'ils ont plaisanté en sa compagnie à un moment donné, qu'ils lui faisaient confiance.

– Vous pouvez voir quelque chose d'autre sur son apparence ? demanda Marino.

– De l'obscurité. Peut-être a-t-il une barbe noire, ou alors quelque chose de sombre recouvre une partie de son visage. Peut-être porte-t-il des vêtements noirs ? Je le sens très distinctement en relation avec le couple et avec l'endroit où les photos ont été prises.

Elle ouvrit les yeux et fixa le plafond.

– Selon moi, leur première rencontre a été amicale, rien n'était de nature à les inquiéter. Mais ensuite il y a de la peur, une peur intense, au milieu de ces bois.

– Quoi d'autre ?

Les veines du cou de Marino saillaient. Il était si concentré que s'il se penchait encore d'un centimètre, il tomberait du canapé.

– Deux choses… Peut-être sans aucune signification, mais que je perçois. J'ai la sensation d'un autre endroit, un endroit qui n'apparaît pas sur ces photos, en rapport avec la jeune fille. Elle a pu être emmenée ou aller quelque part. Peut-être est-ce tout près, peut-être pas. Je ne sais pas, mais j'ai une impression d'encombrement, de choses qui agrippent. Il y a une telle panique, tant de bruits et de mouvements... Aucune de ces impressions n'est positive. Ensuite, il y a quelque chose de perdu, quelque chose de métallique en relation avec la guerre. Je ne perçois rien d'autre là-dessus, sinon qu'il n'y a rien de négatif – je veux dire que l'objet en lui-même n'a rien de malfaisant.

– Qui a perdu cette chose métallique, quelle qu'elle soit ? demanda Marino.

– J'ai l'impression qu'il s'agit de quelqu'un qui est toujours en vie. Je n'ai pas d'image, mais je perçois un homme. C'est lui qui songe à l'objet comme à une perte, pas une chose dont il se serait débarrassé. Il ne ressent pas vraiment d'inquiétude, juste un souci, comme si la disparition de cet objet lui traversait l'esprit de temps en temps.

Elle se tut tandis que le téléphone sonnait de nouveau.

– Avez-vous parlé de tout ceci à Pat Harvey l'automne dernier ? demandai-je.

– Les corps n'avaient pas encore été retrouvés lorsqu'elle a demandé à me voir. Je n'avais pas ces photos.

– Vous n'avez donc éprouvé aucune de ces impressions.

Elle réfléchit.

– Nous sommes allées jusqu'à l'aire de repos et elle m'a conduite droit à l'endroit où la Jeep avait été abandonnée. Je suis restée là un moment, je me souviens qu'il y avait un couteau.

– Quel couteau ? demanda Marino.

– J'ai vu un couteau.

— Quel genre de couteau?

Gail, le maître-chien, avait emprunté le couteau suisse de Marino pour ouvrir la Jeep.

— Un long couteau, précisa Hilda. Un de ceux qu'on utilise pour la chasse ou à l'armée. Son manche était particulier… noir et caoutchouteux, peut-être, avec une de ces lames faites pour trancher dans des matières dures, comme le bois.

— Je ne vois pas très bien.

En réalité, je commençais à avoir une assez bonne idée de ce qu'elle voulait dire, mais je ne tenais pas à l'aiguiller ou à l'influencer.

— Avec des dents, comme une scie. Attendez, on appelle cela «dentelé», c'est ça.

Marino la contempla avec stupéfaction.

— C'est ce qui vous est venu à l'esprit quand vous étiez là-bas, sur l'aire de repos?

— Pourtant rien d'effrayant ne m'est venu à ce moment-là, ajouta-t-elle, mais j'ai vu le couteau, et j'ai su que ce n'étaient pas l'homme et la femme qui se trouvaient dans la Jeep lorsque la voiture a été abandonnée sur cette aire. Je n'ai pas senti leur présence. Ils n'ont jamais mis les pieds sur ce parking. (Elle s'interrompit et ferma de nouveau les yeux, le front crispé.) Je me souviens d'avoir perçu de l'inquiétude. J'ai eu la sensation que quelqu'un était inquiet et pressé. L'obscurité régnait, comme si c'était la nuit, puis quelqu'un marchait d'un pas vif, mais je ne voyais pas qui c'était.

— Vous pouvez voir cette personne maintenant? demandai-je.

– Non, lui, je ne le vois pas.

– Lui?

Elle demeura silencieuse quelques instants, puis:

– Je crois qu'il s'agissait d'un homme.

– Vous avez confié tout cela à Pat Harvey à ce moment-là? intervint Marino.

– Une partie, oui, mais je ne me souviens pas de tout ce que j'ai pu lui révéler.

– J'ai besoin de me dégourdir les jambes, marmonna Marino en se levant.

Il sortit, claquant la porte moustiquaire derrière lui. Sa réaction n'eut pas l'air de surprendre ou de contrarier Hilda.

– Hilda, lorsque vous avez rencontré Pat Harvey, qu'avez-vous ressenti à son propos? Avez-vous éprouvé le sentiment qu'elle savait quelque chose sur ce qui était arrivé à sa fille, par exemple?

– J'ai ressenti une terrible culpabilité, comme si elle se sentait responsable… C'est logique. Ce sentiment habite toujours les parents qui viennent me consulter après la mort violente ou la disparition d'un de leurs proches. Non, c'est son aura qui sortait un peu de l'ordinaire.

– Son *aura*?

Si la définition médicale du terme m'était très familière – la sensation qui peut précéder une attaque –, je doutais qu'Hilda fît allusion à l'apoplexie.

– Les auras demeurent invisibles à la majorité des gens, expliqua-t-elle. Pour moi, ce sont des couleurs. L'aura qui entoure une personne, c'est une couleur. L'aura de Pat Harvey est grise.

– Quelle en est la signification ?

– Le gris, c'est entre la vie et la mort. Je l'associe à la maladie. Quelqu'un qui est malade de corps, d'esprit ou d'âme. On dirait que quelque chose aspire toute couleur de l'existence de cette femme.

– Étant entendu les circonstances, je suppose que c'est assez logique, soulignai-je.

– Sans doute. Mais je me souviens d'avoir éprouvé une impression sinistre. J'ai senti qu'elle était peut-être en danger. Son flot d'énergie n'était pas bon, ni sain, ni positif. Elle était susceptible d'attirer le mal sur elle ou de se causer du tort par ses actions.

– Vous aviez déjà vu une aura grise ?

– Pas très souvent.

Je fus incapable de résister à la tentation :

– Et moi, je dégage une couleur ?

– Jaune, avec un peu de brun mélangé.

– C'est intéressant, commentai-je, surprise. Il s'agit de couleurs que je ne porte jamais. D'ailleurs, je crois bien n'avoir jamais eu quoi que ce soit de jaune ou brun chez moi. Cela étant, j'adore le soleil et le chocolat.

– Votre aura n'a rien à voir avec les couleurs que vous portez et encore moins avec ce que vous mangez, expliqua-t-elle avec un sourire. Le jaune peut signifier la spiritualité, et j'associe le brun au bon sens. Quelqu'un qui a les pieds sur terre. Je perçois chez vous la spiritualité alliée au sens pratique. Attention, il s'agit de mon interprétation personnelle. Les couleurs ont des significations différentes pour chacun.

– Et Marino ?

– Une mince bande rouge, voilà ce que je distingue

autour de lui. Le rouge signifie souvent la colère, pourtant, selon moi, il lui en faudrait davantage.

– Vous plaisantez !

Un surcroît de colère me paraissait tout à fait superflu dans le cas de Marino.

– Quand l'énergie de quelqu'un est au plus bas, je lui dis qu'il a besoin de plus de rouge. Le rouge donne de l'énergie, vous pousse à agir, à combattre vos soucis. Correctement canalisé, le rouge peut se révéler un excellent atout. Mais j'ai le sentiment qu'il a peur de ce qu'il ressent, et, voyez-vous, c'est cela qui l'affaiblit.

– Hilda, vous a-t-on montré des photos des autres couples disparus ?

Elle acquiesça :

– Mrs Harvey les avait découpées dans les journaux.

– Vous les avez touchées, interprétées ?

– Oui.

– Qu'avez-vous perçu ?

– La mort. Tous ces jeunes gens étaient morts.

– Et l'homme au teint clair qui a peut-être une barbe ou quelque chose sur le visage ?

Elle réfléchit.

– Je ne sais pas. Mais je me souviens d'avoir éprouvé cette bienveillance dont j'ai parlé. La peur ne teintait jamais leur première rencontre. Il m'a semblé qu'aucun des jeunes gens n'avait eu peur, au début.

– J'aimerais maintenant vous interroger à propos d'une carte. Vous avez dit que vous tiriez les cartes aux gens. S'agit-il de cartes à jouer ?

– Vous pouvez utiliser à peu près n'importe quoi. Les tarots, les boules de cristal, aucune importance.

191

Ces objets ne sont que des outils, vous choisissez ceux qui vous permettent de mieux vous concentrer. Alors, oui, j'utilise parfois un jeu de cartes.

– Comment procédez-vous?

– Je demande à la personne de couper le jeu, puis je tire les cartes du paquet une par une et transmets les impressions qui me viennent.

– Lorsque vous tombez sur le valet de cœur, revêt-il une signification particulière?

– Tout dépend de la personne qui se trouve en face de moi, de l'énergie que cet individu m'envoie. Mais le valet de cœur est l'équivalent du cavalier de coupes aux tarots.

– Il s'agit d'une bonne ou d'une mauvaise carte?

– Encore une fois, tout est fonction de ce qu'elle représente par rapport à la personne qui me consulte. Dans les tarots, les coupes sont les cartes de l'amour et de l'émotion, alors que les épées et les deniers représentent l'argent et les affaires. Le valet de cœur est donc plutôt une carte d'amour et d'émotion. Elle peut être bénéfique, comme elle peut être de mauvais augure si l'amour s'est abîmé ou s'est mué en ressentiment, en haine.

– En quoi un valet de cœur est-il différent d'un dix de cœur ou d'une reine, par exemple?

– Il s'agit d'une figure, et je dirais qu'elle représente un homme. Le roi de cœur est également une figure, mais je l'associerais au pouvoir, à un être qui est perçu ou se perçoit comme dominant, maîtrisant les choses, peut-être un père ou un patron, bref un symbole d'autorité. Un valet, comme un cavalier, peut représenter quelqu'un comme un soldat, un défenseur, un champion. Ce pourrait être un homme d'affaires, un sportif, un individu qui pratique la compétition, beaucoup de choses. Mais puisque les cœurs sont les cartes qui décrivent le sentiment, l'amour, je dirais que la personne qu'elles représentent sécrète un élément émotionnel, plus essentiel que ce qui appartient au domaine professionnel ou financier.

La sonnerie de son téléphone retentit de nouveau.

— Ne croyez pas toujours ce que vous entendez, docteur Scarpetta, me dit-elle alors.

Cette sortie me prit par surprise et me secoua.

— À quel propos ?

— Un sujet qui compte énormément pour vous. Il vous cause du chagrin, beaucoup de tristesse. C'est en rapport avec une personne, un ami, une relation sentimentale. Il pourrait s'agir d'un membre de votre famille, je ne sais pas, en tout cas quelqu'un qui a beaucoup d'importance dans votre vie. Vous entendez, peut-être même vous imaginez des choses. Soyez très vigilante à l'égard de vos certitudes.

Mark, songeai-je, ou peut-être Benton Wesley. Je fus incapable de retenir ma question :

— Cette personne fait-elle actuellement partie de ma vie ? S'agit-il de quelqu'un que je rencontre ?

Elle réfléchit.

— Je sens de la confusion, beaucoup d'interrogations, d'ignorance, je dirais donc que nous évoquons une personne dont vous n'êtes pas proche en ce moment. La distance est là… Pas nécessairement géographique – comprenez-vous ? –, mais émotionnelle. Une distance qui ne facilite pas la confiance de votre part. Mon conseil est de laisser filer, de ne rien tenter en force pour l'instant. La solution se présentera, je ne peux pas vous dire quand, mais tout se passera bien si vous vous détendez, si vous ne vous laissez pas abuser par la confusion, si vous n'agissez pas de façon impulsive. Autre chose, ajouta-t-elle. Regardez au-delà de ce qui est devant vous… J'ignore ce que cela signifie. Mais il y a quelque chose que vous ne voyez pas, qui a un rapport avec le passé. Il s'agit d'une chose fondamentale, en rapport avec le passé. Elle viendra à vous et vous guidera jusqu'à la vérité. Cependant vous ne comprendrez pas sa signification à moins de vous ouvrir à son contenu. Laissez votre foi vous diriger.

Je me demandai ce qu'il était advenu de Marino et me levai pour regarder par la fenêtre.

À l'aéroport de Charlotte, Marino ingurgita deux bourbons allongés, puis s'en fit resservir un dans l'avion. Il ne lâcha pas trois mots de tout le voyage de retour à Richmond, et je décidai de prendre l'initiative alors que nous regagnions nos voitures sur le parking.

– Il serait souhaitable que nous discutions, proposai-je en sortant mes clés.

– Je suis vanné.

– Il est presque 17 heures. Pourquoi ne venez-vous pas dîner à la maison ?

Il cligna des yeux dans le soleil, le regard perdu vers le parking. Était-il en rage ou au bord des larmes, je l'ignorais, mais une chose était sûre : je ne me souvenais pas de l'avoir jamais vu aussi mal.

– Vous êtes en colère contre moi, Marino ?

– Non, Doc… Pour l'instant, j'veux juste être seul.

– Je ne suis pas certaine que ce soit une bonne idée.

Il boutonna le col de son manteau, marmonnant un «à bientôt» avant de s'éloigner.

Je rentrai chez moi dans un état d'épuisement absolu. J'étais en train de m'affairer dans la cuisine, l'esprit vide, lorsque la sonnette de la porte d'entrée retentit. Je fus stupéfaite de découvrir Marino à travers le judas.

– J'avais ça dans ma poche, dit-il tout de go lorsque j'ouvris la porte, me tendant son billet d'avion et les reçus de location de voiture, dénués de toute importance. J'ai pensé que vous pouviez en avoir besoin… genre : pour votre déclaration d'impôts ou un truc comme ça.

Je le remerciai, tout en sachant que là n'était pas la raison de sa venue. Les facturettes de ma carte bancaire me suffisaient et je n'avais nul besoin de ces paperasses.

– J'étais en train de préparer le dîner. Puisque vous êtes là, pourquoi ne pas rester ?

Il évita mon regard.

– Ouais, juste un petit moment alors… Parce que, après, j'ai des trucs à faire.

Il me suivit dans la cuisine, où il s'installa tandis que je réattaquais les poivrons rouges pour les ajouter aux oignons émincés qui revenaient dans l'huile d'olive.

– Vous savez où se trouve le bourbon, lui dis-je en remuant le contenu de la poêle.

Il se leva et se dirigea vers le bar.

– Tant que vous y êtes, l'interpellai-je, pourriez-vous me préparer un whisky-soda ?

Il ne répondit rien, mais lorsqu'il revint quelques

minutes plus tard, il déposa mon verre sur le plan de travail, juste à côté de moi, et s'appuya sur le billot de boucher. J'ajoutai les oignons et les poivrons aux tomates qui revenaient dans une autre sauteuse, puis entrepris de faire cuire les saucisses.

– Il n'y a qu'un plat au menu, m'excusai-je en continuant de m'affairer.

– M'est avis que ça devrait amplement suffire.

– Un gigot d'agneau au vin blanc, une poitrine de veau ou un rôti de porc auraient été parfaits, expliquai-je en remplissant d'eau une casserole que je plaçai sur le feu. Je fais des merveilles avec l'agneau, mais ce sera pour une prochaine fois.

– Vous devriez peut-être laisser tomber la dissection de cadavres pour ouvrir un restaurant.

– Je suppose qu'il s'agit d'un compliment ?

– Ouais.

Il alluma une cigarette, impassible.

– Et comment vous appelez ça ? demanda-t-il en désignant la cuisinière d'un mouvement de tête.

– J'appelle ça de larges pâtes jaunes et vertes aux poivrons et à la saucisse, répondis-je en ajoutant lesdites saucisses à la sauce. Maintenant, si je voulais vraiment vous impressionner, je vous dirais des *papardelle del Cantunzein*.

– Vous inquiétez pas, j'suis déjà super-impressionné.

Je lui jetai un regard avant de demander :

– Marino, que s'est-il passé ce matin ?

Il répondit par une autre question :

– Vous avez parlé à quelqu'un de ce que Vessey vous avait raconté sur l'entaille faite par une lame dentelée ?

— Vous êtes la seule personne à laquelle je l'ai dit pour l'instant.

— Difficile de savoir comment Hilda Ozimek a trouvé ça, le couteau de chasse dentelé… Celui qui lui est venu à l'esprit quand Pat Harvey l'a emmenée sur l'aire de repos.

— En effet, ce n'est pas simple à comprendre, acquiesçai-je en jetant les pâtes dans l'eau bouillante. Mais dans la vie il y a des choses inexplicables ou qui défient le raisonnement, Marino.

Quelques secondes plus tard, les pâtes fraîches étaient cuites. Je les égouttai avant de les verser dans un saladier tiédi dans le four. J'ajoutai la sauce, jetai une noix de beurre et du parmesan frais râpé, puis annonçai à Marino que nous étions prêts à passer à table.

— Il y a des cœurs d'artichauts au réfrigérateur, dis-je en nous servant, mais pas de salade. En revanche, j'ai du pain dans le congélateur.

— Ben, moi, ça me va comme ça, déclara-t-il, la bouche pleine. C'est bon, drôlement bon.

Je venais à peine d'entamer mon assiette qu'il était déjà prêt à se resservir, comme s'il n'avait pas mangé depuis une semaine. Il ne prenait pas soin de lui, et cette absence d'intérêt pour lui-même s'affichait de plus en plus. Sa cravate avait besoin d'un bon nettoyage, l'ourlet d'une de ses jambes de pantalon était défait et des auréoles jaunes s'étalaient sous ses aisselles. Tout en lui trahissait la négligence et le manque d'attentions, et ce laisser-aller me dégoûtait tout autant qu'il me bouleversait. Un homme adulte intelligent n'avait aucune raison de consentir à un tel délabrement, comme une maison à l'abandon, et pourtant je sentais que sa vie lui échappait, que, d'une certaine façon, il ne pouvait pas contrer le processus. Quelque chose dérapait de façon inquiétante.

Je me levai et allai chercher une bouteille de mondavi rouge dans le casier à vin, dont je nous servis un verre à chacun.

— Marino, quelle photo avez-vous montré à Hilda ? Une photo de votre femme ?

Il s'adossa à sa chaise sans me regarder.

— Si vous ne voulez pas en parler, je le comprendrai parfaitement. Mais vous n'êtes pas dans votre état normal depuis un moment, cela se voit comme le nez au milieu de la figure.

— C'est ce qu'elle m'a dit. Ça m'a fait péter les plombs.

— Ce qu'a dit Hilda ?

— Ouais.

— Vous voulez m'en parler ?

— Je l'ai raconté à personne.

Il s'interrompit, les traits durs, l'humiliation peinte dans son regard, et tendit la main pour prendre son verre.

— Elle est repartie dans le New Jersey en novembre.

— Je crois que vous ne m'avez même jamais dit le nom de votre femme.

— Oh, bordel, murmura-t-il d'un ton amer, ça, c'est une réflexion.

— Absolument. Vous ne vous confiez pas beaucoup.

— J'ai toujours été comme ça, mais je suppose que le fait d'être flic n'a fait qu'empirer les choses. J'ai tellement l'habitude d'entendre les mecs râler et se plaindre de leurs femmes, de leurs petites amies, de leurs gamins... Ils viennent chialer sur votre épaule comme si on était des frères, mais quand c'est votre tour d'avoir un problème, si vous avez le malheur de vous répandre, la seconde d'après tout le poste de police est au courant. Y a bien longtemps que j'ai appris à la fermer.

Il s'interrompit et sortit son portefeuille.

– Elle s'appelle Doris, dit-il en me tendant le cliché qu'il avait montré le matin même à Hilda Ozimek.

Doris avait un visage agréable, des formes rondes et avenantes. Sur son trente et un, elle posait avec raideur, l'air intimidé et gêné. Je l'avais déjà vue une centaine de fois : le monde est plein de Doris. Je les connaissais, ces douces jeunes filles assises sous les vérandas ou dans leurs balancelles, rêvant d'amour en contemplant les cieux étoilés, grisées par les effluves de l'été. Pourtant elles n'étaient que des miroirs. Leur image à leurs propres yeux naissait du reflet de ce qu'attendaient d'elles leurs proches, leurs aimés. Elles tiraient leur importance des services rendus aux autres, elles survivaient en sacrifiant petit bout par petit bout toutes leurs ambitions, et puis, un beau matin, elles se réveillaient secouées par une effroyable colère.

– Nous allions fêter nos trente ans de mariage en juin cette année, poursuivit Marino tandis que je lui rendais la photo. Et puis, d'un seul coup, voilà qu'elle est plus heureuse. Il paraît que je travaille trop, que je suis jamais là, qu'elle me connaît pas, des trucs dans ce genre-là. Mais je suis pas tombé de la dernière pluie. C'est pas ça, la vérité.

– Qu'est-ce que c'est ?

– Ç'a commencé l'été dernier, quand sa mère a eu une attaque. Doris est allée s'occuper d'elle. Elle est restée là-haut, dans le Nord, presque un mois. Fallait faire sortir sa mère de l'hôpital, lui trouver une maison de retraite, s'occuper de tout. Quand elle est revenue, elle était plus pareille, on aurait dit quelqu'un d'autre.

– Que s'est-il passé ?

– Je sais qu'elle a rencontré ce mec là-bas. Sa femme est morte y a quelques années. Il est dans l'immobilier, il l'a aidée à vendre la maison de sa mère. Doris a parlé de lui une ou deux fois, comme ça, en passant, mais y avait un truc. Des fois, le téléphone sonnait tard, et quand je répondais, on raccrochait. Doris se précipitait pour aller chercher le courrier avant moi. Et puis, en novembre, d'un seul coup, elle a fait ses valises et elle est partie, en prétextant que sa mère avait besoin d'elle.

– Elle est revenue depuis ?

Il secoua la tête.

– Non… Elle appelle de temps en temps. Elle veut divorcer.

– Je suis désolée, Marino.

– Vous voyez, sa mère vit dans cette maison, et Doris s'occupe d'elle, et puis elle sort avec ce type dans l'immobilier, je suppose. Un coup elle est heureuse, et l'instant d'après malheureuse. Genre : une minute elle veut revenir avec moi et la minute d'après elle veut plus. Elle est plombée par la culpabilité, elle s'en veut et, en un rien de temps, elle s'en fout. C'est exactement comme a dit Hilda en regardant la photo. Elle avance, puis elle recule, sans arrêt.

– Quelle douleur pour vous !

Il jeta sa serviette sur la table.

– Hé, vous savez, elle peut faire ce qu'elle veut…
Qu'elle aille se faire foutre !

Il n'en pensait rien. Il était dévasté et j'avais de la
peine pour lui. En même temps, je ne pouvais m'empêcher d'éprouver une sorte de sympathie à l'égard de sa
femme. Marino ne devait pas être facile à aimer.

– Avez-vous envie qu'elle revienne ?

– J'ai passé la plus grande part de ma vie avec elle.
Mais faut regarder les choses en face, Doc, dit-il d'un
air effrayé. Ma vie, c'est de la merde. Toujours à compter le moindre sou, à répondre aux appels au beau
milieu de la nuit, à prévoir des vacances qui tombent à
l'eau, avec Doris obligée de défaire les valises et d'attendre à la maison – comme le week-end de la fête du
Travail, quand la gamine Harvey et son petit ami ont
disparu. C'était la goutte d'eau qui a fait déborder le
vase.

– Vous aimez Doris ?

– Elle y croit pas.

– Vous devriez peut-être vous assurer qu'elle comprend ce que vous ressentez. Lui montrer que vous la
désirez, que ce n'est pas juste parce que vous avez
besoin d'elle.

– J'comprends pas, dit-il, l'air ahuri.

Il ne comprendrait jamais, pensai-je avec abattement.

– Prenez soin de vous, dis-je. N'attendez pas que ce
soit elle qui le fasse. Ça peut faire la différence.

– Je gagne pas assez de fric, c'est ça le problème. Un
point, c'est tout.

– Je parie que l'argent ne compte pas tant que ça

pour votre femme. Elle préférerait se sentir importante à vos yeux, et aimée.

– Il a une grande baraque et une Chrysler New Yorker, toute neuve, avec des sièges en cuir, la totale.

Je ne fis aucun commentaire.

– L'année dernière, il est parti en vacances à Hawaii, s'énerva Marino.

– Doris a passé presque toute sa vie avec vous. Hawaii ou pas, c'était son choix…

– Hawaii, c'est rien qu'un piège à touristes, coupat-il en allumant une cigarette. Moi, je préfère aller pêcher à Buggs Island.

– Avez-vous jamais pensé que Doris était peut-être fatiguée de vous servir de mère?

– C'est pas ma mère! aboya-t-il.

– Alors, pourquoi avez-vous l'air d'être désespérément en manque d'une mère depuis qu'elle est partie, Marino?

– Parce que j'ai pas le temps de coudre les boutons, faire la cuisine, nettoyer, ce genre de conneries.

– Moi aussi, je suis pas mal occupée. Pourtant je trouve le temps de faire ces conneries, comme vous dites.

– Ouais, mais vous avez une femme de ménage, et vous gagnez aussi probablement cent mille dollars par an.

– Même si je n'en gagnais que dix mille, je prendrais soin de moi, et je le ferais parce que j'ai ma dignité, et parce que *je veux que personne ne s'occupe de moi.* Je veux qu'on prenne soin de moi et qu'on m'aime, et il y a une très grande différence entre les deux.

– Eh ben, si vous avez toutes les réponses, Doc, comment ça se fait que vous soyez divorcée? Et comment ça se fait que votre copain Mark soit dans le Colorado, et vous ici? J'ai pas l'impression que vous soyez la championne en matière de relations.

Le feu grimpa le long de ma nuque.

— Tony ne tenait pas vraiment à moi. Je l'ai quitté lorsque j'ai fini par le comprendre. Quant à Mark, il a un problème avec l'engagement affectif.

— Et vous, de votre côté, y a pas de problème? contra Marino en me lançant un regard flamboyant.

Je ne répondis rien.

— Pourquoi vous avez pas déménagé dans l'Ouest avec lui? Peut-être que vous êtes engagée qu'avec votre métier?

— Nous avions des problèmes, et j'étais sans aucun doute responsable d'une partie d'entre eux. Mark était furieux, il est parti… peut-être pour marquer le coup, peut-être pour s'éloigner de moi, expliquai-je, incapable, à ma grande consternation, de contenir mon émotion. Il m'était impossible professionnellement de partir avec lui. Cela étant, la question ne s'est jamais posée.

— Je suis désolé, j'savais pas, marmonna Marino, soudain honteux.

Je demeurai muette.

— Ben, j'ai comme l'impression qu'on est tous les deux dans le même bateau, offrit-il en guise de réconfort.

— Par certains côtés, en effet, admis-je, tout en refusant d'aller plus loin dans leur définition. Mais je m'occupe de moi, et si jamais Mark réapparaît, il ne me trouvera pas comme une clocharde, ma vie foutue. Je le désire, mais je n'ai pas *besoin* de lui. Vous devriez peut-être essayer ça avec Doris ?

– Ouais, concéda-t-il, l'air un peu moins défait, peut-être. Je crois bien qu'un petit café me ferait pas de mal.

– Vous savez le préparer ?

– Vous rigolez ? gémit-il, surpris.

– Leçon numéro 1, Marino. Préparer le café. Venez par ici.

Je lui expliquai par le menu les merveilles technologiques de ma cafetière électrique, lesquelles n'exigeaient pas un QI de plus de 50, tandis qu'il continuait de passer en revue les détails de notre expédition de la journée :

– C'que j'veux dire, c'est qu'une partie de moi refuse de prendre au sérieux ce qu'a raconté Hilda, expliqua-t-il, mais une autre partie est bien forcée. Bref, c'est sûr que ça m'a fait réfléchir.

– Que voulez-vous dire ?

– Deborah Harvey a été tuée avec un 9 mm, mais la douille n'a jamais été retrouvée. Difficile de croire que le cinglé a pu la récupérer dans l'obscurité. Ce qui me fait dire que Morrell et les autres ont pas cherché dans le bon coin. Souvenez-vous, Hilda se demandait si y avait pas un autre endroit, et elle a mentionné quelque chose de perdu, un truc en métal qui avait un rapport avec la guerre. Peut-être bien une douille.

– Elle a aussi précisé que cet objet n'était pas malfaisant, lui rappelai-je.

– Une douille éjectée ferait pas de mal à une mouche. C'est la balle qu'est dangereuse, et encore, uniquement quand elle est tirée.

– Les photos qu'elle a examinées ont été prises à l'automne. Quel que soit cet objet, il était peut-être là à ce moment-là, mais plus maintenant.

– Vous pensez que le tueur est revenu le chercher en plein jour ?

– Hilda a dit que la personne qui a perdu cet objet métallique y songeait parfois, et que cela lui causait du souci.

– Je ne crois pas qu'il y soit retourné, il est bien trop malin pour ça, et ç'aurait été foutrement risqué. L'endroit grouillait de flics et de chiens juste après la disparition des gamins. Vous pouvez parier que le tueur s'est tenu à carreau. Qu'il s'agisse d'un psychopathe ou d'un tueur à gages, il doit sacrément assurer pour s'en sortir depuis si longtemps.

– Peut-être, concédai-je tandis que le café commençait de passer.

– Je crois qu'on devrait retourner là-bas et fouiller un petit peu. Vous vous sentez d'attaque ?

– À dire vrai, l'idée m'avait traversé l'esprit.

8

Les bois ne paraissaient pas si funestes dans la clarté de l'après-midi, du moins jusqu'au moment où Marino et moi nous rapprochâmes de la petite clairière. Les relents fétides de chair en décomposition persistaient encore, rappel insidieux des événements. Le travail des pelles et des tamis avait déplacé les feuilles et les pommes de pin, abandonnant çà et là de petits monticules desséchés. D'abondantes pluies et pas mal de temps seraient nécessaires avant que cet endroit soit débarrassé des derniers vestiges tangibles d'un meurtre.

Marino avait apporté un détecteur de métal et moi un râteau. Il sortit ses cigarettes et contempla les alentours.

– À mon avis, inutile de s'exciter ici, ç'a été ratissé une demi-douzaine de fois.

– Et je suppose que la piste a également été passée au peigne fin, ajoutai-je en contemplant le sentier que nous avions suivi depuis le chemin forestier.

– Pas sûr. Elle existait pas quand le couple a été conduit ici l'automne dernier.

Je compris où il voulait en venir. Le sentier visible au tassement des feuilles et à la terre piétinée avait été formé par les policiers, sans oublier tous les autres protagonistes concernés par les meurtres. Leurs allées et venues du chemin forestier jusqu'à la scène du crime en avaient dessiné le tracé.

Embrassant les fourrés du regard, il ajouta :

– Le fait est qu'on sait même pas où ils se sont garés, Doc. Alors, bien sûr, on est partis de l'idée que c'était à proximité de l'endroit où nous nous sommes postés, et qu'ils ont à peu près suivi le même chemin que nous. Mais tout dépend si le tordu se rendait *précisément* ici.

– J'ai le sentiment que le tueur savait où il allait. Comment imaginer qu'il tourne au hasard sur le chemin forestier, puis qu'il échoue ici après avoir erré dans le noir à l'aveuglette ?

Marino eut un haussement d'épaules et mit en marche le détecteur de métal.

– Ça peut pas faire de mal d'essayer.

Nous débutâmes en bordure de la scène du crime, explorant le sentier, des mètres de sous-bois et de feuillage de part et d'autre, en remontant lentement vers le chemin forestier. Nous fouillâmes pendant presque deux heures chaque passage entre les arbres et les buissons assez large pour permettre à un être humain de se faufiler. La première alerte haute fréquence du détecteur gratifia nos efforts d'une canette de bière Old Milwaukee, et la deuxième d'un ouvre-bouteilles rouillé. La troisième ne se déclencha qu'en lisière des bois, non loin de notre voiture. Nous découvrîmes une vieille cartouche de fusil au plastique d'un rouge passé.

Je réfléchis, appuyée sur mon râteau, contemplant d'un air lugubre le sentier derrière nous. Hilda avait mentionné un autre endroit, où le tueur avait peut-être emmené Deborah. La clairière, les corps revenaient en boucle dans mon esprit. Si Deborah avait réussi à s'échapper, j'avais dans un premier temps pensé qu'elle avait pu tenter sa chance alors que le tueur conduisait les deux jeunes du chemin à la clairière. Cependant, plus j'observais les bois, moins cette théorie tenait la route.

– Marino, partons du principe que nous avons affaire à un seul tueur.

– D'ac, j'vous écoute, acquiesça-t-il en essuyant son front en sueur sur la manche de son manteau.

– Imaginez que vous êtes le tueur, que vous avez enlevé deux personnes. Ensuite, vous les contraignez, peut-être sous la menace d'une arme à feu, à avancer jusqu'ici. Qui allez-vous abattre en premier?

– Le plus gros problème, c'est le type, répondit-il sans même réfléchir. Moi, je bute le mec d'abord et je garde la gamine pour après.

La scène demeurait difficile à imaginer. J'essayai de visualiser un agresseur obligeant deux otages à traverser ces bois à la nuit tombée. Le scénario ne fonctionnait pas. Le tueur avait-il une torche? Connaissait-il si bien les alentours qu'il était capable de retrouver la clairière les yeux fermés? J'exprimai mes doutes à voix haute.

– J'ai essayé de me représenter la scène, moi aussi, et j'ai une ou deux petites idées. D'abord, il les a probablement entravés, genre en leur liant les mains derrière le dos. Ensuite, si c'était moi, j'empoignerais la fille, je lui collerais le flingue dans les côtes pendant qu'on marche. Comme ça, son copain file doux comme un agneau. Au moindre geste combatif du petit gars, sa copine se fait buter. Pour ce qui est de la lampe, sûr qu'il lui fallait y voir à peu près bien.

– Et comment tenez-vous une arme, une torche et la fille en même temps ? objectai-je.

– Facile. Vous voulez que je vous montre ?

– Pas spécialement, dis-je en reculant tandis qu'il faisait un geste dans ma direction.

– Le râteau. Bon sang, Doc, soyez pas si nerveuse.

Il me tendit le détecteur de métal et je lui donnai le râteau.

– Imaginez que le fichu râteau, c'est Deborah, d'accord ? Je la maintiens par le cou de mon bras gauche, la torche dans ma main gauche, comme ça, mima-t-il. J'ai le flingue dans la droite, et je le lui flanque dans les côtes. Pas de problème. Fred marche à quelques mètres devant nous, il suit le pinceau de la lampe et moi, je le surveille de près.

Marino s'interrompit et détailla le sentier avant d'ajouter :

– Ils pouvaient pas se déplacer très vite.

– Surtout s'ils étaient pieds nus, soulignai-je.

– Ouais, et je pense que c'était le cas. S'il les a fait venir ici à pied, il pouvait pas leur entraver les chevilles. Et donc il les a obligés à ôter leurs chaussures, idéal pour les empêcher de se tirer et les ralentir. Et peut-être qu'après les avoir tués il garde les godasses en souvenir.

– Peut-être.

Je repensai au petit sac de Deborah.

– Admettons : elle a les mains liées dans le dos… En ce cas, comment sa pochette est-elle arrivée jusqu'ici ? Elle n'avait pas de bandoulière, pas moyen de la passer à son épaule ou autour de son cou. Elle n'était pas suspendue à une ceinture, d'ailleurs il semble que la jeune fille n'en portait pas. Si quelqu'un vous pointait une arme dessus pour vous pousser dans les bois, pourquoi trimbaler ce genre d'accessoire avec vous ?

– Aucune idée. C'est un truc qui me chiffonne depuis le début.

– Allez, repassons encore une fois.

– Et merde.

Le temps de regagner la clairière, les nuages avaient obscurci le soleil et une bise s'était levée, semblant nous priver d'un coup d'une petite dizaine de degrés.

L'effort m'avait fait transpirer sous mon manteau, j'étais frigorifiée et les muscles de mes bras tremblaient à force de ratisser. Je me dirigeai vers le périmètre le plus éloigné du sentier et examinai une parcelle au-delà de laquelle s'étendait un terrain d'allure si rebutante que même les chasseurs ne devaient guère s'y aventurer. La police avait creusé et tamisé une zone de deux mètres de large dans cette direction, avant de tomber sur une infestation de vigne kudzu, véritable « cancer végétal » grimpant, qui avait développé ses métastases sur une surface d'environ un demi-hectare.

Les arbres pris d'assaut par les mailles vertes avaient des allures de dinosaures s'élevant au-dessus d'un océan solide. Le moindre pin ou buisson, la plus modeste plante étaient lentement étouffés.

– Seigneur, geignit Marino en me voyant progresser lentement à l'aide de mon râteau, vous rigolez, là?

– Nous n'irons pas très loin, promis-je.

Je ne me trompais pas.

Le détecteur de métal se déclencha presque immédiatement. Le signal gagna en ampleur et en fréquence lorsque Marino déplaça le scanner au-dessus d'une nappe de kudzu située à moins de cinq mètres de l'endroit où les corps avaient été retrouvés. Tenter de ratisser ce parasite végétal s'avéra bien pire que démêler des cheveux en bataille, et je finis par m'agenouiller au milieu des touffes. J'écartai les feuilles, les doigts protégés par des gants chirurgicaux, et tâtonnai autour des racines jusqu'à ce que je rencontre un objet dur et froid, dont le contact me tira une grimace découragée : il ne s'agissait pas de ce que nous cherchions.

– Tenez, gardez-la pour le péage, proposai-je en jetant à Marino une pièce de monnaie maculée de terre.

Quelques mètres plus loin, le détecteur se manifesta de nouveau, et cette fois-ci mon excursion à quatre pattes fut couronnée de succès. Lorsque je sentis la forme dure et cylindrique reconnaissable entre toutes, j'écartai doucement les touffes de kudzu. L'éclat de l'acier me récompensa. Je déterrai avec précaution la douille qui avait conservé son brillant d'argent poli, effleurant au minimum sa surface, tandis que Marino se penchait pour me tendre un sachet en plastique.

– Du 9 mm Federal, dit-il en déchiffrant la marque.
Bordel de merde !

– Il se tenait par ici quand il l'a abattue, murmurai-
je.

Une étrange sensation me parcourut lorsque me
revinrent les mots utilisés par Hilda. Elle avait mentionné un « encombrement », des « choses qui agrippent » à l'endroit où se trouvait Deborah. Le kudzu.

– S'il a visé la gamine à bout portant, elle est tombée
par ici, remarqua-t-il.

Je progressai encore un peu plus, Marino à ma suite,
armé du détecteur.

– Mais comment pouvait-il la distinguer avec une
telle précision, Marino ? Bon sang, vous imaginez cet
endroit la nuit ?

– La lune brillait.

– Elle n'était pas pleine.

– Ouais, mais quand même assez pour que ce ne soit
pas une nuit d'encre.

La météo avait été vérifiée des mois auparavant. La
nuit du vendredi 31 août, lorsque le couple avait disparu, le ciel était clair, la lune aux trois quarts pleine et
la température d'environ vingt degrés. Même si le
tueur s'était muni d'une puissante lampe torche, je ne
comprenais toujours pas comment il avait pu obliger
deux otages à venir par ici en pleine nuit sans se trouver tout aussi vulnérable et désorienté qu'eux. Je ne
pouvais imaginer qu'une grande confusion, beaucoup
de tâtonnements et de trébuchements.

Pourquoi ne les avait-il tout simplement pas tués sur
le chemin forestier, puis traînés à l'intérieur des bois

avant de reprendre sa voiture ? Pourquoi tenait-il tant à les amener ici ?

Pourtant le *modus operandi* était similaire à celui employé pour les autres couples. Leurs corps avaient également été retrouvés dans des zones boisées et reculées, assez comparables à celle-ci.

Marino contempla l'étendue de kudzu qui nous encerclait et déclara d'un air mauvais :

– Encore heureux que ce soit pas un temps à serpents.

– Vous avez de ces idées ! rétorquai-je, démontée.

– Vous voulez continuer ? demanda-t-il d'un ton qui signalait sans ambiguïté qu'il n'avait pas la moindre envie d'avancer d'un pas de plus dans cette jungle gothique.

– Je crois que ça suffit pour aujourd'hui, dis-je en m'extrayant aussi vite que possible du kudzu, l'épiderme hérissé par la chair de poule.

La perspective des serpents m'avait achevée, j'étais à deux doigts d'une crise d'anxiété carabinée.

Nous reprîmes le chemin de la voiture. Il était presque 17 heures et des ombres lugubres s'infiltraient dans les sous-bois. Mon cœur faisait un bond dans ma poitrine chaque fois qu'une brindille craquait sous les pas de Marino. Des écureuils détalaient dans les arbres et les oiseaux s'envolaient des branches, brisant par à-coups l'inquiétant silence qui régnait autour de nous.

– Je dépose ça demain matin au labo à la première heure, déclara Marino. Ensuite, faut que je fonce au tribunal. Vous parlez d'une journée !

– Pour quelle affaire ?

– L'affaire où Bubba a été buté par son ami Bubba,

le seul témoin du meurtre étant un mec du nom de
Bubba.

– Vous plaisantez ?

– Hé, fit-il en déverrouillant les portières, je suis
aussi sérieux qu'une crise cardiaque. Je commence à
détester ce boulot, Doc, murmura-t-il en démarrant,
j'vous jure, y me sort par les trous de nez !

– Pour l'instant, vous détestez le monde entier, Marino.

Ma réflexion lui tira un vrai rire.

– Pas du tout. Vous, j'vous aime bien.

Le dernier jour de janvier débuta avec l'arrivée du
courrier, au milieu duquel se trouvait une communication officielle de Pat Harvey. Brève et concise, celle-ci
nous informait que, à défaut d'avoir reçu copie du rapport d'autopsie de sa fille et des examens toxicologiques avant la fin de la semaine suivante, elle obtien-
drait une injonction du tribunal. Une copie de la lettre
avait été envoyée à mon supérieur hiérarchique immé-
diat, le commissaire à la Santé et aux Affaires sociales.
Sa secrétaire me convoqua dans l'heure qui suivit.

Délaissant les autopsies qui m'attendaient en bas, je
quittai l'immeuble et parcourus à pied le court trajet
de Franklin à la gare de Main Street, demeurée à
l'abandon pendant des années, puis transformée en
centre commercial à la brève longévité, avant d'être
rachetée par l'État. D'une certaine façon, le bâtiment
de brique avec sa tour d'horloge et son toit de tuiles
rouges était redevenu une gare, une halte temporaire
pour des fonctionnaires contraints au déménagement
en attendant que les travaux de désamiantage et de

rénovation du Madison Building soient achevés. Deux ans auparavant, le gouverneur avait nommé le Dr Paul Sessions au poste de commissaire à la Santé et aux Affaires sociales, et bien que mes rencontres en tête à tête avec mon nouveau patron aient été rares, elles s'étaient toujours déroulées dans une grande cordialité. À première vue, je diagnostiquai que cet état de grâce ne perdurerait pas aujourd'hui, le ton penaud de sa secrétaire, lorsqu'elle m'avait convoquée au téléphone, indiquant qu'elle savait que j'allais me faire réprimander.

Les bureaux du commissaire étaient installés à l'étage, accessibles par un escalier de marbre aux marches polies par les incessantes allées et venues des hordes de voyageurs qui l'avaient emprunté à une époque depuis longtemps révolue. L'espace qu'il s'était approprié avait jadis été un magasin de sport et une boutique qui vendait des cerfs-volants colorés et des manches à air. Les murs avaient été abattus, les devantures murées de briques, les bureaux moquettés, ornés de boiseries et meublés de quelques fort jolies pièces. Le Dr Sessions était suffisamment familier des lenteurs de l'administration pour s'être installé dans ses quartiers temporaires comme si le déménagement était permanent.

Sa secrétaire m'accueillit avec un sourire compatissant qui ne fit qu'aggraver mon appréhension, puis se détourna de son clavier en pivotant sur son siège pour décrocher le téléphone.

Dès qu'elle eut annoncé mon arrivée, la lourde porte de chêne située en face de son bureau s'ouvrit et le Dr Sessions m'invita à pénétrer.

C'était un homme énergique aux cheveux bruns clairsemés et aux lunettes à grosse monture qui dévoraient son visage étroit. Il était, selon moi, la preuve éclatante que la pratique du marathon n'a jamais été destinée aux êtres humains. Il avait une poitrine de tuberculeux, une couche adipeuse si parcimonieuse qu'il ôtait rarement la veste de son costume et préférait les manches longues, même en été, parce qu'il était en permanence frigorifié. Il portait toujours le bras gauche en éclisse après se l'être cassé, plusieurs mois auparavant, en chutant lors d'une course sur la côte ouest. Il s'était pris les pieds dans un cintre que ses rivaux avaient évité et qui l'avait envoyé valdinguer sur le macadam. Il avait peut-être été le seul coureur à ne pas finir la compétition, mais du moins avait-il quand même fait la une des journaux grâce à cette anecdote.

Il s'installa derrière son bureau, la lettre de Pat Harvey bien centrée sur son sous-main, le visage exceptionnellement sévère.

– Je suppose que vous avez vu cela ? demanda-t-il en tapotant la feuille de l'index.

– Oui. Pat Harvey s'intéresse beaucoup aux résultats de l'examen de sa fille. C'est tout à fait compréhensible.

– Le corps de Deborah Harvey a été retrouvé il y a onze jours. Dois-je en conclure que vous ne connaissez pas encore la cause de la mort de Fred Cheney et de la jeune fille ?

– Je sais ce qui l'a tuée, elle. En revanche, en ce qui concerne le garçon, j'en suis toujours aux suppositions.

– Docteur Scarpetta, insista-t-il d'un air perplexe, auriez-vous l'amabilité de m'expliquer pourquoi ces informations n'ont pas été communiquées aux Harvey ou au père de Fred Cheney?

– Mon explication est simple. Leurs dossiers demeurent en suspens le temps de procéder à des examens supplémentaires. D'autant que le FBI m'a demandé de m'abstenir de communiquer quoi que ce soit à qui que ce soit.

– Je vois, répondit-il en contemplant le mur comme s'il regardait à travers une fenêtre inexistante.

– Si vous m'enjoignez de transmettre mes rapports, il est clair que je m'exécuterai, docteur Sessions. D'ailleurs, si vous m'ordonnez de satisfaire la demande de Pat Harvey, j'en serai soulagée.

– Pourquoi?

Il connaissait la réponse, mais voulait entendre ce que j'avais à dire.

– Parce que Pat Harvey et son mari ont le droit de savoir ce qui est arrivé à leur fille. Bruce Cheney a le droit d'entendre ce que nous savons ou que nous ignorons à propos de son fils. L'attente est un supplice pour eux.

– Vous avez été en contact avec Mrs Harvey?

– Pas récemment.

– Lui avez-vous parlé depuis que les corps ont été découverts? demanda-t-il en tripotant son bras en écharpe.

– Je l'ai appelée lorsque l'identification a été confirmée. Pas depuis.

– A-t-elle essayé de vous joindre?

217

– En effet.

– Et vous avez refusé de lui répondre ?

– Je vous ai déjà expliqué les raisons de mon silence. Et je doute qu'il soit avisé de ma part, du moins d'un point de vue politique, de lui expliquer que le FBI refuse que je lui transmette des informations.

– Vous n'avez donc parlé à personne des instructions du FBI ?

– Uniquement à vous.

Il décroisa et recroisa les jambes.

– Et je vous en remercie. Il va sans dire qu'il serait tout à fait inopportun de mentionner cette affaire à qui que ce soit d'autre, surtout aux journalistes.

– J'ai fait de mon mieux pour les éviter.

– Le *Washington Post* m'a appelé ce matin.

– Qui du *Post* ?

Je patientai, mal à l'aise, tandis qu'il fourrageait dans ses messages. Je me refusais à croire qu'Abby manigançait dans mon dos.

– Un certain Clifford Ring. D'ailleurs, ce n'est pas la première fois qu'il me contacte, remarqua-t-il en levant les yeux sur moi, et je ne suis pas la seule personne à laquelle il a essayé d'extorquer des informations. Il a aussi harcelé ma secrétaire et d'autres membres de mon personnel, y compris mon adjoint et le secrétaire aux ressources humaines. Je suppose qu'il vous a appelée, puisque, selon ses propres termes, « le médecin légiste ne veut pas me parler », ce qui explique pourquoi il s'est rabattu sur le personnel administratif.

– De nombreux journalistes ont appelé. J'ai oublié la plupart de leurs noms.

– Quoi qu'il en soit, Mr Ring paraît convaincu qu'on cache quelque chose, qu'il existe une sorte de complot, et si j'en juge par l'orientation de ses questions, il paraît disposer d'informations étayant ses dires.

Bizarre, pensai-je. Contrairement à ce qu'Abby m'avait affirmé si catégoriquement, cette information tendait à démontrer que le *Post* ne se désintéressait pas tant que cela de l'enquête.

Le commissaire poursuivit :

– Il a le sentiment que vos bureaux font de la rétention d'information et, de ce fait, participent à cette prétendue conspiration.

– Et, dans un certain sens, il n'a pas tort, répondis-je en m'efforçant de dissimuler mon mécontentement. Quoi que je fasse, l'alternative ne m'est pas favorable. D'un côté je défie Pat Harvey, de l'autre le ministère de la Justice. Très franchement, si on me laisse le choix, je préfère satisfaire Mrs Harvey. Il faudra bien que je m'explique tôt ou tard avec elle. C'est la mère de Deborah. En revanche, je n'ai aucune obligation hiérarchique envers le FBI.

– Je ne tiens pas particulièrement à me mettre le FBI à dos, rétorqua le Dr Sessions.

Inutile de m'en expliquer les raisons. Une partie non négligeable du budget du département dirigé par le commissaire provenait de subventions fédérales, et une parcelle de celles-ci se frayait un chemin jusqu'à mon bureau pour financer la collecte de données nécessaires aux diverses agences de sécurité routière et de prévention des risques. Le ministère de la Justice savait mettre la pression. Certes, aller contre les fédéraux n'assécherait pas ces précieuses contributions pécuniaires. Cependant nous pouvions tabler sur le fait qu'on allait nous rendre la vie infernale. La perspective de devoir rendre compte des moindres crayon ou feuille de papier achetés avec des crédits fédéraux devait faire transpirer d'angoisse le commissaire. Je connaissais si bien ce type de fonctionnement! Nous nous retrouverions tous noyés sous des monceaux de paperasse, tentant de justifier le moindre centime dépensé.

Le commissaire récupéra la lettre de son bras valide et l'étudia un moment.

— En fait, la seule réponse consiste peut-être à laisser Mrs Harvey mettre sa menace à exécution.

— Si elle obtient une injonction du tribunal, je n'aurai effectivement d'autre choix que lui communiquer ce qu'elle exige.

— J'ai bien compris. L'avantage, c'est que le FBI ne pourra pas nous en rendre responsables. *A contrario*, bien entendu, une bien mauvaise publicité peut en découler pour nous, réfléchit-il à voix haute. Si l'opinion apprend qu'un juge nous a contraints à fournir à Pat Harvey ce à quoi elle a légalement droit, cela n'éclairera pas d'un très bon jour le département de la Santé et des Affaires sociales. Autre inconvénient, cela risque de corroborer les soupçons de notre ami Mr Ring.

Le citoyen lambda ne savait certainement pas que les bureaux du médecin légiste dépendaient du département de la Santé et des Affaires sociales. En d'autres termes, je serais en première ligne pour essuyer l'indignation du public, et si quelqu'un devait pâtir de cette histoire, c'était moi. En bon apparatchik, le commissaire se débrouillait pour me transformer en fusible, afin de ne pas s'aliéner le ministère de la Justice.

Il continua de réfléchir tout haut :

– Évidemment, Pat Harvey va donner l'impression qu'elle a la main un peu lourde et qu'elle utilise son administration pour faire pression. Peut-être bluffe-t-elle.

– J'en doute, rétorquai-je avec brusquerie.

– Enfin, nous verrons bien, déclara-t-il en se levant et en me raccompagnant jusqu'à la porte. Je vais écrire à Mrs Harvey pour l'informer que nous avons discuté, tous les deux.

C'est ça, je peux compter là-dessus, pensai-je.

– Si vous avez besoin d'une aide quelconque, prévenez-moi, conclut-il dans un sourire, tout en évitant mon regard.

N'était-ce pas exactement le message que je venais de lui transmettre ? Il aurait tout aussi bien pu avoir les deux bras cassés : il n'allait pas lever le petit doigt pour moi.

À peine revenue au bureau, je demandai aux réceptionnistes et à Rose si un journaliste du *Post* avait appelé. Après s'être creusé la tête, avoir fouillé dans les piles de vieux messages, personne ne fut capable de dénicher un quelconque Clifford Ring. S'il n'a jamais essayé de me joindre, raisonnai-je, je ne vois pas comment il peut m'accuser de faire barrage. Je demeurai perplexe.

– À propos, ajouta Rose tandis que je me dirigeais vers le couloir, Linda vous cherchait, elle a besoin de vous voir de toute urgence.

Linda était la spécialiste des armes à feu. Marino a dû passer avec la douille, pensai-je. Bien.

Le laboratoire d'analyse des marques d'instruments et des armes à feu était logé au deuxième étage. Il ressemblait à une armurerie d'occasion. Le moindre centimètre de plan de travail était recouvert de revolvers, de fusils, de carabines et de pistolets, et des pièces à conviction enveloppées dans du papier kraft s'empilaient sur le sol jusqu'à hauteur d'homme. J'allais en conclure que tout le monde était parti déjeuner lorsque je perçus l'écho étouffé de détonations derrière des portes closes. Une petite pièce adjacente servait à tester les armes à feu dans un bidon d'acier galvanisé rempli d'eau.

Deux chargeurs plus tard, Linda sortit de là, un 38 Special dans une main, des cartouches usagées et des douilles dans l'autre. Elle était mince et féminine, avec de longs cheveux bruns, de jolis méplats de visage et des yeux noisette assez écartés. Sa blouse de labo protégeait une ample jupe noire et un chemisier de soie jaune pâle fermé au cou par une broche en or. Si je m'étais trouvée assise à côté d'elle dans un avion et que j'aie fait le pari de deviner sa profession, j'aurais proposé professeur de poésie ou galeriste.

— Mauvaises nouvelles, Kay, dit-elle en posant le revolver et les munitions sur son bureau.

— J'espère que cela n'a rien à voir avec la douille que Marino a apportée.

— J'ai bien peur que si. Je me préparais à graver mes initiales et un numéro de pièce lorsque j'ai eu une petite surprise. Tenez, dit-elle en se dirigeant vers le microscope et en m'offrant un siège, un dessin vaut mieux qu'un long discours.

Je m'installai et collai mes yeux aux objectifs. La douille en acier se trouvait à gauche du champ lumineux.

– Je n'y comprends rien, murmurai-je en réglant la mise au point.

Deux initiales, «J. M.», étaient incrustées à l'intérieur du cylindre. Je levai les yeux.

– Je croyais que c'était Marino qui vous l'avait confiée.

– C'est exact, il est passé il y a à peu près une heure. Je lui ai demandé si c'était lui qui avait inscrit ces initiales, et il m'a certifié que non. Remarquez, je m'en doutais, étant donné que les deux lettres J et M ne correspondent pas aux siennes, et qu'il a assez de bouteille pour ne pas faire ce genre de choses.

En effet, si certains enquêteurs apposaient leurs initiales sur les douilles – à l'instar de quelques médecins légistes qui gravaient les leurs sur les balles extraites des cadavres –, les spécialistes en balistique s'employaient à décourager une telle pratique. Rayer le métal à l'aide d'une pointe est hasardeux. On court toujours le risque de déraper ou d'égratigner des marques de bloc de culasse, de percuteur, d'éjecteur et autres éléments, tels les rainures et les plats abandonnés par le canon, bref toute cicatrice pouvant servir à l'identification. Marino savait ce qu'il faisait. Comme moi, il inscrivait ses initiales sur le sachet en plastique et ne touchait plus à la pièce à conviction placée à l'intérieur.

– Dois-je en conclure que celles-ci se trouvaient déjà sur la douille lorsque Marino l'a apportée?

– De toute évidence.

« J. M. »… Jay Morrell, pensai-je, perplexe. Pourquoi une douille abandonnée sur la scène de crime porterait-elle ses initiales ?

– Je me demande si un policier travaillant sur les lieux n'avait pas ce truc sur lui, je ne sais pour quelle raison, et il l'aura perdu, suggéra Linda. Un trou dans la poche de son pantalon, par exemple ?

– C'est un peu tiré par les cheveux.

– D'accord, passons à une autre théorie, mais elle ne va pas vous plaire… pas plus qu'à moi, d'ailleurs. La douille a pu être réutilisée pour fabriquer une nouvelle balle.

– En ce cas, pourquoi porterait-elle les initiales d'un policier ? Qui irait recharger une douille gravée comme pièce à conviction ?

– Cela s'est déjà produit, Kay. Mais je ne vous ai jamais rien dit, d'accord ?

Je l'écoutai sans broncher.

– Le nombre d'armes et la quantité de munitions et de douilles saisies par la police et soumises aux tribunaux sont astronomiques. Ça représente beaucoup, beaucoup d'argent, expliqua-t-elle. Les gens sont cupides, même les juges, vous savez. Certains conservent des pièces pour eux, ou pour les revendre à des armuriers ou à d'autres amateurs. Certes, j'admets que la probabilité que cette douille ait été ramassée par un policier ou soumise à un tribunal en tant qu'indice matériel pour ensuite être rechargée et réutilisée est infime, cependant elle n'est pas nulle. Il n'est pas exclu que celui qui a tiré la balle n'ait eu aucune idée de l'existence de ces initiales.

– Il nous est impossible de prouver que cette douille correspond à la balle que j'ai récupérée dans la vertèbre lombaire de Deborah Harvey, et cela le demeurera, à moins que nous ne mettions la main sur le pistolet, lui rappelai-je. Nous ne pouvons même pas assurer avec certitude qu'elle provient d'une cartouche Hydra-Shok. Tout ce que nous savons, c'est qu'il s'agit d'un 9 mm Federal.

– Exact. Mais le brevet des munitions Hydra-Shok appartient à Federal depuis la fin des années quatre-vingt, si ça peut vous servir à quelque chose.

– Federal vend-il des balles Hydra-Shok rechargeables ?

– Non, c'est bien le problème. Seules les cartouches sont disponibles sur le marché. Ce qui ne signifie pas qu'on ne pourrait pas mettre la main sur les balles d'une autre façon. En les subtilisant à l'usine ou en étant en contact avec un employé indélicat, voire un receleur. Par exemple, je pourrais en obtenir en prétendant que je travaille sur une simulation balistique. Qui sait ? Il n'y a plus grand-chose qui me surprenne, ajouta-t-elle en sortant une canette de Diet Coke d'un tiroir de son bureau.

– Marino est au courant de votre découverte ?

– Je l'ai appelé.

Je la remerciai et me levai. Je venais de me forger ma propre théorie, très différente de la sienne mais malheureusement plus probable, et cette seule pensée me plongeait dans une fureur noire. Je m'emparai du téléphone et composai le numéro de *pager* de Marino, qui me rappela presque aussitôt.

— Quelle espèce d'enfoiré ! rugit-il, bille en tête.

— Qui ça ? Linda ? demandai-je, surprise.

— Non, Morrell, bien sûr, cet enfoiré de menteur. Je viens de discuter avec lui. Il a pas arrêté de me répéter qu'il voyait pas où je voulais en venir, jusqu'au moment où je l'ai accusé de voler des pièces à conviction pour se fabriquer ses cartouches. Même que je lui ai demandé s'il piquait pas aussi des flingues et des munitions. Je l'ai menacé de lui coller les affaires internes au cul, et c'est qu'à ce moment-là qu'il est devenu plus causant.

— Il a gravé ses initiales et abandonné sciemment la douille, n'est-ce pas ?

— Juste. Ils ont trouvé cette foutue douille la semaine dernière. La bonne. Ensuite, ce connard a dissimulé cette merde de faux indice. Au bout du compte, il a commencé à pleurnicher qu'il faisait qu'obéir aux ordres du FBI.

— Et où se trouve la douille authentique ? demandai-je, le sang battant contre mes tempes.

— Dans les labos du FBI. Bordel, vous et moi, on a passé une après-midi entière dans les bois, et devinez quoi, Doc ? Tout ce temps-là, on était surveillés. Y a des mecs en planque là-bas. Heureusement que l'un de nous deux est pas allé pisser derrière un buisson, hein ?

— Vous avez parlé à Benton ?

— Sûrement pas. En ce qui me concerne, il peut aller se faire foutre, cracha Marino en raccrochant violemment le combiné.

9

Le Globe and Laurel avait quelque chose de réconfortant, et je m'y sentais en sécurité. Le bâtiment de brique aux lignes simples et sans ostentation occupait une petite parcelle du sol de la Virginie du Nord, à Triangle, près de la base des Marines. L'étroite pelouse qui le précédait était toujours tondue avec soin, les buis impeccablement taillés, le parking en ordre, chaque véhicule garé avec minutie entre les bandes de peinture désignant l'espace qui lui était alloué.

Une devise, *«Semper fidelis»*, surmontait la porte, et, une fois à l'intérieur, je fus accueillie par la galerie de portraits des «fidèles entre les fidèles». Chefs de la police, généraux quatre étoiles, secrétaires à la Défense, directeurs de la CIA et du FBI, les photos m'étaient si familières que ces hommes au sourire sévère me paraissaient une cohorte d'amis perdus de vue depuis longtemps. Le major Jim Yancey, dont les boots de combat du Vietnam coulés dans le bronze trônaient sur le piano de l'autre côté du bar, traversa à grandes enjambées la salle moquettée de tartan rouge et m'interpella avec un grand sourire.

– Docteur Scarpetta! s'exclama-t-il en me serrant la main. Nous ne vous avons pas vue depuis si longtemps, je craignais que vous n'ayez pas apprécié votre dernier repas ici.

La tenue décontractée du major, pull à col roulé et pantalon de velours, ne suffisait pas à dissimuler son ancienne profession. Pas une once de graisse n'alourdissait sa silhouette. Les cheveux blancs coupés au carré, se tenant droit comme un *i*, il avait toute l'allure du militaire. Bien qu'ayant dépassé l'âge de la retraite, il paraissait toujours apte au combat. Il n'était pas difficile de l'imaginer cahotant en Jeep le long de routes défoncées ou ingurgitant ses rations au fin fond de la jungle sous des pluies de mousson diluviennes.

– Je n'ai jamais regretté un seul des repas que j'ai savourés ici, et vous le savez, répondis-je cordialement.

– Vous cherchez Benton et lui aussi vous cherche. Notre ami vous attend là-bas, dans sa tanière habituelle, précisa-t-il en me désignant l'endroit du doigt.

– Merci, Jim. Je connais le chemin. C'est bon de vous revoir.

Il cligna de l'œil et regagna le bar.

Je devais à Mark la découverte du restaurant du major Yancey. C'était à l'époque où je me rendais deux week-ends par mois à Quantico pour le voir. Les souvenirs affluèrent, me bousculant, tandis que j'avançais sous le plafond recouvert d'écussons de police, devant des vitrines qui abritaient des collections d'antiquités militaires. Je me souvins des tables auxquelles Mark et moi nous installions. Déroutant d'y découvrir à présent des étrangers plongés dans l'intimité de leurs conversations. Il y avait plus d'un an que je n'avais mis les pieds au Globe.

Je quittai la salle principale et gagnai une pièce plus retirée où Wesley m'attendait. Sa « tanière » n'était rien d'autre qu'une table en coin poussée devant une fenêtre occultée par des doubles rideaux rouges. Il sirotait un verre, et nous nous saluâmes de façon bien formelle sans même qu'il ébauche un sourire. Un serveur en smoking noir apparut pour prendre ma commande.

Wesley leva ensuite les yeux vers moi, me jetant un regard impénétrable que je mis un point d'honneur à lui rendre. Il avait donné le signal du premier round et le combat allait être rude.

— Kay, nous avons un problème de communication et je m'en inquiète beaucoup, attaqua-t-il sans tarder.

— Certes, rétorquai-je avec le calme olympien que j'avais eu tout loisir de répéter dans le box des témoins. Je m'en inquiète tout autant que vous. Le Bureau a-t-il mis mon téléphone sur écoute et me surveille-t-il moi aussi ? J'espère que celui qui se cachait dans les bois a pris de bonnes photos de Marino et moi.

Il répondit d'un ton tout aussi posé :

— Vous n'êtes pas personnellement sous surveillance. C'est la zone forestière où Marino et vous avez été repérés hier après-midi qui l'est.

— Si vous aviez eu l'amabilité de me tenir au courant, dis-je en contenant ma colère, peut-être vous aurais-je prévenu que Marino et moi avions décidé d'y retourner.

– Il ne m'a jamais effleuré l'esprit que vous pourriez former un tel projet.

– Il m'arrive de retourner sur les scènes de crime. Vous travaillez avec moi depuis assez longtemps pour le savoir.

– C'est de ma faute, je le concède. Mais maintenant que vous êtes au courant de la surveillance, je préférerais que vous vous absteniez d'une nouvelle visite là-bas.

Mon irritation monta d'un cran.

– Je n'en ai pas l'intention. Mais si le besoin s'en faisait sentir, croyez bien que je serais ravie de vous en avertir au préalable. D'autant que vous serez informé. En outre, j'ai autre chose à faire que perdre mon temps à ramasser des indices qui ont été placés là par vos agents ou la police.

– Kay, je n'essaie en aucune façon de me mêler de votre travail, protesta-t-il sur un ton plus doux.

– On me ment, Benton. On me certifie qu'aucune douille n'a été retrouvée sur le lieu du crime, et je découvre que c'est faux et que, de surcroît, le laboratoire du Bureau l'a reçue depuis plus d'une semaine.

– Lorsque nous avons décidé d'installer une surveillance, expliqua-t-il, nous ne voulions pas que cette info puisse filtrer. Moins il y avait de gens au courant de notre projet, mieux c'était.

– De toute évidence, vous supposez que le tueur pourrait revenir sur les lieux.

– C'est une éventualité.

– L'avez-vous considérée dans les quatre affaires précédentes ?

– Cette fois-ci, c'est différent.

– Pourquoi ?

– Parce qu'il a laissé des indices derrière lui, et il le sait.

– Si la douille l'inquiétait tant, il avait tout le temps de retourner la chercher l'automne dernier.

– Peut-être ne pensait-il pas que nous allions découvrir que Deborah Harvey avait été abattue et retrouver une balle Hydra-Shok logée dans l'une de ses vertèbres.

– Je ne crois pas que nous ayons affaire à un imbécile.

Le serveur fit son apparition avec mon whisky-soda.

– La douille que vous avez découverte a été placée là volontairement, je ne le nie pas, continua Wesley. Eh oui, Marino et vous avez pénétré dans une zone placée sous surveillance. Il y avait deux hommes dans les bois. Ils ont suivi vos moindres faits et gestes, y compris la découverte de la douille. Si vous ne m'aviez pas appelé, c'est moi qui l'aurais fait.

– J'ose l'espérer.

– Je vous aurais expliqué. Je n'aurais de toute façon pas eu d'alternative, puisque vous avez, sans le vouloir, tout chamboulé. Vous avez raison, reconnut-il en prenant son verre, j'aurais dû vous prévenir. Rien de tout cela ne serait arrivé et nous n'aurions pas été obligés d'interrompre l'opération ou, plus exactement, de la reporter.

– De quoi parlez-vous au juste ?

– Si Marino et vous n'aviez pas déboulé au beau

milieu de notre plan, les infos de demain matin auraient répété à loisir une histoire destinée au tueur. Une opération de désinformation, ajouta-t-il après un silence, pour l'inquiéter, le faire sortir de son trou. Le stratagème est reporté à lundi.

– Quelle information ou désinformation au juste ?

– Nous voulons qu'il pense que quelque chose a été découvert au cours de l'autopsie. Quelque chose qui nous donne à penser qu'il a oublié un indice important sur les lieux. Beaucoup de sous-entendus, beaucoup de dénégations et de « sans commentaires » de la part de la police. Tout cela est destiné à lui faire avaler que nous n'avons pas encore mis la main sur la fameuse pièce à conviction. Le tueur sait qu'il a laissé une douille. S'il est assez paranoïaque et retourne à sa recherche, nous serons là-bas à l'attendre, nous l'observerons et le filmerons en train de ramasser celle que nous avons placée, puis nous lui tomberons dessus.

– La douille n'a aucune valeur sans le tueur et l'arme. Pourquoi prendrait-il un tel risque, surtout s'il semble que la police s'active sur les lieux à la recherche d'indices ? arguai-je.

– Un certain nombre de choses doivent l'inquiéter car il a perdu le contrôle de la situation. C'est évident, sinon il n'aurait pas été obligé de tirer sur Deborah. Pourquoi avoir eu recours à une arme à feu puisqu'il semble qu'il ait tué Cheney d'une autre façon ? Et puis comment peut-il savoir ce que nous cherchons vraiment, Kay ? Il s'agit peut-être d'une douille, mais ce pourrait être autre chose. Il ignore dans quel état nous avons retrouvé les corps. Nous ne savons pas ce qu'il a fait au couple, en revanche lui est dans le flou total en ce qui concerne vos découvertes au cours des autopsies. Peut-être ne retournera-t-il pas sur les lieux dès la diffusion de notre information bidon, mais dans une semaine ou deux, si tout semble calme.

– Je doute que cette stratégie fonctionne.

– Qui ne tente rien n'a rien. Le tueur a laissé un indice. Nous serions idiots de ne pas en profiter.

La brèche était trop inespérée pour que je ne m'y engouffre pas :

– Avez-vous profité des indices découverts dans les quatre premières affaires, Benton ? J'ai cru comprendre qu'un valet de cœur avait été trouvé à l'intérieur de chacun des véhicules. Un détail que vous auriez dissimulé avec le plus grand soin.

– Qui vous en a parlé ? demanda-t-il sans que son expression se modifie d'un iota, sans même manifester de surprise.

– C'est le cas, n'est-ce pas ?

– Oui.

– Et vous avez trouvé cette carte à jouer dans l'affaire Harvey-Cheney ?

Le regard de Wesley se perdit vers l'autre bout de la salle et il adressa un signe de tête au serveur.

– Je vous recommande le filet mignon, dit-il en ouvrant son menu. Ou bien les côtelettes d'agneau.

Je commandai. Mon cœur s'emballa contre ma gorge. J'allumai une cigarette, incapable de me détendre, cherchant frénétiquement un moyen d'enfoncer sa garde.

– Vous n'avez pas répondu à ma question.

– Je ne vois pas en quoi cela concerne votre rôle dans l'enquête.

– La police a attendu des heures avant de m'appeler sur les lieux. Les corps avaient été déplacés, manipulés à mon arrivée. Les enquêteurs me fournissent des réponses évasives, et vous me demandez de laisser traîner la déclaration des causes et des circonstances du décès de Deborah et Fred. Pendant ce temps-là, Pat Harvey me menace d'une injonction du tribunal parce que je ne communique pas mes conclusions.

Je m'interrompis. Il demeurait imperturbable.

– Enfin, terminai-je d'un ton qui devenait mordant, j'effectue une visite de confirmation sur une scène de crime sans savoir que celle-ci est surveillée, ni que les indices que je récolte y ont été placés à dessein. Et vous croyez que les détails de ces affaires n'ont pas de rapport avec mon rôle dans l'enquête ? Encore faudrait-il que j'en conserve un quelconque. En tout cas, vous semblez déterminé à ce que ce ne soit pas le cas.

– Je ne fais rien de la sorte.

– Quelqu'un d'autre alors.

Il ne répondit pas.

– Si on a découvert un valet de cœur dans la Jeep de Deborah, ou à proximité des corps, il est important que je le sache, cela constituerait un lien irréfutable entre les cinq couples. Si un tueur en série se trimbale en Virginie, je vous garantis que cela revêt une certaine importance à mes yeux !

– Qu'avez-vous raconté à Abby Turnbull ? lâcha-t-il soudain, me prenant par surprise.

– Je ne lui ai rien dit, répondis-je, le cœur battant à se rompre.

– Vous l'avez rencontrée, vous ne pouvez pas le nier, Kay.

– C'est Mark qui vous a raconté cela, et vous ne pouvez pas le nier vous non plus.

– À moins d'une confidence de votre part, comment Mark saurait-il que vous avez vu Abby à Richmond ou à Washington ? Et, de toute façon, il n'aurait aucune raison de me transmettre l'information.

Je le dévisageai. Comment Wesley savait-il que j'avais rendu visite à Abby à Washington, sauf si l'on admettait qu'elle était effectivement espionnée ?

– Lorsque Abby est venue me voir à Richmond, Mark a appelé et j'ai fait mention de sa présence chez moi. Êtes-vous en train de me dire qu'il ne vous a rien confié ?

– Tout à fait.

– Alors comment le savez-vous ?

– Il est des choses que je ne peux pas vous révéler. Vous allez devoir me faire confiance.

Le serveur vint déposer nos salades et nous mangeâmes en silence. Wesley ne reprit la parole que lorsqu'on nous servit le plat principal.

– Je subis beaucoup de pressions, déclara-t-il d'un ton égal.

– Je vois cela. Vous avez l'air épuisé, vidé.

– Merci du diagnostic, docteur, ironisa-t-il.

Je poussai l'avantage :

– Vous avez également changé sur d'autres plans.

– C'est la perception que vous en avez.

– Vous me tenez à distance, Benton.

– Je suppose que c'est parce que vous posez des questions auxquelles je ne peux pas répondre, tout comme Marino. Du coup, la pression augmente encore d'un cran. Vous comprenez ?

– J'essaie.

– Je ne peux pas tout vous expliquer, Kay. Je souhaite tant que vous puissiez vous contenter de cela.

– Non. Parce que c'est à ce moment précis que nous nous retrouvons chacun d'un côté du filet. Je détiens des informations dont vous avez besoin et vous possédez des informations qui me seraient cruciales. Je ne vous livrerai pas les miennes à moins que vous ne lâchiez les vôtres.

Il me surprit en éclatant de rire.

– Pouvons-nous passer un marché ? insistai-je.

– Ai-je le choix ?

– Pas vraiment.

– D'accord. En effet, nous avons trouvé un valet de cœur dans l'affaire Harvey-Cheney, et oui, j'ai fait déplacer les corps avant votre arrivée, et je suis très conscient que ce manquement aux procédures habituelles est regrettable. Cela étant, vous ne pouvez pas savoir à quel point ces cartes sont importantes, ou les problèmes que leur divulgation engendrerait. Et je ne dirai rien de plus sur le sujet pour l'instant.

– Où se trouvait la carte ?

– Dans le fourre-tout de Deborah. Quand deux flics m'ont aidé à la retourner, nous l'avons trouvé coincé sous elle.

– Vous voulez dire que le tueur aurait transporté sa pochette dans les bois ?

– En effet. Avouez qu'il serait absurde de supposer que Deborah ait pu l'emmener avec elle.

– Dans les autres affaires, la carte était abandonnée en évidence dans le véhicule, soulignai-je.

– Tout à fait. L'endroit où nous l'avons découverte dans ce cas constitue une incohérence de plus. Pourquoi n'a-t-elle pas été laissée dans la Jeep? Autre anomalie: dans les autres enquêtes, les cartes à jouer étaient de marque Bicycle, pas celle retrouvée dans la pochette de Deborah. Ajoutez à cela le problème des fibres.

– Quelles fibres?

J'avais collecté des fibres sur tous les corps décomposés, mais la plupart d'entre elles correspondaient aux vêtements des victimes ou aux garnitures des sièges de leurs véhicules. Les quelques fibres inconnues que j'avais recueillies n'avaient pas permis de dégager de lien entre les différentes affaires.

– Pour ce qui concerne les quatre premiers couples, des fibres de coton blanc ont été retrouvées sur le siège conducteur de chacune des voitures abandonnées.

– Encore un résultat qu'on avait omis de me communiquer, remarquai-je, l'énervement me reprenant.

– L'analyse a été effectuée par nos labos, expliqua-t-il.

– Et qu'en concluez-vous?

– La nature des fibres est intéressante. Aucune des victimes ne portait de vêtements de coton blanc au moment du décès. Il en découle qu'elles ont dû être abandonnées par l'agresseur, ce qui signifie qu'il a conduit les véhicules des victimes après les avoir tuées. Cette déduction est en accord avec notre hypothèse de départ. Il convient donc que nous nous intéressions à ses vêtements à lui. Peut-être qu'au moment où il a croisé les couples, il portait une sorte d'uniforme, avec un pantalon de coton blanc, je ne sais pas trop. Pourtant nous n'avons découvert aucune fibre de coton blanc dans la Jeep de Deborah.

— Qu'y avez-vous trouvé ?

— Rien de très significatif pour l'instant. L'habitacle était d'ailleurs immaculé. (Il s'interrompit pour découper son steak.) Le problème, c'est que le *modus operandi* est si différent qu'il a de quoi m'inquiéter, compte tenu des autres éléments.

— Parce que l'une des victimes est la fille de la Tsarine de la drogue et que vous continuez d'envisager un éventuel mobile politique, lié aux efforts de cette dernière dans sa lutte contre la drogue ?

Il acquiesça d'un signe de tête.

— Nous ne pouvons pas écarter la possibilité que les meurtres de Deborah et son petit ami aient été mis en scène afin de ressembler aux autres.

— Admettons qu'ils aient été les victimes d'un contrat, argumentai-je avec scepticisme, comment expliquez-vous que le tueur soit au courant des cartes à jouer ? Moi-même, je n'ai découvert ce détail que très récemment. Les journaux ne l'ont jamais mentionné.

Il me surprit en déclarant :

— Pat Harvey est au courant.

Abby, songeai-je aussitôt. J'étais prête à parier qu'Abby avait divulgué cet élément à Mrs Harvey et que Wesley l'avait appris.

— Depuis combien de temps ?

– Lorsque nous avons localisé la Jeep de sa fille, elle m'a demandé si nous avions retrouvé une carte, et elle m'a de nouveau contacté à ce sujet après la découverte des corps.

– Je ne comprends pas. Comment pouvait-elle connaître l'existence de cet indice dès l'automne ? On dirait qu'elle était au courant de pas mal de choses au sujet de ces affaires, avant même la disparition de Deborah et Fred.

– De certaines choses. Pat Harvey s'est intéressée à ces décès de jeunes gens bien avant d'y être impliquée en tant que mère.

– Pourquoi ?

– Vous avez entendu énumérer les hypothèses. Parmi elles, celle des overdoses. On a évoqué la possibilité d'une nouvelle drogue synthétique : les gamins iraient s'éclater dans les bois et décéderaient sur place. Ou d'un dealer qui prendrait son pied à vendre de la came coupée avec une substance toxique dans le seul but de regarder des jeunes mourir.

– Rien ne permet d'étayer ces hypothèses. Les résultats toxicologiques sont négatifs en ce qui concerne les drogues, et ce pour les huit premiers décès.

– Je me souviens des rapports, lâcha-t-il d'un ton pensif. Cela étant, j'ai conclu de leur lecture qu'on ne pouvait pas totalement exclure la possibilité que les gamins aient tâté des stupéfiants. Les cadavres étaient pratiquement réduits à l'état de squelettes. Il ne restait pas grand-chose à analyser.

– Si. Un peu de muscle, c'est suffisant pour rechercher la cocaïne ou l'héroïne, par exemple. Le cas échéant, nous aurions pu retrouver leurs métabolites, qu'il s'agisse de ceux de la benzoyle-cogonine ou des morphiniques. Quant aux drogues de synthèse, nous avons recherché les équivalents du PCP ou les amphétamines.

— Et le China White ? suggéra-t-il, faisant allusion à un analgésique synthétique très puissant en vogue en Californie. D'après ce que j'ai cru comprendre, il n'en faut pas beaucoup pour friser l'overdose, et il est difficile à déceler.

— C'est exact. Moins d'un milligramme peut se révéler fatal, ce qui signifie que la concentration est trop faible pour être détectée, à moins d'utiliser une approche très performante comme le RIE. (Remarquant son regard vide, j'expliquai :) Les techniques de radio-immunologie qui mettent en jeu des réactions ultra-spécifiques aux anticorps. On parvient, grâce à elles, à déceler d'infimes quantités de drogue. C'est donc la méthodologie que nous utilisons lorsque nous cherchons à établir la présence de China White, de LSD ou de THC.

— Et vous n'avez rien trouvé de tout cela ?

— Exact.

— Et l'alcool ?

— La détection d'alcool devient problématique quand les corps sont dans un état de décomposition avancée. Certains des examens étaient négatifs, d'autres inférieurs à 0,05. On ne peut pas exclure qu'il s'agisse d'un biais résultant des processus de décomposition. En d'autres termes, c'est inutilisable.

— Même chose pour Harvey et Cheney ?

— Pour l'instant, aucune trace de drogue. Pourquoi

Pat Harvey s'est-elle intéressée aux premières affaires ? demandai-je.

– Ne me faites pas dire ce que je n'ai pas dit, il ne s'agissait pas pour elle d'une préoccupation majeure. Mais du temps où elle était attorney fédéral, elle a dû récolter des tuyaux, des informations de première main, et elle a posé des questions. Je suppose que s'il s'était avéré que ces morts en Virginie étaient liées à la drogue – qu'il s'agisse de décès accidentels ou d'homicides –, elle aurait utilisé l'info pour soutenir les efforts de sa politique.

Voilà qui expliquerait pourquoi Mrs Harvey paraissait si bien informée lorsque j'avais déjeuné chez elle à l'automne, pensai-je. Elle disposait sans doute d'un dossier sur le sujet datant des premiers meurtres.

Wesley continua :

– Je pense qu'elle a dû laisser tomber lorsqu'elle s'est aperçue que ses recherches n'établissaient aucun lien avec la drogue, jusqu'à la disparition de sa fille et de Fred. À ce moment-là, comme vous pouvez l'imaginer, tout cela lui est revenu.

– J'imagine, tout comme j'imagine l'effroyable ironie de la situation, s'il s'était avéré qu'une overdose avait tué la fille de la Tsarine de la drogue.

– Vous pouvez parier que Mrs Harvey y a pensé, remarqua Wesley d'un air sinistre.

Cette réflexion raviva mon malaise.

– Benton, elle a le droit de savoir. Je ne peux pas retarder la divulgation de mes conclusions éternellement.

D'un signe de tête il avertit le serveur que nous étions prêts pour le café.

– J'ai besoin que vous m'aidiez à gagner du temps, Kay.

– Pour votre stratégie de désinformation ?

– Nous devons lancer un ballon d'essai, laisser l'info se répandre sans interférence. À la seconde où Mrs Harvey obtiendra une miette de vous, l'enfer va se déchaîner. Croyez-moi, je sais mieux que vous comment elle réagira. Elle donnera une conférence de presse, avec pour conséquence de foutre en l'air tous les efforts déployés dans le but d'attirer le tueur.

– Et que se passera-t-il quand elle obtiendra son injonction ?

– Cela va prendre du temps, elle ne l'aura pas d'ici demain matin. Pouvez-vous faire traîner encore un peu, Kay ?

– Vous n'avez pas terminé cette histoire de valet de cœur, lui rappelai-je. Comment un tueur à gages aurait-il eu vent de ce détail crucial ?

Il répondit non sans une certaine réticence :

– Pat Harvey ne déterre pas ses informations toute seule, pas plus qu'elle ne procède en personne à ses enquêtes. Elle a des assistants, une équipe. Elle discute avec les autres politiciens, bref avec beaucoup de gens, y compris des électeurs. Tout dépend des gens auxquels elle a divulgué l'information, de ceux qui peuvent souhaiter sa chute… si tel est le cas, ce dont je ne suis pas certain.

– Un contrat maquillé de façon à ressembler aux cas précédents, réfléchis-je. Seulement, le tueur à gages a commis une erreur. Il ignorait que le valet de cœur devait être abandonné dans la voiture et l'a fourré dans la pochette de Deborah, à proximité du corps. Vous pensez à quelqu'un qui grenouillerait avec les pseudo-organisations humanitaires contre lesquelles Pat Harvey doit témoigner ?

– N'oubliez pas que nous avons affaire à des criminels, qui fréquentent d'autres criminels, à des trafiquants de drogue, au crime organisé, dit-il en remuant distraitement son café. Désormais Mrs Harvey n'est plus de taille à affronter tout cela. Elle a d'autres préoccupations, et cette audience du Congrès n'est plus sa priorité.

– Je vois. Et je suppose que cette audience n'améliore pas ses relations avec le ministère de la Justice.

Wesley posa avec délicatesse sa cuillère à café sur le rebord de sa soucoupe, puis leva les yeux sur moi.

– En effet. Les conséquences de sa démarche vont nous mettre des bâtons dans les roues. C'est une excellente chose de faire tomber des escrocs du genre de la CAMICD, mais c'est très insuffisant. Nous voulons les traîner devant un tribunal. Certes, il y a eu par le passé des frictions entre la DEA, le FBI, la CIA et Mrs Harvey.

– Et aujourd'hui ? insistai-je.

– C'est encore pire parce qu'elle est émotionnellement impliquée. Elle doit faire confiance au Bureau dans l'enquête sur la mort de sa fille. Elle frise la paranoïa, refuse de coopérer, essaie de nous doubler, de prendre les choses en main. Elle devient un sacré problème, Kay, ajouta-t-il en soupirant.

– Elle doit en dire autant du Bureau.

– Probablement, acquiesça-t-il avec une moue désabusée.

243

J'étais décidée à pousser l'avantage dans le seul but de savoir si Wesley me dissimulait encore quelque chose. Je poursuivis donc notre partie de poker intellectuel en lui offrant une nouvelle bribe d'information :

— Il semble que Deborah ait été blessée à l'index gauche, une blessure défensive. Pas une coupure, mais une entaille directe, infligée par un couteau à lame dentelée.

— Où ça, sur l'index ? demanda-t-il en se penchant un peu en avant.

— Sur la face dorsale du doigt, expliquai-je en levant la main. Près de la première phalange.

— Intéressant. C'est atypique.

— En effet, même s'il est difficile de reconstituer de quelle façon le coup a été assené.

— Nous savons donc qu'il était armé d'un couteau, réfléchit-il à haute voix. Cela me conforte dans mon idée que quelque chose a déraillé là-bas, dans les bois. Il s'est produit un événement inattendu. Il a pu se résoudre à utiliser un pistolet afin de maîtriser le couple. Pourtant il avait l'intention de les tuer à l'arme blanche, en leur tranchant la gorge, peut-être. Et c'est là que tout a dérapé. Deborah lui a échappé d'une façon ou d'une autre, et il a été contraint de la neutraliser en lui tirant dans le dos, avant peut-être de l'égorger pour l'achever.

— Et il aurait ensuite positionné les corps de façon à ce qu'ils ressemblent aux autres ? Face contre terre, bras enlacés et tout habillés ?

Il fixa le mur au-dessus de ma tête.

Je pensai aux mégots de cigarettes retrouvés sur

chaque scène de crime. Je pensai aux similitudes. Que la carte à jouer soit d'une marque différente et abandonnée à un autre endroit que dans les affaires précédentes ne prouvait rien. Les meurtriers ne sont pas des machines, leurs rituels ne relèvent pas de la science exacte et ils ne sont pas immuables. Rien de ce que venait de me divulguer Wesley, y compris l'absence de fibres de coton blanc dans la Jeep de Deborah, ne suffisait à valider l'hypothèse que la mort de Deborah et Fred soit sans lien avec les autres. Je me retrouvais dans le même état de confusion mentale que lorsque je visitais Quantico. On ne pouvait jamais y être sûr que les armes étaient chargées à blanc plutôt qu'à balles réelles, ou que les hélicoptères transportaient des Marines en mission et non des agents du FBI simulant des manœuvres, ou encore que les immeubles d'Hogan's Alley, la ville virtuelle plantée au milieu de l'Académie, étaient de vrais bâtiments fonctionnels, et non des décors hollywoodiens.

Impossible de forcer Wesley plus avant. Il n'ajouterait rien.

— Il se fait tard, remarqua-t-il. Vous avez une longue route à faire.

Il me fallait néanmoins mettre à plat un dernier point.

— Je ne veux pas que l'amitié interfère avec tout cela, Benton.

— Cela va sans dire.

— Ce qui s'est passé entre Mark et moi...

— N'a rien à voir là-dedans, m'interrompit-il d'une voix ferme mais non dénuée de gentillesse.

– Il était votre meilleur ami.

– J'aime à croire qu'il l'est toujours.

– Vous me rendez responsable de son départ pour le Colorado ?

– Je sais pourquoi il est parti. J'en suis désolé. C'était un excellent élément pour l'Académie du FBI.

La stratégie du FBI consistant à débusquer le tueur en maniant la désinformation ne se matérialisa pas le lundi suivant. Le Bureau avait-il changé d'avis ou avait-il été court-circuité par Pat Harvey, qui tenait ce même jour une conférence de presse ?

À midi, elle affronta les caméras de son bureau de Washington ; la présence de Bruce Cheney – le père de Fred – à son côté ajoutant au pathos. Elle avait une mine épouvantable. Le maquillage et l'effet grossissant de la caméra ne parvenaient pas à dissimuler son amaigrissement, ni les cernes sombres sous ses yeux.

– Madame Harvey, quand ces menaces ont-elles commencé et de quelle nature étaient-elles ? demanda un journaliste.

– La première m'est parvenue peu de temps après que j'ai commencé d'enquêter sur ces pseudo-organisations caritatives. Cela doit remonter à un an environ, répondit-elle sans émotion. Il s'agissait d'une lettre expédiée à ma résidence de Richmond. Je n'en révélerai pas le contenu précis, mais la menace était dirigée contre ma famille.

– Et vous pensez qu'il y avait un lien avec vos investigations ?

– C'est indubitable. D'autres menaces ont suivi,

dont la plus récente remonte à deux mois avant la disparition de ma fille et de Fred Cheney.

Le visage de Bruce Cheney apparut à l'écran, pâle, clignant des yeux dans la lumière aveuglante des projecteurs de télévision.

– Madame Harvey...

– Madame Harvey...

Les journalistes se coupaient la parole. Pat Harvey intervint et les caméras revinrent se fixer sur elle.

– Le FBI était au courant de la situation. Selon lui, les menaces, les lettres provenaient d'une source bien précise...

– Madame Harvey...

La voix d'une journaliste s'éleva au-dessus de la mêlée :

– Madame Harvey, il est de notoriété publique que votre vision des problèmes est différente de celle du ministère de la Justice et qu'un conflit d'intérêts vous oppose quant à cette enquête. Seriez-vous en train de suggérer que le FBI savait que la sécurité de votre famille était menacée et qu'*il n'a rien fait* ?

– C'est plus qu'une suggestion.

– Vous accusez le ministère de la Justice d'incompétence ?

– J'accuse le ministère de conspiration, assena Pat Harvey.

J'étouffai un grognement et m'emparai d'une cigarette, tandis que le vacarme des exclamations atteignait un paroxysme. Vous avez perdu les pédales, pensai-je, fixant avec incrédulité l'écran de la télévision installée dans la petite bibliothèque de médecine de mon bureau en ville.

Cela ne fit qu'empirer. Une vague glaciale d'appréhension me figea lorsque Mrs Harvey fixa la caméra de son regard froid et démolit l'un après l'autre tous les gens impliqués dans l'enquête, moi comprise. Elle n'épargna personne et ne respecta aucun secret, pas même celui du valet de cœur.

Lorsque Wesley avait dit qu'elle constituait un sacré problème, c'était un euphémisme. Sous sa cuirasse de femme raisonnable, une autre se terrait, ravagée par la rage et le chagrin. Assommée, je l'écoutai mettre en accusation sans réserve et sans détour la police, le FBI et le bureau du médecin légiste, tous complices et coupables selon elle d'« étouffer l'affaire ». Elle conclut :

— Ils tentent délibérément d'enterrer la vérité afin de protéger leurs propres intérêts, en sacrifiant des vies humaines.

— Mais quelles conneries, murmura mon adjoint, Fielding, assis non loin de moi.

— De *quelles* affaires parlez-vous ? demanda d'une voix forte un journaliste. Celle de votre fille et son petit ami ou bien également les quatre autres ?

— Toutes, répondit Mrs Harvey. Je parle de tous les jeunes gens et jeunes filles pourchassés et massacrés comme des animaux.

— Que cherche-t-on à étouffer ?

— La ou les identités des responsables, déclara-t-elle comme si elle les connaissait. Le ministère de la Justice n'est jamais intervenu pour mettre un terme à ces meurtres, et ce pour des raisons politiques. Une certaine agence fédérale protège les siens.

— Pourriez-vous être plus précise ? lança une voix.

– Je communiquerai tous les éléments lorsque j'aurai achevé mon enquête.

– À l'audience ? lui demanda-t-on. Vous voulez dire que le meurtre de Deborah et de son petit ami…

– *Il s'appelle Fred !*

Bruce Cheney venait de crier, et son visage livide envahit brusquement l'écran de télévision.

Le silence tomba sur la pièce.

– Fred, il s'appelle *Frederick Wilson Cheney*, articula le père d'une voix tremblante d'émotion. Il n'est pas seulement le petit ami de Debbie. Il est mort, assassiné lui aussi. Mon *fils* !

Les mots s'étranglèrent dans sa gorge et il baissa la tête pour dissimuler ses larmes.

Bouleversée, incapable de rester assise plus longtemps, j'éteignis la télévision.

Rose, appuyée au chambranle, avait assisté à l'intervention. Elle me regarda et secoua lentement la tête.

Fielding se leva, s'étira et resserra les liens de sa blouse de chirurgie.

– Elle vient juste de se foutre en l'air devant tout le pays, déclara-t-il avant de quitter la bibliothèque.

Je me versai une tasse de café quand, soudain, les mots de Pat Harvey me revinrent à l'esprit, obstinés. Je n'en saisis tout le sens qu'à force de les réentendre.

Pourchassés et massacrés comme des animaux…

La phrase résonnait comme un discours bien préparé, pas comme une exagération due à l'émotion, ou un effet de manches, ou encore une figure de style. *Une agence fédérale protégeant les siens ?*

La chasse.

249

Un valet de cœur équivalant au cavalier de coupes. Quelqu'un qui est perçu ou se perçoit comme un défenseur, un champion. Quelqu'un qui se bat, m'avait dit Hilda Ozimek.

Un chevalier. Un soldat.

La chasse.

Les meurtres avaient été méticuleusement calculés, planifiés avec méthode.

Bruce Phillips et Judy Roberts avaient disparu en juin, leurs corps avaient été retrouvés à la mi-août, à l'ouverture de la chasse.

Jim Freeman et Bonnie Smyth avaient disparu en juillet, leurs corps avaient été retrouvés le jour de l'ouverture de la chasse au faisan et à la caille.

Ben Anderson et Carolyn Bennett avaient disparu en mars, leurs corps avaient été retrouvés en novembre, la saison du cerf.

Susan Wilcox et Mark Martin avaient disparu fin février, leurs corps avaient été retrouvés à la mi-mai, la saison de printemps du dindon.

Deborah Harvey et Fred Cheney s'étaient évanouis le week-end de la fête du Travail, leurs corps avaient été retrouvés plusieurs mois plus tard, alors que les bois grouillaient de chasseurs à l'affût de lièvres, d'écureuils, de renards, de faisans et de ratons laveurs.

Je n'avais rien déduit de particulier de cette configuration, ni signification, ni conclusion, car, d'une façon générale, la plupart des corps en état de décomposition avancée ou réduits à l'état de squelettes qui atterrissaient dans ma salle d'autopsie étaient découverts par des chasseurs. Quand quelqu'un décède brutalement, ou que son corps est abandonné dans les bois, il est plus que probable qu'un chasseur tombera sur les restes. Mais peut-être le moment et le lieu de la découverte des corps avaient-ils été planifiés.

L'assassin tenait à ce que l'on découvre ses victimes – pas tout de suite, cependant. Aussi les tuait-il en dehors des périodes de chasse autorisée, tablant sur le laps de temps qui s'écoulerait avant l'ouverture de la saison. D'ici là, les corps se seraient décomposés, les tissus martyrisés par les blessures seraient retournés à la poussière. S'il y avait eu viol, aucune trace de sperme ne pourrait en témoigner. La plupart des indices auraient été emportés par le vent ou noyés sous la pluie. Peut-être même la découverte des cadavres par des chasseurs revêtait-elle une importance à ses yeux : dans ses fantasmes, il se voyait comme un chasseur, le plus grand de tous.

Les chasseurs traquaient les animaux, réfléchissais-je, assise à mon bureau le lendemain après-midi. Les guérilleros, les agents militaires spéciaux et les mercenaires traquaient les êtres humains. Fort Eustis, Langley Field et un certain nombre d'autres installations militaires, y compris le fameux West Point de la CIA, opérant sous la bénigne couverture d'une base militaire appelée Camp Peary, se trouvaient répartis dans un rayon de soixante-quinze kilomètres autour des endroits où les couples avaient disparu avant de réapparaître à l'état de cadavres. Camp Peary, baptisé « la Ferme » dans les romans d'espionnage et dans les documents traitant du renseignement, servait à l'entraînement des officiers à l'infiltration, l'exfiltration, la démolition, le parachutage nocturne et autres opérations clandestines.

Après s'être trompée d'embranchement, Abby Turnbull avait échoué à l'entrée de Camp Peary, et quelques jours plus tard des agents fédéraux avaient débarqué au siège de son journal.

Les fédéraux étaient paranoïaques et j'en soupçonnais la raison. La lecture des journaux après la conférence de presse de Pat Harvey n'avait fait que renforcer ma conviction.

J'avais épluché à plusieurs reprises les comptes rendus publiés dans la pile de quotidiens qui s'amassait sur mon bureau, y compris celui du *Post*. Le signataire de l'article était Clifford Ring, le journaliste qui avait harcelé le secrétaire et d'autres membres du département de la Santé et des Affaires sociales. Mr Ring ne me mentionnait qu'en passant, lorsqu'il sous-entendait que Pat Harvey abusait de son mandat public pour intimider et menacer toutes les parties prenantes dans le but de les contraindre à communiquer les détails du dossier sur la mort de sa fille. Il ne m'en fallait pas davantage pour me demander si Mr Ring n'était pas le pion médiatique de Benton Wesley, le canal emprunté par le FBI pour ses opérations de désinformation, ce qui, ma foi, n'aurait pas été si catastrophique. C'était plutôt l'orientation des articles qui me troublait.

J'avais supposé que l'histoire serait présentée comme l'affaire la plus fracassante du mois. Au lieu de cela, elle était répercutée comme la terrible déchéance

d'une femme dont on parlait quelques semaines auparavant comme d'une éventuelle vice-présidente des
États-Unis. J'aurais été la première à reconnaître que
la virulente diatribe de Pat Harvey était imprudente à
tout le moins, et au mieux prématurée. Cela étant,
l'absence de tentatives pour corroborer ses affirma-
tions me sidérait. Dans cette affaire, les journalistes
n'avaient pas l'air déterminés à obtenir des bureau-
crates du gouvernement les « sans commentaires » et
autres dérobades après lesquels ils couraient en général avec un bel enthousiasme.

Mrs Harvey semblait devenir leur seule proie dans
cette impitoyable curée, et rien ne lui était épargné.
« Abattoir-gate », titrait un des éditoriaux. On s'y gaus-
sait d'elle, les diatribes s'ajoutant aux caricatures.
L'une des personnalités les plus respectées du pays
était tournée en ridicule, traitée comme une femelle
hystérique comptant au nombre de ses « sources » une
diseuse de bonne aventure de Caroline du Sud. Même
ses alliés les plus sûrs se dérobaient, hochant la tête
d'un air attristé, pendant que ses ennemis l'achevaient
dans des attaques savamment enrobées de fausse sympathie. « Sa réaction est compréhensible au vu de la
perte terrible qu'elle a subie », déclarait un de ses
détracteurs démocrates, ajoutant: « Je crois qu'il serait
plus sage de ne pas tenir compte de ses imprudences
et de les mettre au compte d'un esprit profondément
bouleversé. » Un autre diagnostiquait: « Ce qui est
arrivé à Pat Harvey est un exemple tragique d'autodes-
truction engendrée par des problèmes personnels trop
durs à supporter. »

Je glissai le rapport d'autopsie de Deborah Harvey dans ma machine à écrire, blanchis le « en suspens » inscrit dans les espaces réservés aux causes et circonstances du décès, et tapai « homicide », suivi d'« exsanguination due à une blessure par balle reçue dans le bas du dos et à des coupures multiples ». Je corrigeai son certificat de décès et mon rapport préliminaire, dont j'allai faire ensuite des photocopies. Je mis celles-ci sous pli, accompagnées d'une lettre où j'expliquais mes conclusions et offrais mes excuses pour le délai, que j'attribuai à l'attente des résultats toxicologiques, toujours provisoires. Je concéderais au moins cela à Benton Wesley : Pat Harvey n'apprendrait pas de moi qu'il m'avait forcée à retarder au maximum la communication des résultats de l'examen médico-légal de sa fille.

Les Harvey sauraient tout : ce que j'avais découvert à l'examen clinique et en microscopie, le fait que les premiers examens toxicologiques se révélaient négatifs, la balle dans la vertèbre lombaire de Deborah, la blessure de défense à la main, la description détaillée et pitoyable de ses vêtements, ou du moins de ce qu'il en restait. La police avait retrouvé ses boucles d'oreilles, sa montre et la bague que Fred lui avait offerte pour son anniversaire.

Je postai également des copies du rapport concernant Fred Cheney à son père, mais je ne pouvais guère m'engager au-delà de la mention stipulant que le jeune homme avait été victime d'un homicide dans des circonstances de « violences indéterminées ».

Je m'emparai de mon téléphone et composai le

numéro du bureau de Benton Wesley, où l'on m'apprit qu'il était absent. Je tentai de le joindre chez lui.

– Je communique mes informations, lui annonçai-je lorsqu'il décrocha. Je tenais à ce que vous le sachiez.

Silence, puis :

– Kay, vous avez entendu sa conférence de presse ? demanda-t-il d'un ton très calme.

– En effet.

– Et vous avez lu les quotidiens ?

– J'ai regardé la conférence de presse et j'ai lu les journaux. J'ai parfaitement conscience qu'elle s'est fourrée dans de gros ennuis.

– J'appellerais cela un suicide, rectifia-t-il.

– Le moins que l'on puisse dire, c'est qu'on l'y a aidée.

Il y eut un nouveau silence, puis il demanda :

– De quoi parlez-vous ?

– Je serai ravie de vous raconter tout cela par le menu, ce soir, face à face.

– Ici ? dit-il sur un ton inquiet.

– Oui.

– Euh, ce n'est pas une bonne idée, pas ce soir.

– Désolée, cela ne peut pas attendre.

– Kay, vous ne comprenez pas. Faites-moi confiance…

– Non, Benton, le coupai-je. Pas cette fois-ci.

10

Un vent glacial tordait la silhouette sombre des arbres et, dans la faible clarté de la lune, le paysage que je traversais pour me rendre chez Benton Wesley me faisait l'effet d'une terre inconnue et menaçante. Les rares lampadaires qui parsemaient mon chemin brillaient avec parcimonie et la signalisation des routes de campagne laissait à désirer. Je finis par m'arrêter sur le petit parking d'une épicerie devant laquelle était plantée une unique rangée de pompes à essence. J'allumai le plafonnier, étudiai les indications que j'avais griffonnées, pour en conclure que j'étais perdue.

Le magasin était fermé, mais je repérai un téléphone non loin de la devanture. Je rapprochai la voiture, laissant tourner le moteur, phares allumés, puis descendis pour appeler chez Wesley. Ce fut sa femme, Connie, qui répondit :

– Ah, oui, vous vous êtes vraiment égarée, déclara-t-elle lorsque j'eus fait de mon mieux pour décrire l'endroit où je me trouvais.

– Seigneur, gémis-je.

– En fait, vous n'êtes plus si loin que ça, mais l'itinéraire est compliqué pour revenir jusqu'à chez nous. (Après un silence, elle conclut:) Je crois que le plus sage serait que vous ne bougiez pas de là, Kay. Fermez les portières et patientez, nous allons venir vous récupérer et vous nous suivrez. Dans un quart d'heure, d'accord?

Je fis marche arrière afin de me garer plus près de la route, allumai la radio et attendis. Les minutes s'égrenèrent comme des heures, sans qu'une seule voiture ne passe. Mes phares venaient lécher la barrière qui clôturait un pâturage recouvert de givre de l'autre côté de la voie et la lune prenait des allures d'écharde livide fichée dans l'obscurité brumeuse. J'enchaînai les cigarettes, sur le qui-vive.

Des questions tournaient dans mon esprit: les couples assassinés avaient-ils vécu quelque chose de similaire? Qu'éprouvait-on lorsqu'on était poussé dans les bois, entravé et pieds nus? Ils avaient dû comprendre qu'ils allaient mourir, et la perspective de ce qu'il allait leur infliger auparavant avait dû les terrifier. Je pensai à ma nièce, Lucy, à ma mère, ma sœur, mes amis. Redouter la souffrance et la mort de quelqu'un qu'on aime devait être pire que craindre pour sa propre vie. Des phares apparurent au loin sur la route obscure et étroite, grandissant petit à petit, et une voiture que je ne reconnus pas tourna et vint s'arrêter non loin de la mienne. Lorsque j'entrevis le profil du conducteur, une vague d'adrénaline me secoua comme une décharge électrique.

Mark James descendit de ce qui devait être un véhicule de location. Je baissai ma vitre et le dévisageai fixement, trop choquée pour parvenir à articuler un mot.

– Bonsoir, Kay.

Je comprenais maintenant pourquoi Wesley avait tenté de me dissuader de venir en insistant sur le fait que le moment était mal choisi. Mark était en visite chez eux. Peut-être Connie lui avait-elle demandé d'aller me chercher, à moins qu'il n'ait proposé ses services. Je préférais ne pas imaginer comment j'aurais réagi si j'avais débarqué chez Wesley pour découvrir Mark installé dans le salon.

– Le chemin vers la maison de Benton est un vrai labyrinthe, dit-il. Je suggère que tu laisses ta voiture ici, ça ne craint rien. Je te raccompagnerai tout à l'heure, comme ça je te mettrai dans la bonne direction.

Je me garai près du magasin, puis montai dans sa voiture sans un mot.

– Comment vas-tu ? demanda-t-il simplement.

– Bien.

– Et ta famille ? Comment va Lucy ?

Lucy demandait toujours de ses nouvelles et je ne savais pas quoi lui dire.

– Bien.

Je détaillai son visage, ses mains fermes sur le volant. La moindre courbe, la plus petite veine, la ride la plus discrète m'étaient si familières, si merveilleuses aussi, qu'une vague d'émotion presque douloureuse me suffoqua. Je le détestais et l'aimais en même temps.

– Tout va bien au travail ?

– Merde à la fin ! Arrête de te montrer aussi civil, Mark.

– Tu préférerais que je sois grossier, comme toi ?

– Je ne suis pas grossière.

– Bon sang, que veux-tu que je dise ?

Je répondis par un silence.

Il alluma la radio et nous nous enfonçâmes encore davantage dans la nuit.

– Je sais que la situation est délicate, dit-il en fixant la route qui disparaissait devant nous. J'en suis désolé. C'est Benton qui a suggéré que j'aille te chercher.

– C'était très attentionné de sa part, répliquai-je d'un ton sarcastique.

– Ce n'est pas ce que je voulais dire. S'il ne l'avait pas fait, j'aurais insisté pour venir. Tu n'avais aucune raison de soupçonner ma présence là-bas.

Après un virage serré, nous pénétrâmes dans le quartier de Wesley. Mark se gara dans l'allée de la maison et déclara :

– Mieux vaut que je te prévienne… Benton n'est pas de très bonne humeur.

– Moi non plus, répondis-je, glaciale.

Un feu flambait dans le salon. Wesley était assis près de l'âtre, une serviette ouverte posée contre le pied de son fauteuil et un verre à portée de main. Il ne se leva pas à mon arrivée, se contentant de m'accueillir d'un bref hochement de tête lorsque Connie m'invita à prendre place sur le canapé. Je m'installai à une extrémité, Mark à l'autre.

Connie nous quitta pour aller chercher du café et je pris la parole la première :

– Mark, j'ignorais ton implication dans tout ceci.

– Il n'y a pas grand-chose à savoir. J'ai passé plusieurs jours à Quantico, et je dors chez Benton et Connie avant de repartir dès demain pour Denver. Et pour répondre à ta question, non, je n'ai rien à voir dans l'enquête, je n'y ai pas été affecté.

– Bien. Mais tu es au courant.

De quoi avaient-ils discuté en mon absence, qu'est-ce que Wesley avait pu dire à Mark à mon propos? Ce fut Wesley qui m'éclaira :

– En effet, il est au courant des affaires.

– Alors c'est à vous deux que je vais poser la question : est-ce le Bureau qui a piégé Pat Harvey ou bien la CIA ?

Pas un muscle du visage de Wesley ne broncha.

– Qu'est-ce qui vous fait croire qu'elle a été piégée ?

– De toute évidence, la stratégie de désinformation du Bureau allait bien au-delà d'une simple provocation vis-à-vis du tueur. Quelqu'un avait l'intention délibérée de détruire la crédibilité de Pat Harvey. Ajoutons que la presse n'a pas fait dans la dentelle en la matière.

– Même le président ne dispose pas d'autant d'influence sur les médias. Pas dans ce pays.

– Ne me prenez pas pour une imbécile, Benton.

– Disons juste que nous anticipions la réaction de Pat Harvey, rétorqua Wesley, qui croisa de nouveau les jambes et prit son verre.

– Et vous lui avez tendu un piège.

– Personne n'a parlé à sa place lors de la conférence de presse.

– C'était superflu car quelqu'un s'était assuré que ses accusations seraient interprétées comme les délires d'une folle furieuse. Benton, qui a fait la leçon aux journalistes, aux politiciens, à ses anciens alliés ? Qui a laissé filtrer qu'elle avait consulté une voyante ? Vous ?

– Non.

– Pat Harvey a rencontré Hilda Ozimek en septembre dernier, continuai-je. Or l'information ne fait la une qu'aujourd'hui, ce qui signifie que la presse n'en savait rien auparavant. C'est vraiment un coup bas, Benton. Vous m'avez vous-même confié que le FBI et les services secrets avaient eu recours à Hilda Ozimek à plusieurs reprises. Bon sang, c'est même probablement par ce biais que Pat Harvey a appris son existence.

Connie vint m'apporter mon café, puis s'effaça avec sa discrétion coutumière.

Je sentais le regard de Mark posé sur moi. Une tension presque palpable avait envahi la pièce et Wesley gardait les yeux fixés sur les flammes. Je n'avais nulle intention de dissimuler mon indignation, aussi poursuivis-je sur le même ton :

– Je pense connaître la vérité. Et j'ai bien l'intention de vous l'entendre formuler ici même et maintenant. Si vous vous dérobez, je crois qu'à l'avenir il ne me sera plus possible de vous rendre service.

– Que voulez-vous dire, Kay ? demanda Wesley en levant les yeux sur moi.

– Si cela se reproduit, si un autre couple est assassiné, je ne vous garantis pas que les journalistes resteront dans l'ignorance de ce qui se passe réellement assez longtemps pour vous arranger...

– Kay, tu ne vas pas commettre le même genre de faux pas que Mrs Harvey.

C'était Mark qui venait de m'interrompre et je refusai de le regarder. Je m'efforçais de mon mieux de ne pas me laisser influencer par sa présence.

– On a largement contribué à son dérapage, rétorquai-je, et je pense qu'elle a raison. Quelqu'un dissimule quelque chose.

– Je suppose que vous lui avez envoyé vos rapports, dit Wesley.

– C'est exact. Je me refuse à continuer de jouer un rôle dans cette manipulation.

– C'était une erreur.

– Mon erreur a été de ne pas les expédier plus tôt.

– Les rapports comportent-ils des informations sur la balle que vous avez récupérée ? Plus précisément, qu'il s'agit d'une Hydra-Shok 9 mm ?

– Le calibre et la marque se trouvent en général dans le rapport de balistique. Je n'envoie pas de copies de ce dernier, pas plus que des rapports de police, qui n'émanent pas directement de mon service. Cela étant, pourquoi ce détail vous inquiète-t-il tant ?

Voyant que Wesley conservait le silence, Mark intervint :

– Benton, nous devrions essayer de désamorcer la situation.

Le silence de Wesley s'éternisa.

– Selon moi, elle doit savoir, ajouta Mark.

– Oh, mais je crois déjà avoir compris, rectifiai-je. Le FBI a des raisons de craindre que le tueur soit un agent fédéral qui a mal tourné, n'est-ce pas? Et, très probablement, quelqu'un de Camp Peary.

Le vent gémissait sous les avant-toits. Wesley se leva pour attiser le feu. Il ajouta une bûche, qu'il arrangea avec soin, et balaya les cendres du foyer sans se presser. Puis il se rassit, reprit son verre et demanda:

– Comment avez-vous abouti à cette conclusion?

– Aucune importance.

– Quelqu'un vous en a-t-il parlé?

– Pas directement, dis-je en sortant mes cigarettes. Et vous, depuis combien de temps avez-vous des soupçons, Benton?

Son hésitation était évidente. Il biaisa:

– Il serait souhaitable que vous ignoriez les détails, vraiment. Ce serait une charge supplémentaire, une très lourde charge.

– Celle que je supporte est déjà très lourde, croyez-moi, et j'en ai assez de ces dérobades.

– Vous devez me donner l'assurance que rien ne sortira d'ici.

– Vous me connaissez trop bien pour vous faire du souci à ce sujet.

– Camp Peary est intervenu peu après le début de ces affaires.

– À cause de sa proximité avec les scènes de crimes?

– Vas-y, Mark, je préfère que tu entres dans les détails à ma place.

Je me retournai pour faire face à l'homme qui avait autrefois partagé mon lit et dominé mes pensées. Il portait un pantalon de velours bleu marine et une chemise en oxford à rayures rouges et blanches que je lui avais déjà vue dans le passé. Il était svelte, campé sur de longues jambes. Ses cheveux bruns grisonnaient aux tempes. Il avait les yeux verts, le menton bien dessiné, les traits raffinés, et je me rendis compte qu'il avait conservé l'habitude de parler en se penchant vers l'avant, accompagnant ses phrases de légers gestes de la main. Il expliqua :

– La CIA s'est en partie intéressée à cette histoire parce que les meurtres se produisaient dans le voisinage de Camp Peary. Cela ne te surprendra pas d'apprendre que la CIA est au courant d'à peu près tout ce qui se passe aux alentours de son camp d'entraînement. Ils en savent bien plus que n'importe qui pourrait l'imaginer. D'ailleurs ils ont recours à la population et aux sites naturels du coin pour leurs manœuvres.

– Quelles sortes de manœuvres ?

– De surveillance, par exemple. Les agents entraînés à Camp Peary pratiquent souvent des opérations de surveillance en utilisant les gens du coin comme cobayes, à défaut d'autre terme. Ils surveillent des endroits publics, des restaurants, des bars, des centres commerciaux. Ils filent des gens en voiture, à pied, prennent des photos, etc. Bien entendu, sans que personne soit au courant, ce qui, je suppose, ne porte pas à conséquence, sauf que la population locale n'apprécierait pas tellement de savoir qu'elle est placée sous surveillance, voire même filmée.

– Ça tombe sous le sens, acquiesçai-je avec une certaine inquiétude.

– Ces manœuvres, poursuivit-il, comportent aussi des exercices de simulation. Un agent peut faire semblant de tomber en panne de voiture et demander de l'aide à un automobiliste. Le but est d'inspirer confiance à un inconnu. Il peut se faire passer pour un représentant de la loi, un dépanneur – bref, endosser un tas de rôles. Il s'agit d'entraîner les agents aux opérations à l'étranger, de leur apprendre à espionner en évitant d'être eux-mêmes repérés.

– Et il s'agit d'un *modus operandi* similaire à celui employé sur les couples, remarquai-je.

– C'est le nœud du problème, intervint Wesley. Quelqu'un à Camp Peary s'en est inquiété, et on nous a demandé notre collaboration afin de juguler la situation. Lorsque le deuxième couple a été retrouvé, le *modus operandi* étant identique au premier, il est devenu évident qu'un schéma s'en dégageait. La CIA a commencé à paniquer. De toute façon, ils sont très portés sur la paranoïa, Kay. Découvrir qu'un de leurs agents à Camp Peary s'entraînait à *tuer* des gens, c'était vraiment plus qu'il ne leur en fallait.

– La CIA n'a jamais voulu admettre que Camp Peary est sa principale base d'entraînement, soulignai-je.

– C'est un secret de polichinelle, dit Mark en croisant mon regard, mais tu as raison, la CIA ne l'a jamais officiellement reconnu, et elle n'y tient pas.

– Raison de plus pour préférer qu'il ne soit pas établi de rapport entre ces meurtres et Camp Peary, remarquai-je en me demandant ce que Mark ressentait.

Peut-être ne ressentait-il rien.

– Une raison parmi tant d'autres, enchaîna Wesley. Toute publicité serait désastreuse. À quand remonte le dernier commentaire positif que vous ayez lu sur la CIA ? La défense d'Imelda Marcos, accusée de vol et d'escroquerie, a assuré que la moindre des transactions effectuées par les Marcos avait reçu la bénédiction et les encouragements de la CIA…

Si Mark ne ressentait rien, il n'aurait pas l'air si tendu, il n'éviterait pas de la sorte mon regard. Wesley continuait sa démonstration :

– … Ensuite, il s'est avéré que Noriega émargeait à la CIA. Il n'y a pas si longtemps, le public a pu entendre que, grâce à la protection offerte par l'Agence à un trafiquant de drogue syrien, une bombe avait pu être placée à bord d'un 747 de la Pan Am, qui a explosé au-dessus de l'Écosse, faisant deux cent soixante-dix victimes. Sans parler des récentes allégations selon lesquelles elle finance certains conflits liés à la drogue en Asie dans le but de déstabiliser des gouvernements.

– S'il se confirmait, intervint Mark en détournant de moi son regard, que des couples d'adolescents étaient assassinés par un agent de la CIA basé à Camp Peary, tu peux imaginer la réaction de l'opinion publique.

– Mieux vaut ne pas y penser, acquiesçai-je en m'efforçant de me concentrer sur la discussion. Mais pourquoi la CIA est-elle si sûre que l'auteur de ces meurtres est l'un des siens ? Il y a des preuves incontestables ?

– Non, juste un pesant faisceau de présomptions, expliqua Mark. La carte à jouer… c'est une manière de faire très militaire. Les similitudes entre les détails de ces affaires et les manœuvres qui se déroulent à la fois dans l'enceinte de la ferme et dans les villes et bourgs avoisinants. Par exemple, les aires boisées où les corps ont été retrouvés rappellent les «zones de commandos» à l'intérieur du camp. Les agents s'y entraînent à la grenade, à l'arme automatique, bardés de tout le matériel nécessaire, comme des équipements de vision nocturne qui leur permettent de se déplacer dans les bois à la nuit tombée. Ils reçoivent également un entraînement défensif, apprennent à désarmer un adversaire, à estropier ou à tuer à mains nues.

— Du coup, la cause de ces morts n'étant pas apparente, renchérit Wesley, une question s'imposait: les jeunes gens avaient-ils été assassinés à mains nues, par strangulation, par exemple? Et même dans l'éventualité où ils auraient été égorgés, éliminer un adversaire rapidement et en silence est une tactique typique de la guérilla. On tranche les voies respiratoires, c'est le meilleur moyen pour qu'un ennemi n'émette aucun son.

— Mais on a tiré sur Deborah Harvey.

— Avec une arme automatique ou semi-automatique, répondit Wesley. Un pistolet ou quelque chose comme un Uzi. La munition utilisée n'est pas banale, en général associée aux représentants de la loi, aux mercenaires, des gens dont les cibles sont humaines. Les balles explosives ou les Hydra-Shok sont peu utilisées pour la chasse au cerf. (Il marqua une courte pause avant de reprendre:) Voilà qui vous donne une meilleure idée de la raison pour laquelle nous ne tenons pas à ce que Pat Harvey ait connaissance des types d'arme et de munition utilisés contre sa fille, ajouta-t-il.

— Et les menaces auxquelles Mrs Harvey a fait allusion lors de sa conférence de presse?

– Elles sont authentiques. Peu de temps après sa nomination au poste de directrice du programme anti-drogue, quelqu'un lui a bien envoyé des messages la visant, elle et sa famille. Il est abusif de prétendre que le FBI s'en soit désintéressé. Ce n'était pas la première fois qu'elle recevait des lettres de ce genre, et nous les avons toujours prises au sérieux. Nous avons une petite idée de l'identité de ceux qui sont derrière les plus récentes d'entre elles et, selon nous, elles n'ont aucun lien avec l'assassinat de Deborah.

– Mrs Harvey a également mis en cause une « agence fédérale ». Faisait-elle allusion à la CIA ? A-t-elle connaissance de ce que vous venez de me révéler ?

– J'avoue que ce point m'inquiète, reconnut Wesley. Ses commentaires tendent à prouver qu'elle a une idée derrière la tête, et ce qu'elle a déclaré à la conférence de presse ne fait qu'ajouter à mon appréhension. Peut-être faisait-elle allusion à la CIA, peut-être pas. En tout cas, elle dispose d'un formidable réseau de relations. D'une part – et pourvu que celles-ci aient un rapport avec le trafic de drogue –, elle a accès aux informations de la CIA. Plus inquiétant encore, elle est l'amie intime d'un ancien ambassadeur des Nations unies, qui fait partie du Comité consultatif du président pour les problèmes de renseignement extérieur. Les membres de ce comité bénéficient d'informations ultra-secrètes sur n'importe quel sujet à n'importe quel moment. Or le comité connaît la situation, Kay. Il est donc fort possible que Mrs Harvey sache tout.

– Donc, on la piège comme la femme de ce sénateur, Martha Mitchell, au moment du Watergate ? On veut la faire passer pour une irrationnelle peu fiable. Ainsi, le jour où elle déballera ce qu'elle sait, personne ne prendra ses révélations au sérieux, n'est-ce pas?

Wesley caressait de son pouce le bord de son verre.

– Tout cela est regrettable. Néanmoins, elle s'est révélée incontrôlable, peu coopérative. L'ironie de la chose, c'est que, pour des raisons évidentes, nous tenons encore plus qu'elle à découvrir qui a tué sa fille. Nous faisons tout ce qui est en notre pouvoir, nous avons mobilisé le maximum de moyens pour découvrir le ou les coupables.

D'une voix que la colère tendait, je contre-attaquai :

– Benton, tout cela est manifestement en contradiction avec l'hypothèse que vous avez évoquée dans un premier temps, selon laquelle Deborah Harvey et Fred Cheney auraient pu être les victimes d'un tueur à gages. Ou bien ne s'agissait-il que d'un écran de fumée pour dissimuler les véritables craintes du FBI?

– Mais je n'exclus pas la possibilité d'un contrat, protesta-t-il d'un air sévère. Franchement, nous en savons tellement peu! Comme je vous l'ai déjà expliqué, le mobile de ces meurtres pourrait être politique. Mais si nous avons affaire à un agent de la CIA qui a perdu les pédales, ou quelque chose dans ce genre-là, les cinq affaires de couples pourraient bien être l'œuvre d'un tueur en série.

– Ce pourrait être un exemple d'escalade, suggéra Mark. On a beaucoup parlé de Pat Harvey dans les médias, surtout au cours de l'année écoulée. Si nous recherchons un agent de la CIA qui s'entraîne à tuer, il

a pu décider de prendre pour cible la fille d'une personnalité nommée par le président.

— Ajoutant ainsi à l'excitation et au risque, expliqua
Wesley. Du même coup, le meurtre ressemble à ces
opérations de neutralisation que l'on pratique généralement en Amérique centrale, au Moyen-Orient. En
d'autres termes, à des assassinats politiques.

— Je m'étais laissé dire que depuis l'administration
Ford la CIA n'était plus censée avoir recours aux assassinats politiques. Elle doit même s'abstenir de s'engager dans des tentatives de coups d'État au cours desquelles un leader étranger courrait le risque d'être
abattu.

— C'est exact, affirma Mark. La CIA n'est pas censée
participer à ce genre d'opérations… Tout comme les
soldats américains envoyés au Vietnam n'étaient pas
censés abattre des civils. Tout comme les flics ne sont
pas censés user de violence excessive à l'encontre des
suspects ou des détenus. Mais le problème, c'est que
lorsque l'on passe à l'échelon de l'individu, les choses
peuvent échapper à tout contrôle et certaines règles
être bafouées.

Je ne pus m'empêcher de penser à Abby Turnbull.
Qu'avait-elle déniché, au juste ? Mrs Harvey lui avait-
elle fourni des informations sensibles ? Était-ce là la
véritable nature du livre que rédigeait Abby ? Rien
d'étonnant qu'elle soupçonne que son téléphone soit
sur écoute et elle-même suivie. Il y avait largement là
de quoi rendre nerveux la CIA, le FBI et même le
Comité consultatif du président pour les problèmes de
renseignement extérieur — lequel jouissait d'une

entrée directe dans le bureau ovale. Quant à Abby, elle avait d'excellentes raisons d'être paranoïaque. Sans doute s'était-elle exposée à un danger qui n'avait rien de fictif.

Lorsque Wesley referma derrière nous la porte de sa maison, le vent était tombé et un léger brouillard flottait en s'accrochant à la cime des arbres. Je suivis Mark jusqu'à sa voiture. Cette conversation m'avait soulagée, me renforçant dans mes convictions et mes résolutions. Pourtant je me sentais en même temps plus perturbée que jamais.

J'attendis que nous ayons quitté le quartier pour prendre la parole :

– C'est scandaleux, ce qui arrive à Pat Harvey. Elle perd sa fille et maintenant on détruit sa réputation et sa carrière.

– Benton n'avait rien à voir avec les fuites vers la presse ou un quelconque « piège », comme tu l'as qualifié, répondit Mark sans détourner les yeux de la route étroite et sombre.

– Ne jouons pas sur les mots, Mark. Le problème est ailleurs.

– Je faisais juste allusion à ce que tu as dit.

– Tu sais fort bien ce qui se passe. Ne me prends pas pour une imbécile.

– Benton a fait tout ce qui était en son pouvoir afin de l'aider, mais elle poursuit une vengeance personnelle contre le ministère de la Justice. À ses yeux, Benton n'est qu'un agent fédéral comme un autre, acharné à sa perte.

– À sa place, je ressentirais la même chose.

– C'est probable, te connaissant.

– Qu'est-ce que tu veux dire par là ? demandai-je.

Ma colère, qui surpassait celle de Pat Harvey, se raviva aussitôt.

– Rien du tout.

Un interminable silence s'imposa entre nous, tandis que la tension enflait à mesure que s'écoulaient les minutes. Je ne reconnaissais pas la route sur laquelle nous nous trouvions, mais je savais que nous arrivions au terme du temps qui nous était alloué. Il tourna sur le parking de l'épicerie et s'arrêta à côté de ma voiture.

– Je suis désolé que nous ayons dû nous revoir dans de telles circonstances, commença-t-il d'une voix douce.

Je ne répondis rien et il ajouta :

– Mais je ne regrette pas de t'avoir vue, et je ne regrette pas que ce soit arrivé.

– Bonsoir, Mark, dis-je en me préparant à descendre de voiture.

– Non, Kay, protesta-t-il en posant la main sur mon bras.

Je me figeai.

– Que veux-tu ?

– Te parler. Je t'en prie.

– Si tu avais tellement envie de me parler, les occasions ne t'ont pas manqué avant ce soir ! rétorquai-je, bouleversée, en dégageant mon bras. Tu n'as pas fait le moindre effort dans ce sens depuis des mois.

– C'est réciproque. Je t'ai téléphoné à l'automne et tu ne m'as jamais rappelé.

– Parce que je me doutais de ce que tu allais dire et

que je ne tenais pas à l'entendre, ripostai-je, consciente que la colère l'envahissait à son tour.

– Oh… pardon, j'avais oublié que tu as toujours eu la troublante faculté de lire dans mes pensées.

Il posa les deux mains sur le volant, le regard fixé droit devant lui.

– Tu allais m'annoncer que c'était terminé entre nous, qu'il n'existait aucune chance de réconciliation, et je ne tenais pas à t'entendre formuler ce que je supposais déjà.

– Tu peux penser ce que tu veux, Kay.

– Cela n'a rien à voir avec ce que je *veux* penser !

Je détestais cette faculté qu'il avait de me faire perdre mon sang-froid.

– Écoute, dit-il en prenant une profonde inspiration. Crois-tu qu'une trêve entre nous soit envisageable ? Qu'il existe une chance pour que nous oubliions le passé ?

– Aucune.

– Génial. Merci de te montrer si raisonnable. Au moins, j'aurai essayé.

– Essayé ? Depuis combien de temps es-tu parti ? Huit, neuf mois ? Bon sang, qu'as-tu essayé ? Je ne comprends pas très bien où tu veux en venir, mais il est impossible d'oublier le passé. Il nous est impossible de nous rencontrer et de prétendre que rien n'a jamais existé entre nous. Je refuse de me prêter à cette mascarade.

– Mais ce n'est pas ce que je cherche, Kay. Je te demande si nous pouvons oublier les disputes, dépasser la colère, effacer tout ce que nous nous sommes balancé à la figure…

En toute honnêteté, je ne me souvenais pas au juste de toutes nos petites guerres, et j'étais incapable d'expliquer comment les choses s'étaient envenimées. Nous nous accrochions sans connaître vraiment l'objet de nos querelles et, au bout du compte, ce n'étaient plus tant nos divergences que les blessures qui en résultaient qui devenaient le centre de nos affrontements.

— Quand je t'ai appelée en septembre, continua-t-il avec passion, ce n'était pas pour t'annoncer que tout était terminé entre nous. En fait, quand j'ai composé ton numéro, je redoutais de te l'entendre dire, *toi*. Le fait que tu ne me rappelles pas m'a conforté dans cette certitude.

— Tu plaisantes.

— J'en ai l'air ?

— Eh bien, peut-être avais-tu des raisons de le croire, après ce que tu as fait.

— Après ce que j'ai fait, moi ? dit-il, incrédule. Et ce que tu as fait, *toi*, alors ?

— La seule chose que je puisse me reprocher, c'est d'en avoir eu par-dessus la tête des concessions à sens unique. Tu n'as jamais vraiment essayé de déménager à Richmond. Tu ne savais pas ce que tu voulais et tu t'attendais à ce que j'obéisse, que je cède, que je me déracine une fois que tu te serais décidé. Quel que soit le degré de mon amour pour toi, je ne peux pas renoncer à ce que je suis, et je ne t'ai jamais demandé de renoncer à ce qui te faisait toi.

— Mais si, bien sûr. Même si j'étais parvenu à me faire transférer au bureau de Richmond, ce n'était pas ce que je voulais.

– Bien. Je suis ravie que tu aies poursuivi le but que tu recherchais.

– Kay, les torts sont réciproques. Tu as également ta part de responsabilité.

– Ce n'est pas moi qui suis partie. (Mes yeux se remplirent de larmes et je sifflai entre mes dents:) Et merde.

Il sortit un mouchoir qu'il déposa doucement sur mes genoux.

Je me tamponnai les yeux, puis me rapprochai de la portière pour appuyer mon front contre la vitre. Je ne voulais surtout pas pleurer.

– Je suis désolé, Kay.

– Cela ne change rien.

– Je t'en prie, ne pleure pas.

– Je pleurerai si je veux, pestai-je, consciente de mon ridicule.

– Je suis désolé, répéta-t-il dans un murmure.

Je crus qu'il allait poser la main sur moi, mais il n'en fit rien et, s'adossant à son siège, leva les yeux vers le plafond.

– Écoute, Kay, si tu veux savoir la vérité, j'aurais préféré que ce soit toi qui partes. Comme ça, c'est toi qui aurais merdé, pas moi.

Je ne répondis rien, je n'osai pas.

– Tu as entendu?

– Je ne suis pas sûre, répondis-je en direction de la vitre.

Il changea de position et je sentis son regard sur moi.

– Kay, regarde-moi.

Je m'exécutai à contrecœur.

– Pourquoi crois-tu que je sois revenu ici? demanda-t-il à voix basse. J'essaie de réintégrer Quantico, mais c'est difficile, pour de nombreuses raisons. Le moment est mal choisi, le FBI a été durement touché par les coupes budgétaires, la situation économique n'est pas propice, les arguments ne manquent pas.

— Tu veux dire que tu as des ennuis professionnels ?

— Je cherche à te dire que j'ai commis une erreur.

— Je suis désolée des erreurs professionnelles que tu as pu commettre.

— Je ne fais pas seulement allusion à ça, et tu le sais.

— Alors à quoi fais-tu allusion ? m'entêtai-je : j'avais besoin de le lui entendre dire.

— Tu le sais très bien. À nous. Rien n'est plus comme avant.

Son regard brillait dans le noir d'une sorte de férocité.

— Tu as ressenti la même chose ? insista-t-il.

— Je pense que nous avons tous les deux commis pas mal d'erreurs.

— J'aimerais commencer à en rectifier quelques-unes, Kay. Je ne veux pas que notre histoire se termine comme ça. Il y a longtemps que je le pense, mais... eh bien, je ne savais pas comment te le dire. J'ignorais si tu souhaitais que je me manifeste, si tu ne voyais pas quelqu'un d'autre.

Je ne lui confiai pas que je m'étais posé les mêmes questions, terrifiée à l'éventualité des réponses qu'il aurait pu me donner.

Il se pencha et prit ma main, et je fus cette fois-ci incapable de la retirer.

— J'ai essayé de comprendre ce qui n'avait pas marché entre nous, dit-il. Ce que je sais, c'est que je suis obstiné, et toi aussi. Je voulais en faire à ma tête, et toi à la tienne. Et voilà où nous en sommes aujourd'hui. J'ignore ce qu'a été ta vie depuis que je suis parti, mais je suis prêt à parier que ce n'était pas génial.

– Quelle arrogance de ta part !

Il eut un sourire.

– Je déploie des efforts considérables pour me montrer à la hauteur de l'image que tu as de moi. Une des dernières amabilités que tu m'as adressées avant que je ne parte, c'était « espèce de salopard arrogant ».

– Avant ou après que je te traite de fils de pute ?

– Avant, il me semble.

– Si je me souviens bien, tu m'as également gratifiée de quelques noms d'oiseaux. Je croyais que tu voulais oublier ce qui avait été dit à ce moment-là ?

– Ah mais… Tu viens de dire *quel que soit le degré de mon amour pour toi*.

– Je te demande pardon ?

– *Mon amour pour toi*, au présent. N'essaie pas de te reprendre, je t'ai entendue.

Il pressa ma main contre son visage et ses lèvres effleurèrent mes doigts.

– J'ai essayé de te gommer de mon esprit, Kay, et j'en suis incapable.

Il s'interrompit, son visage frôlant le mien.

– Je ne te demande pas d'affirmer la même chose.

C'était le cas, pourtant, et je le lui avouai.

Je parcourus sa joue du bout des doigts, il me rendit ma caresse. Nous posâmes nos lèvres à l'endroit que nos doigts venaient d'effleurer, puis nos bouches se trouvèrent et tous les mots s'évanouirent. Toute pensée consciente devint superflue, jusqu'au moment où le pare-brise s'illumina brutalement et où l'obscurité tout autour se teinta d'une pulsation rouge. Nous nous rajustâmes à la hâte, alors qu'une voiture de patrouille s'arrêtait tout près et qu'un policier en descendait, torche et radio portable à la main.

Mark ouvrait déjà sa portière.

– Tout va bien ? demanda l'agent en se penchant pour scruter l'intérieur du véhicule.

Le visage sévère, la joue droite enflée d'une protubérance inattendue, il examina du regard le théâtre de notre passion.

– Tout va bien, répondis-je.

Horrifiée, je tâtai sans beaucoup de discrétion le plancher de mon pied à la recherche de la chaussure que je m'étais débrouillée pour perdre.

L'agent recula et cracha un jet de tabac.

– Nous discutions, offrit Mark en guise d'explication, tout en ayant la présence d'esprit de ne pas sortir son badge.

L'agent savait parfaitement que lorsqu'il s'était arrêté, nous étions occupés à beaucoup de choses, mais sûrement pas plongés dans une joute oratoire.

– Ben, si vous avez l'intention de continuer votre *discussion*, lâcha-t-il d'un ton lourd de sous-entendus, sûr que j'préférerais que vous alliez le faire ailleurs. Vous savez, c'est un peu risqué de rester tard la nuit dans votre voiture. Y a eu des problèmes, et si vous êtes pas du coin, peut-être que vous avez pas entendu parler des couples qui ont disparu.

Mon sang se glaça dans mes veines pendant qu'il continuait son sermon.

– Vous avez raison, merci, finit par dire Mark. Nous allons partir.

L'agent opina de la tête, cracha de nouveau, et nous le regardâmes remonter dans sa voiture. Il regagna la route et s'éloigna lentement.

– Seigneur, murmura Mark dans un souffle.

– Ne dis rien et surtout pas à quel point nous sommes idiots. Mon Dieu !

Il l'exprima tout de même :

– Bon sang, tu vois à quel point c'est facile ? Deux personnes en pleine nuit, et quelqu'un s'arrête. Mon foutu flingue est dans la boîte à gants, nom de Dieu ! Et je n'y ai pensé qu'au moment où le flic était face à moi, et à ce moment-là il était déjà trop tard...

– Mark, arrête, je t'en prie.

Il me fit sursauter en éclatant de rire.

– Ce n'est pas drôle !

– Ton chemisier est boutonné de travers, hoqueta-t-il. *Merde !*

– Madame le médecin expert général, tu as intérêt à prier pour qu'il ne t'ait pas reconnue.

– Merci pour cette pensée rassurante, monsieur l'agent du FBI. Maintenant, je rentre, déclarai-je en ouvrant la portière. Tu m'as attiré assez d'ennuis pour ce soir.

– Hé, c'est toi qui as commencé.

– Certainement pas.

– Kay ? dit-il, redevenu sérieux. Que faisons-nous maintenant ? Je veux dire : je rentre à Denver demain.

Je ne sais pas ce qui va se passer, ce que je peux essayer de faire ou même si je dois vraiment essayer.

Il n'existait aucune réponse simple. Il n'y en avait jamais eu entre nous.

— Si tu n'essaies rien, il ne se passera rien.

— Et toi ? demanda-t-il.

— Il y a beaucoup de choses dont nous devons discuter, Mark.

Il alluma les feux et attacha sa ceinture de sécurité.

— Et toi ? répéta-t-il. Il faut être deux pour essayer.

— Cela te va bien de dire ça.

— Kay, je t'en prie, ne commence pas.

— J'ai besoin de réfléchir, dis-je en sortant mes clés.

Une incroyable fatigue m'était tombée dessus.

— Ne me fais pas marcher.

— Je ne te fais pas marcher, Mark, dis-je en lui caressant la joue.

Nous nous embrassâmes une dernière fois. J'aurais aimé que ce baiser dure des heures, et pourtant je voulais m'éloigner. Notre passion avait toujours été tumultueuse. Nous avions additionné des moments qui, mis bout à bout, n'avaient jamais pris la forme d'un avenir commun.

— Je t'appellerai, promit-il.

J'ouvris la portière de ma voiture.

— Et écoute Benton, ajouta-t-il, tu peux lui faire confiance. Tu es mêlée à une très sale histoire.

Je mis le moteur en marche.

— Je préférerais que tu te tiennes à l'écart.

— C'est toujours ce que tu préfères, Mark.

Mark téléphona effectivement le lendemain soir, puis de nouveau le surlendemain dans la soirée. À l'issue de son troisième appel, le 10 février, je sortis de chez moi et fonçai à la recherche du dernier numéro de *Newsweek*.

Sur la couverture du magazine, Pat Harvey contemplait l'Amérique d'un regard éteint. «LE MEURTRE DE LA FILLE DE LA TSARINE DE LA DROGUE», annonçait le gros titre en caractères gras noirs. Le dossier «exclusif» n'était qu'une resucée de sa conférence de presse, de ses accusations de complot et des affaires des autres adolescents disparus et retrouvés décomposés dans les bois de Virginie. J'avais refusé d'être interviewée, mais la revue avait déniché une photo d'archives sur laquelle on me voyait grimper les marches du tribunal John Marshall à Richmond. «Menacée d'une injonction, le médecin expert général communique ses découvertes», rapportait la légende.

Lorsque je rappelai Mark, je le rassurai :

— Ce sont les risques du métier, tout va bien.

Je parvins même à demeurer très calme lorsque ma mère me téléphona, plus tard ce soir-là, ce jusqu'au moment où elle m'annonça :

— Il y a là quelqu'un qui meurt d'envie de te parler, Kay.

Ma nièce Lucy avait toujours eu le don de me scier les jambes.

— Comment tu as fait pour t'attirer des ennuis ? demanda celle-ci.

— Je ne me suis pas attiré d'ennuis.

— L'article affirme le contraire et ajoute que tu es menacée par le tribunal.

– C'est trop compliqué à expliquer, Lucy.

– En tout cas, c'est génial, déclara-t-elle, pas le moins du monde déconcertée. Demain, j'apporte le magazine au lycée pour le montrer à tout le monde.

Parfait, songeai-je, tandis qu'elle continuait, faisant allusion à son professeur principal :

– Mrs Barrows a déjà demandé si tu pouvais venir en avril prochain pour la journée des métiers…

Je n'avais pas vu Lucy depuis un an. Il me paraissait fou de penser qu'elle était déjà au lycée. Certes, je savais qu'elle portait des lentilles de contact et avait obtenu son permis de conduire, mais je me la représentais toujours comme la gamine rondelette et exigeante qui tempêtait pour qu'on vienne la border dans son lit, une *enfant terrible,* qui s'était attachée à moi avant même de savoir marcher. Jamais je n'oublierais le Noël suivant sa naissance. J'étais descendue une semaine chez ma sœur à Miami. On aurait dit que Lucy passait chaque minute de son existence consciente à m'observer, suivant le moindre de mes mouvements de ses yeux semblables à deux lunes brillantes. Elle souriait lorsque je changeais ses couches et se mettait à hululer dès que je quittais la pièce.

– Tu as envie de passer une semaine avec moi cet été ? demandai-je.

Lucy hésita, puis répondit d'une voix déçue :

– Je suppose que ça signifie que tu ne pourras pas venir pour la journée des métiers.

– On verra, d'accord ?

– Je ne sais pas si je peux cet été, bouda-t-elle d'un

ton soudain irascible. J'ai un boulot et peut-être que je ne pourrai pas me dégager.

— C'est fabuleux que tu aies du travail.

— Oui. Dans une boutique d'informatique. Je vais économiser pour acheter une voiture. Je veux une voiture de sport, une décapotable, et on peut en trouver des vieilles pour pas cher du tout.

— Ce sont des cercueils ambulants, contrai-je, incapable de retenir ma phrase. Je t'en prie, ne t'achète pas ce genre de chose, Lucy. Pourquoi ne viens-tu pas me voir à Richmond? Nous irons faire le tour des concessionnaires, te trouver quelque chose de bien et de sûr.

J'étais tombée dans le panneau à pieds joints. Elle était passée experte en manipulation, et nul n'était besoin d'un psychiatre pour en comprendre la raison. Lucy souffrait de l'abandon chronique de sa mère, qui était aussi ma sœur.

Je changeai de tactique:

— Tu es une jeune fille intelligente, tu as du caractère. Je sais que tu sauras user à bon escient de ton temps et de ton argent, Lucy. Mais si tu parvenais à me caser dans ton emploi du temps cet été, nous pourrions peut-être partir quelque part. La plage ou la montagne, comme tu préfères. Tu n'as jamais visité l'Angleterre, n'est-ce pas?

— Non.

— Eh bien, on pourrait y réfléchir.

— Vraiment? dit-elle, soupçonneuse.

— Vraiment. Je n'y ai pas mis les pieds depuis des années, ajoutai-je, l'idée commençant à me séduire. Je crois qu'il est temps que tu visites Oxford et Cambridge, les musées à Londres. Si tu veux, je nous arrangerais un tour de Scotland Yard, et si nous nous débrouillons pour partir en juin, nous pourrons obtenir des billets pour Wimbledon.

Il y eut un silence, puis elle débita avec entrain :

— C'était juste pour te taquiner, tante Kay. Tu sais, je n'ai pas vraiment envie d'une voiture de sport.

Il n'y avait pas d'autopsies à pratiquer le lendemain matin et je m'installai à mon bureau dans l'espoir de faire diminuer les piles de paperasse. J'avais d'autres décès à analyser, des cours à donner, des procès en attente de mon témoignage, et pourtant la concentration me fuyait. Chaque fois que je me tournais vers autre chose, mon cerveau revenait aux couples. J'étais en train de passer à côté de quelque chose, j'en étais certaine.

Un détail se trouvait là, sous mon nez, en rapport avec le meurtre de Deborah Harvey.

Deborah était une gymnaste, une athlète capable d'une parfaite maîtrise de son corps. Peut-être ne possédait-elle pas autant de force que Fred, cependant elle devait être plus rapide et plus agile. J'étais convaincue que le tueur avait sous-estimé ses aptitudes physiques hors du commun et que, pour cette raison, il avait momentanément perdu le contrôle de la jeune fille. Je fixai d'un regard vide le rapport que j'étais censée relire, et les mots de Mark me revinrent. Il avait mentionné des « zones de commandos », des agents de Camp Peary utilisant des armes automatiques, des grenades et un équipement de vision nocturne pour se traquer mutuellement dans les champs et les bois. Je tentai de me représenter les choses et un scénario épouvantable émergea peu à peu dans mon esprit.

Lorsque le tueur avait enlevé Deborah et Fred pour les pousser le long du chemin forestier, peut-être son projet consistait-il à les obliger à participer à un jeu terrifiant. Il les dépouillait de leurs chaussures et de leurs chaussettes et leur liait les mains dans le dos. Il portait peut-être des lunettes de vision nocturne. Elles devaient lui permettre de voir parfaitement tandis qu'il forçait les deux jeunes gens à s'enfoncer dans les bois, où il avait l'intention de les traquer l'un après l'autre.

Marino avait probablement raison, le tueur s'était d'abord débarrassé de Fred. Peut-être lui avait-il enjoint de courir, faisant mine de lui offrir une chance de survivre. Pendant que Fred, paniqué, trébuchait parmi les arbres et les buissons, le tueur l'observait, capable de voir et de se mouvoir sans difficulté, le poignard à la main. Au moment opportun, rien de plus facile que de surprendre sa victime par-derrière, lui passer le bras autour du cou pour lui projeter la tête en arrière et lui trancher la carotide. Cette attaque de type commando était rapide et silencieuse, et si les corps n'étaient pas découverts avant un moment, le médecin légiste aurait du mal à déterminer la cause du décès, une fois les tissus et les cartilages décomposés.

Je poussai l'hypothèse plus loin. Dans le seul but de satisfaire son sadisme, le tueur avait peut-être obligé Deborah à assister à la traque et à l'assassinat de son petit ami. Peut-être l'avait-il neutralisée en lui entravant également les chevilles, sans imaginer qu'elle pourrait être aussi souple. Avait-elle réussi à passer ses mains liées sous ses fesses, puis ses jambes entre ses bras, alors que le meurtrier était occupé avec Fred ? Elle aurait ainsi ramené ses mains devant elle, parvenant à défaire les liens qui immobilisaient ses pieds avant de s'enfuir.

Je tendis les mains devant moi, comme si elles étaient liées par les poignets. Deborah avait-elle croisé les doigts pour former un double poing et frapper le tueur ? Si ce dernier avait eu le réflexe de lever les mains pour parer le coup, dont celle armée du couteau avec lequel il avait égorgé Fred, alors l'entaille à l'index gauche de Deborah s'expliquait. Deborah s'était ensuite enfuie à toutes jambes, et le tueur, affolé, lui avait tiré dans le dos.

Avais-je vu juste ? Impossible de parvenir à une certitude, mais le scénario se déroulait dans ma tête sans un accroc. En revanche, plusieurs présupposés ne collaient pas. Si l'assassinat de Deborah était l'œuvre d'un professionnel sous contrat, ou d'un agent fédéral psychopathe qui l'avait choisie parce qu'elle était la fille de Pat Harvey, comment cet individu aurait-il ignoré que Deborah était une gymnaste d'envergure olympique ? N'aurait-il pas pris en considération sa rapidité et son agilité pour planifier son attaque ?

Lui aurait-il tiré *dans le dos* ?

La façon dont elle avait été tuée correspondait-elle au profil froid et calculateur d'un tueur professionnel ?

Dans le dos.

Lorsque Hilda Ozimek avait étudié les photos des adolescents tués, elle avait perçu une immense peur. La leur, bien entendu. Cependant il ne m'était encore jamais venu à l'esprit que le meurtrier soit, lui aussi, effrayé. Abattre quelqu'un dans le dos est un acte de lâcheté. Quand Deborah avait résisté à son assaillant, sa rébellion avait démonté le tueur, il avait perdu le contrôle de la situation. Plus j'y réfléchissais, plus j'étais convaincue que Wesley, et peut-être tout le monde, se trompait au sujet de sa personnalité. Traquer des adolescents entravés et pieds nus, quand on est soi-même armé, familier du terrain, peut-être équipé de lunettes de vision nocturne, c'est sacrément trop facile, c'est de la triche. Il ne s'agissait pas là du *modus operandi* que l'on pouvait attendre d'un expert motivé par le frisson du risque.

Se posait également le problème des armes.

Si j'étais un agent de la CIA chassant des proies humaines, qu'est-ce que j'utiliserais ? Un Uzi ? *Peut-être.* Je choisirais très probablement un pistolet 9 mm, une arme qui fait ce qu'on attend d'elle, rien de plus, rien de moins. J'utiliserais des cartouches banales. Des balles à tête creuse bien communes, par exemple. En aucun cas je n'opterais pour des cartouches aussi inhabituelles que les Exploder ou les Hydra-Shok.

Les munitions. Réfléchis, Kay ! Impossible de me souvenir de la dernière fois où j'avais pu récupérer des Hydra-Shok sur un cadavre.

Ces munitions avaient été initialement conçues à l'usage des représentants de la loi. Leur capacité d'expansion à l'impact était supérieure à celle de toutes les balles tirées d'un canon de cinq centimètres. À l'instant où le projectile en plomb doté d'une tête creuse et d'un montant central distinctif pénètre le corps, la pression hydrostatique oblige la jante périphérique à s'ouvrir comme les pétales d'une corolle. Le recul est modeste, permettant de tirer à répétition. Les balles ressortent rarement du corps, et les dégâts infligés aux tissus et aux organes sont dévastateurs.

Le tueur appréciait les munitions particulières. Il avait sans aucun doute choisi son arme afin de pouvoir utiliser ces cartouches exceptionnelles. De telles munitions, parmi les plus létales, devaient lui insuffler de l'assurance, lui donner un sentiment de pouvoir et d'importance. Peut-être s'y ajoutait-il à leur utilisation une forme de superstition.

Je décrochai le téléphone et transmis à Linda ce dont j'avais besoin.

— Montez me voir, proposa-t-elle.

Elle était assise devant un écran d'ordinateur lorsque je pénétrai dans le labo de balistique.

— Pour l'instant, aucune entrée pour cette année, à l'exception de Deborah Harvey, bien sûr, dit-elle en déplaçant le curseur le long de l'écran. Une l'année dernière, et une encore l'année précédente. Rien d'autre pour les Federal. Mais j'ai trouvé deux affaires avec des Scorpion.

— Des Scorpion ? répétai-je, intriguée, en me penchant par-dessus son épaule.

— Une version plus ancienne. Dix ans avant que Federal ne rachète la licence, Hydra-Shok Corporation fabriquait déjà à peu près les mêmes cartouches, plus précisément des Scorpion calibre 38 et des Copperhead calibre 357.

Elle enfonça plusieurs touches pour lancer l'impression.

– Nous avons eu un cas dans lequel étaient impliquées des Scorpion 38, il y a huit ans de cela, mais il ne s'agissait pas d'un être humain.

– Pardon ? demandai-je sans comprendre.

– La victime était de race canine. Un chien, quoi. On lui a tiré dessus, voyons… trois fois.

– A-t-il été abattu au cours d'un cambriolage ou d'un meurtre ? Juste avant le suicide de son maître ?

– Impossible à déterminer d'après ce que j'ai là, s'excusa Linda. Tout ce dont je dispose, c'est de trois balles Scorpion récupérées sur le chien mort. On n'a jamais pu les faire coïncider avec quoi que ce soit. Je suppose que l'affaire n'a pas été résolue.

Elle déchira le listing imprimé et me le tendit.

En de rares occasions l'OCME pratiquait aussi des autopsies d'animaux. De temps en temps, les gardes-chasse nous expédiaient des cerfs abattus en dehors de la saison. Si un animal de compagnie était tué pendant le déroulement d'un crime, ou s'il était retrouvé mort avec ses propriétaires, nous y jetions un œil, récupérions les balles et pratiquions quelques analyses toxicologiques. Mais aucun rapport d'autopsie ou certificat de décès n'était rédigé pour les animaux. J'avais de maigres chances de dénicher quoi que ce fût dans les archives au sujet d'un chien abattu huit ans auparavant.

J'appelai Marino et le mis au courant.

– Vous rigolez, là ?

– Vous pouvez me retrouver cela sans trop faire de vagues ? Je ne veux pas attirer l'attention. Peut-être est-ce une impasse, mais c'était dans la juridiction de West Point, ce qui est intéressant car les restes du deuxième couple ont été retrouvés là-bas.

— Ouais, peut-être. J'vais voir ce que j'peux faire, finit-il par accepter sans toutefois manifester un enthousiasme débordant.

Marino fit son apparition le lendemain matin, tandis que je finissais d'œuvrer sur le corps d'un adolescent de quatorze ans balancé du plateau d'un pick-up la veille dans l'après-midi.

— J'espère que c'est pas votre parfum habituel, commenta-t-il en reniflant bruyamment tandis qu'il s'approchait.

— Un flacon d'*after-shave* était fourré dans la poche de son pantalon. Il s'est brisé quand le gamin a heurté la chaussée. C'est ce que vous sentez, expliquai-je en désignant d'un signe de tête le tas de vêtements posé non loin sur un chariot.

— Brut ? demanda-t-il en reniflant de nouveau.

— Je crois, répondis-je d'un ton distrait.

— Doris avait l'habitude de m'acheter du Brut. Vous vous rendez compte, une année, elle m'a offert Obsession.

— Qu'avez-vous découvert ? dis-je sans interrompre ma tâche.

— Le clébard s'appelait « Bordel », et je vous jure que c'est pas un bobard. Il appartenait à un vieux schnock de West Point, un Mr Joyce.

— Avez-vous découvert pourquoi le chien était passé par chez nous ?

– Aucun lien avec une autre affaire. J'suppose que c'était un truc genre faveur.

– Le vétérinaire d'État devait être en vacances, remarquai-je, car le cas s'était déjà produit.

Le département de santé animale, qui disposait d'une morgue où l'on procédait, entre autres, aux autopsies des bêtes, était logé de l'autre côté de mon bâtiment. Les carcasses étaient en temps normal envoyées au vétérinaire d'État, mais il pouvait arriver que des médecins légistes – le plus souvent à la demande des flics – acceptent de s'en charger quand le vétérinaire n'était pas disponible. J'avais au cours de ma carrière autopsié des chiens torturés, des chats mutilés, une jument violée et un poulet empoisonné avant d'être déposé dans la boîte aux lettres d'un juge. Les humains sont aussi cruels envers les animaux qu'envers leurs semblables.

– Mr Joyce a pas de téléphone, mais un de mes contacts m'a dit qu'il habitait toujours la même taule. J'me suis dit comme ça que j'allais peut-être faire un saut, vérifier son histoire. Vous voulez m'accompagner?

J'engageai une lame neuve dans mon scalpel. Défila dans mon esprit: mon bureau encombré, les dossiers en souffrance qui attendaient mes commentaires, les coups de téléphone auxquels je devais répondre, ceux que je devais donner. J'abandonnai la partie.

– Pourquoi pas?

Je perçus un moment d'hésitation de sa part, comme s'il attendait quelque chose.

Je levai les yeux sur lui: Marino s'était fait couper les cheveux, portait un pantalon kaki avec des bretelles et une veste de tweed qui paraissait toute neuve. Sa cravate était immaculée, tout comme sa chemise jaune pâle. Il avait même ciré ses chaussures.

– Vous avez belle allure, le complimentai-je, aussi fière qu'une mère de son rejeton.

Il sourit en virant à l'écarlate.

– Ouais… Même que Rose m'a sifflé quand je suis monté dans l'ascenseur, ça m'a fait super-drôle. Ça fait des années qu'une femme a pas sifflé sur mon passage, sauf Sugar, mais, bon, Sugar, ça compte pas vraiment.

– Sugar ?

– Ouais, Sugar, également connue sous le nom de Mad Dog Mama. Elle traîne au coin d'Adam et Church Streets. Je l'ai trouvée un jour dans une allée. J'ai pratiquement écrasé la pauvre fille. Elle était dans les vapes, bourrée comme un coing. Alors je l'ai ramassée et je l'ai remise sur pied. Grave erreur. Elle s'est débattue comme un beau diable, m'a injurié tout le long du chemin jusqu'au poste. Aujourd'hui, chaque fois que je passe à un pâté de maisons de distance, elle se met à hurler, à siffler et remonte sa jupe.

– Et vous vous inquiétiez que les femmes ne vous trouvent plus séduisant !

11

L'origine de Bordel était, certes, indéterminable. Cependant il faisait peu de doutes que son patrimoine génétique avait accumulé les pires gènes de tous les ancêtres canins qui composaient sa lignée.

– Je l'ai eu quand c'était encore un chiot, expliqua Mr Joyce lorsque je lui rendis le Polaroid montrant l'animal. C'était un chien errant, vous voyez. Il a débarqué devant ma porte un matin, j'ai eu pitié de lui, je lui ai jeté quelques restes. Après ça, impossible de m'en débarrasser.

Nous étions assis autour de la table de cuisine de Mr Joyce. Le soleil filtrait comme à regret à travers une fenêtre poussiéreuse qui ouvrait au-dessus d'un évier de porcelaine taché de rouille, dont le robinet gouttait. Nous étions là depuis un quart d'heure et Mr Joyce n'avait pas eu un seul mot gentil à l'égard de son chien disparu. Pourtant je détectais une certaine chaleur dans son regard de vieil homme, et les mains rudes qui caressaient pensivement le rebord de sa tasse de café semblaient capables de tendresse.

– Et pourquoi qu'y s'appelait comme ça? demanda Marino.

– Ben, en fait, c'est pas un nom que je lui ai donné. Mais je lui criais toujours dessus: «Bordel, ta gueule! Bordel, viens ici! Bordel, si t'arrêtes pas de gueuler, je vais te la museler, moi!» (Il eut un sourire penaud.) Il a fini par s'y habituer et par croire qu'il s'appelait Bordel, et c'est resté comme ça.

Ancien employé d'une cimenterie, Mr Joyce était à la retraite. Sa maisonnette était un exemple typique de pauvreté rurale. L'ancien propriétaire avait dû être métayer car de vastes champs en jachère s'étendaient à l'entour, se couvrant d'épis de maïs en été si l'on en croyait le vieil homme.

Et c'était par une nuit d'été, une chaude et suffocante nuit de juillet, que Bonnie Smyth et Jim Freeman avaient été obligés de remonter le chemin désert qui passait devant la maison. Puis novembre était arrivé, et j'avais parcouru ce même chemin, j'étais passée, moi aussi, juste devant la bicoque de Mr Joyce, l'arrière de mon break alourdi de civières, de housses à cadavres et de draps pliés. La zone boisée très dense où les restes du couple avaient été retrouvés deux ans auparavant se trouvait à moins de trois kilomètres à l'est de la maison de Mr Joyce. Sinistre coïncidence? Et si ce n'était pas le cas?

– Racontez-moi ce qui est arrivé à Bordel, dit Marino en allumant une cigarette.

– C'était un week-end, à la mi-août, je crois. Toutes

les fenêtres étaient ouvertes et j'étais assis dans le salon en train de regarder *Dallas* à la télé. C'est marrant que je me souvienne de ça. Ça devait donc être un vendredi, le feuilleton commençait à 9 heures.

– Alors votre chien a été tué entre 9 et 10, remarqua Marino.

– Je suppose, oui. Ça pouvait pas être beaucoup plus tôt que ça, vu qu'il aurait jamais pu revenir jusqu'à la maison. Et donc j'suis en train de regarder la télé, et voilà que je l'entends gratter à la porte en gémissant. J'ai compris tout de suite qu'il était pas bien, je me suis dit qu'il avait dû se bagarrer avec un chat – un truc dans ce genre-là. C'est là que j'ai ouvert la porte et que je suis allé l'inspecter de près.

Il sortit une blague à tabac et se mit à rouler une cigarette d'une main experte et ferme.

Marino insista :

– Et qu'est-ce que vous avez fait après ?

– Je l'ai installé dans ma camionnette et je l'ai conduit chez Doc Whiteside. C'est à sept ou huit kilomètres au nord-ouest.

– C'est un vétérinaire ?

Il secoua lentement la tête.

– Non, m'dame. J'en avais pas, j'en connaissais même pas. Doc Whiteside s'est occupé de ma femme avant qu'elle passe. Un chic type. Pour dire vrai, je savais pas très bien où aller. Évidemment, il était trop tard. Quand j'suis arrivé avec le chien, le Doc pouvait plus rien faire. Il m'a dit que je devrais appeler la police. À la mi-août, y a que la corneille qui soit de saison. Et je vois aucune raison pour qu'un chasseur soit dehors à la nuit tombée à tirer sur les corneilles ou quelque chose d'autre. J'ai fait comme il m'avait conseillé, j'ai appelé la police.

– Avez-vous la moindre idée de qui a pu abattre votre animal?

– Comme je vous ai dit, Bordel passait son temps à courser les gens et les voitures, à croire qu'il voulait bouffer les pneus. Si vous voulez mon avis à moi, j'ai toujours à moitié soupçonné que c'était un flic qui avait fait le coup.

– Pourquoi? demanda Marino.

– Ben, après qu'ils ont examiné le chien, la police m'a raconté que les balles provenaient d'un revolver. Alors peut-être que Bordel a couru après une de leurs bagnoles, et c'est comme ça que c'est arrivé.

– Vous avez aperçu des véhicules de police sur votre chemin ce soir-là?

– Non. Ça veut pas dire qu'y en avait pas. D'autant que je sais pas où ça s'est passé. Ce que je sais, c'est que c'était pas tout près, parce que sinon j'aurais entendu.

– Peut-être pas si la télévision marchait fort, remarqua Marino.

– Oh, si, j'aurais entendu. Vous savez, y a pas beaucoup de bruit par ici, surtout tard le soir. Quand vous vivez là depuis un moment, vous finissez par remarquer le moindre truc qui sort de l'ordinaire, même si votre télé est allumée et les fenêtres bien fermées.

– Vous avez entendu des voitures sur la route cette nuit-là? demanda Marino.

Il réfléchit.

– Ben, y en a une qu'est passée pas longtemps avant

que Bordel gratte à la porte. La police m'a posé cette question. J'me dis que c'est le type qu'était dans cette bagnole qu'a tiré sur le chien… L'agent, celui qu'a rédigé le procès-verbal, c'est ce qu'il pensait plus ou moins aussi. Enfin, c'est ce qu'il a eu l'air de sous-entendre. (Il s'interrompit, le regard perdu à travers la fenêtre.) Sûrement rien d'autre qu'un gamin.

Une pendule sonna faux dans le salon, puis le silence s'abattit et les secondes s'égrenèrent rythmées par les gouttes tombant dans l'évier. Mr Joyce n'avait pas de téléphone et très peu de voisins, aucun à proximité. Je me demandai s'il avait des enfants. Il ne paraissait pas avoir repris de chien, ni même accueilli un chat. Rien ici ne portait la marque d'une autre vie que la sienne.

– Ce vieux Bordel valait pas un clou, mais on finissait par s'y attacher. Il filait une trouille bleue au facteur. Je restais là dans le salon à observer par la fenêtre et à pleurer de rire rien qu'à les voir. Ce petit bonhomme maigrichon, qui regardait dans tous les coins, pétrifié à l'idée de sortir de son petit camion, et ce vieux Bordel qui tournait en rond en claquant des mâchoires dans le vide. Je profitais du spectacle une ou deux minutes avant de commencer à gueuler, puis je sortais dans la cour. J'avais qu'une chose à faire : pointer du doigt, et Bordel se carapatait, la queue entre les jambes.

Il prit une profonde inspiration, sa cigarette abandonnée au fond du cendrier.

– Y a tant de méchanceté dans ce monde.

– Pour sûr, monsieur, acquiesça Marino en s'adossant à son siège. Y a de la méchanceté partout, même dans un joli petit coin calme comme ici. Ça doit faire déjà deux ans que j'suis passé par ici la dernière fois, quelques semaines avant Thanksgiving. C'était quand on a retrouvé ce jeune couple dans les bois. Vous vous souvenez ?

— Sûr, fit Mr Joyce avec un hochement de tête grave. J'ai jamais vu autant d'agitation dans le coin. J'étais dehors en train de chercher du bois quand, d'un seul coup, v'là toutes ces voitures de police qui passent à toute vitesse en rugissant, avec les gyrophares allumés. Il devait bien y en avoir une douzaine, sans compter deux ambulances. J'me souviens pas vous avoir vu là-bas, remarqua-t-il d'un ton pensif en détaillant Marino. Et vous, m'dame, vous deviez y être alors ? ajouta-t-il en se tournant vers moi.

— En effet.

— C'est bien ce qui me semblait, commenta-t-il d'un air satisfait. Votre tête me disait quelque chose et j'ai pas arrêté de me creuser les méninges tout le temps qu'on parlait… Pas moyen de retrouver où je pouvais vous avoir déjà vue.

— Vous êtes allé dans les bois, là où on a découvert les corps ? reprit Marino d'un ton anodin.

— Avec toutes ces voitures de police qui passaient devant chez moi, il était pas question que je reste assis. Je voyais vraiment pas ce qui pouvait se passer, y a pas de voisins par là, rien que des bois. J'me suis dit : si c'est un chasseur qu'a pris une balle perdue, ça rime à rien non plus, y a trop de flics pour un truc dans ce genre. Alors je suis monté dans ma camionnette et j'ai suivi la route. J'me suis arrêté à hauteur d'un agent de police qui se trouvait à côté de sa voiture et je lui ai demandé de quoi y retournait. Il m'a expliqué que des chasseurs avaient trouvé deux corps un peu plus loin. Ensuite, il a voulu savoir si je vivais dans le coin, j'ai dit que oui, et en moins de deux j'avais un enquêteur devant ma porte qui voulait me poser des questions.

– Vous vous souvenez de son nom ? demanda Marino.

– Non.

– Quelles sortes de questions il vous a posées ?

– Y voulait surtout savoir si j'avais vu quelqu'un dans le coin, à peu près à l'époque où on pensait que le jeune couple avait disparu. Ou même des voitures inconnues, des trucs comme ça.

– Et c'était le cas ?

– Eh ben, une fois qu'il est parti, j'ai réfléchi, et j'y ai repensé une ou deux fois ensuite, déclara Mr Joyce. D'abord, la nuit où la police pense que ce couple a été emmené là et assassiné, je me souviens pas d'avoir entendu quoi que ce soit. Quelquefois je me couche tôt, et ça se pourrait que j'aie été en train de dormir. Mais il y a un autre truc qui m'est revenu, y a de ça deux mois environ, après que la police a retrouvé cet autre couple au tout début de l'année.

– Deborah Harvey et Fred Cheney ? demandai-je.

– La fille qu'a une mère connue.

Marino acquiesça d'un hochement de tête.

– Ces meurtres m'ont fait repenser aux corps qu'avaient été découverts dans le coin, continua Mr Joyce, et ça m'est venu d'un seul coup. Je sais pas si vous avez remarqué en arrivant, j'ai une boîte aux lettres devant, au bord de la route. Eh ben, y a quelques années j'ai été sacrément patraque, c'était quelques semaines avant que ces gamins soient tués, à ce qu'on pense.

– Jim Freeman et Bonnie Smyth, dit Marino.

– C'est bien de ceux-là que je cause. J'avais la grippe, je vomissais mes tripes, comme si j'avais eu une rage de dents du crâne jusqu'à la plante des pieds. Je suis resté au lit à peu près deux jours, sans avoir la force de sortir pour aller chercher le courrier. Le soir dont je vous cause, j'avais fini par me lever. Je m'étais réchauffé avec la soupe, qui était bien passée, alors je suis sorti chercher le courrier, il devait être 9 ou 10 heures. Et juste comme je revenais vers la maison, il faisait noir comme dans un four, j'ai entendu cette voiture qui avançait doucement tous feux éteints.

– Dans quelle direction qu'elle roulait? s'enquit Marino.

– Par là, fit Mr Joyce en indiquant l'ouest. Il s'éloignait de là-bas, où y a les bois, pour retourner en direction de l'autoroute. C'était peut-être rien, mais sur le coup ça m'a traversé l'esprit que c'était pas normal. D'abord, y a rien d'autre que des champs et des bois dans ce coin, alors j'ai d'abord pensé que c'étaient peut-être des gamins qui s'étaient planqués par là pour picoler, un truc de ce genre.

– Vous avez bien vu la voiture? demandai-je.

– Ni grosse ni toute petite, de couleur sombre. Noire, bleu marine ou rouge foncé, peut-être.

– Neuve ou vieille?

– Je ne sais pas si elle était toute neuve, mais elle

avait rien d'un vieux clou. Et c'était pas non plus une de ces bagnoles étrangères.

— Comment vous le savez ?

— Au son du moteur, répondit Mr Joyce comme s'il énonçait une évidence. Ces voitures étrangères font pas le même bruit que les américaines. Leur moteur est plus bruyant, il souffle plus, je ne sais pas exactement comme décrire ça, mais je peux le reconnaître les yeux fermés. Comme quand vous êtes arrivés tout à l'heure, je savais que vous aviez une américaine, une Ford ou une Chevrolet. Cette voiture qui est passée avec ses feux éteints, elle faisait presque pas de bruit, juste un ronronnement. La forme m'a rappelé une des nouvelles Thunderbird, mais je peux pas le jurer. C'était peut-être une Cougar.

— Une sportive alors, commenta Marino.

— Ça, tout dépend comme on voit les choses. Pour moi, une Corvette, c'est une sportive, une Thunderbird ou une Cougar, c'est plus un caprice.

— Avez-vous pu distinguer s'il y avait plusieurs personnes dans la voiture ? demandai-je.

Il secoua la tête.

— Non, aucune idée. Il faisait vraiment nuit noire et j'étais pas planté là à observer.

Marino feuilleta le carnet qu'il venait d'extraire de sa poche.

— Monsieur Joyce, Jim Freeman et Bonnie Smyth ont disparu le 29 juillet, un samedi soir. Vous êtes certain d'avoir vu cette voiture avant ? Ça n'aurait pas pu être plus tard que dans vos souvenirs ?

— Aussi sûr que je suis assis là à vous parler. Et pour

une bonne raison, comme je vous ai dit, j'étais malade. J'ai commencé à pas me sentir bien la deuxième semaine de juillet. Si je me souviens si bien, c'est parce que l'anniversaire de ma femme tombe le 13 juillet. Je vais toujours mettre des fleurs sur sa tombe pour son anniversaire, et j'étais pas encore rentré que j'ai commencé à me sentir mal fichu. Et, le lendemain, j'étais si patraque que je suis resté au lit. (Il réfléchit un moment.) Ça doit être le 15 ou le 16 que je suis allé chercher le courrier et que j'ai vu la voiture.

Marino, prêt à partir, sortit ses lunettes de soleil.

Mr Joyce, qui n'était pas tombé de la dernière pluie, lui demanda :

— Vous pensez qu'y a un rapport entre ces couples assassinés et la mort de mon chien ?

— Nous vérifions un tas de détails. Mais le mieux, c'est que vous mentionniez cette conversation à personne.

— J'en soufflerai pas un mot, m'sieur, c'est sûr.

— Et je vous en remercie.

— Revenez me voir quand vous pouvez, dit-il en nous raccompagnant à la porte. En juillet, y aura des tomates. J'ai un jardin là derrière et je fais pousser les meilleures tomates de Virginie. Mais vous êtes pas obligés d'attendre jusque-là pour venir. N'importe quand, je suis toujours chez moi.

Il resta un moment sous sa véranda, accompagnant notre départ du regard.

Marino me confia son sentiment tandis que nous remontions le chemin de terre en direction de l'autoroute.

– Ben, voyez, moi, j'la trouve louche, cette bagnole qu'il a vue deux semaines avant que Bonnie Smyth et Jim Freeman soient assassinés là-bas.

– Je suis assez d'accord.

– Par contre, pour le chien, j'ai des doutes. S'il avait été abattu des semaines, voire des mois avant la disparition de Jim et Bonnie, j'dis pas, mais là... Bordel s'est quand même fait zigouiller cinq bonnes années avant que les couples se mettent à disparaître.

Je repensai aux «zones de commandos». Peut-être tenions-nous quand même un début de piste.

– Marino, avez-vous envisagé que nous puissions avoir affaire à un individu pour qui le lieu du crime revêt plus d'importance que le choix des victimes?

Il me lança un regard attentif et je continuai :

– Il peut passer un bon moment à dénicher l'endroit adéquat, et une fois qu'il l'a trouvé, il chasse et amène sa proie jusqu'à ce lieu choisi avec soin. Le plus déterminant, c'est cela, ainsi que la période de l'année. Le chien de Mr Joyce a été tué à la mi-août, le moment le plus chaud de l'année, mais hors saison en ce qui concerne la chasse. La seule autorisation, c'est pour la corneille. Chacun de ces couples a été tué en dehors des périodes de chasse, et dans chaque cas les corps ont été découverts des semaines ou des mois plus tard, cette fois-ci au cours de la saison et donc par des chasseurs. Nous avons un comportement répétitif. Un schéma se dégage.

– Attendez... Vous voulez dire que ce tueur était en train d'écumer les bois à la recherche d'un endroit où commettre les meurtres quand le chien s'est amené et lui a fichu son plan en l'air? demanda-t-il en me jetant un coup d'œil, les sourcils froncés.

— Je me contente de lancer toutes les suggestions possibles.

— Ben, sans vous vexer, celle-là, je crois que vous pouvez la balancer sans regret. À moins d'imaginer que ce cinglé ait passé des années à fantasmer sur le fait de liquider des couples avant de finir par passer à l'acte.

— Je pense en effet que cet individu est mené par une vie fantasmatique suractive.

— Vous devriez vous lancer dans le profilage, vous commencez à parler comme Benton.

— Quant à vous, on dirait que vous l'avez rayé de la carte.

— Non. Simplement, j'suis pas d'humeur à me le farcir pour l'instant.

— C'est toujours votre partenaire au sein du VICAP, Marino. Nous ne sommes pas les seuls sous pression, vous et moi. Ne soyez pas trop dur avec lui.

— Dites donc, en ce moment vous faites dans la distribution de conseils gratuits.

— Félicitez-vous-en et soyez heureux de leur gratuité, parce que, en ce moment, vous avez intérêt à prendre tous ceux qui passent.

— Vous voulez qu'on aille se chercher un petit quelque chose à bouffer?

Il était près de 18 heures.

— Ce soir, je fais du sport, répondis-je d'un air lugubre.

— Mince. Me dites pas qu'y s'agit de votre prochain conseil pour *moi*.

Cette simple perspective nous jeta tous les deux sur nos paquets de cigarettes.

Ce ne fut pas faute d'avoir tout tenté – à l'exception de griller les feux rouges – pour être à Westwood à temps, mais j'arrivai en retard à ma leçon de tennis. L'un de mes lacets se cassa, la poignée de ma raquette était glissante. Pour couronner le tout, un buffet mexicain battait son plein à l'étage, et la tribune regorgeait de gens qui n'avaient rien d'autre à faire que manger des *tacos* et boire des *margaritas* en assistant à mon humiliation. Après avoir retourné cinq revers d'affilée bien au-delà de la ligne de fond de court, je commençai à fléchir les genoux et à ralentir mon swing. Les trois coups suivants atterrirent dans le filet. Mes volées étaient pathétiques, mes smashes inqualifiables. Plus je m'acharnais, plus mes résultats empiraient

– Vous ouvrez trop tôt et vous frappez tous vos coups trop tard, dit Ted en me rejoignant derrière le filet. Vous tapez trop et vous ne suivez pas assez vos coups. Résultat ?

– J'envisage de passer au bridge, répondis-je au bord de l'exaspération.

– Votre raquette est trop ouverte. Ramenez-la en arrière suffisamment tôt, l'épaule sur le côté, le pied en avant, et frappez la balle droit devant. Et gardez-la sur vos cordes le plus longtemps possible.

Il me suivit au fond du court, où j'eus droit à une impeccable démonstration. Il expédia plusieurs balles au-dessus du filet sous mon regard envieux. En dépit d'une musculature à la Michel-Ange, Ted avait su conserver des mouvements d'une parfaite fluidité. Il était capable de communiquer à une balle l'énergie nécessaire pour rebondir au-dessus de votre tête ou, au contraire, mourir à vos pieds. Je me demandai si les époustouflants athlètes dans son genre avaient la moindre idée de la façon dont nous autres, simples humains, nous sentions en comparaison.

– L'essentiel de votre problème est dans votre tête, docteur Scarpetta. Vous débarquez sur le court comme si vouliez devenir Martina Navratilova, alors que vous seriez bien plus à l'aise en étant vous-même.

– Ça, il paraît évident que je ne deviendrai jamais Navratilova, marmonnai-je.

– Ne soyez pas aussi décidée à marquer des points. Ce qui compte, c'est de travailler afin de ne pas en perdre. Jouez fin, préparez-vous, continuez à renvoyer la balle jusqu'à ce que votre adversaire rate son coup ou vous offre une ouverture pour la placer. Ici le jeu, c'est ça. On ne gagne pas les matches pratiqués au niveau des clubs, on les perd. Quand quelqu'un vous bat, ce n'est pas parce qu'il a remporté plus de points que vous, mais parce que vous en avez laissé filer plus que lui.

Il réfléchit en me regardant et ajouta :

– Je parie que vous n'êtes pas aussi impatiente que ça dans votre travail. Je suis certain que vous renvoyez toutes les balles – enfin, façon de parler – et que vous pouvez tenir toute la journée.

Je n'en étais pas aussi convaincue que lui. Toujours est-il que les conseils de Ted se soldèrent par l'effet inverse de celui qu'il escomptait. J'oubliai le tennis et, plus tard, tandis que je marinais dans mon bain, l'idée ne me lâcha pas : jouer fin.

Nous n'allions pas réussir à battre le tueur. Dissimuler des douilles et faire publier des articles ne constituait qu'une tactique offensive, et elle avait échoué. Il était temps d'envisager une stratégie défensive. Si les criminels ne sont pas appréhendés, ce n'est pas parce qu'ils sont parfaits ou supérieurement intelligents, mais parce que la chance est de leur côté. Tous, sans exception, commettent des erreurs. La difficulté consiste à les découvrir, à dégager leur signification et à distinguer ce qui est intentionnel de ce qui ne l'est pas.

Je repensai aux mégots de cigarettes retrouvés près des corps. Le tueur les avait-il laissés sciemment? Probablement. S'agissait-il d'une erreur? Non, car ils n'avaient aucune valeur d'indice, et nous étions incapables d'en déterminer la marque. Les valets de cœur étaient volontairement abandonnés dans les voitures. Ils ne relevaient pas non plus de la bévue, d'autant que nous n'avions repéré aucune empreinte dessus. Leur objet était, à tout le moins, de nous entraîner vers l'interprétation souhaitée par le criminel.

En revanche, j'étais certaine que tirer sur Deborah Harvey à l'aide d'une arme à feu avait été une erreur.

Je m'attachai ensuite au passé du meurtrier. Il ne s'était pas transformé du jour au lendemain de citoyen respectueux des lois en assassin expérimenté. Quels actes malfaisants, quelles horreurs avait-il pu commettre auparavant?

D'abord, il avait peut-être abattu le chien d'un vieil homme. Si j'avais raison, il avait commis une autre grave bêtise, car l'incident laissait supposer qu'il s'agissait de quelqu'un du coin. J'en vins à me demander s'il n'avait pas déjà tué auparavant.

Le lendemain matin, après la réunion de mon personnel, je demandai à mon analyste informatique, Margaret, de me fournir une sortie papier de tous les homicides survenus dans un rayon de soixante-quinze kilomètres autour de Camp Peary au cours des dix dernières années. Je ne cherchais pas en priorité un double homicide. Ce fut pourtant ce que je découvris.

Dossiers numéros C0104233 et C0104234. Je n'avais jamais entendu mentionner ces affaires datant de plusieurs années avant mon arrivée en Virginie. Je m'enfermai dans mon bureau et compulsai les archives, mon excitation croissant peu à peu. Jill Harrington et Elizabeth Mott avaient été assassinées huit ans auparavant, au mois de septembre, soit un mois après que le chien de Mr Joyce eut été abattu.

Âgées d'une vingtaine d'années, elles avaient disparu le vendredi 14 septembre au soir et leurs corps avaient été retrouvés le lendemain matin dans le cimetière d'une église. Le jour suivant, la Volkswagen appartenant à Elizabeth avait été repérée sur le parking d'un motel, sur la Route 60 à Lightfoot, juste à la sortie de Williamsburg.

J'épluchai les rapports d'autopsie et les graphiques établis lors de l'examen clinique. Une balle avait perforé la nuque d'Elizabeth Mott. Ni le projectile ni la douille n'avaient été retrouvés. On supposait qu'ensuite elle avait été poignardée à la poitrine, avant d'avoir la gorge tranchée. Elle était entièrement vêtue, aucun signe d'agression sexuelle n'avait été relevé, pas plus que des marques de blessures de défense. Elle portait des traces de ligature aux poignets. Le dossier de Jill suggérait une histoire bien différente. Ses mains et ses avant-bras avaient été tailladés par des coupures de défense. Quant à son visage et son crâne, les contusions et lacérations qu'ils portaient démontraient qu'elle avait été frappée à coups de crosse de pistolet. Son chemisier était déchiré. Elle s'était, de toute évidence, défendue avec l'énergie du désespoir pour finir poignardée à onze reprises.

Des articles de journaux inclus dans les dossiers reprenaient les déclarations de la police du James City County. Les deux jeunes femmes avaient été aperçues pour la dernière fois buvant une bière à l'Anchor Bar and Grill de Williamsburg, où elles étaient restées jusque vers 22 heures. On avait supposé qu'elles y avaient rencontré leur agresseur, un scénario à la *Mr Goodbar*: les deux femmes seraient parties avec lui et l'auraient suivi jusqu'au motel où la voiture d'Elizabeth avait été retrouvée. Il les aurait ensuite enlevées, peut-être sur le parking, et les aurait contraintes à le conduire jusqu'au cimetière, où il les aurait assassinées.

Beaucoup d'éléments dans ce scénario ne me paraissaient pas cohérents. La police avait trouvé sur la banquette arrière de la Volkswagen du sang dont la présence demeurait inexpliquée. Il ne correspondait à celui d'aucune des deux femmes. S'il s'agissait de celui du tueur, que s'était-il passé? Avait-il lutté avec l'une de ses victimes sur le siège arrière? Dans ce cas, pourquoi n'avait-on pas retrouvé trace de son sang à elle? Si les deux jeunes femmes se tenaient devant et lui à l'arrière, comment avait-il été blessé ? Et s'il s'était coupé en luttant avec Jill dans le cimetière, là non plus rien ne concordait. Après les meurtres, il avait dû revenir jusqu'au motel au volant de la Volkswagen. Le sang d'une éventuelle plaie aurait donc goutté à l'avant, sur le siège du conducteur, pas derrière. Enfin, si l'homme avait eu l'intention de tuer les deux femmes après avoir eu des relations sexuelles avec elles, pourquoi ne pas les avoir assassinées dans la chambre de motel ? Et pourquoi les écouvillons réalisés s'étaient-ils tous révélés négatifs pour le sperme ? S'étaient-elles lavées après avoir eu un rapport sexuel avec leur agresseur ? Deux femmes avec un homme, un ménage à trois ? Après tout, j'avais à peu près tout vu dans mon métier.

J'appelai le bureau de mon analyste informatique. Margaret me répondit aussitôt.

— Pourriez-vous lancer une nouvelle recherche, s'il vous plaît ? Une liste de toutes les enquêtes concernant des homicides confiées à R. P. Montana, du James City County, pour lesquelles les examens toxicologiques se sont révélés positifs. Et j'en ai besoin tout de suite, si c'est possible.

— Pas de problème, répondit-elle, et j'entendis ses doigts courir sur le clavier.

Six homicides répondaient à mes critères de recherche sur le listing que je récupérai. Les noms d'Elizabeth Mott et Jill Harrington s'y trouvaient puisque l'examen sanguin *post mortem* avait mis en évidence la présence d'une concentration insignifiante d'alcool, moins de 0,05 gramme par litre. En revanche, on avait retrouvé dans le cas de Jill des traces de chlordiazépoxide et de clidinium, les principes actifs du Librax.

Je contactai par téléphone la brigade criminelle du James City County et demandai à m'entretenir avec l'enquêteur Montana. On m'informa qu'il était devenu capitaine aux affaires internes où l'on transféra mon appel.

Il convenait que je me montre particulièrement prudente. S'il subodorait que je tentais d'établir un lien entre les meurtres des deux jeunes femmes et les cinq autres couples, je craignais que Montana refuse de se montrer coopératif.

— Montana, annonça une voix grave.

— Ici, le Dr Scarpetta.

— Comment allez-vous, Doc ? Alors ça continue à tirer dans tous les coins à Richmond, à ce que je vois ?

— À qui le dites-vous ! acquiesçai-je avant d'expliquer la raison de mon appel : Je procède à une étude sur les homicides avec toxicologie positive. Puis-je vous poser une ou deux questions à propos de quelques affaires anciennes dont vous vous êtes occupé, celles que l'ordinateur a sélectionnées ?

— Pas de problème, allez-y. Mais ça fait un moment, les détails seront peut-être un peu flous.

— À la base, ce qui m'intéresse, ce sont les scénarios qui entourent les décès. La plupart de vos dossiers remontent à une époque antérieure à mon arrivée.

— Ah, oui, à l'époque de Doc Cagney. C'était quelque chose, de travailler avec lui, pouffa-t-il. J'oublierai jamais comment il plongeait quelquefois à mains nues dans les cadavres, sans gants, dites donc. Rien ne le perturbait jamais, sauf les gamins. Il aimait pas travailler sur les gamins.

Je passai en revue les informations contenues dans le listing informatique, et le souvenir que conservait Montana de chacune des affaires ne me surprit pas vraiment. L'alcoolisme se surajoutait aux problèmes domestiques pour aboutir au même dénouement : le mari tirait sur la femme ou inversement – « divorces au Smith & Wesson », comme les baptisait la police avec une franche irrévérence. Un type saoul comme une bourrique avait été tabassé à mort par plusieurs compagnons de beuverie à la suite d'une partie de poker qui avait mal tourné. Un père qui flirtait avec les 2,5 grammes d'alcoolémie avait été abattu par son fils. Etc., etc. Je gardai les dossiers de Jill et Elizabeth pour la fin.

– Je me souviens très bien d'elles, affirma Montana. Bizarre : c'est vraiment le mot qui me vient quand je repense à cette affaire. J'aurais jamais imaginé que ces deux filles soient du genre à finir au motel avec un type levé dans un bar. C'étaient des filles intelligentes, diplômées, avec des bons boulots et vraiment jolies. À mon avis, le mec qu'elles ont rencontré a dû se montrer sacrément beau parleur. Voyez, pas le genre gros plouc. J'ai toujours pensé que c'était pas quelqu'un du coin, mais un type de passage.

– Pourquoi ?

– Parce que, dans le cas contraire, on aurait fini par dégoter un suspect. À mon avis, il s'agissait d'un tueur en série, un type qui ramasse des femmes dans les bars, le genre qui traîne pas mal sur les routes, qui va de ville en ville – bref, qui se déplace beaucoup.

– Y avait-il eu vol ?

– Ça en avait pas l'air. Quand j'ai commencé à travailler sur l'affaire, j'ai d'abord pensé que les deux filles tâtaient de la drogue de temps en temps, qu'elles avaient suivi un mec pour un *deal*, peut-être accepté de le rencontrer au motel pour faire la bringue ou échanger du liquide contre de la coke. Mais il ne manquait ni argent ni bijoux, et j'ai jamais rien déniché qui aurait pu laisser penser que les filles sniffaient ou se shootaient.

– J'ai remarqué sur le rapport toxicologique la présence de Librax, en plus d'un peu d'alcool, dans le sang de Jill Harrington. Vous avez d'autres éléments à ce sujet ?

Il réfléchit un moment.

– Du Librax ? Non. Ça me rappelle rien.

Je n'insistai pas davantage et le remerciai.

Le Librax est un médicament à large spectre, associant un tranquillisant et un spasmolytique. Il est proposé dans le traitement des spasmes douloureux, comme relaxant musculaire et pour atténuer l'angoisse. Jill souffrait peut-être du dos ou d'anciennes blessures sportives douloureuses, à moins qu'elle n'ait eu des troubles psychosomatiques tels que des crampes intestinales. L'étape suivante consistait à retrouver son praticien. Je commençai par appeler l'un de mes médecins légistes à Williamsburg et lui demandai de me faxer les numéros de téléphone des pharmacies de sa région. Ensuite, je composai le numéro du *pager* de Marino.

– Auriez-vous de bons copains flics à Washington ? Des gens fiables ? lui demandai-je lorsqu'il me rappela.

– Un ou deux. Pourquoi?

– Je dois impérativement m'entretenir avec Abby Turnbull. Cela étant, je doute que ce soit une bonne idée de l'appeler en personne.

– Sauf si vous voulez courir le risque que ça se sache.

– Tout à fait.

– Ben, à mon avis, c'est de toute façon pas une bonne idée que vous lui parliez, ajouta-t-il.

– Je comprends vos réticences, mais cela ne me fera pas changer d'avis, Marino. Pouvez-vous contacter un de vos copains là-bas et lui demander de faire un saut jusqu'à l'appartement d'Abby, voir s'il peut la trouver?

– Je crois que c'est pas très futé de votre part, mais d'accord, je m'en occupe.

– Qu'il lui dise simplement que j'ai besoin de lui parler. Qu'elle me contacte au plus vite, insistai-je en lui confiant l'adresse d'Abby.

Entre-temps, les pages jaunes qui m'intéressaient étaient arrivées par fax en bas, et Rose vint les déposer sur mon bureau. Je passai le reste de l'après-midi à appeler toutes les pharmacies dont Jill Harrington aurait pu être cliente à Williamsburg. Je finis par dénicher la bonne puisque le pharmacien retrouva le nom de la jeune femme dans ses dossiers.

– S'agissait-il d'une cliente régulière? demandai-je au pharmacien.

– Tout à fait, et Elizabeth Mott aussi. Elles habitaient toutes les deux près d'ici, dans une résidence un peu plus loin sur la route. Des jeunes femmes charmantes, quel choc ça m'a fait!

– Elles vivaient ensemble?

– Attendez. On ne dirait pas, répondit-il après un court silence. Les adresses et les numéros de téléphone sont différents, mais c'est bien la même résidence, Old Towne, à trois kilomètres à peu près. Un endroit assez agréable. Plein de jeunes gens, des étudiants de William and Mary résident là-bas.

Le pharmacien me fournit ensuite l'historique médical de Jill sur une période de trois ans. Elle avait présenté des ordonnances pour divers antibiotiques, des médicaments pour la toux, et d'autres produits destinés à la grippe et aux diverses infections respiratoires ou urinaires qui affligent le commun des mortels. Un mois avant son assassinat, elle était venue pour une ordonnance de Septra, traitement qu'elle ne suivait apparemment plus au moment de sa mort, puisque l'on n'avait décelé ni triméthoprime, ni sulfaméthoxazole dans le sang.

– Lui avez-vous jamais délivré du Librax ?

J'attendis tandis qu'il consultait son dossier.

– Non, madame, je n'en ai aucune trace.

– Et son amie Elizabeth Mott ? demandai-je, pensant que l'ordonnance avait peut-être été établie au nom de celle-ci. Est-elle jamais venue pour ce médicament ?

– Non.

– Selon vous, l'une des deux jeunes femmes se rendait-elle dans une autre pharmacie ?

– Désolé de ne pouvoir vous aider, mais je n'en ai aucune idée.

Il me fournit le nom d'autres pharmacies dans le coin. Je les avais déjà contactées pour la plupart. Quant à celles qui restaient, elles me confirmèrent qu'aucune des deux victimes ne s'était présentée avec une ordonnance, quelle qu'elle soit. Ce n'était pas le Librax en soi qui me semblait important, mais plutôt l'identité de celui qui l'avait prescrit et la raison pour laquelle il l'avait fait. Ces deux derniers points m'inquiétaient grandement.

12

Abby Turnbull était chroniqueuse judiciaire à Richmond au moment des meurtres d'Elizabeth Mott et Jill Harrington. J'étais prête à parier qu'elle se souvenait de l'affaire et en savait même davantage que le capitaine Montana.

Le lendemain matin, elle avait appelé mes bureaux d'une cabine téléphonique et laissé un numéro à Rose, précisant qu'elle patienterait un quart d'heure dans l'attente de mon coup de fil. Elle avait insisté pour que je la rappelle d'un «endroit sûr».

– Tout va bien? demanda Rose avec calme tandis que je retirais mes gants de chirurgie.

– Dieu seul le sait, répondis-je en dénouant ma blouse.

L'«endroit sûr» le plus proche qui me vint à l'esprit était une cabine téléphonique située à l'extérieur de la cafétéria de mon bâtiment. Hors d'haleine, redoutant de dépasser le délai fixé par Abby, je composai le numéro que m'avait donné ma secrétaire.

– Que se passe-t-il ? demanda aussitôt mon amie. Un flic municipal a débarqué chez moi. Il m'a affirmé que tu l'envoyais.

– C'est exact, la rassurai-je. Après ce que tu m'avais confié, j'ai pensé qu'il valait mieux ne pas te joindre chez toi. Tu vas bien ?

– C'est pour ça que tu voulais que je t'appelle ? demanda-t-elle d'un ton déçu.

– Ce n'est qu'une des raisons. Il faut que nous parlions.

Un long silence s'installa, puis elle proposa :

– Je serai à Williamsburg samedi. On pourrait se rencontrer pour dîner. Le Trellis à 19 heures ?

Je ne lui demandai pas la raison de sa visite à Williamsburg, n'étant pas certaine de souhaiter la connaître. Pourtant, lorsque je garai ma voiture dans Merchant's Square le samedi, je sentis mon appréhension se diluer un peu plus à chaque pas. Difficile de garder à l'esprit le meurtre et tant d'actes d'incivilité tout en dégustant du cidre chaud, revigorée par l'air vif de l'hiver, dans l'un de mes endroits favoris aux États-Unis.

C'était la basse saison touristique, cependant il y avait encore beaucoup de gens en balade, flânant dans les échoppes restaurées, se promenant dans des voitures à cheval conduites par des cochers en livrée, tricorne et hauts-de-chausses. Mark et moi avions souvent rêvé de passer un week-end à Williamsburg. Nous aurions loué l'un de ces anciens relais de poste du dix-huitième dans le quartier historique, nous nous serions promenés le long des trottoirs en pavés ronds, à la lueur des réverbères à gaz, avant d'aller dîner dans une taverne. Puis nous aurions dégusté du vin devant un feu de cheminée avant de nous endormir dans les bras l'un de l'autre.

Certes, nous n'avions rien fait de tout cela. Nous avions accumulé tant de projets et si peu de souvenirs. Serait-ce différent un jour ? Il me l'avait récemment promis au téléphone. Mais c'était une promesse qu'il avait déjà faite auparavant, tout comme moi. Il résidait toujours à Denver, et moi ici.

À la Silversmith's Shop, j'achetai un porte-bonheur en argent fin en forme d'ananas et une jolie chaîne pour Lucy, qui recevrait avec retard un cadeau de Saint-Valentin de la part de sa tante négligente. Je ressortis de l'Apothecary Shop avec des savons pour la chambre d'amis de ma maison, de la crème à raser aux épices pour Fielding et Marino, et des pots-pourris pour Bertha et Rose. À 18 h 55, je m'avançai dans la salle du Trellis à la recherche d'Abby. Lorsqu'elle apparut, une demi-heure plus tard, je l'attendais avec impatience, installée à une table nichée contre une plante en pot.

– Je suis désolée, dit-elle avec émotion en ôtant son manteau. J'ai été retardée. Je suis venue aussi vite que possible.

Elle avait l'air tendue et épuisée, et jetait des regards nerveux autour d'elle. Le Trellis était bondé, plein d'animation. Les clients discutaient à voix basse à la lueur vacillante des bougies. Abby éprouvait-elle le sentiment d'avoir été suivie ?

– Tu as passé la journée à Williamsburg ?

Elle acquiesça d'un petit signe de tête.

319

– Je suppose qu'il est inutile de te demander ce que tu y faisais?

– Des recherches, se contenta-t-elle de répondre.

– Pas dans les parages de Camp Peary, j'espère.

Elle comprit parfaitement ce que je voulais dire.

– Tu es au courant, commenta-t-elle.

La serveuse se manifesta, puis repartit vers le bar pour commander le *Bloody Mary* d'Abby.

– Comment l'as-tu appris? demanda-t-elle en allumant une cigarette.

– Mieux encore: comment l'as-tu appris, *toi*?

– Je ne peux pas te le dire, Kay.

Bien sûr qu'elle ne pouvait pas. Mais je savais quand même qui l'informait: Pat Harvey.

– Tu disposes d'une source, dis-je en pesant mes mots. Laisse-moi simplement te poser une question. Pourquoi cette personne est-elle si désireuse de t'offrir des renseignements? Sa prodigalité en la matière n'est pas gratuite. Son intérêt est évident.

– J'en suis tout à fait consciente.

– Alors, pourquoi?

– La vérité est importante, rétorqua Abby en détournant le regard. Moi aussi, je suis une source.

– Je vois. C'est un prêté pour un rendu, n'est-ce pas? En échange d'informations, tu transmets ce que tu déniches.

Elle demeura muette.

– Suis-je incluse là-dedans? demandai-je.

– Je ne te ferai pas d'enfant dans le dos, Kay. Peux-tu te plaindre de précédents avec moi? dit-elle avec un regard appuyé.

– Non, répondis-je sincèrement. Jamais jusqu'ici.

Elle remuait distraitement le *Bloody Mary* posé devant elle à l'aide de la tige de céleri qui dépassait du verre. Je continuai :

– Tout ce que je peux te dire, c'est que tu marches en terrain miné. Je n'ai pas besoin d'épiloguer, tu le sais mieux que quiconque. Cela vaut-il le prix que tu es en train de payer ? Ton livre en vaut-il la peine ?

Elle ne broncha pas et j'ajoutai dans un soupir :

– Je suppose que je ne te ferai pas changer d'avis, n'est-ce pas ?

– T'es-tu déjà retrouvée embarquée dans une situation dont il ne t'était plus possible de sortir ?

– Cela m'arrive tout le temps, rétorquai-je avec un sourire assez désabusé. En ce moment même, d'ailleurs.

– Eh bien, moi aussi.

– Je vois. Et si tu te trompais, Abby ?

– Non, je ne peux pas me tromper, répliqua-t-elle. Quelle que soit la vérité sur celui qui commet ces meurtres, le fait est que le FBI et d'autres agences gouvernementales intéressées ont réagi en fonction de certains soupçons. Ils prennent des décisions en se fondant là-dessus. Il y a matière à raconter, et si jamais la police et les fédéraux se trompent, eh bien, cela ajoute un autre chapitre à l'histoire.

– Voilà qui sonne extrêmement froid, dis-je avec gêne.

– Kay, je me conduis en professionnelle. Quand tu discutes de ton travail, toi aussi, quelquefois, tu sembles glaciale.

J'avais parlé à Abby sitôt après la découverte du

cadavre de sa sœur assassinée. Si je n'avais pas eu l'air froide dans cette épouvantable situation, je m'étais – à tout le moins – montrée « clinique ».

– J'ai besoin de ton aide à propos d'autre chose, continuai-je. Il y a huit ans, deux femmes ont été assassinées très près d'ici. Elizabeth Mott et Jill Harrington.

Elle me dévisagea avec curiosité.

– Tu ne penses pas que…

– Je ne sais pas ce que je pense, l'interrompis-je. J'ai besoin de connaître les détails de l'affaire. Les dossiers dont je dispose m'offrent très peu de données exploitables. Je n'étais pas encore en Virginie, mais ils comportent des coupures de journaux et plusieurs des papiers portent ta signature.

– Comment imaginer que ce qui est arrivé à Jill et Elizabeth soit lié aux autres dossiers ?

– En d'autres termes, tu te souviens de l'enquête, lâchai-je, soulagée.

– Je ne l'oublierai jamais. C'est une des rares occasions où une affaire m'a filé des cauchemars au sens propre du terme.

– Pourquoi te semble-t-il difficile d'établir un lien ?

– Pour un certain nombre de raisons. Il n'y avait pas de valet de cœur. La voiture n'a pas été découverte le long d'une route mais sur un parking de motel, et les corps n'ont pas été retrouvés des semaines ou des mois plus tard, décomposés dans les bois, mais dans les vingt-quatre heures qui ont suivi l'assassinat. Les deux victimes étaient des femmes, pas des adolescentes. Et pourquoi le tueur aurait-il ensuite patienté cinq ans avant de frapper à nouveau ?

– Je suis d'accord, le laps de temps écoulé ne correspond pas au profil du tueur en série typique, et le *modus operandi* paraît incompatible avec les autres, de même que le choix des victimes.

– Alors pourquoi parais-tu tellement intéressée ? demanda-t-elle en sirotant son verre.

– Je tâtonne, et je suis troublée par ces affaires jamais résolues, avouai-je. Il est inhabituel de voir deux personnes enlevées et assassinées. Il n'y avait aucune trace d'agression sexuelle, et elles ont été tuées ici, dans la même région que les autres couples.

– Et le tueur a utilisé un couteau et une arme à feu, médita-t-elle.

Elle était donc au courant pour Deborah Harvey.

– Il y a des parallèles, admis-je d'un ton évasif.

Abby n'avait pas l'air convaincue. Néanmoins, elle avait dressé l'oreille.

– Que veux-tu savoir, Kay ?

– Tout ce dont tu peux te souvenir à leur propos, le moindre détail.

Elle réfléchit un bon moment, jouant avec son verre.

– Elizabeth travaillait au commercial dans une entreprise informatique locale et gagnait très bien sa vie. Jill sortait tout juste de la fac de droit de William and Mary. Elle venait d'être recrutée par un petit cabinet de Williamsburg. Je n'ai jamais gobé l'histoire selon laquelle elles se seraient rendues dans un motel pour s'envoyer en l'air avec un connard rencontré dans un bar. Aucune des deux femmes n'avait le profil pour ça, selon moi. Et les deux avec un seul type ? Il y a un truc là-dedans qui m'a toujours paru invraisemblable. En plus, il y avait du sang sur le siège arrière de leur voiture, qui ne correspondait ni à celui de Jill, ni à celui d'Elizabeth.

La ressource d'Abby ne manquait jamais de m'étonner. Elle s'était débrouillée pour mettre la main sur les résultats des examens sérologiques.

— Je suppose que le sang appartenait au tueur. Il y en avait une sacrée quantité, Kay. J'ai vu la voiture, on aurait dit que quelqu'un s'était fait poignarder ou taillader sur le siège arrière. Peut-être le tueur s'y était-il installé, mais difficile de formuler une interprétation cohérente du déroulement des événements. La police pensait que les femmes avaient rencontré ce monstre à l'Anchor Bar and Grill. Or, s'il les avait suivies dans leur voiture avec la ferme intention de les tuer, comment comptait-il ensuite regagner son propre véhicule?

— Tout dépend de la distance entre le motel et le bar. Il a pu faire à pied le chemin en sens inverse.

— Le motel est situé à au moins sept kilomètres de l'Anchor Bar, qui n'existe plus, soit dit en passant. Les jeunes femmes ont été vues pour la dernière fois vers 22 heures. Si le meurtrier avait abandonné sa voiture là, elle devait être la seule sur le parking à l'heure à laquelle il est revenu après avoir tué les filles. Pas très futé de sa part, car un flic aurait pu la remarquer, ou tout au moins le gérant au moment de fermer et de rentrer chez lui.

— Ce qui n'exclut pas qu'il ait pu laisser sa voiture au motel, contraindre les jeunes femmes à monter dans celle d'Elizabeth, puis revenir plus tard afin de récupérer son véhicule, soulignai-je.

– Non, en effet. Mais s'il s'est rendu au motel avec sa propre voiture, pourquoi est-il monté dans celle d'Elizabeth? Ce scénario, mettant en scène les trois personnes dans une chambre, puis le type obligeant les deux filles à conduire jusqu'au cimetière, ne colle pas. Pourquoi tant de complications, pourquoi courir ce surcroît de risques? Elles auraient pu se mettre à hurler sur le parking, résister. Pourquoi ne pas les tuer au motel?

– A-t-on vérifié qu'ils avaient tous les trois occupé une chambre?

– Voilà encore un autre truc qui me chiffonne. J'ai interrogé le réceptionniste de garde ce soir-là au Palm Leaf, un motel miteux sur la Route 60 à Lightfoot, pas vraiment un business florissant. Il ne se souvenait d'aucune des deux femmes, pas plus que d'un type ayant loué une chambre non loin de l'emplacement où on avait retrouvé la Volkswagen. D'ailleurs, la plupart des chambres de cette partie de l'établissement étaient vacantes. Plus important encore, aucun des clients cette nuit-là n'est reparti sans rendre sa clé. Difficile de croire que ce type aurait gentiment restitué la sienne après avoir poignardé et égorgé les filles, ne serait-ce que parce qu'il devait être couvert de sang.

– Et quelle était ta théorie à l'époque des faits?

– La même qu'aujourd'hui. Je ne crois pas qu'elles aient rencontré leur tueur à l'intérieur du bar. Selon moi, il s'est passé quelque chose peu de temps après qu'elles furent sorties.

– C'est-à-dire?

Elle fronça les sourcils, faisant tournoyer le contenu de son verre d'un geste machinal.

– Je ne sais pas. Ce n'était pas non plus le genre à prendre un type en stop, et sûrement pas aussi tard le soir. Quant à cette histoire de drogue, elle ne résiste pas à l'analyse. On n'a jamais rien trouvé qui tendrait à prouver que les filles étaient consommatrices de coke, d'héroïne ou que sais-je ? Aucune trace chez elles du petit matériel classique. Elles ne fumaient pas, buvaient avec modération, pratiquaient toutes les deux le jogging, bref des accros de la forme physique.

– Sais-tu où elles comptaient se rendre après avoir quitté le bar ? Rentraient-elles chez elles ? Ont-elles pu s'arrêter quelque part ?

– Si tel était le cas, on n'a déniché aucune info qui aille dans ce sens.

– Et elles ont quitté le bar toutes seules ?

– J'ai interrogé pas mal de gens… Personne ne se souvient de les avoir vues là-bas en compagnie d'un autre client. Je crois bien qu'elles avaient commandé une ou deux bières chacune et discutaient à une table dans un coin. Selon les témoignages que j'ai glanés, personne ne les a vues partir en compagnie d'un mec.

– Peut-être ont-elles rencontré quelqu'un sur le parking ? L'individu en question pouvait même les attendre dans la voiture d'Elizabeth.

– Je serais étonnée qu'elles n'aient pas verrouillé le véhicule, mais je suppose qu'on ne peut pas exclure cette possibilité.

– Fréquentaient-elles ce bar régulièrement ?

– Pas à ma connaissance. Elles n'étaient pas des habituées, mais elles y étaient déjà venues.

– C'était un endroit mal famé ?

– Comme il s'agissait d'un bar fréquenté par les militaires, je m'attendais un peu à ça. En réalité, ça ressemblait à un pub anglais, on ne peut plus civilisé… Le genre de clientèle qui papote en jouant aux fléchettes. Bref, typiquement l'endroit où j'aurais pu inviter une amie à boire un verre pour passer un moment agréable et détendu. La théorie de la police, c'est que le tueur était de passage dans le coin, ou bien qu'il s'agissait d'un militaire stationné dans les parages. Quelqu'un qu'elles ne connaissaient pas.

Peut-être pas, songeai-je. En tout cas, ce devait être un individu qui inspirait confiance, du moins au début. La remarque d'Hilda Ozimek lorsqu'elle avait qualifié les premières rencontres d'« amicales » me trottait dans la tête. Je me demandai ce qu'elle percevrait devant les photos d'Elizabeth et Jill.

– Te souviens-tu si Jill avait un problème médical ?

Perplexe, Abby réfléchit.

– Non, ça ne m'évoque rien.

– D'où était-elle originaire ?

– Du Kentucky, je crois.

– Elle rentrait souvent dans sa famille ?

– Je n'en ai pas eu l'impression. Dans mon souvenir, elle y retournait pour les vacances, rien de plus.

Improbable, en ce cas, qu'un praticien du Kentucky lui ait prescrit du Librax, songeai-je.

– Tu as dit tout à l'heure qu'elle venait d'être recrutée par un petit cabinet d'avocats, continuai-je. Voyageait-elle beaucoup, avait-elle l'occasion de s'absenter ?

Elle attendit que l'on nous serve nos salades du chef, puis déclara :

— Elle avait un ami très proche, un gars rencontré à la fac. Je ne me souviens pas de son nom, mais je lui ai parlé, je l'ai interrogé sur les habitudes de Jill, ses activités. Selon lui, Jill avait une liaison.

— Sur quoi se fondait-il pour affirmer cela ?

— Parce que, durant leur troisième année de fac, elle se rendait en voiture à Richmond toutes les semaines. Sous prétexte de chercher du boulot, parce qu'elle appréciait beaucoup la ville et souhaitait prendre des contacts avec un cabinet là-bas. Il m'a confié que la jeune femme avait souvent besoin de lui emprunter ses notes, parce que ses petits voyages lui faisaient rater certains cours. Il avait trouvé ça bizarre, d'autant que, juste après avoir obtenu son diplôme, elle a accepté un poste dans une boîte de Williamsburg. Il n'a pas arrêté de revenir là-dessus. Il redoutait visiblement que ses absences ne soient liées à l'assassinat, qu'elle ait par exemple eu une liaison avec un homme marié à Richmond, qu'elle ait menacé de tout révéler à sa femme. Ou bien avec une personnalité de la ville, un avocat en vue, un juge, qui ne pouvait se permettre un scandale et l'aurait réduite au silence. Ou l'aurait fait réduire au silence. Elizabeth aurait eu la malchance de se trouver avec Jill au mauvais moment.

— Qu'est-ce que tu en penses ?

— La piste n'a rien donné, comme quatre-vingt-dix pour cent des tuyaux que je récolte.

— Jill avait-elle eu une aventure sentimentale avec cet étudiant ?

328

– J'ai eu l'impression qu'il aurait été d'accord, mais non, il n'y avait rien entre eux. Si tu veux mon avis, c'était – en grande partie – la raison des soupçons du gars en question. Le moins que l'on puisse dire, c'est qu'il n'avait pas beaucoup de problèmes d'ego. En d'autres termes, il s'était convaincu que la seule raison pour laquelle Jill avait résisté à ses charmes, c'est qu'elle avait quelqu'un d'autre, un amant secret.

– Cet étudiant a-t-il été suspecté ?

– Non, pas du tout. Il n'était pas en ville au moment des meurtres. Aucun doute possible.

– As-tu eu l'occasion de discuter avec les autres membres du cabinet où travaillait Jill ?

– Cela ne m'a pas menée très loin, répondit Abby. Tu sais comment sont les avocats. Et, de toute façon, elle n'était là que depuis quelques mois, je ne crois pas que ses collègues l'aient très bien connue.

– Elle n'avait pas l'air d'une extravertie, remarquai-je.

– On me l'a décrite comme charismatique et pleine d'esprit, mais plutôt réservée.

– Et Elizabeth ?

– Plus expansive, je crois. Remarque, c'est une qualité indispensable pour une bonne commerciale.

La lueur des becs de gaz coulait sur les pavés ronds des trottoirs, rognant par endroits l'obscurité qui les noyait. Nous regagnions le parking de Merchant's Square. Une épaisse couche de nuages voilait la lune et l'humidité de l'air s'insinuait partout. Le menton enfoncé dans le col de son manteau, les mains dans les poches, Abby remarqua :

– Je me demande parfois ce que ces couples feraient

s'ils étaient encore vivants aujourd'hui. Seraient-ils toujours ensemble ? Qu'auraient-ils produit qui fasse une différence ?

Je mentionnai sa sœur avec douceur :

– Et Henna, que crois-tu qu'elle ferait, ?

– Elle n'aurait probablement pas bougé de Richmond. Je suppose que nous y serions encore toutes les deux.

– Tu regrettes d'avoir déménagé ?

– Il y a des jours où je regrette tout. Depuis la mort d'Henna, c'est comme si j'avais perdu toute possibilité de choix, plus de libre arbitre. Comme si j'avais été poussée par des événements non maîtrisables.

– Je ne vois pas les choses comme toi. Tu as choisi de prendre ce boulot au *Post*, de déménager à Washington. Et maintenant tu as choisi d'écrire un livre.

– Comme Pat Harvey a choisi de tenir cette conférence de presse et de se griller complètement aux yeux de tous ?

– Oui, elle a fait des choix, elle aussi.

– Quand tu traverses ce genre d'épreuve, tu ne sais pas ce que tu fais, même si tu es persuadée du contraire, continua-t-elle. Personne ne peut comprendre, à moins d'être passé par là. Tu te sens si isolée. Tu rentres quelque part, et les gens t'évitent, ont peur de croiser ton regard, de t'adresser la parole, parce qu'ils ne savent pas quoi te dire. Alors ils se chuchotent : « Tu la vois, elle, là-bas ? C'est sa sœur qui a été assassinée par l'étrangleur. » Ou bien : « C'est Pat Harvey, celle dont la fille… » Tu as le sentiment de vivre dans une grotte. Tu as peur d'être seule, peur d'être avec les autres, peur de veiller et peur de t'endormir parce que les réveils sont épouvantables. Tu cours comme une dératée et tu t'épuises. Quand je regarde en arrière, je m'aperçois que tout ce que j'ai fait depuis la mort d'Henna était à moitié dingue.

– Je trouve que tu t'en es remarquablement sortie, protestai-je avec sincérité.

– Tu ne sais pas tout ce qui m'est arrivé, les erreurs que j'ai commises.

– Viens. Je vais t'accompagner jusqu'à ta voiture, proposai-je comme nous atteignions Merchant's Square.

Je sortais mes clés lorsque j'entendis démarrer un moteur. Nous nous trouvions toutes les deux dans ma Mercedes, ceintures de sécurité bouclées et portières verrouillées, quand une Lincoln neuve s'arrêta à notre hauteur. La vitre du conducteur se baissa dans un chuintement.

J'entrouvris juste assez ma fenêtre pour entendre ce que me disait l'homme. Jeune, présentant bien, il se battait avec une carte qu'il tentait de replier.

– Excusez-moi, bafouilla-t-il avec un sourire désespéré. Pouvez-vous m'indiquer comment regagner la 64e Est à partir d'ici?

Je lui fournis rapidement les indications, sentant la tension d'Abby à mon côté.

– Relève son numéro d'immatriculation, lança-t-elle d'un ton pressant tandis que la Lincoln s'éloignait, tout en sortant de sa poche un crayon et un carnet de notes.

– ENT 899, déchiffrai-je rapidement.

Elle nota avec soin.

– Que se passe-t-il? demandai-je, déroutée.

Je sortis du parking et Abby scruta les alentours.

– Tu avais remarqué la voiture quand nous sommes rentrées dans le parking ? demanda-t-elle.

Je dus faire un effort de mémoire. L'endroit était presque désert à ce moment-là, et j'avais vaguement eu conscience d'un véhicule – peut-être la Lincoln – garé dans un coin mal éclairé.

Je fis part de mes hésitations à Abby et ajoutai :

– Mais j'ai pensé qu'il n'y avait personne dedans.

– Parce que le plafonnier était éteint.

– Je suppose.

– Kay, tu déchiffres les cartes dans le noir, toi ?

Je la regardai, stupéfaite.

– Très juste.

– Et si ce type n'est pas du coin, comment expliques-tu l'autocollant de stationnement sur son pare-chocs arrière ?

– L'autocollant de stationnement ? répétai-je bêtement.

– Avec le tampon de Colonial Williamsburg. Le même que celui qu'on m'avait fourni quand ils ont découvert ces fragments de squelette au cours des fouilles archéologiques à Martin's Hundred. J'ai fait une série d'articles sur le sujet, je venais très souvent et l'autocollant m'autorisait à me garer à l'intérieur du quartier historique et à Carter's Grove.

– Ce type travaille ici, et il a besoin d'indications pour rejoindre la 64e ? marmonnai-je.

– Tu l'as bien vu ?

– Assez nettement. Tu crois que c'est l'homme qui t'a suivie l'autre soir à Washington ?

– Je ne sais pas, peut-être… Bon sang, Kay, tout ça me rend dingue !

– Bon, ça suffit maintenant, affirmai-je d'un ton péremptoire. Donne-moi ce numéro d'immatriculation. J'en aurai le cœur net !

Le lendemain matin Marino appela, me conseillant de façon bien énigmatique :

– Si vous avez pas encore lu le *Post*, ça vaut le coup que vous sortiez acheter un exemplaire.

– Depuis quand êtes-vous lecteur du *Post* ?

– Depuis jamais, sauf quand je peux pas faire autrement. Benton m'a prévenu il y a une heure. Rappelez-moi plus tard, je suis dans le centre.

J'enfilai un survêtement et un anorak, puis fonçai en voiture jusqu'au prochain drugstore sous une pluie torrentielle. Je demeurai ensuite presque une demi-heure assise derrière le volant, le chauffage à fond, les essuie-glaces battant à un rythme de métronome sous le déluge glacé. Ma lecture me consterna, et je songeai à plusieurs reprises que si les Harvey ne poursuivaient pas Clifford Ring en diffamation, je m'y résoudrais peut-être.

À la une s'étalait le premier volet d'un dossier en trois parties portant sur Deborah Harvey, Fred Cheney et les autres couples disparus. Rien n'avait été épargné, et l'enquête de Ring était tellement complète qu'elle incluait des détails que j'ignorais moi-même.

Peu de temps avant d'être assassinée, Deborah Harvey avait confié à une amie qu'elle soupçonnait son père d'être alcoolique et d'entretenir une liaison avec

333

une hôtesse de l'air deux fois plus jeune que lui. De toute évidence, Deborah avait surpris un certain nombre de conversations téléphoniques entre son père et sa maîtresse supposée. L'hôtesse de l'air vivait à Charlotte et, d'après l'article, Harvey se trouvait en sa compagnie la nuit où sa fille et Fred Cheney avaient disparu, ce qui expliquait les difficultés de la police et de Mrs Harvey à le joindre. De façon assez paradoxale, les soupçons de Deborah ne l'avaient pas montée contre son père, mais bien contre sa mère qui, absorbée par sa carrière, n'était pas assez présente. Deborah la tenait donc pour responsable de l'infidélité et de l'alcoolisme de son géniteur.

Colonne après colonne, la plume trempée dans le vitriol dressait le portrait pathétique d'une femme de pouvoir, acharnée à sauver le monde pendant que sa négligence détruisait sa famille. Pat Harvey avait fait un mariage d'argent, sa résidence de Richmond ressemblait à un véritable palais. Ses bureaux du Watergate étaient décorés d'antiquités et d'œuvres d'art de valeur, dont un Picasso et un Remington. Elle portait toujours les vêtements adéquats, allait aux réceptions qui comptaient, son sens des convenances et ses manières étaient impeccables. Quant à sa connaissance de la politique et des affaires internationales, elle était remarquable.

Pourtant, concluait Ring, derrière cette façade de puissance sans faille, on découvrait «une femme menée par l'ambition, née dans un quartier ouvrier de Baltimore. Ses collègues la décrivent comme torturée par une insécurité qui la poussait sans cesse à se surpasser afin de prouver sa valeur ». Pat Harvey était mégalomane, assenait le journaliste, et lorsqu'elle se trouvait menacée ou mise à l'épreuve, elle pouvait se laisser mener par l'irrationalité, pour ne pas dire la fureur.

Il rendait compte des homicides survenus en Virginie les trois années précédentes de façon tout aussi implacable. Il révélait les craintes de la CIA et du FBI sur l'implication d'un militaire de Camp Peary, et assaisonnait cette révélation d'un cocktail d'interprétations si extravagant que nul n'en ressortait indemne.

La CIA et le ministère de la Justice frisaient la paranoïa galopante. Ils avaient encouragé les enquêteurs de Virginie à se taire mutuellement des informations dans le but d'étouffer l'affaire. De faux indices avaient été dissimulés sur la scène de crime. On avait organisé des « fuites » à destination des journalistes, et l'on soupçonnait même que certains d'entre eux étaient surveillés. De son côté, Pat Harvey était censément au courant de tout cela, et l'indignation dont elle avait fait preuve n'était pas aussi vertueuse qu'il y paraissait, comme le démontrait sa conduite lors de cette infâme conférence de presse. Engagée dans une bataille de plates-bandes contre le ministère de la Justice, Mrs Harvey avait exploité des informations sensibles dans le seul but d'incriminer et de harceler ces agences fédérales auxquelles elle se heurtait de plein fouet en raison de la campagne qu'elle menait contre les organisations caritatives criminelles du type de la CAMICD.

L'ingrédient final de ce ragoût empoisonné, c'était

moi. À la requête du FBI, j'avais refusé de communiquer et gardé par-devers moi des informations, jusqu'au moment où la menace d'une injonction du tribunal m'avait contrainte à transmettre enfin mes
rapports aux familles. J'avais refusé de coopérer avec
la presse. Bien que rien ne m'obligeât à rendre compte
au FBI, Clifford Ring suggérait que mon comportement professionnel avait pu être influencé par ma vie
privée. «À en croire une source proche du médecin
expert général de Virginie, disait l'article, le Dr Scarpetta entretient depuis deux ans une relation intime
avec un agent spécial du FBI. Elle s'est souvent rendue
à Quantico, et ses liens très amicaux avec le personnel
de l'Académie – y compris Benton Wesley, le profileur
impliqué dans ces enquêtes – ne sont un secret pour
personne.»

Je me demandai combien de lecteurs allaient en
conclure que j'avais une liaison avec Wesley.

Après avoir mis en doute mon intégrité et ma mora-
lité, Ring tirait à boulets rouges sur mes compétences
d'anatomopathologiste. Je n'avais élucidé la cause de
la mort que d'une des victimes des meurtres. D'ailleurs,
lorsque j'avais découvert une entaille sur l'un des os de
Deborah Harvey, j'avais tant redouté de l'avoir moi-
même infligée d'un malheureux coup de scalpel, pré-
tendait Ring, que je m'étais rendue à Washington sous
la neige, les squelettes d'Harvey et Cheney enfermés
dans le coffre de ma Mercedes, pour demander l'avis
d'un anthropologue légal du Muséum d'histoire naturelle du Smithsonian.

À l'instar de Pat Harvey, j'avais «consulté une

voyante». J'avais accusé les enquêteurs d'avoir déplacé les restes de Fred Cheney et Deborah Harvey sur la scène de crime, puis j'étais retournée sur les lieux moi-même, à la recherche d'une douille, au prétexte que je n'avais aucune confiance en la police. J'avais également pris sur moi d'interroger des témoins, y compris une employée du Seven-Eleven où Fred et Deborah avaient été vus pour la dernière fois. Je fumais, je buvais, mais j'avais obtenu un permis de port d'arme pour un 38. De surcroît, j'avais «failli» me faire tuer à plusieurs reprises, j'étais divorcée et, pour couronner le tout, «originaire de Miami». Cette dernière précision semblait d'une certaine façon expliquer l'avalanche du reste.

Si l'on synthétisait le portrait que brossait de moi Clifford Ring, j'étais une femme arrogante et dissolue, prête à sortir mon flingue à la moindre occasion, et un médecin légiste si médiocre que j'étais infoutue de distinguer une amygdale de mon propre trou de balle.

Abby, pensai-je tout en rentrant rapidement chez moi dans les rues glissantes de pluie. Était-ce ce qu'elle avait voulu dire hier soir, en faisant référence aux erreurs qu'elle avait commises? Avait-elle communiqué des informations à son collègue Clifford Ring?

– C'est pas logique, souligna Marino un peu plus tard, tandis que nous buvions un café dans ma cuisine. Attention, j'dis pas que j'ai changé d'avis à son sujet, je reste convaincu qu'elle vendrait sa grand-mère en échange d'une info. Mais elle travaille sur ce gros bouquin, pas vrai? Ça rimerait à rien qu'elle refile ses tuyaux à la concurrence, surtout qu'elle a une sacrée dent contre le *Post*.

J'avais du mal à l'admettre, mais il était inutile de m'aveugler davantage :

— Certains de ces détails ne peuvent provenir que d'elle. Le Seven-Eleven, par exemple. Nous étions ensemble ce soir-là. Et elle est au courant pour Mark.

— Comment ? fit Marino en me fixant avec curiosité.

— Je le lui ai dit.

Il se contenta de secouer la tête.

Je contemplai la pluie en dégustant mon café. Abby avait tenté de me joindre deux fois depuis que j'étais rentrée du drugstore. J'étais restée plantée à côté du répondeur, surveillant les intonations de sa voix tendue. Je n'étais pas encore prête à lui parler, j'avais peur de ce que je pourrais lui balancer à la figure.

— Comment va réagir Mark ? demanda Marino.

— Heureusement, l'article ne mentionne pas son nom.

Une nouvelle vague d'inquiétude me submergea. Comme tous les agents du FBI, et particulièrement ceux qui avaient passé des années en opérations d'infiltration, Mark couvait sa vie privée au point d'en devenir paranoïaque. L'allusion du journal à notre relation risquait de le perturber grandement. Il fallait que je l'appelle. À moins qu'il soit préférable que je ne bouge pas. Je ne parvenais pas à me décider. Je continuai à réfléchir à voix haute :

— À mon avis, certaines informations proviennent de Morrell.

Marino demeura silencieux.

— Vessey aussi a dû parler. Ou quelqu'un du Smithsonian. Et je me demande bien comment Ring a découvert que nous étions allés rendre visite à Hilda Ozimek.

Marino posa sa tasse et sa soucoupe, puis il se pencha vers moi pour me regarder droit dans les yeux.

— À mon tour de vous donner des conseils.

Je me sentis comme une gamine sur le point de se faire gronder.

— Doc, c'est comme un camion de ciment sans freins qui déboule d'une colline, c'est même pas la peine d'essayer de l'arrêter. La seule chose à faire, c'est de s'écarter de son chemin.

— Une fois traduit, ça donnerait quoi ? pestai-je d'un ton impatient.

— Contentez-vous de faire votre boulot et oubliez le reste. Si on vous pose des questions, ce qui va pas manquer, répondez simplement que vous n'avez jamais causé à ce Clifford Ring, que vous savez rien de rien. Autrement dit, envoyez tout ça balader. Au contraire, si vous essayez de jouer à celui qui pissera le plus loin avec la presse, vous finirez comme Pat Harvey, vous aurez l'air d'une imbécile.

Il avait raison.

— Et si vous avez un peu de plomb dans la cervelle, n'en lâchez plus une à Abby avant un moment.

J'acquiesçai de la tête. Il souleva sa masse.

— Entre-temps, j'ai plein de trucs à vérifier. Si ça tourne pas comme prévu, je vous préviendrai.

La Lincoln me revint à l'esprit. J'allai chercher mon sac, dont je sortis le bout de papier sur lequel Abby avait griffonné le numéro d'immatriculation.

— Pourriez-vous obtenir des informations du fichier

national des recherches criminelles ? Il s'agissait d'une Lincoln Mark Seven gris foncé. Voyez si vous récoltez quelque chose.

– Quelqu'un vous suit ? s'enquit-il en glissant le papier dans sa poche.

– Je ne sais pas. Le conducteur s'est arrêté pour demander son chemin, mais je ne crois pas qu'il se soit perdu.

– Où ça ? demanda-t-il tandis que je le raccompagnais à la porte.

– À Williamsburg. Il était assis dans sa voiture. Le parking était désert. C'était aux environs de 22 h 30-23 heures, hier soir à Merchant's Square. Quand je suis montée dans ma Mercedes, il a allumé ses phares, s'est rapproché et m'a demandé comment rejoindre la 64e.

– Bof, commenta Marino. Probablement un flic à la con en planque, qui s'emmerdait en attendant que quelqu'un grille un feu ou effectue un demi-tour interdit. Il essayait peut-être de vous draguer, aussi. Une femme à l'air convenable toute seule la nuit, qui monte dans sa Mercedes, c'est tentant.

Je ne mentionnai pas la présence d'Abby. Inutile d'essuyer un nouveau sermon.

– Je ne savais pas que les flics conduisaient des Lincoln, fis-je remarquer.

– Et merde, regardez-moi cette flotte, gémit-il en se précipitant vers sa voiture au pas de course.

Mon adjoint Fielding ne ratait jamais une occasion de jeter un coup d'œil sur chaque surface réfléchissante devant laquelle il passait, y compris les baies vitrées, les écrans d'ordinateurs ou les cloisons de verre armé séparant le hall d'entrée des bureaux. Lorsque je sortis de l'ascenseur au rez-de-chaussée, je le découvris en arrêt devant la porte en acier inoxydable de la chambre froide de la morgue, lissant ses cheveux vers l'arrière.

– Ils commencent à être un peu longs sur les tempes, remarquai-je.

– Et les vôtres grisonnent un peu, répondit-il avec un sourire.

– Non, les cheveux blonds deviennent cendrés, pas gris.

– C'est exact.

Il resserra d'un air distrait la ceinture de son pantalon de chirurgie et ses biceps ressortirent comme des pamplemousses. Fielding ne pouvait pas cligner de l'œil sans bander un muscle impressionnant. Chaque fois que je le voyais penché sur son microscope, j'avais l'impression de contempler une version gonflée aux anabolisants du *Penseur* de Rodin.

– On a rendu le corps de Jackson il y a environ vingt minutes, annonça-t-il en faisant allusion à l'une des autopsies de la matinée. C'est tout, mais un autre est arrivé pour demain. Le type qui était sous respiration artificielle après la fusillade de ce week-end.

– Quel est votre planning pour l'après-midi ? Au fait, je croyais que vous deviez vous rendre au tribunal à Petersburg ?

– Le plaignant a assuré sa propre défense il y a environ une heure de cela, dit-il en jetant un coup d'œil à sa montre.

341

– Il avait dû apprendre que vous veniez.

– La cellule en parpaings que l'État de Virginie m'a généreusement allouée comme bureau déborde de cassettes à retranscrire. Voilà mon programme pour l'après-midi. Enfin, *c'était* mon programme, se reprit-il en me lançant un regard interrogateur.

– J'espérais que vous pourriez m'aider à résoudre un problème. J'ai besoin de retrouver la trace d'une ordonnance qui a peut-être été délivrée à Richmond il y a environ huit ans.

– Dans quelle pharmacie ?

– Si je le savais, rétorquai-je tandis que nous prenions l'ascenseur, le problème se résoudrait de lui-même. En gros, nous devons organiser une espèce de téléthon : avoir le maximum de gens scotchés au téléphone afin d'appeler toutes les pharmacies de Richmond.

Mon projet lui arracha une grimace.

– Seigneur, il doit bien y en avoir une centaine.

– Cent trente-trois, j'ai déjà compté. Six d'entre nous, chacun avec une liste de vingt-deux ou vingt-trois officines, c'est faisable. Vous m'aidez ?

– Bien sûr, acquiesça-t-il d'un air abattu.

En plus de Fielding, je réquisitionnai un deuxième administrateur, Rose, une autre secrétaire et l'analyste informatique. Nous nous retrouvâmes dans la salle de réunion avec nos listes de pharmacies. Mes instructions étaient très claires : discrétion absolue. Pas un mot de ce que nous faisions à quiconque, ni la famille, ni les amis, et encore moins la police. L'ordonnance datait d'une huitaine d'années et, Jill étant décédée, il y avait de fortes chances que son dossier client ait été classé. Je demandai à mes standardistes amateurs d'aiguiller le pharmacien vers ses archives et de me transmettre la communication s'il se montrait peu coopératif, voire carrément réticent.

Puis chacun de nous réintégra son bureau. Deux heures plus tard, Rose apparut devant moi, se massant délicatement l'oreille. Elle me tendit une feuille de bloc sans parvenir à réprimer un sourire de triomphe.

– Le Boulevard Drug Store, au coin de Boulevard et de Broad. Jill Harrington a fait préparer deux ordonnances de Librax, annonça-t-elle en précisant les dates.

– Et le médecin prescripteur ?

– Dr Anna Zenner.

Mon Dieu.

Je dissimulai ma surprise et la félicitai :

– Rose, vous êtes merveilleuse. Prenez donc le reste de votre après-midi.

– De toute façon, je partais à 16 h 30, et je suis déjà en retard.

– Alors prenez trois heures pour déjeuner demain, dis-je avec l'envie de l'embrasser sur les deux joues. Prévenez les autres : mission accomplie, ils peuvent raccrocher leurs téléphones.

Parvenue sur le pas de la porte, Rose demanda d'un air pensif :

– Est-ce que le Dr Zenner n'a pas présidé l'Académie de médecine de Richmond il n'y a pas si longtemps ? J'ai l'impression d'avoir lu quelque chose à son propos. Oh, ça me revient ! C'est la musicienne.

– Elle a été présidente de l'Académie il y a deux ans

et, en effet, elle est aussi violoniste dans l'orchestre symphonique de Richmond.

— Vous la connaissez alors, remarqua ma secrétaire d'un air impressionné.

Et comment! songeai-je en attrapant mon téléphone.

Anna Zenner me rappela le soir même à mon domicile.

— J'ai appris par la presse que vous aviez été très occupée ces temps-ci, Kay. Vous tenez le choc?

Je me demandai si elle avait lu le *Post*. Le deuxième épisode de leur série spéciale, paru dans l'édition de la matinée, relatait un entretien avec Hilda Ozimek. En dessous d'une photo d'elle, on pouvait lire: «La voyante savait qu'ils étaient tous morts.» Des déclarations de proches et d'amis des couples assassinés précédaient un schéma en couleurs d'une demi-page, indiquant les endroits où les véhicules et les restes des jeunes gens avaient été retrouvés. Camp Peary émergeait sinistrement au centre de cette carte macabre.

— Je vais bien, répondis-je. Et j'irais encore mieux si vous pouviez m'aider.

Je lui expliquai ce dont j'avais besoin, ajoutant:

— Je vous faxerai demain le formulaire. Il rappelle l'article du Code qui me permet d'avoir accès aux dossiers de Jill Harrington.

Il ne s'agissait que d'une formalité, pourtant je me sentis gênée de lui rappeler ce mandat légal.

— Pourquoi ne pas me l'apporter en personne, Kay? Dîner mercredi à 19 heures?

— Je ne veux pas vous ennuyer…

Elle m'interrompit avec chaleur :
– Vous ne m'ennuyez pas du tout. Au contraire, vous m'avez manqué.

13

Les couleurs pastel Art déco des beaux quartiers de la ville m'évoquaient toujours Miami Beach. Pourtant les conditions météorologiques rendaient assez incongrue cette palette d'immeubles roses, jaunes et bleu Wedgwood, arborant heurtoirs de cuivre poli et drapeaux de couleurs vives qui claquaient au-dessus des entrées dans la neige qui avait succédé à la pluie.

Heure de pointe aidant, la circulation était effroyable, et je dus faire deux fois le tour du pâté de maisons avant de parvenir à me garer à une distance raisonnable de mon caviste favori, chez qui je choisis quatre bonnes bouteilles, deux de rouge et deux de blanc.

Je remontai ensuite Monument Avenue. Les statues équestres de généraux confédérés, fantomatiques dans le tourbillon laiteux de la neige, se dressaient, l'air menaçant, au milieu des carrefours. L'été précédent j'avais emprunté cet itinéraire une fois par semaine pour aller voir Anna, puis mes visites s'étaient espacées à l'automne, avant de s'interrompre tout à fait cet hiver.

Anna avait installé son cabinet chez elle, une ravissante maison ancienne de bois blanc nichée dans une rue aux trottoirs en pavés ronds, où des lampes de fiacre éclairées au gaz s'allumaient à la nuit tombée. Je sonnai pour annoncer mon arrivée, comme le faisaient ses patients, et pénétrai dans un vestibule qui menait à la salle d'attente. Le parquet était recouvert d'un tapis d'Orient et des sièges de cuir entouraient une table basse croulant sous les revues. Un coffre à jouets était poussé dans un coin afin de distraire les jeunes patients, non loin d'un bureau d'accueil, d'une machine à café et d'une cheminée. La cuisine, d'où s'échappait une odeur qui me rappela que j'avais sauté le déjeuner, se trouvait au bout d'un long couloir.

— Kay? C'est vous?

La voix inimitable, rythmée par un fort accent germanique, me parvint en même temps que l'écho de ses pas vifs. Anna apparut et, après s'être essuyé les mains sur son tablier, elle m'étreignit.

— Vous avez fermé la porte à clé derrière vous?

— Bien sûr, mais vous devriez verrouiller après le départ de votre dernier patient, Anna.

Je lui serinais le même conseil à chacune de mes visites.

— Mais c'est vous ma dernière patiente, rétorqua-t-elle.

Je la suivis dans la cuisine.

— Tous vos patients vous apportent-ils du vin?

— Je ne les y autoriserais sûrement pas. Mais je ne

cuisine pas non plus pour eux et je ne les fréquente pas en dehors de mes consultations. Pour vous je transgresse toutes mes règles.

– Oui, reconnus-je avec un soupir. Comment pourrais-je jamais m'acquitter de ma dette ?

– En tout cas, pas en me faisant bénéficier de vos services professionnels, j'espère, plaisanta-t-elle en posant le sac de courses sur le plan de travail.

– Je vous promets de me montrer très douce.

– N'empêche que je serais très nue et très morte, et je me ficherais pas mal de votre douceur. Vous avez l'intention de me soûler ou vous êtes tombée sur une promotion ?

– J'ai oublié de vous demander ce que vous prépariez à dîner, expliquai-je. Je ne savais pas s'il fallait du blanc ou du rouge, alors j'ai pris deux bouteilles de chaque.

Elle les tira du sac et les posa sur le plan de travail en commentant :

– Dans ce cas, rappelez-moi de ne jamais vous renseigner sur le menu. Mon Dieu, c'est magnifique, Kay ! Je nous sers un verre maintenant ou vous préférez quelque chose de plus fort ?

– Quelque chose de plus fort, sans hésitation.

– Comme d'habitude ?

– Oui, merci. J'espère que c'est bien ce que je pense, ajoutai-je en lorgnant vers la grande cocotte qui mijotait sur la cuisinière.

Anna préparait un fabuleux *chili con carne*.

– De quoi nous réchauffer. J'ai ajouté une boîte de tomates et de chilis verts que vous aviez rapportée de Miami la dernière fois. Je l'avais gardée en réserve. Il y a du pain au levain dans le four et du *coleslaw*. À propos, comment va votre famille ?

– Lucy a commencé d'un seul coup à s'intéresser aux garçons et aux voitures, mais je n'y attacherai pas trop d'importance tant qu'elle continuera à préférer les ordinateurs, répondis-je. Ma sœur publie un nouveau livre pour enfants le mois prochain. Cela étant, elle est toujours aussi incapable de s'occuper de sa propre fille. Quant à ma mère, à part ses coutumières récriminations sur ce qu'est devenu Miami, où plus personne ne parle anglais, elle va bien.

– Vous y êtes allée pour Noël ?

– Non.

– Votre mère vous a-t-elle pardonné ?

– Pas encore.

– Je ne peux pas lui donner tort. Les familles devraient être réunies pour Noël.

Je ne répondis rien, mais sa volte-face me surprit :

– Pourtant c'est une bonne chose. Vous n'aviez pas envie de descendre à Miami et vous ne l'avez pas fait. Je n'ai pas cessé de vous dire que les femmes devaient apprendre à se montrer égoïstes. Peut-être êtes-vous en train de progresser ?

– Anna, l'égoïsme m'est assez naturel.

– Ah… Mais le jour où vous ne vous en sentirez plus coupable, je saurai que vous êtes guérie.

– Vous avez raison, j'ai du mal à me débarrasser de cette culpabilité, j'en déduis donc que ma guérison n'est pas pour demain.

– Je le vois bien.

Je l'observai tandis qu'elle débouchait une bouteille

afin de permettre au vin de respirer. Elle portait les manches de son chemisier de coton blanc relevées jusqu'aux coudes, et ses avant-bras étaient aussi fermes et musclés que ceux d'une femme qui aurait eu la moitié de son âge. Je ne savais pas à quoi avait pu ressembler Anna lorsqu'elle était jeune, mais, à presque soixante-dix ans, ses traits germaniques affirmés, ses cheveux blancs coupés court et ses yeux d'un bleu très clair attiraient encore le regard. Elle sortit des bouteilles d'un placard et nous prépara en un tournemain un whisky-soda pour moi, un Manhattan pour elle.

– Alors, quelles nouvelles depuis la dernière fois, Kay? demanda-t-elle tandis que nous portions nos verres sur la table de la cuisine. C'était avant Thanksgiving, non? Bien sûr, nous nous sommes parlé au téléphone... Vous vous inquiétez au sujet de ce livre?

– Vous en savez autant que moi sur l'ouvrage d'Abby. Vous êtes au courant de ces affaires, de Pat Harvey, de tout, dis-je en sortant mes cigarettes.

– J'ai suivi tout cela dans les journaux. Vous avez l'air en forme. Un petit peu fatiguée quand même. Peut-être un peu trop mince?

– On n'est jamais trop mince.

– Ce que je veux dire, c'est que je vous ai déjà vue moins bien. Donc vous parvenez à gérer le stress engendré par votre travail.

– Il y a des jours avec et des jours sans.

Anna sirota son Manhattan et contempla la cuisinière d'un air songeur.

– Et Mark?

– Je l'ai revu et nous discutons au téléphone. Il est

encore hésitant, troublé, et je suppose que je suis dans le même état d'esprit. Rien de nouveau donc.

– Vous l'avez revu ? Ça, c'est nouveau.

– Je l'aime toujours.

– En revanche, ça, ça ne l'est pas.

– C'est tellement difficile, Anna. Cela l'a toujours été. Je ne sais pas pourquoi, je n'arrive pas à mettre un terme à notre relation.

– Parce que vos sentiments sont très intenses, mais que vous avez tous les deux peur de vous engager. Vous recherchez tous les deux l'exaltation des sentiments, mais chacun veut agir comme il l'entend. J'ai remarqué que le journal faisait allusion à lui.

– Je sais.

– Et ?

– Je ne l'ai pas prévenu.

– Je ne pense pas que cela soit nécessaire. S'il n'a pas lu l'article, quelqu'un du Bureau l'aura sans aucun doute renseigné. Si cette histoire le perturbait, vous en auriez entendu parler, non ?

– Vous avez raison, dis-je, soulagée. C'est vrai.

– Vous êtes donc au moins en contact l'un avec l'autre. En êtes-vous plus heureuse ?

C'était le cas.

– Vous avez bon espoir ?

– Je suis disposée à voir ce qui va se passer, mais je ne suis pas sûre que cela puisse fonctionner.

– Qui peut être sûr de quoi que ce soit ?

– Oh, que voilà une vérité ! Et elle n'est pas gaie. Je ne peux m'accrocher à rien de certain. Je ne sais que ce que je ressens.

— Dans ce cas vous sortez du lot, Kay.

— Quel que soit le lot, si j'en sors, c'est encore une triste vérité, admis-je.

Elle se leva pour sortir le pain du four. Je la regardai remplir de chili des bols de grès, remuer le *coleslaw* et verser le vin. Me rappelant le formulaire que j'avais apporté, je le sortis de mon sac et le posai sur la table.

Anna nous servit et s'assit sans même y jeter un regard.

— Voulez-vous examiner son dossier ? dit-elle.

Je connaissais suffisamment Anna pour être certaine qu'elle ne consignait pas les détails de ses séances de thérapie. Ma profession m'autorisait un accès légal aux dossiers médicaux et ces documents peuvent sans peine aboutir au tribunal. Les praticiens comme Anna étaient trop rusés pour conserver une trace écrite des confidences de leurs patients.

— Faites-moi un résumé, suggérai-je.

— J'ai diagnostiqué chez elle un problème d'adaptation.

La formule était habile. Si elle avait été médecin légiste au lieu de psychiatre, Anna aurait annoncé que la mort de Jill était due à un arrêt cardiaque ou respiratoire. Que vous soyez écrasé par un train ou abattu par une arme à feu, vous mourez parce que vous cessez de respirer et que votre cœur s'arrête. Un diagnostic de « problème d'adaptation » n'était autre qu'un fourre-tout médical, tout droit sorti du *Manuel de diagnostic statistique des désordres mentaux*. Il permettait au patient d'être couvert par son assurance sans qu'il soit besoin de divulguer la moindre information révélatrice de son histoire ou de ses véritables problèmes.

– Anna, l'humanité dans son ensemble a un problème d'adaptation.

Elle sourit.

– Je respecte votre sens de la déontologie, dis-je, et je n'ai aucunement l'intention d'ajouter des informations que vous jugez confidentielles à mes dossiers. Mais il est important que je sache tout ce qui pourrait m'éclairer sur l'assassinat de Jill. Si quelque chose – dans sa façon de vivre, par exemple – engendrait un risque particulier.

– Je respecte tout autant votre éthique, Kay.

– Merci. Maintenant que nous avons clairement fait état de notre admiration mutuelle pour notre intégrité et notre amour de la justice, pourrions-nous abandonner les politesses et avoir une vraie conversation ?

– Bien sûr, Kay, répondit-elle avec douceur. Je me souviens très bien de Jill. Difficile d'oublier une patiente qui sort de l'ordinaire, surtout quand elle se fait massacrer de cette façon.

– En quoi sortait-elle de l'ordinaire ?

– En quoi ? répéta-t-elle avec un sourire triste. C'était une jeune femme très intelligente et attachante. Elle avait tant de choses pour elle. Je me réjouissais à l'avance de nos rendez-vous. Si je ne l'avais pas suivie, j'aurais aimé la connaître en tant qu'amie.

– Depuis combien de temps venait-elle vous consulter ?

– Trois ou quatre fois par mois pendant plus d'un an.

– Pourquoi vous, Anna ? Pourquoi pas l'un de vos confrères de Williamsburg, plus près de son domicile ?

– Pas mal de mes patients ne sont pas d'ici. Certains viennent d'aussi loin que Philadelphie.

– Parce qu'ils ne veulent surtout pas que l'on sache qu'ils consultent un psychiatre.

Elle acquiesça d'un petit mouvement de tête.

– Malheureusement, beaucoup de gens sont terrifiés à l'idée que les autres puissent l'apprendre. Vous seriez surprise du nombre de personnes qui sont entrées et ressorties de ce bureau par la porte de derrière.

Je n'avais jamais confié à âme qui vive que je consultais un psychiatre, et si Anna n'avait pas refusé de me faire payer, j'aurais réglé mes séances en liquide. Qu'un employé du service du personnel tombe sur mes feuilles de maladie et mes demandes de remboursement et s'empresse de répandre une nouvelle si juteuse dans tout le département de la Santé et des Affaires sociales était bien la dernière chose dont j'avais besoin. Je remarquai :

– De toute évidence, c'était le cas de Jill, ce qui expliquerait également pourquoi elle allait chercher son Librax à Richmond.

– Avant votre appel, j'ignorais qu'elle achetait ses médicaments à Richmond, mais cela ne me surprend pas, remarqua Anna en récupérant son verre de vin.

Le chili, épicé au point de me faire venir les larmes aux yeux, était exceptionnel, le meilleur qu'Anna ait jamais cuisiné, et je l'en complimentai. Puis je lui expliquai ce qu'elle soupçonnait sans doute déjà :

– Il n'est pas exclu que Jill et son amie Elizabeth Mott aient été assassinées par l'individu qui a tué ces cinq couples, expliquai-je. En tout cas, il existe entre les deux séries de meurtres des similitudes qui me troublent.

— Kay, rien de ce que vous pourrez m'apprendre au sujet de ces affaires ne m'intéresse, à moins que vous ne jugiez nécessaire de m'en parler. Je préfère donc que vous me posiez des questions et je ferai de mon mieux pour me souvenir de la vie de Jill.

— Pourquoi s'inquiétait-elle tellement que quelqu'un découvre qu'elle consultait un psychiatre ? Que dissimulait-elle ? demandai-je.

— Jill était originaire d'une grande famille très en vue du Kentucky, elle accordait beaucoup d'importance à l'approbation de ses parents. Elle avait suivi les études qu'il fallait, se préparait à réussir dans son métier d'avocate. Sa famille était très fière d'elle. Ils ne savaient pas.

— Quoi ? Qu'elle voyait un psychiatre ?

— Entre autres. Plus important encore, ils ne savaient pas qu'elle entretenait une liaison homosexuelle.

— Elizabeth ?

Je connaissais la réponse avant de poser la question, l'éventualité m'ayant traversé l'esprit.

— En effet. Jill et Elizabeth étaient devenues amies au cours de la première année de droit de Jill. Puis elles étaient devenues amantes. Leur relation avait pris une tournure très passionnelle, très difficile, conflictuelle. C'était pour toutes les deux une première, en tout cas c'est ainsi que Jill me l'avait présenté. Gardez à l'esprit que je n'ai jamais rencontré Elizabeth, en d'autres termes je n'ai jamais entendu sa version de leur histoire. À l'origine, Jill est venue me voir parce

qu'elle voulait changer. Elle ne voulait pas être homosexuelle et espérait que la thérapie allait la ramener à
l'hétérosexualité.

— Et cela vous paraissait-il possible ?

— J'ignore comment les choses auraient tourné, expliqua Anna. Tout ce que je peux vous dire, c'est que, à
en juger par ce que me confiait Jill, son lien avec Elizabeth était très fort. J'ai eu le sentiment qu'Elizabeth
acceptait mieux leur relation que Jill, qui la refusait
intellectuellement, mais ne parvenait pas à couper les
ponts émotionnellement.

— Ce devait être un calvaire pour elle.

— Les dernières fois que je l'ai vue, son malaise avait
pris de l'ampleur. Elle venait de finir ses études, l'avenir s'ouvrait devant elle, il était temps pour elle de
prendre des décisions. Elle a commencé à souffrir de
problèmes psychosomatiques, des colites spasmo-
diques. Je lui ai prescrit du Librax.

— Jill a-t-elle jamais mentionné devant vous quoi que
ce soit qui pourrait nous aiguiller vers le tueur ?

— J'y ai réfléchi, j'ai creusé le moindre de mes souvenirs. La nouvelle de leur meurtre dans le journal m'a
anéantie. J'avais reçu Jill trois jours avant. Vous ne pouvez pas savoir à quel point j'ai décortiqué tout ce
qu'elle m'avait confié. J'espérais que quelque chose
me reviendrait, un détail qui aurait pu aider, mais en
vain.

— Elles dissimulaient toutes les deux leur relation ?

— Oui.

— *Quid* d'un petit ami, avec lequel l'une ou l'autre
serait sortie pour sauver les apparences ?

– Aucune des deux ne fréquentait de garçon, m'avait-elle affirmé. Donc, à moins qu'elle ne m'ait dissimulé quelque chose, l'hypothèse de la crise de jalousie d'un amoureux éconduit ne tient pas. Encore un peu de chili? demanda-t-elle en remarquant mon bol vide.

– Non, merci, je ne pourrais pas avaler une miette de plus.

Anna se leva pour remplir le lave-vaisselle et nous demeurâmes silencieuses un moment. Elle détacha son tablier avant de le suspendre à un crochet à l'intérieur du placard à balais. Puis nous emportâmes nos verres et la bouteille de vin dans son antre.

C'était ma pièce favorite. Des étagères chargées de livres couvraient deux des murs et le troisième était agrémenté d'une baie vitrée. De son bureau encombré, Anna pouvait contempler les fleurs en bourgeon ou la neige virevoltant dans le petit jardin qui flanquait l'arrière de la maison. Depuis cette fenêtre, j'avais été témoin de l'éclosion du magnolia, une symphonie de blanc nuancé de jaune citron, j'avais vu s'évanouir les dernières élégances de l'automne. Nous avions parlé de ma famille, de mon divorce, de Mark. Nous avions évoqué la souffrance et la mort. De ce fauteuil à oreillettes au cuir râpé, j'avais guidé Anna à travers mon existence en trébuchant, de la même façon, sans doute, que Jill Harrington.

Elles avaient été amantes, ce qui les liait aux autres couples assassinés, rendant plus qu'improbable un scénario à la *Mr Goodbar*, ainsi que je le soulignai. Anna confirma mes déductions.

– Elles ont été aperçues pour la dernière fois à l'Anchor Bar and Grill. Jill a-t-elle jamais mentionné cet endroit?

– Pas nommément, mais elle a fait allusion à un bar où elles allaient de temps en temps parler et prendre un verre. Quelquefois elles dînaient dans des restaurants à l'écart, où personne ne les connaissait. Ou alors elles faisaient des promenades en voiture. Ces excursions semblaient s'imposer lorsque la charge émotionnelle devenait très forte, par exemple lorsqu'elles disséquaient leur relation.

– Si c'était le cas ce vendredi-là à l'Anchor, elles devaient être bouleversées, l'une d'entre elles se sentait peut-être rejetée, en colère. Vous paraît-il possible que l'une ou l'autre se soit mise en tête de draguer un homme, de flirter, pour faire marcher l'autre?

– Ce n'est pas impossible, mais cela me surprendrait beaucoup. Je n'ai jamais eu l'impression que Jill ou Elizabeth pratiquaient ce genre de jeu. J'aurais plutôt tendance à soupçonner que ce soir-là elles étaient tellement absorbées par leur échange, tellement concentrées l'une sur l'autre, qu'elles ne prêtaient pas attention à leur environnement.

– Quelqu'un qui les observait a pu surprendre leur conversation.

– C'est le risque des discussions personnelles dans un lieu public, et je l'avais mentionné à Jill.

– Pourquoi le prenait-elle si elle craignait tellement que quelqu'un nourrisse des soupçons?

– Parce qu'elle avait du mal à tenir ses résolutions, expliqua Anna en jouant avec son verre. Lorsqu'elle se retrouvait seule avec Elizabeth, il était tellement plus aisé de se laisser aller à l'intimité, aux étreintes, au réconfort, aux larmes, sans prendre de décision.

Voilà qui m'était familier. Quand Mark et moi discutions chez l'un ou l'autre, la scène se terminait inévitablement au lit. Ensuite, l'un des deux repartait et les problèmes demeuraient.

— Anna, avez-vous jamais envisagé que leur relation ait pu avoir un rapport avec ce qui leur est arrivé ?

— Au contraire, il me semble que la probabilité devrait être plus faible. J'aurais pensé qu'une femme seule, qui cherche la bonne fortune dans un bar, court un bien plus grand danger que deux femmes ensemble qui ne souhaitent surtout pas attirer l'attention.

— Revenons-en à leurs habitudes, à leur comportement.

— Elles vivaient toutes les deux dans la même résidence, mais pas ensemble, pour donner le change, encore une fois. Pourtant, c'était pratique. Elles pouvaient vivre chacune de leur côté, puis se retrouver tard le soir dans l'appartement de Jill. Celle-ci préférait rester chez elle. Je me souviens qu'elle a précisé que si ses parents ou qui que ce soit essayaient de la joindre tard le soir sans jamais la trouver, les questions ne manqueraient pas d'affluer.

Elle s'interrompit pour réfléchir, puis reprit :

— Elles étaient toutes les deux en pleine forme physique, pratiquaient pas mal de sport. Elles couraient, je crois, mais pas nécessairement ensemble.

— Où s'entraînaient-elles ?

— Il me semble qu'il y avait un parc non loin de chez elles.

– Rien d'autre ? Des théâtres, des boutiques, des centres commerciaux qu'elles auraient pu fréquenter ?

– Rien qui me vienne à l'esprit.

– Que vous souffle votre intuition, Anna ? Qu'avez-vous pensé au moment où cela s'est produit ?

– J'ai pensé qu'elles avaient dû se plonger dans une conversation difficile dans ce bar. Elles voulaient probablement qu'on leur fiche la paix, et elles auraient mal accueilli une quelconque intrusion dans leur intimité.

– Et puis ?

– Selon moi, il est clair qu'elles ont dû rencontrer leur meurtrier ce soir-là, à un moment ou à un autre.

– Comment imaginez-vous la scène ?

– J'ai toujours été convaincue qu'il s'agissait d'un homme qu'elles connaissaient, suffisamment pour n'avoir aucune raison de se méfier. À moins qu'elles n'aient été enlevées sous la menace d'une arme à feu par une ou plusieurs personnes, sur le parking du bar ou ailleurs.

– Et si un inconnu s'était approché d'elles sur le parking, prétextant une panne de voiture, leur demandant si elles pouvaient le déposer quelque part ?...

Anna n'attendit pas la fin de ma phrase, secouant la tête en signe de dénégation :

– Non, cela ne correspond pas à l'impression que j'avais d'elles. À moins, encore une fois, qu'il ne se soit agi d'une connaissance.

– Et si le tueur s'était fait passer pour un agent de police, les avait obligées à s'arrêter pour un banal contrôle routier ?

– Certes, ce serait une tout autre affaire. Ce genre de stratagème pourrait même fonctionner avec vous ou moi.

Anna paraissait fatiguée, aussi la remerciai-je pour son dîner et pour la soirée qu'elle m'avait consacrée. Je savais que cette conversation lui était pénible et je me demandai ce que j'aurais ressenti à sa place.

Quelques minutes après mon retour chez moi, le téléphone sonna.

– Un petit détail m'est revenu, commença Anna. Il n'a probablement pas d'importance… Jill a mentionné qu'elles aimaient faire des mots croisés lorsqu'elles décidaient de rester un peu toutes les deux à la maison, le dimanche matin par exemple. C'est peut-être insignifiant, mais il s'agit d'une habitude, de quelque chose qu'elles pratiquaient ensemble.

– Des mots croisés de revues spécialisées ou bien ceux des journaux?

– Je ne sais pas. Mais Jill lisait pas mal de périodiques. Je la trouvais toujours plongée dans sa lecture lorsqu'elle patientait dans ma salle d'attente. Le *Wall Street Journal*, le *Washington Post*.

Je la remerciai à nouveau et lui promis que la prochaine fois ce serait mon tour de l'impressionner avec mes talents culinaires. Ensuite j'appelai Marino, à qui je déclarai tout de go :

– Deux jeunes femmes ont été assassinées il y a huit ans de cela dans le James City County. Il est possible qu'il existe un lien avec les meurtres des couples. Vous connaissez le capitaine Montana?

– Ouais, je l'ai déjà rencontré.

361

– Il faut que nous le rencontrions, que nous examinions le dossier avec son aide. Est-il du genre discret ?

– J'en sais foutre rien, fit Marino.

Le lendemain après-midi, Marino, Montana et moi nous rejoignîmes à mon domicile, où nous étions assurés de bénéficier d'une certaine tranquillité et de la confidentialité requise.

Le capitaine Montana évoquait à merveille l'État américain dont il portait le nom. Il s'agissait d'un homme massif, à l'ossature solide et aux épais cheveux gris. Ses yeux d'un bleu voilé éclairaient un visage franc et rude. Il s'exprimait avec un pur accent de Virginie, semant sa conversation de « oui, m'dame ».

Montana avait sérieusement dû entamer son budget photo annuel avec l'affaire de Jill et Elizabeth, car ma table de cuisine était recouverte de clichés de leurs corps pris sur la scène de crime, de la Volkswagen abandonnée au Palm Leaf Motel, de l'Anchor Bar and Grill et – beaucoup moins habituel – de chacune des pièces de leurs appartements respectifs, sans oublier les placards et les garde-manger. Il avait apporté une serviette débordant d'une profusion de notes, de cartes, de transcriptions d'interrogatoires, de diagrammes, d'inventaires de pièces à conviction, de registres synthétisant tous les renseignements recueillis par téléphone. L'avantage des enquêteurs qui ont rarement à investiguer sur plus d'un ou deux meurtres de ce genre dans toute leur carrière, c'est l'extrême méticulosité qui entoure leurs enquêtes.

– Le cimetière est attenant à l'église, expliqua-t-il en poussant une photo dans ma direction.

– Elle a l'air très ancienne, remarquai-je en admirant l'ardoise et la brique patinées par les ans.

– Ben oui et non. Elle date du dix-huitième, mais il y a environ une vingtaine d'années des défauts dans le circuit électrique l'ont fait partir en fumée. Je me souviens, j'étais en patrouille ce jour-là, j'ai cru que c'était la ferme d'un de mes voisins qui brûlait. Et puis une de ces sociétés historiques s'y est intéressée. Elle l'a complètement restaurée et elle est censée ressembler exactement à ce qu'elle était, intérieur et extérieur. On y accède par cette route secondaire, ici, fit-il en désignant une autre photo du doigt, qui se trouve à moins de trois kilomètres à l'ouest de la Route 60 et à peu près six kilomètres à l'ouest de l'Anchor Bar, où les filles ont été vues en vie pour la dernière fois, la veille au soir.

– Qui a découvert les corps ? demanda Marino en parcourant du regard toutes les photos étalées.

– Un gardien qui entretient l'église. Il est arrivé le samedi matin pour nettoyer, tout préparer pour l'office du dimanche. Il a dit qu'il venait à peine de se garer quand il a remarqué ce qui ressemblait à deux personnes endormies sur l'herbe, à environ deux mètres derrière la grille du cimetière. Les corps étaient visibles depuis le parking, ce qui tendrait à suggérer que le coupable se fichait pas mal qu'on les découvre.

– En d'autres termes, il n'y avait personne à l'église le vendredi soir ?

– Non, m'dame. Elle était fermée à clé, il y avait rien de prévu.

– Il n'y a jamais d'activités paroissiales programmées le vendredi soir ?

– Si, de temps en temps. Quelquefois, des groupes de jeunes se réunissent le vendredi, ou bien il y a les répétitions de la chorale, ce genre de choses. Le point important, c'est qu'il serait pas logique de choisir cet endroit à l'avance pour y tuer quelqu'un. Vous ne pouvez jamais être assuré que l'église sera déserte, et ça vaut pour tous les soirs de la semaine. C'est une des raisons pour lesquelles j'ai pensé dès le début que ces meurtres étaient improvisés, que les jeunes femmes étaient tombées par hasard sur quelqu'un, peut-être au bar. Il n'y a pas grand-chose dans cette affaire qui aille dans le sens de meurtres planifiés avec soin.

– Cependant le tueur était armé d'un couteau et d'une arme à feu, rappelai-je à Montana.

– Le monde est plein de gens qui se baladent avec des couteaux, des flingues dans leur voiture ou même carrément sur eux, rétorqua-t-il d'un ton neutre.

Je ramassai les photos des corps prises *in situ* afin de les examiner de près.

Les deux femmes reposaient à moins d'un mètre l'une de l'autre, étendues dans l'herbe entre deux pierres tombales en granit. Elizabeth était allongée sur le ventre, les jambes légèrement écartées, le bras gauche sous l'estomac, le droit plaqué contre le flanc. Mince, les cheveux bruns coupés court, elle portait un jean et un pull blanc maculé de sang noirci à l'encolure. Sur une autre photo, le corps avait été retourné : le devant de son pull était imbibé de sang et elle nous contemplait du regard vitreux des morts. D'après le rapport d'autopsie que j'avais consulté, l'entaille de son cou était assez superficielle et la blessure par balle ne l'avait pas immédiatement réduite à l'impuissance. En revanche, le coup de couteau qu'elle avait reçu dans la poitrine avait été fatal.

Les blessures infligées à Jill avaient été beaucoup plus mutilantes. Allongée sur le dos, son visage disparaissait presque totalement sous une nappe de sang coagulé, au point qu'il était impossible de savoir à quoi elle avait pu ressembler, sinon qu'elle portait ses cheveux noirs coupés court et qu'elle avait un joli nez droit. Mince, comme son amie, elle était vêtue d'un jean et d'une chemise de coton jaune ensanglantée, dont les pans étaient sortis de son pantalon. La déchirure du vêtement, à hauteur de la taille, permettait de constater de multiples plaies occasionnées par une arme blanche. Certains des coups avaient lacéré son soutien-gorge. De profondes coupures tailladaient ses avant-bras et ses mains. En revanche, l'entaille à son cou – superficielle, comme dans le cas d'Elizabeth – avait probablement été infligée alors qu'elle était à l'agonie ou déjà morte.

Ces photos devaient se révéler inestimables pour nous. Elles dévoilaient un détail crucial, sur lequel aucun des rapports ou coupures de journaux que j'avais épluchés dans mon bureau n'avait pu me renseigner.

Je jetai un coup d'œil à Marino et nos regards se rencontrèrent.

Je me tournai vers Montana :

– Que sont devenues leurs chaussures ?

14

Tiens, c'est intéressant que vous parliez de ça, répondit-il. Je n'ai pas pu trouver d'explication valable au fait qu'elles avaient ôté leurs chaussures… sauf si on admet qu'elles n'avaient pas pris la peine de les enfiler quand elles s'étaient rhabillées dans le motel, juste avant de partir. On a retrouvé les chaussures et les chaussettes dans la Volkswagen.

– Il faisait chaud cette nuit-là? demanda Marino.

– Ouais, mais quand même, on aurait pu s'attendre à ce qu'elles se rechaussent.

– Leur passage dans une chambre de motel n'a jamais été clairement établi, rappelai-je à Montana.

– Tout juste, vous avez raison, reconnut-il.

Je me demandai s'il avait lu les articles du *Post* mentionnant que les souliers et les chaussettes demeuraient introuvables dans les autres affaires. Si tel était le cas, il ne paraissait pas encore avoir établi de lien.

– Avez-vous été souvent en contact avec la journa-

liste Abby Turnbull lorsqu'elle couvrait les meurtres de
Jill et Elizabeth ?

– Cette bonne femme me collait comme un che-
wing-gum sous une godasse. Partout où j'allais, elle
apparaissait.

– Vous souvenez-vous de lui avoir dit que Jill et Elizabeth avaient été retrouvées pieds nus ? Lui avez-vous
montré les clichés de scène de crime ? demandai-je, car
Abby était trop futée pour avoir oublié un tel détail,
d'autant plus qu'il revêtait maintenant une importance toute particulière.

Il répondit sans hésitation :

– Je lui ai parlé, mais non, m'dame, je ne lui ai
jamais montré ces photos. Et je faisais drôlement attention à ce que je lui racontais, vous savez. Vous avez lu
ce qu'ils disaient dans les journaux, non ?

– J'ai parcouru quelques articles.

– Y a rien là-dedans sur la façon dont les filles
étaient habillées ou sur la déchirure de la chemise de
Jill, et encore moins qu'il manquait leurs chaussettes
et leurs chaussures.

Abby ignorait donc cela, songeai-je, non sans soulagement.

– Sur les photos d'autopsie, on remarque que les
deux femmes portaient des marques de ligature aux
poignets. Avez-vous retrouvé le lien qui aurait pu servir
à les entraver, quel qu'il soit ?

– Non, m'dame.

– Il l'aurait donc retiré après les avoir tuées.

– Ça, je peux vous dire que c'était un type rudement
précautionneux. On n'a retrouvé aucune cartouche,

aucune arme, aucun lien. Aucune trace de sperme. Soit il ne les a pas violées, soit on ne dispose d'aucun moyen pour le savoir. Et elles étaient toutes les deux habillées. La chemise déchirée, ajouta-t-il en détaillant la photo de Jill, ç'a pu se produire quand elle s'est battue avec lui.

— Avez-vous retrouvé des boutons sur place ?

— Plusieurs, dans l'herbe près de son corps.

— Et des mégots de cigarettes ?

Montana passa en revue ses notes, sans impatience.

— Non, pas de mégots, répondit-il, avant d'ajouter en sortant un rapport : Par contre, nous avons trouvé un briquet, un beau briquet en argent.

— Où ça ? demanda Marino.

— À environ cinq mètres des corps. Vous voyez, dit-il en nous montrant une nouvelle photo, le cimetière est entouré d'une grille en fer et on entre par ce portail. Le briquet reposait dans l'herbe, à un peu moins de deux mètres à l'intérieur. Un de ces briquets de valeur, mince, en forme de stylo-plume, le genre qu'on utilise pour allumer une pipe.

— Il marchait ? demanda Marino.

— Je veux ! Et il brillait comme un sou neuf, se souvint Montana. Je suis quasiment certain qu'il n'appartenait à aucune des deux. Elles ne fumaient pas, et aucun des proches avec qui j'ai parlé n'avait le souvenir de les avoir vues avec un briquet de ce genre. Il est peut-être tombé de la poche du tueur, mais impossible d'avoir une certitude. N'importe qui aurait pu le perdre, quelqu'un qui se baladait par là un jour ou deux avant. Vous savez, comme les gens aiment bien visiter les vieux cimetières.

– On a vérifié les empreintes ? fit Marino.

– La surface ne s'y prêtait pas. Il est gravé avec ce motif en croisillons, comme certains de ces beaux stylos en argent. Ce truc devait coûter au moins une centaine de dollars, ajouta-t-il, songeur.

– Le briquet et les boutons que vous avez trouvés là-bas sont-ils toujours en votre possession ? demandai-je.

– J'ai conservé toutes les pièces à conviction. J'avoue que j'ai toujours espéré qu'un jour on éluciderait ces meurtres.

Je l'espérais encore bien davantage que lui. Ce ne fut qu'un peu plus tard, après son départ, que Marino et moi discutâmes de ce qui nous préoccupait vraiment.

– C'est le même enfoiré, lâcha Marino, l'air incrédule. Ce foutu cinglé leur a fait ôter leurs godasses comme il a fait avec les autres couples, afin de les ralentir quand il les a conduites là où il avait l'intention de les abattre.

– C'est-à-dire pas dans le cimetière, remarquai-je. À mon avis, ce n'était pas l'endroit qu'il avait choisi.

– Juste. M'est avis qu'avec ces deux-là il a eu les yeux plus gros que le ventre. Elles lui ont donné du fil à retordre, ou bien il s'est produit un truc qui lui a fait péter les plombs – peut-être en rapport avec le sang à l'arrière de la Volkswagen. Du coup, il les a fait arrêter à la première occasion, à savoir une église déserte avec un cimetière plongé dans l'obscurité. Vous avez une carte de Virginie sous la main ?

J'allai en chercher une dans mon bureau, que Marino étala sur la table et étudia un bon moment, fronçant le front de concentration.

— Regardez ça. La bifurcation en direction de l'église se trouve là, sur la Route 60, environ trois kilomètres avant d'aboutir au chemin qui mène à la zone boisée où Jim Freeman et Bonnie Smyth ont été tués cinq ou six ans plus tard. Moi, je vous dis que l'autre jour, quand on est allés voir Mr Joyce, on est passé juste devant cette foutue route qui conduit à l'église où les deux femmes ont été zigouillées.

— Mon Dieu, murmurai-je. Je me demande…

— Ouais, ben, c'est aussi ce que je me demande, interrompit Marino. Le taré était peut-être là, en train de faire des repérages dans les bois, à la recherche du coin idéal, quand Bordel lui a déboulé dessus. Il bute le chien et, à peu près un mois plus tard, il enlève ses premières victimes, Jill et Elizabeth. Son idée, c'est de les obliger à le conduire dans ce bois, mais la situation lui échappe et il abrège le voyage. Ou bien il est déstabilisé, il se mélange les pinceaux et indique le mauvais virage à Jill ou Elizabeth. Ensuite, il voit cette église et, là, il a vraiment les boules, il réalise qu'ils ont pas tourné où ils devaient. Merde, il sait peut-être même plus où il se trouve.

Je tentai de me représenter la scène. L'une des femmes est au volant, l'autre installée sur le siège passager, et le tueur, à l'arrière, les menace de son arme. Que s'était-il passé pour qu'il perde autant de sang? S'était-il accidentellement tiré dessus? L'explication était plus qu'improbable. S'était-il coupé avec le couteau? Peut-être, mais presque aussi difficile à imaginer. J'avais remarqué sur les photos de Montana que les traces de sang retrouvées dans la voiture paraissaient s'initialiser en gouttelettes à l'arrière de l'appuie-tête côté passager. D'autres gouttes souillaient l'arrière du siège et une véritable nappe maculait le tapis de sol. En d'autres termes, le tueur devait se tenir derrière le siège passager, penché en avant. Saignait-il de la tête ou du visage ?

S'agissait-il d'un *saignement de nez* ?

Je soumis l'hypothèse à Marino.

— Ben, ça devait être une sacrée hémorragie... Bordel, vous avez vu la quantité ! (Il réfléchit, puis proposa :) Peut-être qu'une des femmes lui a balancé son coude vers l'arrière ? Elle l'a atteint en pleine tronche et lui a démoli le nez.

— Si vous étiez l'assassin et qu'une des femmes vous ait fait cela, comment auriez-vous réagi ?

— Ben, j'peux vous certifier qu'elle aurait pas eu l'occasion de recommencer. Je l'aurais probablement pas descendue à l'intérieur de la voiture, mais je lui aurais peut-être flanqué un coup de poing ou je l'aurais assommée avec le flingue.

— Il n'y avait pas de sang à l'avant, lui rappelai-je. Rien qui témoigne du fait que l'une des deux ait pu être blessée à l'intérieur du véhicule.

— Hmmm.

— Déconcertant, hein ?

— Ouais. (Il se renfrogna.) Donc il est assis à l'arrière, penché en avant, et il se met d'un seul coup à saigner ? Un peu que c'est déconcertant !

Je préparai une nouvelle cafetière tandis que nous continuions d'échanger des idées. Demeurait, tout d'abord, un problème de taille : comment un individu seul parvient-il à maîtriser deux personnes ?

– La voiture appartenait à Elizabeth, résumai-je. Supposons qu'elle conduisait. En toute logique, à ce moment-là, elle n'avait pas les mains liées.

– Ouais, mais peut-être que celles de Jill l'étaient. Il a pu les lui attacher pendant le voyage, lui faire lever les bras au-dessus de la tête pour les attacher alors qu'il se trouvait assis derrière.

– Ou bien il a pu l'obliger à se retourner et à les poser sur l'appuie-tête, suggérai-je. C'est peut-être à ce moment-là qu'elle l'a frappé au visage, si tant est que cela se soit produit.

– Peut-être.

– Quoi qu'il en soit, continuai-je, nous présumons qu'au moment où ils se sont arrêtés Jill était déjà attachée et pieds nus. Ensuite, il ordonne à Elizabeth de retirer ses chaussures et l'entrave. Puis il les oblige, sous la menace de son arme, à pénétrer dans le cimetière.

– Jill était pas mal lacérée aux mains et aux avant-bras, remarqua Marino. À votre avis, c'est compatible avec le fait qu'elle ait paré des coups de couteau avec les mains liées ?

– Oui, pourvu qu'elles aient été liées devant, et non dans le dos.

– Ouais... D'ailleurs, ç'aurait été vachement plus futé de les attacher dans le dos.

– Peut-être a-t-il amélioré sa technique par la suite, précisément parce qu'une de ses victimes s'était défendue.

– Elizabeth portait pas de blessures de défense ?

– Aucune.

– Alors ce taré a d'abord tué Elizabeth, décida Marino.

– Comment vous seriez-vous débrouillé ? Souvenez-vous que vous avez deux otages à maîtriser.

– Je les aurais forcées à s'allonger face contre terre dans l'herbe, toutes les deux. J'aurais pointé le canon de mon flingue sur la nuque d'Elizabeth pour qu'elle bouge pas le temps de sortir mon couteau pour la buter. Si elle m'avait surpris en résistant, j'aurais pu appuyer sur la détente et la flinguer alors que j'en avais pas vraiment l'intention.

– Ce qui expliquerait peut-être pourquoi on lui a tiré dans la nuque. S'il pointait l'arme à l'arrière de sa tête et qu'elle se soit rebiffée, le canon a pu glisser. Le scénario rappelle ce qui est arrivé à Deborah Harvey, encore que je doute qu'elle ait été étendue au sol lorsqu'il lui a tiré dessus.

– Ce type raffole des lames, répondit Marino. Il utilise son flingue que quand les choses se passent pas comme il l'a prévu. Et, jusqu'ici, ça s'est produit que deux fois, à notre connaissance, avec Elizabeth et Deborah.

– Donc il tire sur Elizabeth. Et ensuite ?

– Il l'achève et s'occupe de Jill.

– Il a lutté avec Jill, lui rappelai-je.

– Vous pouvez parier qu'elle s'est défendue. Son amie vient de se faire descendre, elle sait qu'elle n'a aucune chance, autant foncer dans le tas et avec acharnement.

– Ou bien elle était déjà en train de se battre avec lui, hasardai-je.

Les yeux de Marino s'étrécirent, comme toujours lorsqu'il était sceptique.

Jill était avocate. À mon avis, elle n'était pas naïve. Elle n'ignorait rien de la cruauté dont les humains sont capables. Lorsque son amie et elle avaient été poussées dans ce cimetière, en pleine nuit, j'étais convaincue qu'elle avait aussitôt compris qu'elles étaient condamnées. Une des deux femmes – ou peut-être même les deux – s'était retournée contre le tueur lorsqu'il avait ouvert le portail de fer. Si le briquet en argent appartenait au meurtrier, peut-être l'objet était-il tombé de sa poche. Ensuite, en admettant que Marino ait vu juste, il les avait obligées à se coucher face contre terre. Mais lorsqu'il s'était attaqué à Elizabeth, Jill avait paniqué, tenté de protéger son amie, et le coup de feu était parti, blessant Elizabeth à la nuque.

– La nature et la disposition des blessures de Jill témoignent d'une véritable frénésie… Un agresseur fou de colère, terrorisé aussi, parce qu'il a perdu le contrôle de la situation. Il a pu la frapper à la tête avec son arme, se jeter sur elle, déchirer sa chemise et la poignarder. Enfin, il leur tranche la gorge, c'est davantage un adieu qu'autre chose. Puis il repart dans la Volkswagen, qu'il abandonne au motel, et s'éloigne à pied, peut-être en direction de sa voiture, où qu'elle se trouve.

– Ouais, mais à ce moment-là il avait du sang partout sur lui, réfléchit Marino. Pourtant on en a pas retrouvé à l'avant sur le siège conducteur, uniquement sur la banquette arrière.

– C'est un des points communs avec les autres affaires concernant les couples, insistai-je. Le tueur est très prudent. Peut-être emporte-t-il de quoi se changer, des serviettes, Dieu sait quoi, lorsqu'il planifie ses meurtres.

Marino plongea dans sa poche et en tira son couteau suisse, avec lequel il entreprit de se couper les ongles au-dessus d'une serviette. Ma compassion alla à Doris. Elle avait dû supporter son lot durant son mariage. Marino ne savait sans doute pas vider un cendrier, mettre une assiette dans l'évier ou ramasser son linge sale, et je préférais ne pas imaginer l'état d'une salle de bains après qu'il s'y était ébroué.

– Notre bien chère Abby essaie toujours de vous joindre ? demanda-t-il sans lever les yeux.

– Je préférerais que vous ne l'appeliez pas comme ça.

Il ne répondit rien.

– Pas ces derniers jours, enfin pas à ma connaissance.

– Dites-moi, Doc, ça vous intéresserait de savoir qu'elle a avec ce Clifford Ring une relation qui déborde pas mal du cadre professionnel ?

– Que voulez-vous dire ? demandai-je, mal à l'aise.

– J'veux dire que la raison pour laquelle on lui a retiré la chronique judiciaire a rien à voir avec cet article sur les couples qu'elle tenait tant à pondre, dit-il en s'appliquant sur son pouce gauche, les rognures d'ongle pleuvant sur sa serviette. Visiblement, elle devenait tellement barjo que plus personne dans la salle de rédaction pouvait bosser avec elle. Et le pompon, ç'a été à l'automne, juste avant qu'elle vienne à Richmond et que vous la voyiez.

– Que s'est-il passé ? demandai-je en le dévisageant.

– À ce que j'ai entendu, elle s'est laissée aller à une petite scène en plein milieu de la salle de rédaction. Elle a balancé une tasse de café sur les genoux de Ring, puis elle s'est barrée comme une furie sans dire à personne où qu'elle allait ni quand elle comptait rentrer. C'est à ce moment-là qu'on l'a mutée aux chroniques.

– Qui vous a raconté ça ?

– Benton.

– Et comment Benton est-il au courant de ce qui se passe dans la salle de rédaction du *Post* ?

– J'ai pas demandé.

Marino referma son couteau, qu'il rangea dans sa poche. Puis il se leva, fit un tampon de sa serviette avant de la jeter dans la poubelle.

– Ah, dernière chose, dit-il, planté au milieu de ma cuisine. Cette Lincoln qui vous intéresse tant…

– Oui ?

– Une Mark Seven 1990. Immatriculée au nom de Barry Aranoff, sujet masculin blanc âgé de trente-huit ans, domicilié à Roanoke. Il est représentant de commerce pour une entreprise de matériel médical… Toujours sur les routes, en somme.

– Vous lui avez parlé ?

– Pas à lui, à sa femme. Il est absent depuis deux semaines.

– Où était-il censé se trouver quand j'ai vu la voiture à Williamsburg ?

– Sa femme m'a dit qu'elle était pas sûre de son planning. Visiblement, il peut se faire une ville différente par jour. Son secteur de vente est pas mal étendu, y compris en dehors de l'État, jusqu'à Boston. Pour autant qu'elle s'en souvienne, au moment dont vous parlez il se trouvait à Tidewater, puis prenait l'avion pour New-port News, en direction du Massachusetts.

Je demeurai silencieuse, ce que Marino prit pour de la gêne, alors que je réfléchissais.

— Hé, vous avez fait du super-bon boulot de détective. Genre : y a pas de mal à noter un numéro d'immatriculation pour le vérifier. Vous devriez être contente de pas avoir été suivie par un espion quelconque.

Je ne répondis rien.

— Le seul truc, ajouta-t-il, c'est que vous vous êtes plantée sur la couleur. Vous avez dit que la Lincoln était gris foncé, alors que la caisse d'Aranoff est marron.

Plus tard dans la soirée un orage éclata, d'une violence qui n'avait rien à envier à ceux dont nous étions gratifiés en été. Les éclairs se déchaînèrent au-dessus des arbres malmenés par le vent. Assise dans mon lit, je parcourais distraitement les journaux, attendant que la ligne téléphonique du capitaine Montana soit enfin libre.

Ou bien son téléphone était en dérangement, ou bien quelqu'un le monopolisait depuis deux heures. Après notre rencontre, puis le départ de Marino, je m'étais souvenue d'un détail sur une des photos prises dans le salon de l'appartement de Jill, détail qui m'avait remis en tête une des dernières remarques d'Anna. Posée à même le tapis, à côté d'un fauteuil de repos, s'élevait une pile de mémos juridiques, de divers quotidiens publiés dans d'autres États, surmontée d'un exemplaire du *New York Times Magazine*. Les mots croisés ne m'ont jamais intéressée. Dieu sait que j'ai suffisamment d'énigmes à élucider sans en ajouter, mais je savais que ceux du *Times* étaient aussi populaires que les coupons de réduction valables dans les supermarchés.

Je composai de nouveau le numéro personnel de Montana. Ma patience fut enfin récompensée.

– Avez-vous jamais pensé au signal d'appel ? demandai-je d'un ton bon enfant.

– Non… En revanche, offrir à mon adolescente de fille son propre standard téléphonique est une solution qui me tente assez, répondit-il du tac au tac.

– J'aimerais vous poser une question.

– Allez-y.

– Je suppose que lorsque vous avez fouillé les appartements de Jill et d'Elizabeth, vous avez examiné leur courrier ?

– Oui, m'dame. Même que je l'ai ramassé pendant un moment, histoire de surveiller ce qu'elles recevaient, qui leur écrivait. J'ai vérifié leurs relevés de cartes de crédit, tous ces trucs-là.

– Jill avait-elle souscrit des abonnements à des journaux ? Des périodiques envoyés par la poste ?

Il y eut un silence et soudain je me repris :

– Excusez-moi, c'est idiot. Vous devez avoir tout cela au bureau…

– Non, m'dame, je suis rentré directement chez moi, je les ai là. J'essayais juste de réfléchir, la journée a été longue. Vous pouvez patienter ?

Je l'entendis tourner quelques pages.

– Il y avait quelques factures, des publicités, mais pas de journaux.

Surprise, j'expliquai que plusieurs journaux publiés dans d'autres villes du pays étaient empilés dans l'appartement de Jill.

– Elle a bien dû se les procurer quelque part.

– Peut-être dans des distributeurs automatiques, suggéra-t-il. Il y en a beaucoup autour du lycée. À mon avis, c'est ça.

L'explication se tenait dans le cas du *Washington Post* et du *Wall Street Journal,* pas dans celui du *New York Times* du dimanche. En revanche, il avait pu être acheté dans un drugstore ou chez un marchand de journaux où Jill et Elizabeth avaient l'habitude de s'arrêter lorsqu'elles sortaient prendre le petit déjeuner le dimanche matin. Je le remerciai et raccrochai.

J'éteignis la lumière et m'allongeai, écoutant la pluie tambouriner sans relâche sur le toit. Je me pelotonnai au chaud sous les couvertures, tandis que des pensées et des images s'enchevêtraient dans ma tête.

Je revis le fourre-tout rouge de Deborah Harvey, maculé de terre humide. Vander, au labo d'empreintes digitales, avait fini de l'examiner. Au demeurant, je venais de consulter son rapport.

Bizarrement, le petit sac se trouvait maintenant dans une corbeille en plastique trônant sur le bureau de Rose, qui s'inquiétait :

– Qu'allez-vous en faire ? Vous ne pouvez pas l'expédier à la famille dans cet état.

– Bien sûr que non.

– On devrait peut-être juste récupérer les cartes de crédit et les objets pour les nettoyer et les leur renvoyer?

La colère déformait le visage de ma secrétaire, elle envoyait balader la corbeille à travers son bureau et glapissait:

– Sortez-moi ça de là! Je ne peux pas le supporter!

Je me retrouvais ensuite dans ma cuisine. De la fenêtre, j'apercevais Mark qui remontait l'allée en direction de la maison. Sa voiture ne me disait rien, pourtant je la reconnaissais quand même. Je fourrageais dans mon sac à la recherche d'une brosse et me recoiffais à la hâte. Je voulais foncer dans la salle de bains pour me brosser les dents, mais je n'avais plus le temps. La sonnette de la porte d'entrée résonnait, juste une fois.

Mark me prenait dans ses bras, murmurait mon nom dans un petit cri de douleur. Je me demandais pourquoi il se trouvait là, et pas à Denver.

Il m'embrassait tout en repoussant du pied la porte d'entrée, qui se refermait avec un effroyable fracas.

J'ouvris les paupières dans un sursaut. Le tonnerre grondait. Un éclair claqua, inondant ma chambre de lumière, puis un autre. Mon cœur s'affolait dans ma poitrine.

Le lendemain matin, je pratiquai deux autopsies avant de monter voir Neils Vander, chargé du laboratoire des empreintes digitales. Je le trouvai dans la salle d'informatique – qui hébergeait notre système d'identification automatique des empreintes –, absorbé devant un écran. Je posai sur son clavier la copie que j'avais apportée du rapport d'examen du petit sac de Deborah Harvey.

– Il faut que je vous demande quelque chose, annonçai-je en élevant la voix pour couvrir le bourdonnement insistant de l'ordinateur.

Il baissa les yeux sur le rapport d'un air préoccupé, ses cheveux gris indisciplinés bouclant sur ses oreilles.

– Comment avez-vous fait pour retrouver quoi que ce soit dans la pochette? Après un si long séjour dans les bois! Je suis sidérée.

Il se concentra de nouveau sur son écran.

– Elle est en nylon, imperméable, expliqua-t-il, et les cartes de crédit étaient protégées dans des étuis en plastique à l'intérieur d'un compartiment doté d'une fermeture à glissière. Quand j'ai placé les cartes dans le gros bécher qui nous sert à vaporiser la superglu, beaucoup d'empreintes partielles et de traînées sont apparues. Je n'ai même pas eu recours au laser.

– Impressionnant…

Il eut un petit sourire.

– … Mais rien d'identifiable, soulignai-je.

– Désolé.

– Le permis de conduire m'intrigue: vous n'avez rien trouvé dessus?

– Pas une trace.

– Il était propre?

– Comme un sou neuf.

– Merci, Neils.

Il était déjà reparti dans ses pensées, dans son monde de boucles et de volutes.

Je redescendis et cherchai le numéro du Seven-Eleven où Abby et moi nous étions rendues à l'automne. On m'apprit qu'Ellen Jordan, la caissière avec laquelle nous avions discuté, n'arrivait qu'à 21 heures. Le reste de la journée fila sans que je m'en aperçoive, si absorbée par le travail que je ne m'interrompis même pas pour déjeuner. Je n'étais pas le moins du monde fatiguée lorsque je rentrai chez moi.

À 20 heures la sonnette de l'entrée retentit, alors que j'étais en train de remplir le lave-vaisselle. Je m'essuyai les mains sur un torchon et gagnai la porte, un peu inquiète.

Abby Turnbull se tenait sur le seuil, le col de son manteau relevé jusqu'aux oreilles, le teint blafard, le regard désespéré. Un vent mordant chahutait les silhouettes sombres des arbres dans mon jardin et malmenait ses cheveux.

— Tu n'as pas répondu à mes appels. J'espère que tu ne me refuseras pas l'entrée de ta maison.

— Bien sûr que non, Abby. Je t'en prie, viens, dis-je en ouvrant le battant et en reculant.

Elle ne retira son manteau que lorsque je l'y invitai, et lorsque je lui proposai de le suspendre, elle secoua la tête et le posa sur le dossier d'une chaise, comme pour me rassurer sur le fait qu'elle n'avait pas l'intention de s'éterniser. Elle portait un jean bleu délavé et un pull marron à grosses mailles qui peluchait par plaques. Je la frôlai pour aller débarrasser la table de la cuisine des papiers et des journaux qui l'encombraient, et décelai des relents de tabac froid et une odeur âcre de transpiration. Étrangement, je me sentais incapable de lui en vouloir.

– Tu veux un verre ? proposai-je.

– Ce que tu prendras, ce sera parfait.

Elle sortit ses cigarettes tandis que je préparais nos boissons.

– Je ne sais pas par où commencer, hésita-t-elle lorsque je fus assise. Ces articles étaient injustes envers toi, c'est le moins qu'on puisse dire, et je sais ce que tu dois penser.

– Ce que je pense n'a pas grand intérêt pour l'instant. Je préfère entendre ce que tu as à dire.

– Je t'ai avoué que j'avais commis des erreurs, lâcha-t-elle d'une voix tremblante. L'une d'entre elles s'appelle Clifford Ring.

Je ne bronchai pas.

– C'est un journaliste d'investigation, une des premières personnes que j'aie rencontrées en arrivant à Washington. Il était passionnant, auréolé de succès, intelligent, sûr de lui. J'étais vulnérable, je venais de déménager dans une nouvelle ville après avoir traversé… (Elle détourna le regard.) Après ce qui est arrivé à Henna… Nous sommes d'abord devenus amis, puis les choses se sont emballées. Je n'ai pas décelé sa véritable nature parce que, au fond, je refusais de la voir.

Sa voix se brisa et j'attendis en silence qu'elle se reprenne.

– Je lui aurais confié ma vie, Kay.

– D'où je conclus que les détails qui émaillent son article venaient de toi.

– Non. Ils provenaient de mes recherches.

– Que veux-tu dire ?

– Je ne parle à personne de ce que j'écris, expliqua-t-elle. Cliff était au courant de mon implication dans ces affaires, mais je ne suis jamais entrée dans les détails avec lui, d'autant qu'il n'a jamais manifesté d'intérêt particulier à leur égard. (La colère commençait à tendre sa voix lorsqu'elle poursuivit :) Et pourtant il était intéressé, et plus qu'un peu. C'est comme ça qu'il fonctionne.

– Si tu es restée si discrète, comment a-t-il obtenu ces informations de toi ?

– Je lui donnais mes clés d'immeuble et d'appartement quand je m'absentais, pour qu'il puisse arroser les plantes, monter mon courrier. Il a pu faire réaliser des doubles.

Notre conversation au Mayflower me revint. Lorsque Abby avait mentionné une intrusion sur son ordinateur, accusant le FBI ou la CIA, je m'étais montrée plus que sceptique. Un agent expérimenté aurait-il ouvert un dossier de traitement de texte sans se douter que la date et l'heure de son intervention risquaient d'être enregistrées ? Très improbable !

– C'est Cliff Ring qui a fouillé dans ton ordinateur ?

– Je ne peux pas le prouver, mais j'en suis certaine. Tout comme pour mon courrier : impossible de démontrer qu'il l'a intercepté, mais je sais que c'est lui. Ce n'est pas très compliqué de décacheter une enveloppe à la vapeur, puis de la recoller et de la remettre dans la boîte aux lettres, surtout si tu possèdes un double de la clé.

– Savais-tu qu'il préparait ce reportage ?

– Bien sûr que non. Je l'ignorais totalement avant

d'ouvrir ce foutu journal du dimanche! Il devait s'introduire dans mon appartement lorsque je m'en absentais. Il consultait mon ordinateur, récupérait toutes les infos sur lesquelles il pouvait mettre la main. Ensuite, il lui a suffi d'appeler les gens, de leur soutirer des déclarations et des informations, sans grande difficulté puisqu'il savait exactement où et quoi chercher.

— Et c'était d'autant plus facile que tu avais été débarquée de la rubrique judiciaire. Tu as pensé que le *Post* faisait machine arrière à propos de l'article, alors que c'était toi qu'ils poussaient dehors.

Elle acquiesça avec colère :

— Ils ont confié le papier à un journaliste qu'ils jugeaient plus digne de confiance. Clifford Ring.

S'expliquait l'absence d'efforts de ce dernier pour me contacter. Il savait qu'Abby et moi étions amies. S'il m'avait demandé des détails, j'aurais pu m'en ouvrir auprès d'Abby. Or il tenait avant tout à ce qu'elle demeure dans l'ignorance de ses magouilles le plus longtemps possible. Il m'avait donc évitée, contournée.

— Je suis certaine qu'il…

Abby s'éclaircit la gorge et prit son verre d'une main tremblante.

— Il peut se montrer très persuasif, reprit-elle. Il va probablement remporter un prix pour cette série d'articles.

— Je suis désolée, Abby.

— Oh, mais je suis la seule fautive. Je me suis conduite comme une gourde.

— On prend toujours des risques lorsqu'on se permet d'aimer…

– Eh bien, à l'avenir je me les épargnerai, me coupa-t-elle. Avec lui, c'était toujours un problème après l'autre. C'était toujours à moi de faire des concessions, de lui donner une deuxième chance, puis une troisième et une quatrième.

– Les gens du journal étaient-ils au courant de votre relation ?

– Nous étions très prudents, biaisa-t-elle d'un ton évasif.

– Pourquoi ?

– La salle de rédaction est un endroit très incestueux, les rumeurs y vont bon train.

– Vos collègues ont certainement dû vous voir ensemble, non ?

– Nous faisions très attention, répéta-t-elle.

– Mais les gens ont dû sentir qu'il y avait quelque chose entre vous. Une tension, tout au moins.

– Si on le lui demandait, il disait que je veillais sur mon territoire, qu'il s'agissait de concurrence entre nous.

Et de jalousie, pensai-je. Abby n'avait jamais été très douée pour dissimuler ses émotions. J'imaginais parfaitement ses rages jalouses. J'imaginais ceux qui l'observaient en salle de rédaction, qui interprétaient ses éclats, les attribuant à son ambition et à sa jalousie professionnelle à l'égard de Clifford Ring. Mais c'était de ses autres centres d'intérêt qu'Abby était jalouse.

– Il est marié, n'est-ce pas, Abby ?

Elle fondit en larmes.

Je me levai pour nous resservir un verre. Elle allait me raconter à quel point il était malheureux avec sa femme, qu'il envisageait le divorce et qu'elle avait cru qu'il allait tout quitter pour elle. La ficelle était énorme, et tellement classique. J'avais déjà entendu cette histoire des centaines de fois. Il avait utilisé Abby.

Je posai son verre sur la table et lui pressai doucement l'épaule avant de regagner ma chaise.

Et, en effet, j'eus droit presque mot pour mot à ce récit si prévisible. J'écoutai, me contentant de la regarder avec tristesse.

– Je ne mérite pas ta compassion, conclut-elle en pleurant.

– Tu as souffert bien plus que moi.

– Tout le monde a souffert. Toi. Pat Harvey. Les parents, les amis de ces gamins. Sans ces affaires, je travaillerais encore à la rubrique judiciaire, au moins ma carrière se porterait-elle bien. Comment se peut-il qu'une personne ait le pouvoir de détruire tant de choses?

Je compris qu'elle ne faisait plus allusion à Clifford Ring, mais au tueur.

– Tu as raison, personne ne devrait disposer d'un tel pouvoir. Et personne ne l'aura si nous l'en empêchons.

– Deborah et Fred n'ont pas pu l'empêcher. Jill, Elizabeth, Jimmy, Bonnie, aucun d'entre eux, protesta-t-elle d'un air défait. Ils ne voulaient pas mourir comme ça.

– Que va faire Cliff maintenant?

– Quoi que ce soit, en tout cas, ça se fera sans mon implication. J'ai changé toutes mes serrures.

– Et tes inquiétudes en ce qui concerne les écoutes téléphoniques, le fait que tu es suivie?

– Cliff n'est pas le seul à s'intéresser à ce que je fais.

Je ne peux plus faire confiance à personne! (Ce furent, cette fois, des larmes de rage qui s'accumulèrent dans ses yeux.) Tu es la dernière personne à qui j'aurais voulu causer du tort, Kay.

— Abby, arrête. Tu peux pleurer pendant des heures, ça ne changera rien.

— Je suis désolée…

— Fini, les excuses, dis-je d'un ton ferme mais ami.

Elle se mordit la lèvre inférieure et fixa son verre.

— Es-tu prête à m'accorder ton aide maintenant?

Elle releva la tête et me regarda.

— Premier point: de quelle couleur était la Lincoln que nous avons vue à Williamsburg la semaine dernière?

— Gris foncé, intérieur cuir foncé, peut-être noir, répondit-elle la vitalité revenant soudain dans son regard.

— Merci. C'est bien ce que je pensais.

— Que se passe-t-il?

— Je ne sais pas. Il y a plus encore.

— Quoi?

— J'ai une *mission* à te confier, annonçai-je avec un sourire. Mais, d'abord, quand rentres-tu à Washington? Ce soir?

— Je ne sais pas, Kay, dit-elle en fuyant mon regard. Je ne peux pas séjourner là-bas pour l'instant.

Abby se sentait comme une fugitive – et elle l'était, dans un sens. Clifford Ring l'avait poussée hors de Washington. Qu'elle disparaisse un moment de la circulation n'était sans doute pas une mauvaise idée.

— Il y a un *bed and breakfast* dans le Northern Neck et…

– Et j'ai une chambre d'amis, l'interrompis-je. Tu peux rester chez moi un moment.

L'air incertain, elle avoua :

– Kay, tu te rends compte de l'impression que ça va donner ?

– Franchement, en ce moment je m'en contrefiche.

– Pourquoi ? demanda-t-elle en m'étudiant attentivement.

– Ton journal m'a déjà bien assaisonnée, mais j'ai l'intention de jouer mon va-tout. Que la situation empire ou s'améliore, elle ne peut qu'évoluer, de toute façon.

– Au moins, tu ne t'es pas fait virer.

– Toi non plus, Abby. Ce que tu as fait, c'est t'engager dans une liaison et te conduire de façon bien inopportune en balançant ton café sur les genoux de ton amant devant tous vos collègues.

– Il le méritait.

– Je n'ai aucun doute sur le sujet. Cela étant, si tu veux mon avis, ne tente pas de bras de fer contre le *Post*. Ton livre est ta seule chance de reprendre la situation en main.

– Et toi ?

– Moi, mon souci, ce sont ces affaires. Et tu peux m'aider parce qu'il y a des choses que tu peux faire et moi pas.

– Quoi, par exemple ?

– Je suis officier du Commonwealth. En d'autres termes, je ne peux pas mentir, truander, manipuler, harceler, espionner, fureter, fouiner et me faire passer pour ce que je ne suis pas. En revanche, ta liberté d'action est colossale parce que tu es journaliste.

– Alors ça, c'est un compliment! protesta-t-elle en sortant de la cuisine. Je vais chercher mes affaires dans la voiture.

Je ne recevais que rarement des invités, et la chambre du bas était en général réservée aux visites de Lucy. Sur le parquet était étalé un tapis iranien Dergezine au motif floral de couleurs vives qui transformait la chambre en un gigantesque décor champêtre. Lucy en était le charmant bouton de rose ou le vilain chardon selon qu'elle se montrait adorable ou odieuse.

– Tu dois aimer les fleurs, remarqua Abby d'un ton distrait en posant son sac de voyage sur le lit.

Je m'excusai:

– Le tapis est un peu écrasant dans cette pièce, mais quand je l'ai vu, je n'ai pas pu résister, et il n'y avait pas d'autre endroit où le mettre. Sans parler du fait qu'il est quasi indestructible, un point qui a son importance puisque c'est là que séjourne Lucy.

– Enfin, qui avait son importance, remarqua Abby en ouvrant la porte de la penderie. Lucy n'a plus dix ans.

– Je crois qu'il y a pas mal de cintres là-dedans, fis-je en me rapprochant pour vérifier. Si c'était insuffisant...

– C'est parfait.

– Tu trouveras du dentifrice, des serviettes et du savon dans la salle de bains, continuai-je en lui indiquant la pièce attenante.

Mais elle avait commencé à déballer ses affaires et ne me prêtait pas attention.

Je m'assis sur le bord du lit.

Abby transporta tailleurs et chemisiers dans la penderie. Les cintres grincèrent contre la tringle de métal. Je l'observai en silence, un picotement d'impatience me parcourant.

Durant plusieurs minutes, les tiroirs glissèrent, les cintres geignirent, l'armoire à pharmacie de la salle de bains s'ouvrit et se referma en chuintant. Elle poussa son sac de voyage en bas de la penderie, puis jeta un regard circulaire autour d'elle, comme si elle cherchait une nouvelle occupation. Elle ouvrit sa serviette, en sortit un roman et un carnet de notes, qu'elle posa sur la table de chevet. Je l'observai ensuite avec inquiétude fourrer dans le tiroir un 38 et des boîtes de cartouches.

Il était minuit lorsque je finis par remonter. Avant de me coucher, je composai de nouveau le numéro du Seven-Eleven.

– Ellen Jordan?

– Ouais, c'est moi. Qui c'est?

Je me présentai, lui rappelant notre rencontre, et expliquai:

– L'automne dernier, vous m'avez dit que lorsque Fred Cheney et Deborah Harvey étaient passés, Deborah avait voulu acheter de la bière et que vous lui aviez demandé une pièce d'identité.

– Ouais, c'est bien ça.

– Que lui avez-vous demandé au juste? Je veux dire: précisément?

– Je lui ai juste dit qu'y fallait que je vérifie sa date de naissance sur son permis de conduire, répondit

Ellen, intriguée. Enfin, bref, j'ai demandé à le regarder.

— Elle l'a sorti de sa pochette ?

— Ben, ouais, fallait bien pour que je le voie.

— Elle vous l'a tendu, alors ?

— Ouais.

— Il était protégé par quelque chose ? Glissé dans un étui en plastique, par exemple ?

— Non. Elle me l'a juste tendu, je l'ai regardé, puis je lui ai rendu. Pourquoi ? demanda-t-elle après un silence.

— En réalité, le but de mes questions est de déterminer si vous avez touché le permis de conduire de Deborah Harvey.

— Ben, ouais, fallait bien que je le touche pour pouvoir le vérifier. Je vais pas avoir d'ennuis, hein ? demanda-t-elle d'un ton effrayé.

— Non, non, Ellen, la rassurai-je. Absolument aucun ennui.

15

La mission d'Abby consistait à en découvrir le plus possible sur Barry Aranoff, et elle partit pour Roanoke dès le lendemain matin. Elle fut de retour à la maison dans la soirée, quelques minutes avant que Marino, que j'avais invité à dîner, ne fasse son apparition.

Quand il découvrit Abby dans la cuisine, ses pupilles se contractèrent et il vira à l'écarlate.

– Un Jack Black ? proposai-je.

Lorsque je revins du bar, Abby fumait à la table, tandis que Marino, planté devant la fenêtre dont il avait entrouvert les stores, contemplait la mangeoire à oiseaux d'un air boudeur.

– À cette heure-ci vous ne verrez pas beaucoup d'oiseaux, à moins que vous ne vous intéressiez aux chauves-souris, remarquai-je.

Il ne répondit rien et continua de tourner le dos.

Je servis la salade, et Marino finit par s'installer à nos côtés lorsque je versai le chianti.

– Vous m'aviez pas dit que vous aviez de la compagnie, déclara-t-il.

– Si je vous l'avais dit, vous ne seriez pas venu, répliquai-je sans prendre de gants.

– Elle ne m'avait rien dit non plus, ajouta Abby avec irritation. Bien, puisqu'il est maintenant établi que nous sommes positivement ravis d'être ensemble, profitons de notre dîner.

Une des seules choses que m'avait enseignées mon mariage raté avec Tony, c'était de ne jamais s'engager dans une confrontation tard le soir ou au moment du repas. Je fis de mon mieux pour meubler le silence en bavardant de tout et de rien, et attendis que le café soit prêt pour me lancer :

– Abby va séjourner un petit moment chez moi, informai-je Marino.

– C'est vos oignons, lâcha-t-il en se servant du sucre.

– Ce sont également les vôtres. Marino, nous sommes tous dans le même bateau.

– Ben, vous devriez peut-être m'expliquer de quel bateau il s'agit, Doc. Mais d'abord, dit-il en épinglant Abby du regard, j'aimerais bien savoir à quel moment vous allez placer ce petit dîner dans votre bouquin. Comme ça, j'aurai pas à lire tout ce foutu truc, j'irai directement à la page concernée.

– Vous savez, Marino, quelquefois vous pouvez vraiment être un gros nul, dit-elle.

– Ah, ouais ? J'peux aussi être un vrai connard, dans le genre mauvais, mais vous avez pas encore eu le bonheur de le constater.

– J'en salive d'avance !

D'un geste vif il tira de sa poche de poitrine un stylo qu'il balança sur la table.

– Pourquoi que vous prendriez pas des notes sur le vif? Je voudrais pas que vous déformiez mes déclarations.

Abby le foudroya du regard.

J'avais eu ma dose et j'intervins d'un ton sec:

– Maintenant, ça suffit!

Ils me regardèrent tous les deux.

– Vous ne vous conduisez pas mieux que tous les autres.

– Qui ça? fit Marino, les traits impassibles.

– Tout le monde. J'en ai par-dessus la tête des mensonges, des jalousies, des petits jeux de pouvoir. J'attends un peu mieux de la part de mes amis, et je pensais que vous en faisiez partie.

Je repoussai ma chaise et annonçai:

– Si vous avez envie de continuer à vous balancer des amabilités à la figure, allez-y, mais sans moi.

J'emportai mon café dans le salon sans un regard, allumai la chaîne hi-fi et fermai les yeux. La musique était une de mes thérapies les plus efficaces, et la dernière fois j'avais eu recours à Bach. La cantate n° 29, oubliée sur la platine, démarra au beau milieu d'un mouvement. Je commençai à me détendre. Dans les semaines qui avaient suivi le départ de Mark, je descendais au salon lorsque le sommeil me fuyait. Je coiffais le casque et me laissais glisser dans Beethoven, Mozart, Pachelbel.

Un quart d'heure plus tard, quand ils me rejoignirent, Abby et Marino arboraient la mine penaude du couple querelleur qui vient tout juste de se rabibocher.

— Euh, on vient de discuter, bafouilla Abby tandis que j'éteignais la chaîne. J'ai expliqué les choses du mieux que je le pouvais. Nous sommes parvenus à un certain degré d'entente mutuelle.

J'étais ravie de l'entendre.

— Tant qu'à faire, autant qu'on s'y colle tous les trois, ajouta Marino. Et puis merde, en ce moment Abby est pas vraiment journaliste.

La remarque parut la vexer un peu, mais, ô miracle, ils allaient coopérer.

— Au moment où son livre sortira, tout ça sera sans doute de l'histoire ancienne, ajouta-t-il. Et c'est ça qui compte, que ça se termine. Ça fait maintenant presque trois ans, et dix gamins. Si vous incluez Jill et Elizabeth, ça fait douze. (Il hocha la tête, le regard mauvais.) Celui qui bute ces gamins a pas l'intention de prendre sa retraite, Doc. Il continuera jusqu'à temps qu'on lui tombe dessus. Et dans ce genre d'enquêtes, ça se produit quand la chance tourne un peu de votre côté.

— Nous avons peut-être déjà eu notre coup de chance, lâcha Abby. Aranoff n'est pas l'homme qui conduisait la Lincoln.

— Vous êtes sûre ?

— Certaine. Les rares cheveux qu'il reste à Aranoff sont gris, il dépasse à grand-peine le mètre soixante-dix et doit flirter avec les cent kilos.

— Vous voulez dire que vous l'avez vu ?

— Non, il était toujours absent. J'ai frappé, et sa femme m'a laissée entrer. J'avais enfilé un pantalon de travail et des bottes de protection, et je lui ai dit que je devais vérifier son compteur électrique. On a bavardé et elle m'a offert un Coca. J'ai aperçu une photo de famille et je lui ai demandé pour être sûre. C'est comme ça que je sais à quoi ressemble Aranoff, et je vous garantis qu'il ne s'agit pas de l'homme que nous avons vu, ni de celui qui me filait à Washington.

Marino se tourna vers moi.

– Je suppose que vous n'avez pas pu vous planter en relevant le numéro de la plaque ?

– Non, et même en admettant une erreur de ma part, avouez que la coïncidence serait incroyable. Deux Lincoln Mark Seven 1990 ? Et Aranoff était précisément dans le secteur de Williamsburg-Tidewater au moment où j'aurais noté de façon erronée un numéro d'immatriculation qui s'avère être le sien ?

– Ben, j'crois que je vais avoir une petite conversation avec ce monsieur, conclut Marino.

Il me rappela un peu plus tard dans la semaine et attaqua aussitôt :

– Vous êtes bien assise ?

– Vous avez parlé avec Aranoff.

– Bingo. Il a quitté Roanoke le lundi 10 février, pour se rendre à Danville, Petersburg, puis Richmond. Le mercredi 12, il était dans la région de Tidewater, et c'est là que ça devient intéressant. Il devait se trouver à Boston le jeudi 13, le soir où Abby et vous étiez à Williamsburg. La veille, le mercredi 12, Aranoff a laissé sa voiture au parking longue durée de l'aéroport de Newport News. De là, il a pris l'avion pour Boston et il a passé la plus grande partie de la semaine à écumer le coin dans une voiture de location. Il est revenu à Newport News hier et il est monté dans sa caisse pour rentrer chez lui.

— Vous sous-entendez que quelqu'un aurait « emprunté » ses plaques minéralogiques pendant que sa voiture était immobilisée au parking ? Pour les replacer avant son retour ?

— À moins qu'Aranoff me mène en bateau, et je vois vraiment pas pourquoi, y a pas d'autre explication, Doc.

— Quand il a récupéré sa voiture, a-t-il remarqué un détail pouvant lui laisser croire qu'on y avait touché ?

— Non. On est descendus dans son garage pour y jeter un œil. Les deux plaques étaient en place, bien vissées. Elles étaient sales, couvertes de traînées poussiéreuses, comme le reste de la bagnole, ce qui ne signifie peut-être pas grand-chose. J'ai pas effectué de relevé d'empreintes, mais celui qu'a emprunté les plaques portait probablement des gants, ce qui expliquerait les traînées. J'ai vu aucune marque ou trace d'outil.

— La voiture était-elle garée en évidence ?

— Aranoff dit qu'il l'a laissée à peu près au milieu du parking… Y avait plus beaucoup d'emplacements disponibles.

— Si sa voiture était restée là plusieurs jours sans plaques minéralogiques, la sécurité, ou n'importe qui, l'aurait remarquée, non ?

— Pas nécessairement. Les gens sont pas si observateurs que ça. Quand ils laissent leur caisse à l'aéroport, ou qu'ils rentrent de voyage, ils ont qu'une idée en tête : trimbaler leurs bagages, ne pas rater leur avion ou rentrer chez eux le plus vite possible. Même si un voyageur avait remarqué un truc, je vous fous mon billet qu'il serait pas allé avertir la sécurité. De toute façon, les vigiles auraient rien pu faire avant le retour du propriétaire, et c'est lui qu'aurait dû signaler les plaques disparues. Quant au vol lui-même, c'est vraiment pas sorcier. Allez à l'aéroport passé minuit, y a pas grand monde dans les parages. Moi, j'arriverais à pied, comme si je venais récupérer ma bagnole dans le parking, et cinq minutes plus tard je ressortirais de là avec un jeu de plaques dans ma serviette.

– Et, selon vous, c'est ainsi que les choses se sont déroulées?

– J'vous explique ma théorie. Le type qui vous a demandé son chemin la semaine dernière n'était ni flic, ni agent du FBI, ni espion. C'était quelqu'un qui préparait un mauvais coup. Ça pourrait être un dealer de came, n'importe quoi. Je crois que la Mark Seven gris foncé dans laquelle il se baladait était la sienne, et que, pour pas courir de risques quand il est sur un coup, il intervertit ses plaques, au cas où il se ferait repérer dans le coin, genre par des flics en patrouille.

– Plutôt risqué, s'il se fait arrêter pour avoir grillé un feu rouge, par exemple, soulignai-je. Le numéro correspond à un autre propriétaire.

– Exact. Mais il a aucune intention de se faire arrêter. Sa grosse inquiétude, c'est qu'on puisse remarquer sa caisse, parce qu'il est parti pour faire un truc illégal, qu'il va se passer quelque chose et qu'il veut pas courir le risque que son vrai numéro d'immatriculation soit repéré à ce moment-là.

– Alors pourquoi ne pas utiliser une voiture de location ?

– Parce que c'est pareil que s'il prenait la sienne. N'importe quel flic peut reconnaître une bagnole de location – en Virginie, le numéro commence toujours par un R. Et si vous remontez la piste, vous allez identifier celui qui l'a louée. L'échange de plaques est un meilleur plan, si vous êtes assez futé pour les emprunter sans que ça présente de danger. J'aurais eu la même idée que ce mec, et le parking longue durée, c'est parfait. Je fais mes petites affaires avec les plaques subtilisées, ensuite je les remplace par mon propre jeu sur ma voiture, puis je retourne de nuit dans le parking de l'aéroport, je surveille qu'y ait personne dans le coin, et ni vu ni connu, je restitue ses plaques à l'autre bagnole.

– Et si le propriétaire était revenu entre-temps ?

– Si la caisse était plus dans le parking, je flanquerais juste les plaques dans la benne à ordures la plus proche. Ça marche dans les deux cas.

– Mon Dieu. L'homme que nous avons vu cette nuit-là pourrait être le tueur, Marino.

– Le taré en question était ni un homme d'affaires perdu, ni un connard qui vous suivait. Il préparait un sale coup, mais ça veut pas dire que ce soit le tueur.

– L'autocollant de stationnement…

– Je vais fouiller ça, voir si Colonial Williamsburg peut me fournir une liste de tous les gens à qui on en a attribué.

– La voiture que Mr Joyce a vu passer sur son chemin tous feux éteints aurait très bien pu être une Lincoln Mark Seven.

– Possible. Les Mark Seven sont sorties en 1990. Jim et Bonnie ont été assassinés à l'été quatre-vingt-dix, et dans l'obscurité ce serait pas étonnant que Mr Joyce ait pu la confondre avec une Thunderbird.

– Wesley a de quoi s'occuper avec tout cela, murmurai-je, incrédule.

– Ouais, faut que je l'appelle.

Mars arriva, escorté de la promesse renouvelée que l'hiver ne durerait pas toujours. Le soleil me réchauffait le dos tandis que je nettoyais le pare-brise de la Mercedes et qu'Abby faisait le plein. La brise était douce, revivifiée par une succession de journées pluvieuses. Les gens lavaient leurs voitures ou se promenaient à bicyclette. La terre secouait sans hâte ses mois d'endormissement.

La station-service où je me servais s'étant, elle aussi, mise à la mode du coin épicerie-buvette, je remplis deux gobelets de café à emporter lorsque j'allai régler l'essence. Puis Abby et moi partîmes en direction de Williamsburg, vitres entrouvertes, Bruce Hornsby chantant *Harbor Lights* sur les ondes.

– J'ai consulté mon répondeur avant de partir, dit Abby.

– Et?

– Cinq appels sans message.

– Cliff?

– Je suis prête à le parier. Ce n'est pas qu'il ait envie de me parler, mais je le soupçonne d'essayer de savoir si je suis à la maison. Il a sûrement dû vérifier si ma voiture se trouvait dans le parking.

– Pourquoi ferait-il cela s'il ne veut pas te parler ?

– Peut-être ignore-t-il que j'ai fait remplacer mes serrures.

– En ce cas, il est crétin. Il aurait dû se douter que tu
allais additionner deux et deux quand son reportage
est sorti.

– Il n'est pas idiot, contra-t-elle en regardant par la
vitre de sa portière.

J'actionnai le toit ouvrant.

– Il sait que je sais, mais il n'est pas idiot, répéta-
t-elle. Cliff a admirablement trompé son monde, ils ne
se doutent même pas qu'il est dingue.

– Difficile de croire qu'il ait pu arriver si haut en
étant dingue.

– Mais c'est cela qui est magnifique dans cette bonne
ville de Washington, rétorqua-t-elle avec cynisme. Il y a
là les gens les plus puissants et les plus adulés de la
terre. Une bonne moitié est dingue, et l'autre névro-
sée… et la presque totalité est immorale. C'est le pouvoir
qui veut ça. Franchement, j'ai du mal à comprendre
pourquoi le Watergate a surpris tout le monde.

– Et toi, comment le pouvoir t'a-t-il transformée ?

– J'en connais le goût, mais je n'ai pas plongé
dedans assez longtemps pour devenir accro.

– Peut-être as-tu de la chance.

Elle ne répondit rien.

Je songeai à Pat Harvey. Que faisait-elle ? À quoi pen-
sait-elle ?

– Tu as parlé à Pat Harvey ? demandai-je à Abby.

– Oui.

– Depuis les articles du *Post* ?

Elle acquiesça d'un hochement de tête.

– Comment va-t-elle ?

– J'ai lu un jour un truc écrit par un missionnaire au Congo. Il racontait qu'il avait rencontré un représentant d'une des tribus de la jungle. L'homme avait l'air tout à fait normal, jusqu'au moment où il avait souri. Ses dents étaient limées en forme de pointes. Il était cannibale, dit-elle d'une voix blanche de colère, l'humeur soudain assombrie.

Je ne voyais pas où elle voulait en venir avec cette image.

– C'est exactement comme Pat Harvey, continua-t-elle. L'autre jour, avant de partir pour Roanoke, je suis passée la voir. Nous avons brièvement discuté des articles du *Post*, et je pensais qu'elle avait pris les choses avec une certaine équanimité, jusqu'au moment où elle a souri, et ce sourire m'a glacé le sang.

Je demeurai sans voix.

– À cet instant, j'ai compris que les articles de Cliff l'avaient fait basculer de l'autre côté. J'avais cru que l'assassinat de Deborah l'avait poussée jusqu'à son ultime limite, mais ces papiers lui ont fait franchir un dernier obstacle. Lorsque je lui ai parlé, j'ai éprouvé le sentiment que quelque chose avait disparu chez elle. Au bout d'un moment, j'ai réalisé que c'était Pat Harvey qui n'était plus là.

– Savait-elle que son mari avait une liaison ?

– Maintenant, elle sait.

– Si c'est vrai, ajoutai-je.

– Cliff n'écrirait rien sans filet, sans une source crédible pour appuyer ses propos.

Je me demandai ce qui pourrait me faire basculer dans la folie. Lucy, Mark? Un accident qui me ferait perdre l'usage de mes mains ou me rendrait aveugle? Je ne savais pas ce qui serait susceptible de me pousser dans le gouffre. Peut-être était-ce comme la mort: une fois parti, quelle différence?

Nous atteignîmes Old Towne peu de temps après midi. La résidence où avaient vécu Jill et Elizabeth était on ne peut plus banale, un dédale d'immeubles en brique qui se ressemblaient tous. Une marquise rouge sur laquelle était gravé le numéro du bâtiment protégeait chaque entrée principale. Quant aux efforts paysagers, ils se limitaient à un patchwork d'herbe marron racornie par l'hiver et à d'étroites plates-bandes recouvertes d'écorces de pin. Des aires de pique-nique avec des balançoires, des tables et des grils étaient plantées çà et là, en signe de convivialité.

Une fois garées sur le parking, nous levâmes la tête vers ce qui avait été le balcon de Jill. À travers les barreaux de la balustrade, deux sièges de toile bleu et blanc se balançaient doucement dans la brise. Une chaîne pendait d'un crochet scellé au plafond, en attente de plante verte. Elizabeth avait vécu dans l'immeuble parallèle. Les deux amies pouvaient s'apercevoir de leurs résidences respectives. Elles pouvaient voir quand la lumière s'allumait ou s'éteignait, savoir quand l'autre se levait et se couchait, si elle était ou non à la maison.

Abby rompit le silence abattu que nous partagions depuis un moment:

— Elles étaient plus qu'amies, n'est-ce pas, Kay?

– La réponse que je pourrais te faire ne reposerait que sur les déclarations d'un tiers.

Ma dérobade lui tira un petit sourire.

– Je t'avouerais qu'à l'époque je m'étais posé la question. En tout cas, ça m'avait traversé l'esprit. Mais personne n'y a jamais fait la moindre allusion devant moi. Au fond, je crois savoir ce qu'elles ressentaient, dit-elle au bout de quelques secondes de silence, le regard perdu.

Je la considérai sans un mot.

– Ce devait être assez similaire à ce que j'ai vécu avec Cliff. Toujours dissimuler, se planquer, gâcher la moitié de son temps et de son énergie à s'inquiéter des qu'en-dira-t-on, à redouter que quelqu'un n'ait des soupçons.

– L'ironie de la chose, rétorquai-je en passant la première, c'est que les gens s'en fichent royalement. Ils sont bien trop préoccupés d'eux-mêmes.

– Je me demande si Jill et Elizabeth auraient fini par le comprendre.

– Si leur amour était plus fort que leur peur, sans aucun doute.

– À propos, où allons-nous ? questionna-t-elle en regardant la route défiler par la vitre de sa portière.

– On se promène, en direction du centre.

Je ne lui avais pas précisé l'itinéraire, me contentant de déclarer que je voulais «jeter un œil».

– Tu cherches cette foutue bagnole, n'est-ce pas ?

– Pourquoi ne pas tenter le coup ?

– Et que feras-tu si tu la trouves, Kay ?

– Je relèverai le numéro des plaques pour voir sur qui il nous renvoie cette fois-ci.

Elle pouffa.

– Écoute, si tu trouves une Lincoln Mark Seven anthracite de 1990 avec un autocollant Colonial Williamsburg sur le pare-chocs arrière, je te file cent dollars.

– Un conseil : sors tout de suite ton chéquier parce que si elle est dans le coin, je vais la trouver.

Ce que je fis, moins d'une demi-heure plus tard, en appliquant une règle vieille comme le monde : quand on a perdu quelque chose, on revient sur ses pas. Lorsque j'atteignis Merchant's Square, la voiture se trouvait bel et bien là, sur le parking, à proximité de l'endroit où nous l'avions repérée la première fois, quand son conducteur s'était arrêté pour nous demander son chemin.

– Nom de Dieu, souffla Abby, je ne peux pas y croire !

La voiture était vide, son pare-brise ruisselait de soleil. Elle était rutilante comme si elle venait tout juste d'être lavée et lustrée. Sur le côté gauche du pare-chocs arrière nous découvrîmes un autocollant de stationnement. Abby nota le numéro d'immatriculation : ITU 144.

– Kay, c'est trop facile, ça ne peut pas être ça.

Mon entraînement scientifique reprit le dessus :

– Nous ne sommes pas certaines qu'il s'agisse du même véhicule. Certes, il lui ressemble comme deux gouttes d'eau, mais il convient de rester prudentes.

Je me garai à une vingtaine de places de là, glissant la Mercedes entre un break et une Pontiac, puis demeurai au volant afin de passer en revue les devantures de magasins. Une boutique de cadeaux, un encadreur, un restaurant. Coincée entre un bureau de tabac et une boulangerie se dressait une petite librairie qui ne payait pas de mine avec ses quelques livres exposés en vitrine. Une enseigne en bois suspendue au-dessus de l'entrée calligraphiée en style colonial indiquait « Le Coin du donneur ».

— Les mots croisés, murmurai-je dans un souffle, et un frisson me parcourut l'échine.

— Quoi ? fit Abby, qui regardait toujours la Lincoln.

— Jill et Elizabeth étaient fans de mots croisés. Elles sortaient souvent le dimanche matin prendre le petit déjeuner à l'extérieur et acheter le New York Times, expliquai-je en entrebâillant ma portière.

Abby me retint par le bras.

— Attends une seconde, Kay. Il faut réfléchir d'abord.

Je me laissai retomber contre mon siège.

— Tu ne peux pas débarquer là-dedans comme ça, intima-t-elle.

— Je veux acheter un journal.

— Et s'il est là ? Qu'est-ce que tu vas faire ?

— Je veux vérifier s'il s'agit bien de lui, l'homme au volant. Je crois que je le reconnaîtrais.

— Et il peut très bien te reconnaître, lui aussi.

— « Donneur » peut très bien se rapporter aux cartes, un donneur de cartes, réfléchis-je à haute voix tandis qu'une jeune femme aux courts cheveux noirs bouclés poussait la porte de la librairie pour disparaître à l'intérieur. Le donneur, celui qui distribue les cartes, le valet de cœur, ajoutai-je en laissant mourir ma phrase.

— Attends, Kay… Tu lui as parlé quand il a demandé son chemin, ta photo était dans les journaux. Tu ne

407

rentres pas là-dedans, ordonna-t-elle en prenant la direction des opérations, c'est moi qui m'y colle.

– On y va toutes les deux.

– C'est dingue !

– Tu as raison, approuvai-je, inflexible. Tu ne bouges pas, j'y vais.

J'étais sortie de la voiture avant qu'elle ait pu protester davantage. Elle descendit à son tour et resta là, perdue, tandis que je marchais d'un pas décidé vers la boutique. Elle ne me suivit pas et eut le bon sens de ne pas faire de scène.

Mon cœur battait à se rompre lorsque je posai la main sur la poignée de cuivre froide, et quand je pénétrai à l'intérieur, je sentis mes jambes se dérober.

Il était debout derrière le comptoir, souriant, remplissant un reçu de carte de crédit, pendant qu'une femme d'âge moyen en tailleur en daim synthétique jacassait :

– ... Mais les anniversaires, c'est fait pour ça. Vous offrez à votre mari un livre que *vous* avez envie de lire...

– Pourvu que vous appréciiez les mêmes ouvrages, c'est parfait, approuva-t-il d'une voix très douce, apaisante, une voix qui inspirait confiance.

J'étais entrée, pourtant je n'avais plus qu'une envie, ressortir, m'enfuir à toutes jambes. Des piles de journaux s'élevaient sur le comptoir, y compris le *New York Times*. Je pouvais en prendre un, payer rapidement et m'en aller, mais je ne voulais surtout pas croiser son regard.

C'était lui.

Je tournai les talons et sortis sans jeter un regard en arrière.

Abby fumait une cigarette, assise dans la voiture.

– Il ne peut pas travailler là sans savoir comment rejoindre la 64, déclarai-je en démarrant.

Elle comprit aussitôt.

– Tu préfères appeler Marino maintenant ou attendre que nous rentrions à Richmond?

– Non, tout de suite.

Je trouvai une cabine. On m'informa que Marino n'était pas au poste et je lui laissai le message suivant: «ITU 144. Appelez-moi.»

Abby m'assomma de questions, auxquelles je tentai de répondre de mon mieux. Puis un interminable silence s'installa comme je me concentrais sur la route. J'avais l'estomac retourné et faillis m'arrêter quelque part sur le bas-côté. Une épouvantable nausée me secouait.

Elle me dévisageait et son inquiétude était palpable.

– Mon Dieu, Kay, tu es blanche comme un linge.

– Je vais bien.

– Tu veux que je prenne le volant?

– Tout va bien, je t'assure.

Une fois rentrée à la maison, je montai directement dans ma chambre et composai le numéro de téléphone d'une main tremblante. Le répondeur de Mark se déclencha après la deuxième sonnerie. Je me préparai à raccrocher, mais le son de sa voix m'hypnotisa: «Désolé, je suis absent pour l'instant...»

Au bip, j'hésitai, puis reposai doucement le combiné. Je relevai les yeux et découvris Abby sur le pas de la porte. Je compris à son expression qu'elle savait ce que je venais de faire.

Les larmes me montèrent aux yeux et elle se précipita pour s'asseoir à mon côté, au bord du lit.

— Pourquoi ne lui as-tu pas laissé de message? chuchota-t-elle.

Je luttai pour maîtriser le tremblement de ma voix.

— Comment peux-tu savoir qui j'appelais?

— Parce que la même impulsion me submerge lorsque je suis bouleversée. Je me jetterais sur le téléphone, même encore aujourd'hui, après tout ce qui s'est passé, j'ai envie d'appeler Cliff.

— Tu l'as fait?

Elle secoua la tête.

— Ne fais pas ça, jamais, Abby.

Elle m'étudia attentivement.

— C'est le fait d'entrer dans le magasin et de le voir?

— Je n'en suis pas sûre.

— Je crois que si.

Je détournai le regard.

— Quand je les approche de trop près, je le sens. Cela m'est déjà arrivé et, chaque fois, je me demande pourquoi.

— Pourquoi? Parce que les gens comme nous n'y peuvent rien. C'est compulsif, quelque chose nous pousse.

Il m'était impossible de lui avouer la terreur qui m'avait saisie, et si Mark avait répondu au téléphone, je ne sais pas si j'aurais eu le courage de cet aveu.

Le regard perdu dans le vague, Abby me demanda d'une voix lointaine :

– Toi qui connais si bien la mort, t'arrive-t-il parfois de songer à la tienne?

Je me levai sans répondre.

– Merde à la fin, où est Marino? éructai-je en décrochant mon téléphone pour le rappeler.

16

Les jours passèrent pour se transformer en semaines d'attente anxieuse. J'étais sans nouvelles de Marino depuis que je lui avais transmis les informations au sujet du Coin du donneur. Au demeurant, personne ne m'avait contactée et, à chaque heure qui s'écoulait, ce silence devenait de plus en plus intenable et lourd de menaces.

Le premier jour du printemps, j'émergeai de la salle de réunion au bout de trois heures de déposition devant deux avocats. Rose m'informa que l'on cherchait à me joindre.

— Kay, c'est Benton.

Une poussée d'adrénaline me tendit.

— Bonjour, Benton.

— Pouvez-vous passer demain à Quantico?

Je tendis la main vers mon agenda. Rose avait inscrit au crayon une réunion téléphonique, laquelle pouvait être reprogrammée.

– À quelle heure?

– 10 heures, si cela vous convient. J'ai déjà prévenu Marino.

Avant que j'aie eu le temps de formuler une seule question, il m'avertit qu'il ne pouvait pas me parler, mais me mettrait au courant lorsque nous nous rencontrerions le lendemain.

Je ne quittai pas mon bureau avant 18 heures. Le soleil était déjà couché et l'air frisquet. Lorsque je m'engageai dans mon allée, je remarquai que les lumières étaient allumées. Abby était à la maison.

Nous nous étions assez peu vues ces derniers temps, entrant et sortant en coup de vent, échangeant rarement plus de quelques mots. Elle ne faisait jamais les courses, mais scotchait de temps en temps un billet de cinquante dollars sur la porte du réfrigérateur, somme qui suffisait largement à couvrir le peu qu'elle mangeait. Quand les réserves de vin ou de whisky diminuaient, je trouvais un billet de vingt dollars pincé sous la bouteille. Quelques jours auparavant, j'avais découvert un billet de cinq dollars sur le dessus d'un paquet de lessive vide. La visite des différentes pièces de la maison s'était transformée en une chasse au trésor d'un genre assez déroutant.

Lorsque j'enfonçai la clé dans la serrure de la porte d'entrée, Abby apparut brusquement sur le seuil, me faisant sursauter.

– Désolée, dit-elle. Je t'ai entendue arriver. Je ne voulais pas te faire peur.

Je me sentis ridicule. J'étais devenue extrêmement nerveuse depuis qu'elle avait emménagé, ce que j'attribuais à mes difficultés à m'adapter au manque d'intimité. Elle semblait très fatiguée et me proposa d'un ton las :

— Je te prépare un verre ?

— Merci, dis-je en déboutonnant mon manteau.

Je parcourus le salon du regard. Un verre de vin et plusieurs carnets de notes étaient posés sur la table basse, à côté d'un cendrier débordant de mégots.

J'ôtai mon manteau et mes gants, puis montai dans ma chambre et les jetai sur le lit, faisant halte pour écouter les messages en attente sur mon répondeur. Ma mère avait essayé de me joindre. Si je composais un certain numéro avant 20 heures, j'avais des chances de gagner un quelconque prix, et Marino avait appelé pour me préciser l'heure à laquelle il passerait me chercher le lendemain matin. Mark et moi continuions à nous rater avec une belle constance, ne communiquant plus que par l'intermédiaire de nos petites machines respectives.

— Je dois me rendre demain à Quantico, annonçai-je en rejoignant Abby dans le salon.

Elle désigna du doigt mon verre posé sur la table.

— Marino et moi avons une réunion avec Benton, ajoutai-je.

Elle récupéra son paquet de cigarettes.

— J'ignore de quoi il s'agit. Peut-être le sais-tu ?

— Et pourquoi serais-je au courant ?

— Je ne t'ai pas beaucoup vue, je ne sais pas à quoi tu t'es occupée ces jours derniers.

— Quand tu es à ton bureau, je ne sais pas non plus ce que tu fais.

– Rien d'extraordinaire. Que veux-tu savoir ? demandai-je d'un ton léger, essayant de juguler ma tension.

– Je ne te pose pas de questions parce que je sais à quel point tu es réservée sur ton travail. Je ne veux pas paraître indiscrète.

Elle parut sous-entendre qu'en revanche j'allais le devenir si je l'interrogeais sur ses activités.

– Tu as l'air distante ces derniers temps, Abby.

– Je suis préoccupée. Ne le prends pas pour toi.

Certes, elle avait largement matière à réflexion, entre le livre qu'elle rédigeait et sa situation, mais je ne l'avais jamais vue si repliée sur elle-même.

– Je m'inquiète, c'est tout.

– C'est parce que tu ne comprends pas comment je fonctionne, Kay. Quand je me consacre à un sujet, je ne peux plus penser à autre chose, ça me consume… Tu avais raison, dit-elle après quelques instants de silence, cet ouvrage est une occasion de me racheter. Vraiment.

– Je suis heureuse de l'entendre, Abby, et, te connaissant, ce sera un best-seller.

– Peut-être. Je ne suis pas la seule à être intéressée par le sujet. Mon agent a déjà entendu des rumeurs au sujet d'autres contrats… Toutefois, j'ai une longueur d'avance, si je travaille vite, ça ira.

– Ce n'est pas ton livre qui me préoccupe, mais toi, mon affection pour toi.

– Moi aussi, Kay, j'ai de l'affection pour toi. Je te suis reconnaissante de m'avoir hébergée. Et je te promets que cela ne durera plus très longtemps.

– Tu peux rester autant que tu veux.

Elle ramassa ses carnets et son verre.

– Je dois bientôt passer à la rédaction proprement dite, et ça, je ne peux le faire que dans mon environnement, avec mon ordinateur.

– Tu ne te consacres donc qu'aux recherches ces temps-ci.

– Oui. Je découvre des choses dont je ne savais même pas que j'étais à la recherche, déclara-t-elle de façon énigmatique avant de rejoindre sa chambre.

Le lendemain matin, alors que nous arrivions en vue de la bretelle de sortie menant à Quantico, la circulation s'arrêta net. Un accident s'était apparemment produit plus au nord, sur l'I 95, et nous étions bloqués. Marino alluma son gyrophare, quitta la route pour s'engager sur l'accotement, où nous cahotâmes une bonne centaine de mètres dans le fracas des cailloux projetés sous le châssis.

Il m'avait gratifiée au cours des deux heures qui venaient de s'écouler du compte rendu complet de ses prouesses domestiques, tandis que je m'interrogeais sur ce que Wesley avait à nous dire et m'inquiétais pour Abby.

– J'aurais jamais pensé que c'était aussi chiant à nettoyer, les stores vénitiens, se plaignit-il tandis que nous dépassions les baraquements de Marines et un champ de tir. J'y balance du machin à vitres, continua-t-il en me lançant un coup d'œil, et ça me prend au moins une minute par lame, avec l'essuie-tout qui se déchiquette en petits morceaux. Finalement, j'ai eu une super-idée, j'ai décroché ces foutus trucs et je les ai flanqués dans la baignoire avec de l'eau chaude et de la lessive. Ç'a marché du feu de Dieu.

– Magnifique, marmonnai-je.

– J'ai aussi commencé à ôter le papier peint de la cuisine. Il était déjà là quand on a emménagé, et Doris l'a jamais aimé.

– La véritable question étant : est-ce que *vous* l'ai-mez ? Vous y vivez seul maintenant.

Il haussa les épaules.

– Ben, j'vous avouerai que j'y ai jamais trop fait attention. Mais je me dis que si Doris le trouvait tarte, c'est qu'il l'est. On a souvent parlé de vendre le camping-car et d'installer une piscine hors sol, et je me suis enfin décidé à passer à l'action. Je devrais l'avoir à temps pour cet été.

– Faites attention, Marino, lui conseillai-je genti-ment. Assurez-vous que vous entreprenez bien cela pour vous.

Il ne répondit pas.

– Ne misez pas votre avenir sur un espoir qui ne se concrétisera peut-être pas.

– Ça peut pas faire de mal, se résolut-il enfin à for-muler. Même si Doris revient jamais, ça peut pas faire de mal que la maison ait un peu l'air chouette.

– Eh bien, un de ces jours il va falloir que vous me fassiez visiter.

– Ouais, c'est vrai. Quand je pense à toutes les fois où j'ai été chez vous, et vous avez jamais vu où je crèche.

Il gara la voiture et nous descendîmes. L'Académie du FBI avait continué à étendre ses tentacules au-delà

417

des limites extérieures de la base de Marines. Le bâtiment principal, avec sa fontaine et ses drapeaux, avait été transformé en bureaux administratifs, et le cœur de l'activité avait été déplacé à proximité, dans un tout nouvel immeuble de brique ocre. Ce qui ressemblait à un dortoir était sorti de terre depuis ma dernière visite. Dans le lointain, des coups de feu résonnaient comme des pétards.

Marino laissa son 38 à la réception. Nous déclinâmes nos identités, agrafâmes nos badges visiteurs, puis il me guida dans une série de raccourcis qui évitaient les passerelles intérieures de brique et de verre, surnommées les « tunnels à hamsters ». À sa suite, je franchis une porte qui menait à l'extérieur du bâtiment, nous parcourûmes un quai de déchargement, puis traversâmes une cuisine, pour finir par émerger à l'arrière de la boutique cadeaux. Marino traversa le magasin à grands pas, sans un regard en direction de la jeune vendeuse qui portait une pile de sweat-shirts et ouvrit la bouche en signe de protestation muette devant notre irruption peu orthodoxe. Une fois sortis de la boutique, nous obliquâmes à nouveau et pénétrâmes au restaurant-bar le Boardroom, où Wesley nous attendait, installé à une table d'angle.

Il passa aussitôt au vif du sujet.

Le propriétaire du Coin du donneur s'appelait Steven Spurrier. Wesley le décrivit comme « blanc, âgé de trente-quatre ans, cheveux noirs, yeux bruns, un mètre soixante-dix-huit, soixante-quinze kilos ». Spurrier n'avait pas encore été arrêté ou interrogé, mais se trouvait sous surveillance constante. Ce qui avait été découvert jusqu'à présent n'était pas tout à fait anodin.

Il avait, à plusieurs reprises, quitté sa maison de brique à un étage tard dans la soirée, pour se rendre dans deux bars et sur une aire de repos. Toujours seul, il ne semblait pas s'attarder très longtemps au même endroit. La semaine précédente, il avait abordé un jeune couple qui sortait d'un bar appelé le Tom-Toms pour lui demander son chemin, mais rien d'autre ne s'était produit. Le couple était monté dans sa voiture et était parti. Spurrier avait repris sa Lincoln et était rentré chez lui sans se presser et après pas mal de détours. Les plaques minéralogiques n'avaient pas été substituées par d'autres.

– Les indices nous posent un problème, déclara Wesley en me regardant à travers ses lunettes à fine monture, le visage sévère. Nous disposons d'une douille dans notre labo et vous détenez la balle provenant du corps de Deborah Harvey à Richmond.

– Ce n'est pas moi qui ai la balle, répondis-je, mais le bureau de sciences légales. Je suppose que vous avez commencé l'analyse ADN du sang retrouvé dans la voiture d'Elizabeth Mott.

– Cela prendra une semaine ou deux.

J'acquiesçai d'un hochement de tête. Le laboratoire d'analyses ADN du FBI utilisait cinq sondes spécifiques. Chaque sonde demeurait une semaine dans le développeur à rayons X, raison pour laquelle j'avais écrit à Wesley un peu auparavant en lui suggérant de récupérer auprès de Montana un échantillon ensanglanté provenant de la garniture de la banquette de la Volkswagen afin de lancer au plus vite l'analyse.

– L'ADN vaut pas un clou si on n'a pas le sang du suspect, nous rappela Marino.

– Nous y travaillons, répliqua Wesley, imperturbable.

– Ouais, ben, moi, je dis qu'on pourrait coincer Spurrier à cause de ce bazar avec les plaques minéralogiques. Demander à ce connard d'expliquer pourquoi il conduisait avec celles d'Aranoff il y a quelques semaines.

– Nous ne pouvons rien prouver. Ce sera la parole d'Abby et de Kay contre la sienne.

– Il nous faut rien de plus qu'un magistrat qui nous signe un mandat, ensuite on retourne tout. On retrouvera peut-être dix paires de pompes, ou un Uzi, des munitions Hydra-Shok. Qui sait sur quoi on peut tomber?

– C'est ce que nous avons l'intention de faire, poursuivit Wesley, mais chaque chose en son temps.

Il se leva pour aller chercher du café. Marino prit nos deux tasses et le suivit. À cette heure encore matinale, le Boardroom était désert. Je jetai un regard circulaire, contemplant les tables vides, la télévision poussée dans un coin, et tentai d'imaginer ce qui se passait ici le soir. Les agents à l'entraînement menaient une existence monacale. Les membres du sexe opposé, l'alcool et les cigarettes étaient interdits dans les chambres des dortoirs, qui ne fermaient pas à clé. Mais le Boardroom servait de la bière et du vin. On y organisait des gueuletons, on s'y échangeait les indiscrétions, on s'y prenait le bec aussi. Mark m'avait raconté qu'un soir il avait mis un terme à une bagarre générale provoquée par un agent du FBI. Celui-ci, ayant peu trop pris à cœur et au pied de la lettre ses «devoirs» du jour, avait décidé d'«arrêter» une table de vétérans de la DEA. Le mobilier avait volé à travers la salle, en même temps que la bière et les paniers de pop-corn.

Wesley et Marino revinrent. Wesley posa son café et ôta sa veste de costume gris perle, qu'il suspendit avec soin au dossier de sa chaise. Je remarquai que sa chemise blanche avait à peine un faux pli. Il portait une cravate bleu paon égayée de minuscules fleurs de lis et des bretelles bleu paon elles aussi. Marino constituait le parfait repoussoir de son partenaire haut de gamme. Le plus élégant des costumes aurait déclaré forfait devant son gros ventre. Pourtant force m'était de reconnaître qu'il faisait des efforts ces derniers temps.

– Que savez-vous des antécédents de Spurrier? demandai-je.

Wesley prenait des notes tandis que Marino, de son côté, examinait un rapport. Les deux hommes semblaient avoir oublié jusqu'à ma présence.

Wesley leva les yeux.

– Vierge. Il n'a jamais été arrêté, pas même une petite contravention pour excès de vitesse au cours de ces dix dernières années. Il a acheté la Lincoln en février 1990 à un concessionnaire de Virginia Beach, qui lui a offert une reprise pour sa Town Car de 1986. Spurrier a réglé le reliquat en liquide.

– Ce mec doit avoir du pognon, remarqua Marino. Il conduit des bagnoles de luxe, vit dans une chouette baraque. Difficile de croire qu'il puisse gagner autant de fric avec la librairie.

– Il ne gagne pas tant que ça, intervint Wesley.

D'après sa déclaration d'impôts de l'année dernière, il a dégagé moins de trente mille dollars de bénéfice professionnel. Mais il a plus d'un demi-million de capitaux, des actions, de l'immobilier sur le front de mer, un portefeuille boursier.

— Ben, mon pote ! fit Marino en secouant la tête.

— Des personnes à charge ? demandai-je.

— Non. Il ne s'est jamais marié et ses deux parents sont décédés. Son père a fait des affaires florissantes dans l'immobilier, dans le Northern Neck. Il est mort quand Steven avait une petite vingtaine d'années. À mon avis, c'est de là que lui vient l'argent.

— Et sa mère ?

— Elle est morte à peu près un an après son père, d'un cancer. Ils ont eu Steven sur le tard, sa mère était déjà âgée de quarante-deux ans. Il a un frère qui s'appelle Gordon, de quinze ans son aîné. Ce dernier habite le Texas, marié, quatre enfants.

Wesley passa de nouveau en revue ses notes, dont il tira de nouvelles informations. Spurrier était né à Gloucester, avait suivi les cours de l'université de Virginie, pour en ressortir avec un diplôme d'anglais. Il s'était ensuite engagé dans la marine, où il était resté moins de quatre mois. Il avait passé les onze mois suivants à travailler dans une imprimerie, s'occupant surtout de maintenance mécanique.

— On peut en savoir un peu plus sur son séjour dans la marine ? demanda Marino.

— Il n'y a pas grand-chose à en dire, expliqua Wesley. Après s'être engagé, il a été envoyé en camp d'entraînement dans la région des Grands Lacs. Il a choisi le journalisme comme spécialité et a été affecté à l'école d'information de la Défense, à Fort Benjamin Harrison, Indianapolis. Il a ensuite été désigné pour un poste auprès du commandant en chef de la flotte de l'Atlantique Nord à Norfolk. (Il leva les yeux de ses notes.) Son père est décédé environ un mois plus tard, et Steven a été rendu à la vie civile afin de s'occuper de sa mère à Gloucester. Elle souffrait déjà de son cancer.

— Et le frère ? demanda Marino.

— Il ne pouvait apparemment pas se dégager de son travail et de ses responsabilités familiales au Texas. Peut-être existe-t-il d'autres raisons, ajouta-t-il en nous jetant un coup d'œil. Bien entendu, la relation de Steven avec sa famille m'intéresse, mais je n'en saurai pas beaucoup plus avant un moment.

— Pourquoi ?

— Pour l'instant il serait trop risqué pour moi de rendre visite au frère. Je ne veux pas qu'il appelle ensuite Steven, qu'il me fiche en l'air mon seul atout. De toute façon, il est peu probable que Gordon se montre coopératif. Même quand ils ne s'entendent pas, les membres d'une même famille ont tendance à se serrer les coudes dans ce genre de circonstances.

— Ouais, mais vous avez quand même bien causé à quelqu'un, remarqua Marino.

— Des gens de la marine, de l'université, son précédent employeur à l'imprimerie.

— Et qu'est-ce qu'ils vous ont raconté d'autre sur ce taré ?

— C'est un solitaire. Il ne vaut pas grand-chose comme journaliste. Lire l'intéressait plus qu'écrire des articles ou interviewer des gens. De toute évidence, l'imprimerie lui allait plutôt bien. Il restait en retrait, le nez dans un livre quand les affaires ralentissaient. D'après son patron, Steven adorait bricoler les presses, les machines, les briquer. Il pouvait quelquefois passer plusieurs jours sans adresser un mot à quiconque. Son patron l'a décrit comme un type bizarre.

— Dans quel genre?

— Plusieurs anecdotes. Un matin, une femme employée à l'imprimerie s'est coupé le doigt avec un cutter. Steven s'est mis en colère parce que du sang avait giclé un peu partout sur une machine qu'il venait de nettoyer. De même, sa réaction à l'annonce de la mort de sa mère a été anormale. Il était en train de lire à la pause déjeuner quand l'hôpital a appelé. Il n'a manifesté aucune émotion et est retourné s'asseoir pour reprendre sa lecture.

— Bref, un mec super-chaleureux, remarqua Marino.

— Personne n'a jamais employé ce qualificatif.

— Que s'est-il passé après le décès de sa mère? demandai-je

— Eh bien, je suppose que Steven a hérité à ce moment-là. Il a déménagé à Williamsburg, loué une boutique à Merchant's Square afin d'y installer le Coin du donneur. C'était il y a neuf ans.

— Un an avant l'assassinat de Jill Harrington et Elizabeth Mott.

— En effet, il se trouvait dans la région au moment des faits, acquiesça Wesley. Du reste, c'est aussi le cas pour tous les autres meurtres. Il a travaillé dans sa librairie depuis l'ouverture, à l'exception d'une période de cinq mois, il y a environ, euh… sept ans. La boutique est restée fermée et personne ne sait pourquoi, ni où était passé Spurrier.

– Il est tout seul dans sa librairie ? demanda Marino.

– Il s'agit d'un commerce tout ce qu'il y a de modeste. Il n'a pas d'employés, et le magasin est fermé le lundi. On a remarqué que lorsque les affaires sont calmes, il reste assis à lire derrière son comptoir. Quand il s'en va avant l'heure, il ferme carrément, ou alors il met un panneau indiquant qu'il sera de retour à telle heure. Il s'est adjoint les services d'un répondeur. Si vous êtes à la recherche d'un ouvrage en particulier, ou que vous vous intéressiez à un livre épuisé, vous pouvez lui laisser un message.

– Curieux que quelqu'un d'aussi asocial choisisse une activité commerciale qui exige d'entretenir des contacts avec la clientèle, si limités soient-ils, remarquai-je.

– C'est au contraire tout à fait adéquat, rétorqua Wesley. La librairie est une tanière idéale pour un voyeur, quelqu'un que l'observation des autres passionne, du moins tant qu'elle ne requiert pas de s'impliquer dans une relation plus personnelle avec eux. Pas mal d'étudiants de William and Mary fréquentent son magasin, essentiellement parce qu'il propose des ouvrages rares ou épuisés, en plus d'essais et de romans populaires. Il a aussi réuni une large sélection de romans d'espionnage et de revues militaires, qui attirent la clientèle des bases voisines. Si c'est bien lui le tueur, la contemplation des jeunes couples séduisants et des militaires qui constituent sa clientèle doit à la fois le fasciner et combler son voyeurisme, tout en suscitant un sentiment de frustration, de rage, d'inadaptation. Il hait ce qu'il envie et envie ce qu'il hait.

— Je me demande s'il n'a pas été la cible d'humiliations ou de moqueries dans la marine, conjecturai-je.

— Si j'en juge par ce que l'on m'a raconté, on peut effectivement penser qu'il en ait souffert, jusqu'à un certain point. Les camarades de Spurrier le considéraient comme une mauviette, un pauvre type, tandis que ses supérieurs le trouvaient arrogant et distant, même s'il n'a jamais posé de problèmes de discipline. Il n'avait pas de succès avec les femmes et ne frayait pas avec ses camarades, en partie par choix, mais également parce que les autres ne le trouvaient pas particulièrement attachant.

— Peut-être que la marine, ç'a été le seul endroit où il s'est dit qu'il avait atteint son but, qu'il était enfin devenu un homme, un vrai. Et son père est mort, et il a fallu s'occuper de sa mère malade. Il a dû en conclure qu'il s'était fait baiser, proposa Marino.

— C'est tout à fait possible, admit Wesley. De toute façon, le tueur auquel nous avons affaire considère que les gens sont à l'origine de ses problèmes. Il refuse d'endosser quelque responsabilité que ce soit. Il a l'impression que sa vie a été contrôlée par des tiers. Par conséquent, reprendre le contrôle des autres et de son environnement a viré pour lui à l'obsession.

— Genre : il se venge de la terre entière, résuma Marino.

— Le tueur fait une démonstration de son pouvoir. Si ses fantasmes empruntent à l'univers militaire, et je

426

suis convaincu que c'est le cas, il se perçoit comme le soldat absolu. Il tue sans être pris. Il se montre plus malin que l'ennemi, ruse avec lui et remporte la victoire. Il est possible qu'il ait délibérément fait en sorte que les enquêteurs s'orientent sur la piste d'un militaire de carrière ou même d'un soldat de Camp Peary.

— En d'autres termes, il mène sa propre campagne de désinformation, remarquai-je.

— Il ne peut pas détruire l'armée, ajouta Wesley. En revanche, il peut salir son image, la dégrader, la diffamer.

— Et pendant ce temps-là, lui, il se marre comme un petit fou, grogna Marino.

— Selon moi, le point capital, c'est que les passages à l'acte du tueur sont la conséquence de fantasmes de violence sexualisée, nés très tôt dans le contexte de son isolement social. Il est convaincu de vivre dans un monde injuste et les fantasmes lui offrent une échappatoire idéale. Dans ceux-ci, il est capable d'exprimer ses émotions et de contrôler d'autres humains, il peut être ce qu'il choisit et obtenir ce qu'il exige. Il est le maître de la vie et de la mort. Il a le pouvoir de décider s'il préfère blesser ou tuer.

— Ouais, ben, c'est dommage que Spurrier se contente pas de *fantasmer* qu'il descend ces couples. On serait pas là, tous les trois, à discuter de ça, remarqua Marino.

— Malheureusement, cela ne fonctionne pas de cette manière. Si un comportement agressif et violent domine vos pensées, votre imagination, peu à peu vous allez évoluer afin que vos actes vous rapprochent de l'expression réelle de ces émotions. Les actes violents engendrent d'autres pensées violentes, qui à leur tour génèrent davantage d'actes de violence. Au bout d'un moment, violence et tueries font partie intégrante de votre vie d'adulte, et vous n'y voyez plus rien de mal. J'ai eu devant moi des tueurs en série qui m'affirmaient avec une totale sincérité qu'en tuant ils ne faisaient que commettre ce que tout le monde rêve de faire.

— Honni soit qui mal y pense, remarquai-je.

C'est alors que je leur soumis mon hypothèse concernant la pochette de Deborah Harvey.

— Il est possible que le tueur ait connu l'identité de Deborah. Peut-être pas lors de l'enlèvement du couple, mais il l'avait découverte avant de le tuer.

— Expliquez-vous, demanda Wesley en m'étudiant avec intérêt.

— L'un d'entre vous a-t-il parcouru le rapport concernant les empreintes?

— Ouais, je l'ai vu, fit Marino.

— Lorsque Vander a examiné le petit fourre-tout de Deborah, il a découvert des empreintes partielles et des traînées sur les cartes de crédit, mais rien sur le permis de conduire.

— Et alors? dit-il d'un air perplexe.

— Le contenu de sa pochette a été extrêmement bien préservé puisqu'il était en nylon, imperméable. De plus, les cartes et le permis se trouvaient dans des étuis en plastique, à l'intérieur d'un compartiment fermé, donc protégé des éléments et des humeurs du corps en décomposition. Si Vander n'avait rien découvert du tout, j'aurais sans doute tiré un trait là-dessus.

Mais c'est quand même intrigant qu'il ait relevé des empreintes partielles sur les cartes, alors que le permis de conduire n'en porte aucune trace. Ajoutez à cela que Deborah l'avait sorti au Seven-Eleven quand elle avait essayé d'acheter de la bière. Elle l'avait manipulé, de même que l'employée, Ellen Jordan. Je me demande si le tueur n'avait pas, lui aussi, eu le permis en main, pour l'essuyer ensuite avec soin.

– Pourquoi qu'il aurait fait ça ? demanda Marino.

– Lorsqu'il s'est trouvé dans la voiture avec le couple, qu'il menaçait de son arme, peut-être Deborah lui a-t-elle expliqué qui elle était ?

– Intéressant, approuva Wesley.

– Deborah était peut-être une jeune femme réservée, mais elle était très consciente de la notoriété de sa famille et de l'influence de sa mère, continuai-je. Elle a peut-être espéré inquiéter le tueur, lui suggérer que le risque était trop grand. Si tel est bien le cas, cette révélation a pu, en effet, l'alarmer. Il lui aura demandé de justifier son identité, et il n'est pas exclu qu'il ait pris son sac pour vérifier le nom sur le permis.

– Mais alors comment que la pochette a atterri dans les bois, et pourquoi il a fourré le valet de cœur dedans ?

– Peut-être afin de gagner un peu de temps, suggérai-je. Il se doutait que la Jeep allait être rapidement localisée et, sachant qui était Deborah, il s'est dit que la moitié des forces de police de l'État allait se mettre à sa recherche. Dans le but de ne pas courir trop de risques, il a abandonné le valet de cœur dans le fourretout de la jeune femme, sous son cadavre, pensant que de cette façon il serait certes retrouvé, mais pas avant un bout de temps. En d'autres termes, il a légèrement modifié les règles du jeu, mais il est toujours gagnant.

– Pas mal. Qu'est-ce que vous en pensez ? demanda Marino à Wesley.

– Nous ne saurons peut-être jamais exactement ce qui s'est passé. Toutefois, je ne serais pas étonné que Deborah ait agi exactement comme le suggère Kay. Une chose est sûre : quoi qu'ait pu faire la jeune femme, quelles que soient les menaces qu'elle ait pu proférer, il était devenu trop risqué pour le tueur de les laisser repartir parce qu'ils pouvaient l'identifier. Il est donc allé jusqu'au bout de ce qu'il avait prévu : leur meurtre. Pourtant cette révélation inattendue l'a sans doute déstabilisé. Effectivement, me dit-il, voilà qui a pu l'amener à modifier son rituel. Et laisser la carte dans la pochette était également une façon d'étaler son mépris envers elle et ce qu'elle représentait.

– Une espèce de « J't'emmerde ! », quoi, dit Marino.

– Peut-être bien, acquiesça Wesley.

Steven Spurrier fut arrêté le vendredi suivant, sur le parking longue durée de l'aéroport de Newport News, par deux agents du FBI et un enquêteur local qui l'avaient filé toute la journée.

L'appel de Marino me réveilla avant l'aube et ma première pensée fut qu'un nouveau couple avait disparu. Je mis un moment à comprendre ce qu'il me racontait.

– Ils l'ont serré alors qu'il était en train de piquer un autre jeu de plaques, expliqua-t-il. Ils l'ont inculpé pour vol. Ils pouvaient pas faire mieux, mais au moins, comme ça, on a un motif valable pour le cuisiner.

– Une autre Lincoln?

– Une gris métallisé de 1991, cette fois. Il est en garde à vue, en attendant de passer devant le juge, mais ils vont pas pouvoir le mettre au frais très long-temps pour un délit aussi mince. Tout ce qu'ils peu-vent faire, c'est essayer de gagner le plus de temps pos-sible en faisant traîner les formalités. N'empêche qu'il sortira vite.

– Et un mandat de perquisition?

– Au moment où je vous parle, sa taule grouille de flics et de fédéraux qui cherchent n'importe quoi, depuis des magazines pour militaires jusqu'à un jeu de Meccano.

– Vous partez les rejoindre, je suppose?

– Ouais, je vous raconterai.

Impossible de me rendormir. J'enfilai une robe de chambre, descendis et allumai une lampe dans la chambre d'Abby.

– C'est moi, dis-je tandis qu'elle se dressait dans son lit avec un grognement, se protégeant les yeux de la main.

Je lui racontai ce qui venait de se passer, puis nous gagnâmes la cuisine, où je préparai une cafetière.

– Je donnerais cher pour assister à la perquisition chez lui, remarqua-t-elle.

Elle était dans un tel état d'excitation que je m'éton-nai de ne pas la voir foncer jusqu'à sa voiture. Au lieu de ça, elle demeura toute la journée à la maison, sou-dain très affairée. Elle nettoya sa chambre, m'aida dans la cuisine et balaya même le patio. Abby tenait plus que tout à savoir ce qu'avait trouvé la police, et elle était assez maligne pour comprendre que se rendre à Williamsburg ne la mènerait nulle part. On ne la laisserait pénétrer ni chez Spurrier, ni dans sa librairie.

Marino fit un saut tôt ce soir-là, alors qu'Abby et moi chargions le lave-vaisselle. À son expression je déduisis aussitôt que les nouvelles n'étaient pas fameuses.

– Je vais d'abord vous raconter ce qu'on a *pas* trouvé, annonça-t-il. On a pas trouvé le moindre foutu truc capable de convaincre un jury que Spurrier a tué au moins une mouche. Pas de couteau, sauf ceux de sa cuisine. Pas d'arme à feu, pas de cartouches, aucun petit souvenir macabre, genre chaussures, bijoux, mèche de cheveux, n'importe quoi qu'aurait pu appartenir aux victimes.

– On a aussi perquisitionné sa librairie ?

– Ouais.

– Et sa voiture, bien entendu ?

– Rien de rien.

– Eh bien, passons à ce que vous *avez* trouvé, proposai-je, découragée.

– Assez de trucs zarbis pour savoir que c'est bien lui, Doc. Je veux dire : c'est pas un gentil scout, il a des revues de cul, des trucs porno violents. En plus, y avait des bouquins sur l'armée, sur les agences de renseignement, en plus de dossiers bourrés de coupures de journaux sur la CIA, tout ça classé, étiqueté. Ce mec est plus méticuleux qu'une vieille bibliothécaire.

– Vous avez trouvé des coupures concernant les affaires ? demanda Abby.

– Ouais, sans oublier des vieux articles sur Jill Harrington et Elizabeth Mott. On est aussi tombés sur pas
mal de catalogues de magasins spécialisés dans la surveillance, là où on vend toutes ces conneries de survie
ou pour la sécurité, depuis les voitures blindées jusqu'aux détecteurs de bombes, en passant par des
lunettes de vision nocturne. Le FBI va vérifier ça, histoire de voir tout ce qu'il a commandé ces dernières
années. Ses vêtements aussi sont intéressants. Dans sa
chambre, il doit avoir au moins une demi-douzaine de
survêtements en nylon, tous noirs ou bleu marine,
jamais portés, mais les étiquettes découpées, genre des
machins jetables qu'on peut enfiler par-dessus des
vêtements et bazarder quelque part après.

– Le nylon s'effiloche à peine. Un coupe-vent ou un
survêtement dans cette matière laissera très peu de
fibres.

– Juste. Voyons… Quoi d'autre? fit-il en posant son
verre et en réfléchissant. Ah, ouais. Deux boîtes de
gants de chirurgie et une provision de ces machins à
usage unique que vous portez sur vos godasses.

– Des protège-chaussures?

– C'est ça, les trucs que vous enfilez à la morgue
pour pas avoir de sang sur vos chaussures. Et devinez
quoi? Ils ont trouvé des cartes à jouer, quatre jeux
flambant neufs, encore enrobés de cellophane.

– Et un jeu auquel il manquerait le valet de cœur?
demandai-je d'un ton plein d'espoir.

– Non, mais ça me surprend pas. Il enlève probablement le valet avant de balancer le reste.

– Tous de la même marque?

– Non, plusieurs marques différentes.

Abby demeurait silencieuse sur son siège, les mains serrées sur les genoux.

– Enfin, c'est incroyable que vous n'ayez pas trouvé d'armes, remarquai-je.

– Ce mec est rusé, Doc. Il est prudent.

– Pas tant que cela. Il a gardé les coupures concernant les meurtres, les survêtements, les gants. Et il a été pris la main dans le sac en train de voler des plaques d'immatriculation… C'est à se demander s'il ne s'apprêtait pas à frapper de nouveau.

– Il avait des plaques volées le soir où il vous a demandé son chemin, mais aucun couple a disparu ce week-end-là, souligna Marino.

– C'est vrai, méditai-je. Et il ne portait pas non plus de survêtement.

– Il l'enfile peut-être au dernier moment. Peut-être même qu'il le garde dans un sac de sport dans son coffre. À mon avis, il a un équipement tout prêt.

– Vous avez trouvé un sac de sport? demanda Abby tout à trac.

– Non, pas d'attirail d'assassin.

– Eh bien, si jamais vous en dénichez un, ajouta Abby, vous trouverez peut-être son couteau, son arme, ses lunettes, et tout le reste du même coup.

– Ouais, ben, on risque de chercher jusqu'à la saint-glinglin.

– Où se trouve-t-il maintenant? demandai-je.

– Quand je suis parti, il était dans sa cuisine en train de boire un café. Bordel, c'était pas croyable. On était là, à lui flanquer toute sa taule en l'air, et il s'affolait même pas. Quand on lui a posé des questions sur les survêtements, les gants, les jeux de cartes et tout ça, il a juste dit qu'il ne parlerait qu'en présence de son avocat. Ensuite, il a bu son café et allumé une cigarette comme si on n'était pas là. Ah, oui, j'avais oublié de vous dire ça : ce taré fume.

– Quelle marque ?

– Des Dunhills, qu'il achète probablement dans ce tabac chic à côté de sa librairie. Et il se sert d'un briquet super-classe aussi, un cher.

– Ce qui expliquerait pourquoi il déchire le filtre des mégots avant de les laisser sur les scènes de crime, commentai-je. Les Dunhills sont très reconnaissables.

– Ouais, y a une bande dorée autour du filtre.

– Vous avez effectué la batterie des prélèvements habituels, Marino ?

Il eut un mince sourire.

– Sûr. C'est notre petit atout et il va coller une pâtée à son valet de cœur. Si on peut pas le coincer pour les autres affaires, on peut au moins le faire pendre pour les meurtres de Jill Harrington et Elizabeth Mott. Avec l'ADN, on devrait lui clouer la peau du cul. Si seulement les tests pouvaient être plus rapides !

Une fois Marino parti, Abby me fixa calmement.

– Qu'en penses-tu ? demandai-je.

– Rien d'autre que des preuves indirectes.

– Pour l'instant.

– Spurrier a de l'argent. Il va s'offrir le meilleur avocat pénal qui soit, et je peux te dire exactement ce qui va se passer. L'avocat va suggérer que les flics et les fédéraux se sont acharnés sur son client en dépit d'un dossier d'accusation filandreux, à cause de la pression mise pour résoudre ces meurtres. On va dire au grand jour qu'un tas de gens cherchent un bouc émissaire, surtout au vu des accusations de Pat Harvey.

— Abby…

— Après tout, peut-être le tueur appartient-il *vraiment* à Camp Peary.

— Tu ne peux pas croire ça ! protestai-je.

Elle jeta un coup d'œil à sa montre.

— Peut-être même qu'à présent les fédéraux connaissent son identité et ont déjà réglé le problème entre eux, sans éclat, ce qui expliquerait pourquoi aucun autre couple n'a disparu depuis Fred et Deborah. Quelqu'un doit payer pour dissiper le nuage de soupçons, clore l'affaire à la satisfaction de l'opinion publique…

Je me laissai aller contre le dossier de mon siège, levai la tête et fermai les yeux tandis qu'elle continuait ses élucubrations :

— Il est évident que Spurrier n'est pas net, sinon il n'irait pas voler des plaques d'immatriculation. Mais, si ça se trouve, il s'agit juste d'un petit vendeur de came. Il fauche peut-être des chats ou prend son pied à se balader avec des plaques empruntées ? Il est assez bizarre pour correspondre au profil, mais le monde est plein de timbrés qui ne deviennent pas des meurtriers pour autant. Qui sait si les trucs trouvés chez lui n'ont pas été placés là exprès par les flics ?

— Je t'en prie, ça suffit, dis-je doucement.

Mais rien ne l'arrêtait.

— Bordel à la fin, c'est si parfait. Les survêtements, les gants, les cartes, les revues porno et les coupures de journaux. En revanche, l'absence d'armes ou de munitions est aberrante. Spurrier a été pris par surprise, il ne soupçonnait pas qu'il était surveillé. Pourtant, si ce n'est pas cohérent, c'est vachement pratique. La seule chose que les fédéraux ne pouvaient pas dissimuler, c'est l'arme qui a tiré la balle que tu as retrouvée dans la vertèbre de Deborah Harvey.

– Tu as raison, ça, ils ne le pouvaient pas, dis-je en me levant pour nettoyer les plans de travail de la cuisine, incapable de rester en place.

– C'est curieux – non? – que la seule pièce à conviction qu'ils ne pouvaient pas planquer chez ce type soit aussi la seule qui n'ait pas été retrouvée.

Pas mal d'histoires de ce genre, accusant la police ou les fédéraux de placer des preuves forgées chez des gens dans le seul but de les faire tomber, avaient déjà circulé. L'Union américaine des libertés civiles devait probablement avoir une pièce entière croulant sous des plaintes de cet ordre.

– Tu ne m'écoutes pas, dit Abby.

– Je vais prendre un bain, fis-je avec lassitude.

Elle s'approcha de l'évier où j'essorais un torchon.

– Kay?

Je m'interrompis et la regardai.

– Tu préfères la facilité, me reprocha-t-elle.

– Tu as raison, j'aimerais que ce soit facile, mais les choses ne le sont malheureusement presque jamais.

– Tu préfères la facilité, répéta-t-elle. Tu refuses de penser que des gens à qui tu fais confiance puissent expédier un innocent à la chaise électrique dans le seul but de se couvrir.

– Absolument, je refuse d'y penser. Je refuse de l'envisager, à moins d'en avoir la preuve. Et Marino se trouvait chez Spurrier, il n'aurait jamais marché dans la combine.

– C'est juste, admit-elle en s'éloignant. Mais Marino n'était pas le premier sur les lieux. Quand il est arrivé, il a vu ce que les autres flics voulaient lui montrer.

17

Fielding fut la première personne que je rencontrai en arrivant le lundi matin suivant.

J'étais entrée dans le bâtiment par la baie de déchargement, et il attendait devant l'ascenseur, déjà revêtu de ses vêtements protecteurs. Je remarquai les chaussons de papier bleu plastifié qui recouvraient ses baskets et repensai à ce que la police avait découvert chez Spurrier. Pour nos fournitures médicales un contrat avait été passé par l'État, mais des entreprises vendant des chaussons de protection et des gants de chirurgie existaient dans n'importe quelle ville. Nul n'était besoin d'être médecin pour se procurer ce genre d'articles, de même qu'il n'était pas nécessaire d'être policier pour acheter un uniforme, un badge ou une arme.

– J'espère que vous êtes en forme, m'avertit Fielding tandis que les portes de l'ascenseur s'ouvraient pour nous livrer passage.

– Bien, j'attends les mauvaises nouvelles. Qu'avons-nous ce matin ?

– Six autopsies, rien que des homicides.

– Génial, commentai-je avec irritation.

– Oui, l'Amicale des flingues et couteaux n'a pas chômé ce week-end. Quatre morts par balle, deux à l'arme blanche. Et vive le retour du printemps !

L'ascenseur nous déposa au premier, et j'avais déjà ôté ma veste et relevé mes manches lorsque je pénétrai dans mon bureau. Marino était installé sur une chaise, sa serviette sur les genoux, fumant une cigarette. Je crus qu'il accompagnait une des victimes de la matinée jusqu'au moment où il me tendit deux rapports de labo.

– J'me suis dit que vous aimeriez voir ça de vos propres yeux, Doc.

La page de garde d'un des rapports portait le nom de Steven Spurrier tapé à la machine. Le laboratoire de sérologie avait bien travaillé. Les autres résultats étaient vieux de huit ans. Il s'agissait des analyses pratiquées sur le sang retrouvé à l'intérieur de la voiture d'Elizabeth Mott.

– Bon, c'est sûr que les tests ADN vont mettre un moment, expliqua Marino, mais pour l'instant on tient le bon bout.

Je m'installai à mon bureau, et consacrai un moment à l'étude des deux documents. Le sang de la Volkswagen était de groupe O. D'autres caractéristiques enzymatiques affinaient le profil : une phosphoglucomutase de type 1, une phosphatase acide érythrocytaire de type B, une adénosine déaminase de type 1 et, enfin, une adénylate kinase de type 1. Cette combinaison particulière se retrouvait chez environ huit pour cent de la population. Le profil correspondait à celui qui ressortait des examens effectués sur le sang de Steven Spurrier. Il appartenait également au groupe O et les autres caractéristiques étaient identiques. Cela étant, on avait dans son cas passé en revue davantage d'enzymes, réduisant de ce fait la fourchette statistique. Sa combinaison sérologique ne se retrouvait que chez un pour cent de la population humaine.

– Ce n'est pas assez discriminant pour l'inculper de meurtre, Marino. Le sérotype déterminé pourrait correspondre à celui de plusieurs milliers de personnes.

– C'est vachement dommage que le vieux rapport ne soit pas plus complet.

– À l'époque, on ne testait pas autant d'enzymes de façon systématique.

– Ils pourraient peut-être recommencer les analyses ? suggéra-t-il. Si on pouvait réduire les probabilités, ça nous aiderait drôlement. Ce foutu test ADN va prendre des semaines.

– C'est exclu, le sang de la voiture d'Elizabeth est trop ancien. Au bout de tant d'années les enzymes se sont dénaturées, les résultats seraient aujourd'hui moins fiables et précis que ce qui est indiqué sur ce rapport vieux de huit ans. Le mieux que l'on pourrait obtenir après tout ce temps, c'est le groupe ABO, et quasiment la moitié de la population est de groupe O. Nous n'avons pas d'autre choix qu'attendre les résultats de l'empreinte ADN. De plus, ajoutai-je, vous savez bien que si vous aviez la possibilité de l'arrêter aujourd'hui, il sortirait après avoir payé une caution. J'espère qu'il est toujours sous surveillance.

— Comme le lait sur le feu, et vous pouvez parier qu'il le sait. La bonne nouvelle, c'est qu'il risque pas d'aller buter quelqu'un. La mauvaise, c'est qu'il a tout le temps de détruire les indices qu'on n'a pas dégotés, comme les armes par exemple.

— Le supposé sac de sport, entre autres.

— C'est pas logique qu'on le retrouve pas. À part arracher le plancher, on a tout retourné chez lui.

— Vous auriez peut-être dû.

— Ouais, peut-être.

Je me creusais la tête pour savoir où Spurrier avait pu dissimuler un sac de sport lorsqu'une idée me vint à l'esprit. Pourquoi n'y avais-je pas pensé plus tôt?

— De quel genre est Spurrier, je veux dire physiquement?

— Il est pas très grand, mais il a l'air super-musclé, il a pas un atome de graisse.

— Donc, il doit fréquenter les salles de musculation ou de sport.

— Ouais, probable. Pourquoi?

— S'il appartient à un club de gym quelconque, il a peut-être un vestiaire. J'en ai un, moi, à Westwood. Si je voulais dissimuler quelque chose, l'endroit serait parfait. Quoi de plus normal que de sortir d'un club avec son sac de sport ou de le ranger dans son vestiaire?

— Intéressant, réfléchit Marino. Je vais me renseigner, voir ce que je peux trouver.

Il alluma une nouvelle cigarette et ouvrit la fermeture à glissière de sa serviette.

– J'ai des photos de sa taule, si ça vous intéresse.

– Vite alors, dis-je en jetant un coup d'œil à la pendule. J'ai une salle d'autopsie pleine à craquer ce matin.

Il me tendit une enveloppe de papier kraft, épaisse d'une série de clichés 20 × 25 classés suivant un ordre précis, qui permettait de découvrir la maison de Spurrier à travers les yeux de Marino. Le premier d'entre eux montrait la façade en brique de style colonial devant laquelle s'alignaient des buis et un chemin en brique menant à la porte d'entrée noire. Derrière courait une allée pavée qui conduisait au garage attenant à la maison.

J'étalai d'autres photos et découvris l'intérieur de son salon. Sur le parquet nu un canapé de cuir gris était installé devant une table basse en verre, au centre de laquelle une plante en cuivre aux bords déchiquetés était fichée dans un morceau de corail. Un numéro récent du *Smithsonian* était visible sur la photo, parfaitement aligné sur le rebord de la table. Une télécommande était placée avec précision au centre de celui-ci. Elle actionnait sans doute le vidéoprojecteur, suspendu, telle une soucoupe volante, au plafond blanchi à la chaux. Une barre verticale très discrète abritant un écran escamotable de deux mètres de diagonale était scellée au-dessus de la bibliothèque, dans laquelle s'alignaient des cassettes vidéo soigneusement étiquetées et des rangées de volumes reliés dont je ne distinguais pas les titres. Un pan du meuble abritait une pléthore d'appareils électroniques sophistiqués.

– Ce taré a son propre *home cinema*, expliqua Marino.

Son *surround*, des enceintes dans toutes les pièces. Toute cette installation a dû lui coûter plus cher que votre Mercedes, et je peux vous dire que c'était pas pour regarder *La Mélodie du bonheur.* Ces cassettes, là, dans la bibliothèque, dit-il en se penchant par-dessus mon bureau pour les désigner du doigt, c'est que des merdes du genre *Arme fatale*, des histoires de justiciers et de Vietnam. Mais les trucs juteux, c'est sur l'étagère du dessus. On dirait n'importe quel titre classique du box-office, mais mettez-en une dans le magnétoscope et vous aurez une petite surprise. Tiens, *La Maison du lac*, par exemple, devrait plutôt s'appeler *La Maison du cloaque*, c'est du porno *hardcore* violent. Benton et moi, on a passé toute la journée d'hier à visionner cette merde. Vous en croiriez pas vos yeux. À chaque seconde, j'avais envie de me lever pour aller prendre une douche tellement c'était dégueu.

– Vous avez trouvé des films maison ?

– Non, et aucun équipement photo non plus.

J'examinai les clichés suivants. Une autre table de verre trônait dans la salle à manger, entourée de chaises en acrylique transparent. Là aussi, le plancher était nu. Nulle part je n'avais remarqué de tapis ou de moquette.

La cuisine moderne était immaculée. Des petits stores gris masquaient les fenêtres. Il n'y avait ni rideaux ni voilages dans aucune des pièces, pas même à l'étage, où dormait cette créature. Le grand lit de cuivre était fait avec soin, orné de draps blancs, sans dessus-de-lit. Les tiroirs entrouverts de la commode permettaient un coup d'œil sur la collection de survêtements dont m'avait parlé Marino. Les paquets de gants de chirurgie et de protège-chaussures étaient rangés dans des boîtes alignées par terre au fond du placard.

Je mis les photos dans l'enveloppe tout en m'étonnant :

— Aucune garniture d'ameublement en étoffe… Je crois que je n'avais encore jamais vu de maison sans au moins un tapis.

— Pas de rideaux non plus, même dans la cabine de douche. Y a que des portes en verre. Bon, mais y a des serviettes, des draps, ses vêtements.

— Qu'il passe probablement son temps à laver.

— L'intérieur de la Lincoln est en cuir et la moquette au sol est recouverte de protections en plastique, ajouta Marino.

— Pas d'animaux de compagnie ?

— Non.

— Il y a peut-être plus là-dedans que la simple expression d'une personnalité.

— Ouais, c'est ce que je pensais, dit Marino en croisant mon regard.

— C'est un excellent moyen pour éviter de se préoccuper de l'éventuelle présence de fibres ou de poils d'animaux.

— Vous aviez remarqué à quel point toutes les bagnoles abandonnées dans ces meurtres étaient nickel ?

Cette méticulosité m'avait, bien sûr, frappée.

— Peut-être qu'il les passait à l'aspirateur après, suggéra Marino.

– Dans une station de lavage?

– Une station-service, une résidence, n'importe quel endroit avec un aspirateur de voiture en libre-service. Les meurtres étaient commis tard dans la nuit. À l'heure où il s'arrêtait ensuite pour nettoyer la voiture, il devait pas y avoir grand monde pour le repérer.

– Peut-être. Qui sait au juste? Ce qui saute aux yeux, en revanche, c'est un profil d'homme propre et prudent au point d'en devenir obsessionnel. Un individu paranoïaque et familier du type d'indices recherchés lors des enquêtes médico-légales.

Marino se rencogna dans son siège.

– Vous savez, le Seven-Eleven où Deborah et Fred s'étaient arrêtés le soir de leur disparition, j'y suis allé ce week-end et j'ai parlé à la caissière.

– Ellen Jordan?

Il acquiesça d'un hochement de tête.

– Je lui ai fait examiner une parade d'identification et je lui ai demandé s'il y avait là-dedans un type qui ressemblait à celui qu'avait acheté un café le soir où Deborah et Fred étaient là. Elle a identifié Spurrier.

– Elle était formelle?

– Un peu! Elle a dit qu'il portait une espèce de blouson foncé. Elle se souvient juste que le type était vêtu de couleurs sombres, et je me demande si Spurrier avait pas déjà enfilé son survêtement quand il est entré au Seven-Eleven. J'ai réfléchi à pas mal de trucs. Commençons par les deux choses dont on est sûrs. L'intérieur des voitures abandonnées était nickel, et dans les quatre premiers cas on a récupéré des fibres de coton blanc sur le siège du conducteur. Juste?

446

– En effet.

– D'ac. Je pense que cette ordure était à la recherche de victimes et qu'il a repéré Fred et Deborah sur la route. Peut-être qu'il les a vus serrés l'un contre l'autre, la tête de la gamine posée sur l'épaule de Fred, un truc dans ce goût, qui lui sert de déclencheur. Il les suit, s'arrête au Seven-Eleven juste après eux. C'est peut-être là qu'il se change dans sa voiture et enfile le survêtement. Ou alors il le porte déjà. Il pénètre dans la boutique, prétend farfouiller du côté des magazines, achète un café et écoute ce que le jeune couple raconte à la caissière. Il l'entend donner à Deborah et Fred des indications sur la prochaine aire de repos où ils trouveront des toilettes. Il s'en va, fonce vers l'est sur la 64, s'engage sur l'aire de repos et se gare. Il prend son sac avec ses armes, les liens, les gants, tout son matos, puis se planque jusqu'à l'arrivée des deux jeunes. Il patiente jusqu'à ce que Deborah soit entrée dans les toilettes des dames, puis aborde Fred, en lui racontant que sa voiture est tombée en panne, un bobard quelconque. Peut-être même qu'il précise qu'il sort de sa salle de sport, ce qui explique ses vêtements.

– Fred ne se souviendrait-il pas de l'avoir croisé un peu plus tôt au Seven-Eleven ?

– J'en doute. Mais ça n'a pas d'importance, Spurrier a assez de culot pour affirmer qu'en effet il vient de s'arrêter pour boire un café au Seven-Eleven et que sa caisse l'a planté juste après. Il dit qu'il vient d'appeler un dépanneur, et est-ce que Fred pourrait pas le déposer à proximité de sa bagnole en panne. Il jure qu'elle est pas loin, etc., etc. Fred accepte et Deborah réappa-

raît. Une fois que Spurrier est monté dans la Cherokee, le couple est à sa merci.

Fred avait été décrit comme un jeune homme ser-
viable et généreux. Il aurait sans doute apporté son
aide à un inconnu dans l'embarras, surtout quelqu'un
de poli et présentant aussi bien que Steven Spurrier.

– Quand la Cherokee regagne l'autoroute, Spurrier
se penche, défait son sac, enfile gants et protège-
chaussures, sort son flingue et le pointe sur la tête de
Deborah…

La réaction du bloodhound lorsqu'il avait reniflé le
siège où était installée Deborah me revint en mémoire.
C'était la terreur de la jeune fille que le chien avait
flairée.

– … Le taré ordonne à Fred de les conduire à l'endroit qu'il a repéré depuis un moment. Lorsqu'ils
s'arrêtent sur le chemin forestier, la fille a probablement déjà les mains liées dans le dos, et elle a plus ni
chaussures ni chaussettes. Spurrier ordonne alors
à Fred de se mettre pieds nus, puis lui attache les
mains. Ensuite il les fait descendre de la Cherokee et
les pousse dans les bois. Il porte peut-être des lunettes
de vision nocturne, qu'il avait également dans son sac
de sport.

« Il commence son petit jeu avec eux, continua
Marino d'un ton détaché. Il se débarrasse d'abord de
Fred, puis s'attaque à Deborah. Elle résiste, se blesse à
la main, et il lui tire dessus. Il traîne leurs corps jusque
dans la clairière, les positionne l'un à côté de l'autre,
bras dessus, bras dessous, comme s'ils se tenaient
la main, se cramponnaient l'un à l'autre. Il fume

quelques cigarettes, peut-être assis là dans le noir à côté des cadavres, profitant de la relaxation après l'effort. Puis il regagne la Cherokee, enlève son survêtement, ses gants et ses protège-godasses, qu'il fourre dans un sac en plastique. Il y joint peut-être les chaussures et les chaussettes des gamins. Il s'en va, déniche un endroit avec un aspirateur de voiture. Il récure l'intérieur de la Cherokee, surtout le siège du conducteur, sur lequel il s'est installé. Une fois tout ça terminé, il se débarrasse du sac, admettons dans une benne à ordures. À ce moment-là, je pense qu'il protège le siège avant avec quelque chose, un drap blanc plié, une serviette blanche dans les quatre premiers cas...

Je l'interrompis :

– La plupart des clubs de sport ont un service de blanchisserie et conservent une réserve de serviettes blanches dans les vestiaires. Si Spurrier dissimule son attirail dans un vestiaire...

– Ouais, j'ai compris, me coupa Marino. Bordel, j'ai intérêt à me coller là-dessus fissa.

– Une serviette de bain blanche expliquerait les fibres de coton, ajoutai-je.

– Sauf qu'il a dû utiliser quelque chose de différent avec Deborah et Fred. Ça pourrait tout aussi bien être un sac-poubelle, merde, on n'en sait rien. Le truc, c'est qu'il a dû s'asseoir sur quelque chose pour pas abandonner de fibres provenant de ses vêtements. À ce moment-là, souvenez-vous qu'il porte plus le survêtement. L'inverse serait crétin parce qu'il doit être ensanglanté. Il s'en va, abandonne la Cherokee là où on l'a retrouvée et traverse en courant l'autoroute vers l'aire de repos est, où est garée sa Lincoln. Il est tiré d'affaire. Mission accomplie.

– Cette nuit-là, il devait y avoir beaucoup de monde sur l'aire de repos. Personne n'allait y remarquer sa Lincoln, et même si cela avait été le cas, les plaques « empruntées » n'auraient pas permis de remonter jusqu'à lui.

– Juste. Sa dernière tâche consiste soit à remettre les plaques sur la caisse où il les a piquées, soit à s'en débarrasser n'importe où. (Il s'interrompit et passa ses mains sur son visage.) Mon impression, c'est que Spurrier a mis au point son *modus operandi* assez tôt dans sa carrière criminelle. Il l'a respecté à la lettre dans tous les cas. Il se balade, repère ses victimes, les file et sait qu'il a gagné le jackpot si elles s'arrêtent dans un bar, sur une aire, un endroit où elles vont rester assez longtemps pour qu'il puisse se préparer. Ensuite, c'est la phase d'approche. Il monte un bobard pour mettre ses victimes en confiance. Sur cinquante balades de repérage, il frappe peut-être qu'une fois, mais il prend toujours autant son pied.

– Votre scénario est plausible et cohérent dans les cinq derniers cas, mais je ne crois pas qu'il fonctionne aussi bien pour Jill et Elizabeth. S'il avait laissé sa voiture au Palm Leaf Motel, il se trouvait à huit kilomètres de l'Anchor Bar and Grill.

– On sait pas si c'est bien l'endroit où il les a abordées.

– J'en ai le sentiment.

La surprise se peignit sur son visage.

– Pourquoi ?

– Parce que les jeunes femmes fréquentaient sa librairie, expliquai-je. Spurrier leur était familier, même si, à mon avis, elles ne le connaissaient pas très bien. Il a dû les observer quand elles venaient acheter des journaux, des livres, et je le soupçonne d'avoir vite senti qu'elles étaient plus que des amies. C'était le déclencheur, puisqu'il est obsédé par les couples. Peut-être envisageait-il déjà de tuer à ce moment-là. S'attaquer à deux femmes devait être plus aisé que s'en prendre à une femme et un homme. Il a planifié le crime longtemps à l'avance, et chaque fois qu'Elizabeth et Jill venaient dans son magasin, ses fantasmes prenaient de l'ampleur. Il les a peut-être pistées, guettées la nuit. Il a répété, simulé la scène à de multiples reprises. Il avait déjà jeté son dévolu sur la zone boisée non loin de chez Mr Joyce, et c'est probablement lui qui a abattu le chien. Un soir, il suit les deux jeunes femmes jusqu'à l'Anchor, et là il décide de passer à l'acte. Il abandonne son véhicule quelque part, gagne le bar à pied, son sac de sport à la main.

– Vous pensez qu'il est rentré dans le bar et qu'il les a surveillées pendant qu'elles buvaient leurs bières ?

– Non, selon moi il est trop prudent pour cela. Je crois qu'il est resté dans les parages, qu'il a attendu qu'elles sortent pour regagner la Volkswagen. Ensuite, il s'est approché et leur a joué la même comédie. Sa voiture était en panne, il était le propriétaire de la librairie qu'elles fréquentaient, elles n'avaient aucune raison de s'inquiéter. Il monte et, très rapidement, il met son plan à exécution. Ils ne se retrouvent pas dans le bois, mais au cimetière. Les deux femmes,

particulièrement Jill, ne se montrent pas très coopé-
ratives.

– Et il pisse le sang dans la Volkswagen. Peut-être un
saignement de nez, en tout cas c'est pas un coup d'aspirateur qui va en débarrasser le tapis de sol.

– À mon avis, il a laissé tomber le nettoyage de la voiture. Spurrier a probablement paniqué et abandonné
la Volkswagen aussi vite que possible, à l'endroit le plus
pratique… le parking du motel. Quant à savoir où il
était garé, lui, c'est une autre histoire. Mais je parie
qu'il a dû faire une longue promenade à pied pour la
récupérer.

– L'épisode avec les deux femmes lui a peut-être tellement foutu les boules qu'il a pas récidivé avant cinq ans.

– Je ne crois pas. Ma conviction, c'est qu'il manque
une pièce du puzzle.

Plusieurs semaines s'étaient écoulées, je travaillais
chez moi, dans la paix de mon bureau, lorsque le téléphone sonna. Le répondeur venait à peine de s'enclen-
cher que mon correspondant raccrocha. Le téléphone
retentit de nouveau une demi-heure plus tard et, cette
fois-ci, je répondis avant que la machine ne se mette en
marche. La ligne fut coupée dès après mon «allô».

S'agissait-il de quelqu'un qui essayait de joindre
Abby et ne souhaitait pas me parler? Clifford Ring
avait-il découvert où elle se terrait? Distraite, j'allai me
préparer un petit en-cas. Après une inspection du
contenu du réfrigérateur, j'optai pour quelques tranches
de fromage.

De nouveau installée devant ma table de travail, je

réglais quelques factures en souffrance lorsque j'entendis les pneus d'une voiture crisser sur le gravier. Sans doute s'agissait-il d'Abby, mais la sonnette de la porte d'entrée retentit.

À travers le judas je découvris Pat Harvey emmitouflée dans un coupe-vent rouge à la fermeture remontée jusque sous le menton. Les coups de fil, pensai-je immédiatement. Elle s'était assurée que j'étais chez moi pour pouvoir me parler en privé.

– Désolée de m'imposer, annonça-t-elle d'un ton qui indiquait le contraire.

– Je vous en prie, entrez, proposai-je à contrecœur.

Elle me suivit dans la cuisine, où je nous servis un café. Elle s'assit avec raideur, les mains serrées autour de sa tasse.

– Sans doute vais-je manquer de diplomatie, mais je serai directe. J'ai été informée que l'homme qu'ils ont arrêté à Williamsburg, ce Steven Spurrier, est soupçonné d'avoir assassiné deux femmes il y a huit ans.

– Où avez-vous entendu parler de cela?

– Peu importe. Cette affaire n'a jamais été élucidée et est maintenant reliée aux meurtres des cinq autres couples. Les deux jeunes femmes étaient les premières victimes de Spurrier.

La paupière inférieure de son œil gauche tressautait. La détérioration physique de Pat Harvey depuis notre dernière rencontre était vertigineuse. Sa chevelure auburn était devenue terne, son regard atone, son teint pâle presque cireux. Elle avait les traits tirés et paraissait encore plus maigre que lors de sa prestation télévisée.

– Je ne suis pas certaine de vous comprendre, remarquai-je d'une voix tendue.

– Il leur a inspiré confiance et elles ont baissé leur garde. C'est exactement ce qu'il a reproduit avec les autres, avec ma fille, avec Fred.

Elle énonça tout cela comme s'il s'agissait d'un fait avéré. Pat Harvey avait déjà condamné Spurrier.

– Pourtant je sais maintenant qu'il ne sera jamais puni pour le meurtre de Debbie, déclara-t-elle.

– Il est trop tôt pour s'avancer de la sorte, répondis-je d'un ton posé.

– Ils n'ont aucune preuve. Ce qui a été retrouvé chez lui est insuffisant. Cela ne tiendra jamais devant un tribunal, si toutefois ces affaires arrivent jusque-là, ce qui n'est pas évident. On ne peut pas inculper quelqu'un pour meurtres avec préméditation et réclamer la peine capitale simplement parce qu'on a retrouvé chez lui des coupures de journaux et des gants de chirurgie, surtout si la défense prétend que ces indices ont été placés là à dessein dans le but de piéger son client.

Elle a parlé avec Abby, pensai-je, écœurée, tandis qu'elle poursuivait d'un ton froid :

– Le sang retrouvé dans la voiture des deux femmes est le seul indice valable. Tout va reposer sur l'analyse ADN. Mais même cela suscitera pas mal d'effets de manches parce que les affaires remontent à loin. On va mettre en doute la rigueur avec laquelle furent conservés les indices. Même si les empreintes ADN concordent et qu'un tribunal accepte leur validité, rien ne dit qu'un jury suivra, d'autant que la police n'a toujours pas retrouvé les armes des crimes.

– Les recherches continuent.

– Il a eu tout le temps nécessaire pour s'en débarrasser.

Elle avait raison.

Marino avait découvert que Spurrier s'exerçait dans un club de musculation non loin de chez lui. La police avait fouillé le casier de vestiaire qu'il louait et dont la serrure avait été doublée par un cadenas. Le casier était vide. Le sac de sport bleu avec lequel Spurrier avait été vu au club restait introuvable et le demeurerait toujours, j'en étais convaincue.

– Qu'attendez-vous de moi, madame Harvey?

– Je veux que vous répondiez à mes questions.

– Lesquelles?

– S'il existe des indices dont j'ignore l'existence, je crois qu'il serait judicieux que vous m'en parliez.

– L'enquête n'est pas terminée. La police, le FBI travaillent avec acharnement pour élucider le meurtre de votre fille.

Son regard se perdit vers le mur.

– Vous tiennent-ils informée?

Je compris aussitôt. Pat Harvey était tenue à l'écart par toutes les personnes directement mêlées à l'enquête. Aucune information ne lui était plus communiquée. Elle était devenue une paria, peut-être même un sujet de plaisanterie. Elle ne l'admettrait jamais devant moi, mais telle était la raison de sa présence devant ma porte.

– Pensez-vous que Steven Spurrier ait tué ma fille?

– En quoi mon opinion importe-t-elle? demandai-je.

– Elle importe énormément.

– Pourquoi ?

– Parce que vous ne vous forgez pas de convictions à la légère. Je ne crois pas que vous tiriez de conclusions hâtives ou que vous vous laissiez influencer par ce que vous avez envie de croire. Vous connaissez les indices et… (sa voix trembla) vous vous êtes occupée de Debbie.

Aucune phrase appropriée ne me vint à l'esprit.

– Je vous le demande encore une fois. Selon vous, Steven Spurrier les a-t-il assassinés, a-t-il assassiné Deborah ?

Mon hésitation ne dura qu'un instant, mais ce fut suffisant. Lorsque je lui affirmai qu'il m'était impossible de répondre à une telle question et que, de toute façon, je ne connaissais pas la réponse, elle ne m'écoutait plus.

Elle se leva.

La nuit l'engloutit. La lumière du plafonnier de la Jaguar illumina son profil un bref instant, tandis qu'elle montait dans la voiture. Je la regardai s'éloigner.

J'avais renoncé à attendre Abby et étais montée me coucher lorsqu'elle finit par regagner la maison. J'émergeai d'un sommeil haché en entendant l'eau couler en bas. Je jetai un coup d'œil au réveil : il était presque minuit. Je me levai et enfilai mon peignoir.

Elle avait dû percevoir mon pas dans le couloir : lorsque j'atteignis sa chambre, elle m'attendait sur le seuil, pieds nus, un jogging en guise de pyjama.

– Tu veilles tard, me dit-elle.

– Toi aussi.

– Eh bien, je…

Elle laissa mourir sa phrase tandis que j'entrais et m'asseyais sur le bord du lit.

– Quoi de neuf? demanda-t-elle, mal à l'aise.

– Pat Harvey est venue me rendre visite dans la soirée, voilà ce qu'il y a de neuf. Tu lui as parlé.

– J'ai parlé à beaucoup de gens.

– Abby, je sais que tu veux l'aider, et je sais que la façon dont on a utilisé la mort de sa fille pour l'atteindre t'a scandalisée. Mrs Harvey est une femme bien et je suis convaincue que tu t'inquiètes sincèrement pour elle. Mais elle doit demeurer à l'écart de l'enquête, Abby.

Elle me fixa sans rien dire.

– Pour son propre bien, ajoutai-je en insistant.

Abby s'assit sur le tapis en croisant les jambes et se laissa aller contre le mur.

– Que t'a-t-elle dit?

– Elle est convaincue que Spurrier a assassiné sa fille, mais qu'il échappera au châtiment.

– Je ne lui ai rien suggéré de tel. Pat est capable de réfléchir par elle-même.

– L'assignation de Spurrier est prévue pour vendredi. Elle a l'intention de s'y rendre?

– Il s'agit d'une inculpation pour vol. Si ta question est: Pat va-t-elle débarquer pour faire un scandale devant le tribunal… (elle secoua la tête) la réponse est: certainement pas. Ça ne servirait à rien et elle n'est pas idiote, Kay.

– Et toi?

– Quoi? Est-ce que je suis idiote? demanda-t-elle, se dérobant de nouveau.

– Tu seras présente à la mise en accusation?

– Bien sûr. Et je peux te dire exactement comment les choses vont se dérouler. Il ne fera qu'entrer et sortir, plaidera coupable pour le vol de plaques minéralogiques et ramassera une amende de quinze cents dollars. Il fera un bref séjour en prison, un mois tout au plus. Les flics veulent le faire mijoter un peu en taule, le casser pour qu'il parle.

– Comment sais-tu cela?

– Il ne parlera pas, continua-t-elle. Ils vont le faire sortir du tribunal devant la foule amassée et le pousser à l'arrière d'une voiture de police, tout ça pour lui filer la trouille et l'humilier, mais ça ne marchera pas. Il sait qu'ils ne disposent d'aucun élément convaincant, pas l'ombre d'une preuve recevable. Il accomplira sa peine derrière les barreaux, puis sortira. Un mois, ce n'est pas la mort.

– On dirait que tu le plains.

– Je ne ressens rien à son égard. D'après son avocat, Spurrier était un consommateur occasionnel de cocaïne. Le soir où les flics l'ont pincé en train de faucher les plaques, il était en route pour s'en acheter. Spurrier avait peur qu'un des dealers s'avère être un indic, relève son numéro et le balance aux flics. Voilà l'explication du vol de plaques minéralogiques.

– Tu ne peux pas croire ces idioties! protestai-je avec passion.

Abby étira ses jambes en grimaçant un peu. Elle se leva sans un mot et sortit de la pièce. Je la suivis dans la cuisine, luttant contre une exaspération grandissante. Elle se versait des glaçons dans un verre lorsque je posai mes mains sur ses épaules. Je la fis pivoter pour la contraindre à me regarder.

– Tu m'écoutes ?

Son regard s'adoucit.

– Je t'en prie, ne sois pas en colère contre moi, Kay. Ce que je fais n'a aucun rapport avec toi, avec notre amitié.

– Quelle *amitié* ? J'ai l'impression de ne plus te connaître. Tu me laisses de l'argent dans la maison comme si je n'étais rien d'autre que ta foutue domestique. Je ne sais même plus à quand remonte la dernière fois que nous avons partagé un repas. Tu ne me parles jamais. Tu es obsédée par ce bouquin. Tu ne comprends pas qu'il est en train de t'arriver la même chose qu'à Pat Harvey ?

Elle se contenta de me regarder fixement.

– On dirait que tu as pris ta décision à propos de quelque chose. Pourquoi ne veux-tu pas m'en parler ? implorai-je presque.

– Je n'ai plus aucune décision à prendre, lâcha-t-elle doucement en s'écartant de moi. Tout a déjà été décidé.

Fielding appela tôt le samedi matin pour m'annoncer qu'il n'y avait pas d'autopsies en attente. Je retournai me coucher, épuisée, et me réveillai en milieu de matinée. Après une longue douche chaude, j'étais prête à affronter Abby et à tenter mon possible pour réparer les dégâts infligés à notre relation.

Mais lorsque je descendis et frappai à la porte de sa chambre, personne ne répondit. Je constatai l'absence de sa voiture lorsque je sortis chercher le journal. Irritée parce qu'elle avait encore réussi à m'éviter, je me préparai du café.

J'entamais ma deuxième tasse lorsqu'un titre en petits caractères attira mon attention :

CONDAMNATION AVEC SURSIS
POUR UN HABITANT DE WILLIAMSBURG

Horrifiée, je lus que, contrairement à ce qu'avait prédit Abby, Steven Spurrier n'avait pas été menotté et traîné en prison après sa condamnation. Il avait plaidé coupable de vol. Son casier judiciaire vierge, sa réputation de citoyen respectueux des lois lui avaient valu une amende de mille dollars et un sursis. Il avait aussitôt été remis en liberté.

Tout a déjà été décidé, avait dit Abby.

Était-ce à cette condamnation qu'elle faisait allusion ? Si elle savait que Spurrier allait être libéré, pourquoi aurait-elle délibérément cherché à m'égarer ?

Je quittai la cuisine et ouvris la porte de sa chambre. Le lit était fait, les rideaux ouverts. Des gouttes d'eau scintillaient sur la faïence du lavabo de la salle de bains attenante et de légers effluves de parfum s'attardaient encore dans l'air. Elle n'était pas partie depuis longtemps. Je cherchai sa serviette et son magnétophone, sans les trouver. Son 38 avait disparu du tiroir de la table de chevet. Je fouillai les commodes et finis par dénicher ses carnets de notes, dissimulés sous des vêtements.

Installée sur le lit, fébrile, je les feuilletai, incapable de contrôler ma nervosité. Les jours, les semaines de la vie d'Abby s'étalaient sous mes yeux, et peu à peu la signification de tout cela devint limpide.

Ce qui avait débuté comme la croisade d'Abby pour la recherche de la vérité sur les meurtres de couples était devenu sa propre ambitieuse obsession. Spurrier semblait la fasciner. S'il était coupable, elle paraissait décidée à faire de lui le centre de son livre, à décortiquer son cerveau de psychopathe. S'il était innocent, « ce serait un autre Gainesville », écrivait-elle, faisant allusion à la série de meurtres d'étudiants pour lesquels le suspect avait été innocenté par la suite. « Mais ce serait pire que Gainesville, ajoutait-elle, à cause de ce qu'implique la carte. »

Spurrier avait dans un premier temps rejeté toutes les demandes d'interviews d'Abby. Il avait fini par décrocher son téléphone la semaine précédente. Il avait suggéré une rencontre après son assignation à comparaître, lui confiant que son avocat avait « conclu un marché ».

Abby avait griffonné : « Il a dit qu'il avait lu mes articles du *Post* ces dernières années et s'était souvenu de ma signature à l'époque où j'étais à Richmond. Il se rappelait très bien ce que j'avais écrit à propos de Jill et Elizabeth, a remarqué que c'était des "filles bien" et qu'il avait toujours espéré que les flics retrouveraient le "cinglé" qui avait fait le coup. Il était également au courant pour l'assassinat de ma sœur. C'est la raison pour laquelle il a finalement décidé de m'accorder une entrevue, a-t-il ajouté. Il éprouve de la "compassion" pour moi, il sait que je comprends ce que c'est qu'"être une victime". J'ai, moi aussi, été une victime du meurtre d'Henna.

« "Et je suis une victime, a-t-il affirmé. Nous pourrons discuter de cela et peut-être m'aiderez-vous à mieux comprendre ce qui se passe."

« Il a suggéré que je vienne chez lui samedi matin à 11 heures, ce que j'ai accepté, à condition que ces entretiens soient exclusifs. Il est d'accord. Il a même précisé qu'il n'avait pas l'intention de parler à qui que ce soit d'autre, pourvu que je donne sa version des faits. "La vérité", comme il a dit. Merci, mon Dieu. Et, Cliff, tu peux aller te faire foutre avec ton bouquin, tu as perdu la partie. »

Ainsi Cliff Ring, lui aussi, rédigeait un document au sujet de ces affaires. Seigneur Jésus, pas étonnant qu'Abby se soit conduite de façon si étrange !

Elle m'avait menti, me menant en bateau sur l'issue de la mise en accusation de Spurrier. Elle ne voulait surtout pas que je soupçonne son rendez-vous chez lui et se doutait qu'une telle chose ne me viendrait jamais à l'esprit si je tenais pour acquis qu'il irait en prison. Je me souvins de l'avoir entendue déclarer qu'elle ne faisait plus confiance à quiconque. C'était le cas, même en ce qui me concernait.

Je consultai ma montre. Il était 11 h 15.

Marino était absent et je laissai un message sur son *pager*. Ensuite, je composai le numéro de la police de Williamsburg. Le téléphone sonna une éternité avant qu'une secrétaire ne daigne répondre. J'exigeai de parler de toute urgence à l'un des enquêteurs.

— Ils sont tous en patrouille.

— Alors passez-moi quelqu'un d'autre, n'importe qui en service.

Elle transféra mon appel à un sergent.

— Vous savez qui est Steven Spurrier ? attaquai-je après m'être présentée.

— Ben, ce serait dur de bosser ici et de pas savoir ça.

— Une journaliste est en train de l'interviewer chez lui. Je vous préviens afin que vos équipes de surveillance s'assurent que tout va bien.

Un long silence suivit, seulement troublé par un froissement de papier, comme si le sergent était en train de manger quelque chose.

— Spurrier n'est plus sous surveillance, annonça-t-il enfin.

— Pardon ?

— Je dis que nos gars ont été retirés.

— Pourquoi ? demandai-je d'un ton impérieux.

— Ça, Doc, je sais pas, j'étais en vacances la semaine…

— Écoutez, tout ce que je vous demande, c'est d'envoyer une voiture de patrouille chez lui, de vous assurer que tout va bien, dis-je en faisant des efforts surhumains pour ne pas me mettre à hurler.

— Vous inquiétez pas, répondit-il avec un calme olympien. Je passe le message.

Je raccrochai en entendant une voiture arriver.

Abby, Dieu merci.

Mais lorsque je regardai par la fenêtre, je découvris Marino. Avant même qu'il ait sonné, j'avais ouvert la porte.

– J'étais dans le coin quand j'ai eu votre message, alors…

– Chez Spurrier ! criai-je en lui agrippant le bras. Abby est là-bas ! Elle a pris son arme !

Le ciel s'était assombri et il pleuvait tandis que nous foncions sur la 64 en direction de l'est. Mon corps était tétanisé et les battements anarchiques de mon cœur refusaient de s'apaiser.

– Hé, Doc, détendez-vous, conseilla Marino tandis que nous empruntions la bretelle de sortie de Colonial Williamsburg. Que les flics le surveillent ou pas, il est pas assez con pour toucher à Abby. Vous savez bien, il ferait jamais ça.

Nous nous engageâmes dans la rue tranquille de Spurrier : une seule autre voiture y était garée.

– Merde ! souffla Marino.

Une Jaguar noire attendait devant la maison de Spurrier.

– Mon Dieu, Pat Harvey !

Marino écrasa le frein.

– Restez là !

Il bondit comme un fou du véhicule et remonta l'allée en courant sous une pluie battante. Le cœur cognant à se rompre, je le vis repousser la porte d'entrée du bout du pied, le revolver à la main, puis disparaître à l'intérieur.

Le seuil demeura vide, puis, soudain, il réapparut et, regardant dans ma direction, hurla quelque chose que je ne compris pas.

Je sortis de la voiture, me faisant tremper en courant vers la maison.

L'odeur âcre de la poudre me saisit à la gorge à l'instant où je pénétrai dans le hall d'entrée.

Marino était à cran, jetant des regards autour de lui.

– J'ai appelé des secours, dit-il. Y en a deux là-bas.

Le salon se trouvait sur la gauche.

Il grimpa quatre à quatre l'escalier menant à l'étage, tandis que les clichés de la maison de Spurrier s'imprimaient dans mon esprit comme des flashs. Je reconnus la table basse en verre et vis le revolver posé dessus. Une mare de sang s'étalait sur le plancher sous le corps de Spurrier, un second revolver gisait à quelques mètres de là. Face contre terre, il reposait à une dizaine de centimètres du canapé de cuir gris où Abby était étendue sur le côté. Elle fixait le coussin glissé sous sa joue d'un regard terne et vacillant. Le devant de son chemisier bleu pâle était trempé d'écarlate.

L'espace d'un instant je demeurai là, ne sachant quoi faire, l'esprit comme aspiré par un séisme. Puis je m'accroupis près de Spurrier. Du sang éclaboussa mes chaussures lorsque je le retournai. Il était mort. Une balle avait perforé la poitrine, l'autre l'abdomen.

Je me ruai vers le canapé et tâtai le cou d'Abby. Je ne perçus aucun pouls. Je la retournai sur le dos, m'apprêtant à tenter un massage cardiaque, mais son cœur et ses poumons avaient renoncé depuis trop longtemps. Mes mains se serrèrent en coupe autour de son visage, et une vague légère de parfum me parvint. Des sanglots incontrôlables me suffoquèrent.

Ces pas sur le parquet. Tout d'abord je ne les entendis pas, jusqu'au moment où je me rendis compte qu'ils étaient trop légers pour signaler l'approche de

Marino. Je levai la tête et découvris Pat Harvey, qui ramassait le revolver sur la table basse.

Je la fixai, les yeux écarquillés, la bouche entrouverte.

– Je suis désolée, murmura-t-elle en pointant l'arme dans ma direction d'une main tremblante.

– Madame Harvey...

Ma voix se perdit dans ma gorge, mes mains tendues vers elle, tachées du sang d'Abby, se figèrent.

– Je vous en prie...

– Ne bougez pas.

Elle recula de quelques pas, baissant très légèrement le canon de l'arme. Une pensée incongrue me traversa : elle portait le même coupe-vent rouge que lorsqu'elle était passée chez moi.

– Abby est morte, lui dis-je.

Elle ne réagit pas, le visage livide, le regard si sombre qu'il en paraissait noir.

– J'ai essayé de trouver un téléphone. Il n'a pas le téléphone.

– Je vous en prie, posez cette arme.

– C'est lui. Il a tué ma Debbie. Il a tué Abby.

Marino, je vous en supplie, dépêchez-vous ! pensai-je.

– Madame Harvey, c'est fini, ils sont morts. Posez cette arme, je vous prie, n'ajoutez pas au saccage.

– Mais... cela ne peut pas être pire.

– C'est faux, je vous en prie, écoutez-moi.

– Je ne peux plus rester ici, déclara-t-elle de la même voix morne.

– Je peux vous aider. Posez votre arme, je vous en prie, dis-je en me levant du canapé au moment où elle relevait le revolver.

Et je compris ce qu'elle s'apprêtait à commettre. Je la suppliai :

– Non… non.

Elle retourna le canon sur sa poitrine et je plongeai dans sa direction.

– *Madame Harvey! Non!*

La violence de l'impact la projeta en arrière et elle trébucha, lâchant l'arme. D'un coup de pied je l'envoyai au travers de la pièce. Elle tournoya avec lenteur, si lourde sur le plancher poli. Ses genoux se dérobèrent sous elle et elle chercha de la main un endroit où se retenir, en vain. Marino apparut soudain dans la pièce en criant : « Nom de Dieu! » Il brandissait son revolver à deux mains, le canon pointé vers le plafond. Tremblant de tous mes membres, les oreilles bourdonnantes, je m'agenouillai près de Pat Harvey, étendue sur le côté, les genoux relevés, les mains crispées sur sa poitrine.

– Amenez des serviettes! hurlai-je en écartant ses mains et en m'affairant sur ses vêtements.

Je tirai son chemisier, remontai son soutien-gorge et pressai le tissu roulé en boule contre la blessure qui béait sous son sein gauche. Marino jura comme un forcené en se précipitant hors de la pièce.

– Tenez bon, murmurai-je en pressant le petit orifice, tentant d'empêcher l'air d'y pénétrer au risque de collaber le poumon.

Elle tressauta et un gémissement sortit de sa gorge.

– Tenez bon, répétai-je tandis que les sirènes hululaient dans la rue.

La lueur rouge des gyrophares pulsait à travers les

stores des fenêtres du salon, comme si le monde à l'extérieur de la maison de Steven Spurrier venait de
prendre feu.

18

Marino me reconduisit à la maison et me tint compagnie. Je m'assis dans la cuisine, regardant la pluie ruisseler, l'esprit tellement ailleurs que j'étais à peine conscient de ce qui se déroulait autour de moi. La sonnette de la porte d'entrée retentit, j'entendis l'écho de pas et de voix masculines.

Plus tard, Marino me rejoignit dans la cuisine et tira une chaise en face de moi. Il se percha sur le rebord, comme s'il n'avait pas l'intention de s'attarder très longtemps.

– À part la chambre d'amis, y a d'autres endroits dans la maison où Abby aurait pu ranger ses affaires, Doc ?

– Je ne crois pas, répondis-je dans un murmure.

– Ben, je suis désolé, mais va falloir qu'on regarde.

– Je comprends.

Il suivit mon regard perdu vers le jardin.

– Je vais faire du café, dit-il en se levant. On va voir si

je me souviens de ce que vous m'avez appris. C'était ma première leçon, hein?

Il s'affaira dans la cuisine, ouvrant et refermant les placards, remplissant la cafetière d'eau, puis m'abandonna lorsque le café commença de passer. Il revint quelques minutes plus tard, escorté d'un autre enquêteur.

– Ce sera pas très long, docteur Scarpetta, déclara celui-ci. Merci de votre coopération.

Il échangea quelques mots à voix basse avec Marino, puis quitta la pièce. Marino posa devant moi une tasse de café. Il me fallait fournir un effort considérable pour parvenir à me concentrer.

– Que cherchent-ils?

– On est en train d'examiner les carnets dont vous m'avez parlé. On essaie de trouver des cassettes, n'importe quel élément qui puisse aiguiller sur la raison pour laquelle Mrs Harvey a tué Spurrier.

– Vous êtes sûrs que c'est bien elle.

– Oh, oui, elle l'a bien descendu, et c'est un sacré miracle qu'elle soit vivante. Elle a raté le cœur. Elle a eu du bol, sauf qu'elle sera peut-être pas de cet avis si elle s'en sort.

– J'avais appelé la police de Williamsburg. J'avais expliqué...

Il m'interrompit avec douceur:

– Je sais bien. Vous avez fait ce qu'il fallait, tout ce que vous pouviez.

– Ils s'en fichaient complètement, dis-je en fermant les yeux dans l'espoir de contenir mes larmes.

– Non, c'est pas ça. Écoutez-moi, Doc, lâcha-t-il après un silence.

Je pris une profonde inspiration.

Marino s'éclaircit la gorge et alluma une cigarette.

– J'ai appelé Benton quand j'étais dans votre bureau. Le FBI a achevé l'analyse ADN du sang de Spurrier et l'a comparé au sang trouvé dans la voiture d'Elizabeth Mott. Les empreintes correspondent pas.

– Quoi?

– Ça correspond pas, répéta-t-il. Les enquêteurs de Williamsburg qui filaient Spurrier l'ont appris hier. Benton a essayé de me joindre, mais on n'a pas arrêté de se rater. Du coup, moi, j'étais pas au courant. Vous comprenez ce que je veux dire?

Je le dévisageai, incapable de réagir.

– Légalement, Spurrier n'était plus considéré comme suspect. Que ce soit un pervers, qu'il relève du pays des cinglés, ça, y a pas de doute. Mais il a pas assassiné Elizabeth et Jill. C'est pas lui qu'a perdu ce sang dans leur bagnole, c'est pas possible. Et si c'est bien lui qui a buté les autres couples, on a aucune preuve pour l'épingler. Continuer à lui coller au train, surveiller sa taule ou taper à sa porte si on voit qu'il a de la compagnie, c'était du harcèlement. Je veux dire: il arrive un moment où on peut plus coller en permanence un flic derrière chaque suspect, d'autant que Spurrier pouvait nous faire un procès. Et puis, comme le FBI avait fait machine arrière, ça pouvait pas se passer autrement.

– Il a tué Abby.

Marino détourna le regard.

– Ouais, apparemment. Son magnétophone tournait, on a tout l'enregistrement sur cassette. Mais ça prouve toujours pas qu'il a descendu les couples, Doc. On dirait plutôt que Mrs Harvey a flingué un innocent.

– Je veux écouter cette bande.

– Non, croyez-moi sur parole, vaut mieux pas.

– Si Spurrier était *innocent*, pourquoi a-t-il tué Abby?

– Je me suis fait mon idée à l'écoute de la bande et avec mes premières constatations sur place. Abby et Spurrier discutaient dans le salon. Abby était assise sur le canapé où on l'a trouvée. Spurrier a entendu sonner et s'est levé pour répondre. Je sais pas pourquoi il a laissé entrer Pat Harvey. Il aurait dû la reconnaître, mais bon, peut-être pas. Elle portait un jean, un coupe-vent avec une capuche, c'était peut-être pas simple de l'identifier. Impossible de savoir comment elle s'est présentée, ce qu'elle lui a dit. On le saura pas tant qu'on lui aura pas parlé, et c'est même pas sûr qu'on comprenne tout à ce moment-là.

– Mais il l'a fait entrer.

– Il a ouvert la porte. Elle a sorti son revolver, le Charter Arms avec lequel elle s'est ensuite flinguée. Elle l'a obligé à reculer à l'intérieur, jusque dans le salon où Abby se trouvait déjà, avec le magnétophone qui tournait. La Saab d'Abby était garée derrière dans l'allée et Mrs Harvey a pas pu la voir quand elle s'est arrêtée devant la baraque. Elle ignorait la présence d'Abby. La surprise l'a distraite un instant, assez pour que Spurrier saute sur votre copine, probablement pour l'utiliser comme bouclier. Difficile de dire exactement ce qui s'est passé, mais on sait qu'Abby avait son revolver, sans doute dans son sac qui devait être posé à côté d'elle sur le canapé. Elle a dû essayer de le sortir, lutter avec Spurrier. Le coup de feu part et l'atteint. Il tente ensuite de tirer sur Mrs Harvey, mais elle est plus rapide. Elle a fait feu à deux reprises sur lui. On a vérifié son revolver : trois douilles vides, deux balles.

– Elle a parlé d'un téléphone qu'elle avait cherché, remarquai-je d'une voix atone.

– Spurrier a que deux postes. Un là-haut dans sa chambre, l'autre dans la cuisine, coincé entre deux placards, de la même couleur que le mur, dur à repérer. J'ai même failli passer à côté. De toute évidence, on est arrivés à peine quelques minutes après la tuerie, Doc. Je pense que Mrs Harvey a posé son arme sur la table basse pour foncer vers Abby. Quand elle a compris la gravité de sa blessure, elle a essayé de trouver un téléphone pour appeler les secours. Au moment où je me suis précipité à l'intérieur, elle devait se trouver dans une autre pièce. Peut-être qu'elle m'a entendu et s'est planquée. Tout ce que je sais, c'est qu'en entrant j'ai juste jeté un coup d'œil autour. J'ai vu les corps dans le salon, tâté les carotides. J'ai cru sentir que le pouls d'Abby était très faible, mais j'étais pas sûr. Je devais faire un choix, genre en une fraction de seconde. Je pouvais inspecter la taule à la recherche de Mrs Harvey ou aller vous chercher et remettre la fouille à plus tard. Je veux dire : je l'ai pas vue la première fois que je suis entré, j'ai pensé qu'elle était montée ou sortie par la porte de derrière, expliqua-t-il, de toute évidence bouleversé de m'avoir mise en danger.

– Je veux écouter la bande, répétai-je.

Marino se frotta le visage, puis me regarda, les yeux injectés de sang.

– Vous infligez pas ça, Doc.

– Il le faut.

Il se leva à contrecœur, sortit, puis revint avec un sac à indices en plastique contenant un magnétophone à microcassettes. Il posa l'objet sur la table, rembobina une portion de la bande, puis enfonça la touche *play*.

La voix d'Abby remplit la cuisine :

– … J'essaie de me mettre à votre place, mais cela n'explique pas vraiment pourquoi vous vous promenez en voiture la nuit pour arrêter les gens, leur demander votre route par exemple, alors que vous savez parfaitement où vous vous trouvez.

– Écoutez, je vous ai déjà parlé de la coke. Vous en avez déjà sniffé ?

– Non.

– Eh bien, essayez, vous verrez, ça vous fait faire des trucs déjantés. Vous vous embrouillez, vous avez l'impression que vous savez où vous allez, puis vous constatez que vous êtes perdu. Du coup, vous demandez votre chemin à un passant.

– Vous disiez que vous aviez arrêté la coke.

– C'est vrai, je n'en prends plus, pas question. C'était vraiment crétin… Plus jamais.

– Passons à ce que la police a retrouvé chez vous… Voyons…

Un faible carillon résonnait.

– Une seconde, disait Spurrier d'une voix tendue.

L'écho d'un pas qui s'éloignait, puis un brouhaha de

voix en arrière-plan. Un bruissement – Abby devait remuer sur le canapé –, suivi de la voix incrédule de Spurrier :

– Attendez, vous ne savez pas ce que vous...

– Je sais exactement ce que je fais, espèce de salopard !

La voix de Pat Harvey allait en s'amplifiant :

– C'est ma fille que vous avez traînée dans les bois.

– Je ne sais pas de quoi...

– Pat, ne faites pas ça !

Un silence.

– Abby ? Mon Dieu...

– Pat, ne faites pas ça, Pat !

La frayeur tendait la voix d'Abby, qui suffoquait tandis que quelque chose heurtait le canapé.

– Lâchez-moi !

Une agitation, des halètements. Le hurlement d'Abby :

– Arrêtez ! Arrêtez !

Puis une détonation sèche, qui évoquait celle d'un pistolet à amorce.

Une autre détonation, puis encore une.

Le silence.

Des claquements de talons se rapprochaient, de plus en plus bruyants, puis s'arrêtaient.

– Abby ?

Un silence.

– Non, Abby, je vous en prie... Abby, cramponnez-vous...

La voix de Pat Harvey tremblait au point de devenir inaudible.

Marino éteignit le magnétophone et le glissa dans le sachet. Je le fixai, tétanisée.

Le samedi matin, après la mise en terre d'Abby, j'attendis que l'assistance se disperse, puis m'éloignai le long d'un sentier ombragé de chênes et de magnolias. Les cornouillers rivalisaient de nuances fuchsia et blanc sous un amical soleil printanier.

Peu des gens avaient assisté à la cérémonie. J'avais rencontré plusieurs de ses anciens collègues de Richmond et tenté de réconforter ses parents. Marino était venu, ainsi que Mark, qui m'avait étreinte avec force, avant de repartir en me promettant de passer chez moi plus tard dans la journée. Il fallait que je discute avec Benton Wesley, mais j'avais d'abord besoin d'un moment de solitude.

L'Hollywood Cemetery s'étendait au nord de la James River. Il s'agissait de la plus grande nécropole de Richmond, avec ses quinze hectares de collines vallonnées, égayées de bosquets d'arbres, et son entrelacs de ruisseaux. Des noms désignaient toutes les allées pavées qui sinuaient et des panneaux fichés de loin en loin réglementaient la vitesse. Des obélisques de granit, des pierres tombales et des anges en prière, pour certains vieux de plus d'un siècle, se tassaient sur les flancs des pelouses pentues. Ici se trouvaient les sépultures des présidents James Monroe et John Tyler, celles de Jefferson Davis et du magnat du tabac Lewis Ginter. Dans le carré militaire reposaient les soldats de Gettysburg. Abby avait été enterrée au côté de sa sœur Henna dans la section réservée aux caveaux de famille, près d'une allée d'herbe rase. Par une trouée qui fendait le rideau d'arbres j'aperçus le fleuve en contrebas. La James luisait comme une nappe de cuivre terni, rendue boueuse par de récentes pluies diluviennes. Je ne parvenais pas à admettre qu'Abby appartienne maintenant à cet autre univers, qu'elle ne soit plus qu'un jalon de granit érodé par le temps qui passe. Était-elle jamais retournée dans son ancienne maison, dans la chambre qu'occupait Henna à l'étage? Elle m'avait affirmé qu'elle accomplirait ce pèlerinage si elle en trouvait un jour le courage.

Un bruit de pas derrière moi. Je me retournai pour apercevoir Benton qui avançait lentement dans ma direction.

– Kay, vous vouliez me parler?

J'acquiesçai de la tête.

Il retira la veste de son complet noir, desserra sa cravate, puis contempla le fleuve, attendant.

– Il y a du nouveau, commençai-je. Jeudi, j'ai appelé Gordon Spurrier.

– Le frère? répondit-il en me contemplant avec curiosité.

– Oui, le frère de Steven Spurrier. Je ne tenais pas à vous en parler avant d'avoir vérifié plusieurs autres choses.

– Je ne l'ai pas encore contacté, mais il est sur ma liste. Ces résultats ADN sont une épine de taille.

– Il s'agit du point que je voulais aborder. Non, Benton, l'ADN n'est plus un problème.

– Je ne comprends pas.

– En pratiquant l'autopsie de Spurrier, j'ai relevé la

présence de nombreuses cicatrices chirurgicales. L'une d'elles correspond à une incision modeste pratiquée au-dessus de la zone médiane de la clavicule. Cela m'évoque une intervention consécutive à une difficulté survenue lors de l'insertion d'un cathéter en position sous-clavière.

– Ce qui signifie ?

– On ne place de cathéter dans cette zone que lorsqu'un patient a un gros problème, un traumatisme qui nécessite une injection très rapide de fluides, une perfusion de médicament, voire une transfusion de sang. En d'autres termes, cela signifie que Spurrier avait eu dans le passé un sérieux problème de santé. J'ai commencé à me demander s'il n'y avait pas là un rapport avec la fermeture de sa librairie durant cinq mois, peu de temps après le meurtre de Jill et Elizabeth. Il portait également d'autres cicatrices, sur la hanche et la face latérale de la fesse, des cicatrices si discrètes que j'en suis venue à penser qu'on lui avait prélevé des échantillons de moelle osseuse. J'ai donc appelé son frère pour l'interroger sur le passé médical de Steven.

– Et que vous a-t-il appris ?

– À peu près à l'époque où il a disparu de sa boutique, Steven a été traité à l'université de Virginie pour une anémie aplasique. J'ai discuté avec son hématologue : Steven a subi une chimiothérapie, doublée d'une irradiation du système lymphoïde. Il a reçu une transplantation de moelle prélevée sur son frère Gordon et a passé un moment en chambre de confinement protégée par flux laminaire, ce que le public a baptisé une « bulle ». D'ailleurs souvenez-vous que la maison de Spurrier ressemblait à une bulle, dans un certain sens, un environnement aussi stérile que possible.

– La transplantation de moelle aurait-elle pu modifier son ADN? demanda Benton, dont l'attention ne fléchissait pas.

– En ce qui concerne les cellules sanguines, on peut dire cela. Son anémie était de la classe arégénérative. Lorsqu'ils ont cherché un donneur possible, il s'est vite avéré que Gordon – dont le groupe sanguin ABO et les autres antigènes de surface sont similaires à ceux de Steven – appartenait au même groupe d'histo-compatibilité HLA.

– Mais les ADN de Steven et Gordon ne sont pas identiques.

– Non, il aurait fallu pour cela que les frères soient de vrais jumeaux. Le sang retrouvé dans la voiture d'Elizabeth Mott était concordant avec celui de Steven. Cela étant, n'oublions pas qu'il a perdu ce sang avant sa transplantation de moelle, ce qui explique les dissemblances des deux empreintes génétiques. En effet, lorsqu'on a récemment effectué des prélèvements sur Steven, afin d'établir une empreinte ADN de comparaison, ce qu'on a récolté est, dans un certain sens, le sang de Gordon. En d'autres termes, nous avons comparé l'ADN de Steven retrouvé dans la Volkswagen à celui de Gordon véhiculé par le sang coulant dans les veines de Steven.

– Incroyable!

– Je veux que l'examen soit de nouveau pratiqué sur les tissus du cerveau de Steven. Lorsque vous subissez une transplantation de moelle osseuse, vous récupérez les cellules sanguines du donneur. En revanche, les cellules du cerveau, de la rate et du sperme ne changent pas, leur ADN est véritablement le vôtre.

– Expliquez-moi ce qu'est l'anémie aplasique, demanda-t-il tandis que nous reprenions notre marche.

– La moelle osseuse ne produit plus rien, comme si vous aviez déjà été irradié. Toutes les cellules sanguines ont été éliminées.

– Quelle en est la cause?

– Personne ne le sait avec précision. On pense que c'est idiopathique. Cela étant, la pathologie a aussi été attribuée à une exposition aux pesticides, des produits chimiques divers, les radiations ionisantes, mais aussi certains médicaments, voire des infections virales spécifiques. Le benzène a été épinglé. Steven avait travaillé dans une imprimerie, et le benzène est un solvant utilisé pour nettoyer les presses à imprimer. Son hématologue a évoqué une exposition chronique d'un an.

– Et les symptômes?

– La fatigue, le souffle court, de la fièvre, éventuellement des infections et des saignements du nez et des gencives. Lorsque Jill et Elizabeth ont été assassinées, Steven souffrait déjà d'anémie aplasique. Il avait peut-être des saignements de nez à répétition, lesquels pouvaient se déclencher très facilement. Le stress fait toujours empirer ce genre de symptômes, et lorsqu'il a enlevé Elizabeth et Jill, il était en situation de stress. S'il s'est mis à saigner du nez, cela explique les taches à l'arrière de la voiture.

– Quand a-t-il fini par consulter un médecin ?

– Un mois après l'assassinat des deux jeunes femmes. On a découvert que son taux de globules blancs était très bas, ainsi que ceux des plaquettes et de l'hémoglobine. Quand les plaquettes diminuent, vous saignez très facilement.

– Il a commis ces meurtres alors qu'il était malade ?

– On peut souffrir d'anémie aplasique à bas bruit pendant longtemps, jusqu'à l'aggravation. Certaines personnes ne s'en aperçoivent qu'à l'occasion d'un examen sanguin de routine.

Benton réfléchit à haute voix :

– Des problèmes de santé et le fait d'avoir perdu le contrôle de ses victimes ont suffi à le dissuader de réitérer l'aventure durant quelques années. Puis, peu à peu, il s'est remis, il a fantasmé, revécu les meurtres et amélioré sa technique. Et il a fini par regagner assez d'assurance pour recommencer à tuer.

– Ce qui expliquerait ce laps de temps. Mais qui sait ce qui lui est passé par la tête ?

– On ne le saura jamais, remarqua Wesley d'un air lugubre.

Il s'interrompit pour examiner une antique pierre tombale, avant de reprendre :

– Moi aussi, j'ai du nouveau. Les catalogues que nous avons confisqués chez Spurrier sont ceux d'une entreprise de New York spécialisée dans les gadgets pour espions amateurs. Après quelques recherches, nous avons établi qu'il lui avait commandé des lunettes de vision nocturne il y a quatre ans. De plus, nous avons retrouvé une armurerie de Portsmouth où il avait acheté deux boîtes de cartouches Hydra-Shok moins d'un mois avant la disparition de Deborah et Fred.

– Pourquoi faisait-il cela, Benton ? Pourquoi tuait-il ?

– Il s'agit là d'une question à laquelle je ne pourrai jamais répondre de façon satisfaisante, Kay. Mais j'ai discuté avec son ancien colocataire à l'université. La relation qu'entretenait Spurrier avec sa mère était très malsaine. C'était une femme extrêmement autoritaire. Elle rabaissait constamment son fils, le critiquant sans cesse. Il était très dépendant d'elle, mais en même temps il devait la détester.

– Et que concluez-vous de la typologie des victimes ?

– Je pense qu'il repérait des jeunes femmes qui lui rappelaient ce qu'il ne pouvait avoir, des femmes qui ne lui auraient jamais concédé un regard. La vue d'un couple séduisant jouait le rôle de déclencheur, parce qu'il était incapable de relations normales. Il tuait pour posséder, fusionner avec ce qu'il enviait tout en le dominant. (Il marqua une courte pause.) Si Abby et vous ne l'aviez pas rencontré ce soir-là, aurions-nous jamais pu mettre la main sur lui ? La façon dont les événements s'enchaînent est effrayante. Ted Bundy a été arrêté parce qu'un des feux arrière de sa voiture avait grillé. Le Fils de Sam s'est fait repérer à la suite d'une contravention de stationnement. Nous avons eu de la chance. Ce n'est que ça, de la chance.

Je ne me sentais pas chanceuse. Quant à Abby, la chance l'avait carrément oubliée.

– Cela vous intéressera peut-être d'apprendre que, depuis que toute cette histoire fait la une, nous avons reçu une foule d'appels : des gens nous ont raconté qu'un homme correspondant à la description de Spurrier les avait abordés dans des épiceries, des stations-service, des bars. Il a même voyagé dans la voiture d'un couple. Il avait prétendu que sa voiture était en panne, et les gamins l'ont déposé, sans problème. Il ne s'est rien passé.

— N'a-t-il abordé que des couples homme-femme pendant ces repérages ?

— Pas toujours. Ce qui explique pourquoi Abby et vous correspondiez à ce qu'il cherchait le soir où il vous a demandé son chemin. Il aimait le risque, le fantasme, Kay. D'une certaine façon, le meurtre était accessoire dans le jeu qu'il pratiquait.

— Pourquoi, au juste, la CIA redoutait-elle tant que le meurtrier soit de Camp Peary ?

Il s'arrêta et passa sa veste sur son autre avant-bras.

— Il y avait davantage que le mode opératoire ou le valet de cœur. La police a retrouvé une carte d'essence informatique plastifiée à l'arrière de la voiture de Jim et Bonnie, par terre sous le siège. On a supposé que la carte était tombée par inadvertance de la poche de veste ou de chemise du tueur au cours de l'enlèvement.

— Et alors ?

— Sur cette carte de distribution d'essence figurait un nom de compagnie : Syn-Tron. Les recherches nous ont fait remonter jusqu'au compte de Viking Exports. Or Viking Exports est une couverture pour Camp Peary, et ces cartes sont délivrées au personnel, qui les utilise aux pompes de la base.

– Intéressant. Abby faisait allusion à une carte dans l'un de ses carnets. J'ai cru qu'elle parlait du valet de cœur, mais elle était au courant pour la carte informatique, n'est-ce pas, Benton?

– Pat Harvey était au courant depuis longtemps et elle a dû renseigner Abby. Du coup s'expliquent les accusations de complot que Mrs Harvey a portées contre les fédéraux lors de sa conférence de presse.

– De toute évidence, elle ne croyait plus à ce «complot» lorsqu'elle a décidé de tuer Spurrier.

– Le directeur du FBI a eu un entretien avec elle après la conférence de presse, il n'avait plus d'autre solution. Il l'a informée que nous soupçonnions la carte d'avoir été délibérément abandonnée afin de nous égarer. Pourtant, en dépit de ces doutes très précoces, nous ne pouvions pas la négliger. De toute évidence, la CIA l'a prise très au sérieux.

– Cela a-t-il convaincu Pat Harvey?

– En tout cas, ça l'aura encouragée à réfléchir. Ce qui est sûr, c'est qu'après l'arrestation de Spurrier les déclarations du directeur ont pris toute leur signification.

Un point m'intriguait:

– Comment Spurrier a-t-il pu mettre la main sur une carte d'essence de Camp Peary?

– Les agents du camp fréquentent sa librairie.

– Vous voulez dire qu'il s'est débrouillé pour voler cette carte à un client?

– Oui. Imaginez que quelqu'un de Camp Peary quitte la librairie en oubliant son portefeuille sur la caisse. Le temps qu'il revienne, Spurrier peut l'avoir dissimulé, prétendre qu'il n'a rien vu. Puis il abandonne la carte dans la voiture de Jim et Bonnie pour que nous établissions un lien avec la CIA.

– Les cartes ne portent pas de numéro d'identification ?

– Ceux-ci figurent sur un autocollant qui a été arraché, pour que nous ne puissions pas remonter la trace de son propriétaire.

Mes pieds commençaient à me faire souffrir et je ressentais les effets de la fatigue lorsque nous atteignîmes le parking où nous avions laissé nos voitures. Ceux qui étaient venus pleurer la mort d'Abby étaient repartis.

Wesley attendit que je déverrouille ma portière pour m'effleurer le bras, en avouant :

– Je suis désolé pour toutes ces fois où…

– Moi aussi, l'interrompis-je. Nous repartons de zéro, Benton. Faites tout votre possible pour que Pat Harvey ne soit pas punie davantage.

– Un grand jury n'éprouvera aucun mal à comprendre ce qu'elle a souffert.

– Était-elle au courant des résultats ADN, Benton ?

– Malgré tous nos efforts pour lui dissimuler des éléments déterminants de l'enquête, elle s'est toujours débrouillée pour les découvrir. À mon avis, elle savait. En tout cas, cela expliquerait son comportement. Elle a dû se convaincre que Spurrier ne serait jamais puni pour ce qu'il avait fait.

Je m'installai au volant et mis la clé dans le démarreur.

– C'est pour Abby que je regrette le plus, ajouta-t-il.

Je hochai la tête en refermant la portière, les yeux pleins de larmes.

Je descendis l'allée étroite menant à la sortie du cimetière et franchis les grilles de fer forgé. Le soleil brillait sur les immeubles de bureaux du centre-ville et les clochers dans le lointain, la lumière dansait dans les arbres. Je baissai les vitres et bifurquai vers l'ouest, en direction de la maison.

Postmortem
Éditions des Deux Terres (nouvelle traduction), 2004
Le Livre de poche, 2005

Mémoires mortes
Éditions des Deux Terres (nouvelle traduction), 2004
Le Livre de poche, 2005

Une peine d'exception
Flammarion Québec (nouvelle traduction), 2005

La Séquence des corps
Éditions du Masque, 1995
Le Livre de poche, 1996

Une mort sans nom
Éditions du Masque, 1996
Le Livre de poche, 1997

Morts en eaux troubles
Calmann-Lévy, 1997
Le Livre de poche, 1998

Mordoc
Calmann-Lévy, 1998
Le Livre de poche, 1999

La Ville des frelons
Calmann-Lévy, 1998
Le Livre de poche, 1999

Combustion
Calmann-Lévy, 1999
Le Livre de poche, 2000

La Griffe du Sud
Calmann-Lévy, 1999
Le Livre de poche, 2000

Cadavre X
Calmann-Lévy, 2000
Le Livre de poche, 2001

Dossier Benton
Calmann-Lévy, 2001
Le Livre de poche, 2002

L'Île des chiens
Calmann-Lévy, 2002
Le Livre de poche, 2003

Jack l'Éventreur
Éditions des Deux Terres, 2003
Le Livre de poche, 2004

Baton Rouge
Calmann-Lévy, 2004
Le Livre de poche, 2005

Signe suspect
Flammarion Québec, 2005